내 남편이
너무 귀여워서
곤란하다

fio
ret

내 남편이 너무 귀여워서 곤란하다 5

초판 1쇄 인쇄 2019년 12월 9일
초판 1쇄 발행 2019년 12월 30일

지은이 Rana
발행인 오영배
편집 편집부
표지·내지디자인 오정인
제작 조하늬

펴낸곳 (주)삼양출판사 · 피오렛
주소 서울시 강북구 도봉로 173
대표 전화 02-980-2112 / 팩스 02-983-0660
편집부 전화 02-987-9393 / 팩스 02-980-2115
블로그 blog.naver.com/dan_gul
출판등록 1999년 3월 11일 제9-00046호

ISBN 979-11-283-9752-3 (04810) / 979-11-283-9747-9 (세트)

fioret은 (주)삼양출판사의 로맨스 판타지 문학 브랜드입니다.

내 남편이
너무 귀여워서
곤란하다

V

Rana
장편소설

fi
ret

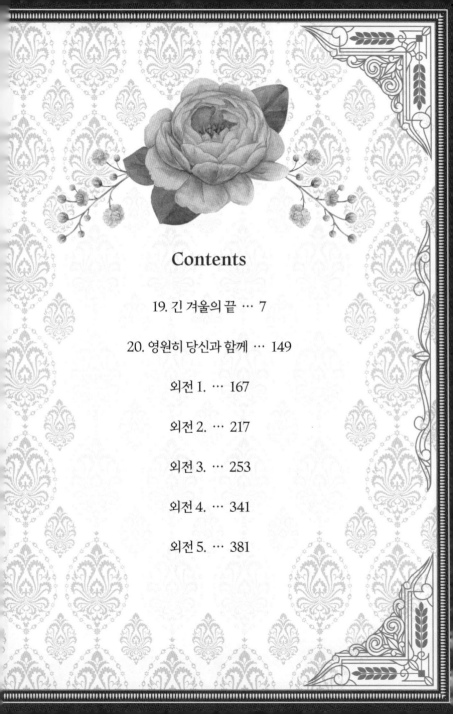

Contents

19
긴 겨울의 끝

이제 완연한 겨울이 되었다. 이엘리는 완전히 건강을 회복했다. 솔직히 말하자면 예전보다 상태가 훨씬 더 나았다. 푹 쉬고 음식도 잔뜩 먹은 덕분에 뺨에 통통하게 살이 올라 반질거렸다.

"이엔, 왔어?"

"응!"

쪼르르 달려간 이엘리는 자카리의 품에 폭 안겼다. 자카리도 당연하다는 것처럼 그녀를 받아 안아 주었다. 그도 그럴 것이, 이엘리의 최근 취미는 제 남편의 뒤를 졸졸 쫓아다니는 거였다.

"내가 쫓아다녀서 귀찮지는 않아?"

"말도 안 되는 소리를 하네, 너."

자카리가 피식 웃으며 그녀의 머리카락을 헝클었다. 그녀도 자카리와 시선을 맞추며 웃었다.

"요새 생각하고 있는 게 있는데……."

"응?"

"남편이 생긴다는 건 정말 좋은 것 같아."

뜬금없는 이엘리의 말에 자카리는 어리둥절한 얼굴을 했다. 이엘리는 당연한 얼굴로 답했다.

"사랑하는 사람을 독점할 수 있는 권리가 생긴 거잖아."

"그 말은 즉."

자카리는 장난스럽게 이엘리를 내려다보았다. 새파란 눈동자가 부드러운 곡선으로 휘어졌다.

"내가 좋아서 날 쫓아다닌다는 소리지?"

"당연하지. 내가 내 남편이 아니면 누구를 또 좋아하겠어?"

"……."

이엘리의 말을 들은 자카리는 휙 시선을 돌렸다. 손을 들어 입가를 가리는 자카리의 귓바퀴가 새빨갛게 달아올라 있었다. 그녀를 좀 놀려 주려 했을 뿐인데 자신이 더 설레 버렸다.

"흐응."

그런 자카리를 빤히 바라보던 이엘리는 장난스러운 표정으로 손을 뻗어 자카리의 손을 덥석 쥔다. 자카리가 달아오른 얼굴로 이엘리를 내려다보자, 그녀는 어깨를 으쓱이며 대답했다.

"자카리는 내 남편이니까."

"……이엔?"

"내 남편의 손 정도는 마음대로 잡아도 되지?"

그렇게 말한 이엘리는 씩 웃어 보였다. 자카리는 새삼스럽게 심장이 미친 듯이 뛴다는 게 어떤 느낌인지 자각하고 말았다.

이엘리는 자카리의 손을 쥐고 꼬물꼬물 손장난을 쳤고, 자카리는 심장 소리가 그녀에게 들릴까 전전긍긍했다. 그러던 중, 그녀는 별생각 없이 그에게 물었다.

"그건 그렇고 오늘 가신 회의가 있는 날 아니야?"

"응, 맞아."

"……근데 왜 아직도 나갈 준비를 안 하고 있는 거야?"

이엘리는 기가 막힌 얼굴로 그에게 물었다. 자카리는 아무렇지도 않은 얼굴로 대답해 주었다.

"아, 그거? 미룰까 고민 중이거든."

"미룰까 고민 중이라니?"

얘가 정말 장난치나. 이엘리는 두 눈을 가늘게 떴다. 가신 회의는 북부의 모든 가신들이 모여 치르는 대형 회의였다. 그나마도 분기별로 한 번씩 진행하며 가신 전체가 공작 성에 모이는데.

"하지만 이엔이 이렇게 건강해진 게 얼마 만인데……."

자카리는 아쉬운 얼굴로 중얼거렸다. 그거 아냐. 이엘리는 뚱한 얼굴로 자카리를 흘겨보았다.

"난 매번 건강했거든?"

"이번에 납치까지 당했는데 그게 무슨 소리야?"

자카리는 정색했다. 그런 제 남편을 바라보며 이엘리는 미간을 구겼다. 이엘리가 곧 항변했다.

"아니, 납치와 건강 상태에 관련한 상관관계는 거의 없는 것 같아."

"그래도 몸과 마음, 둘 다 놀랐을 거 아니야."

"지금까지 내가 쉰 건 도대체 무엇으로 보고?"

그렇게 말한 이엘리가 눈매를 슬쩍 좁혔다. 하지만 그는 여전히 뻔뻔한 얼굴을 하고 있었다.

"게다가 지금 회의를 취소하면 가신들은 어떡하라고."

"하루 공작 성에서 묵고 내일 회의하면 되지."

아니, 가신들은 따로 일정이 없겠니? 가끔 보면 자카리도 막무가 내인 구석이 있었다. 아니, 실은 저런 오만한 성격이 기본일지 모른다. 그녀를 앞에 둘 때만 다소 누그러지는 것뿐일지도.

"안 돼. 난 다른 사람에게 민폐 끼치는 남자는 싫어."

대답한 이엘리가 힐끗 시계를 돌아보았다. 다행히도 가신 회의 까지는 시간이 좀 남아 있었다.

"얼른 준비하자. 아직 한 시간 남았으니까."

"하지만 너랑 떨어지기 싫은데."

자카리가 작게 칭얼거렸다. 어린애처럼 굴지 말라는 뜻을 담아 그녀는 남편의 뺨을 꼬집었다.

"어린애도 아니고, 정말."

"……그래도."

이엘리에게 뺨을 꼬집힌 게 뭐가 그리 좋은지 자카리는 피식 웃었다. 그가 애정을 담아 속삭인다.

"네가 이렇게 신경 써 주는 것 자체가 기뻐."

"그래, 그래."

자카리와 시선을 맞춘 그녀가 불퉁한 표정을 지었다. 그리고 자카리의 뺨을 손으로 꼬집으며 말한다.

"난 자기 할 일을 잘하는 남자가 매력적이라고 생각해."

순간 자카리의 눈동자가 반짝 빛났다. 자리에서 벌떡 일어난 자카리가 단호한 어조로 답했다.

"알았어, 참석할게."

"……그래."

처음부터 이렇게 말할 걸 그랬네. 이엘리는 귀여움 반, 한심함 반을 담아 남편을 바라보았다.

어쨌거나 자카리는 가신 회의에 참석하기로 마음을 결정했다. 이엘리는 내심, 자신의 말 한 마디로 태도가 손바닥 뒤집듯 바뀌는 자카리를 귀엽다 여기면서도 과하다는 생각이 들었다.

"이엔, 내 크라바트가 풀어졌어."

"……그래서 어쩌라고?"

"매 줘."

그러니까 자카리가 저렇게 당당하게 요구하는 저런 행동 말이다. 어느새 가신 회의까지 15분밖에 남아 있지 않은데도, 자카리는 여전히 그녀에게 바짝 붙어 있을 따름이었다. 그녀는 한숨을 쉬었다.

"너도 크라바트 맬 줄 알잖아."

이엘리는 제 남편의 크라바트에 대한 비밀을 이제 알고 있는 상태였다. 이엘리의 손을 어떻게든 타고 싶어서, 지금까지 크라바트를 제대로 매지 못하는 척하고 있었던 것까지도.

'솔직히 나보다도 더 잘 매는 것 같던데.'

우연히 보게 된 자카리의 능숙한 손짓을 떠올리며, 이엘리는 뚱한 얼굴로 자카리를 응시했다.

"그래도 이엔, 네가 해 주는 게 좋아."

자카리는 태연한 얼굴로 대답했다. 이엘리는 미간을 찡그리면서 웃었다. 정말, 내가 못 살아.

"그래, 이리 와."

이엘리가 손짓했다. 하얗고 고운 손이 크라바트를 어루만지고 정리한다. 제게 집중하는 이엘리의 얼굴을 자카리는 홀린 듯이 내려다보았다.

풍성하게 내리뜬 분홍색 속눈썹과 그 아래 반나마 감춰진 연녹색 눈동자. 그리고 흘끗 고개를 들어올리며 그에게 씩 미소 짓는 얼굴까지.

"자, 다 됐다."

"……."

"자카리?"

이엘리는 고개를 갸웃 기울이며 그를 부른다. 자카리는 삽시간에 달아오르는 제 얼굴을 느꼈다. 아, 정말. 두근거려 죽을 것 같았다. 자카리는 평생 그녀에게 가슴이 설렐 자신이 있었다.

*　　*　　*

가신 회의에 참석하긴 했지만 사실, 몸만 참석하고 정신은 참석하지 않은 것에 가까웠다. 왜냐하면 공작 각하께서는 회의를 하는 내내 멍하니 정신을 놓고 있었으니까.

'이엔.'

공작 각하의 시선은 창밖에 고정되어 있었다. 햇볕이 따사롭게 내리쬐는 오후, 화로를 가져다 둔 가제보 아래에서 공작 부인이 그림을 그리고 있었던 것이다. 공작의 입술에 미소가 서렸다.

"으음."

"큼, 크흠⋯⋯."

도무지 회의에 집중하지 못하는 공작을 보다 못해, 가신들은 서로에게 눈짓을 했다. 어떻게든 공작에게 말이라도 걸어 보라는 뜻이다.

사실 최근에 황가에서 저질렀던 세금 문제 때문에 비상소집으로 가신 회의가 열렸었고, 그때 중요한 안건은 대부분 다 처리하긴 했었다. 그래도 이건 좀 아니지 않나. 한참 눈치를 살피던 가신 중 하나가 자카리에게 조심스럽게 입을 열었다.

"각하, 죄송하지만."

"음?"

자카리는 잠에서 깨어나기라도 한 것처럼 시선을 들어 올렸다. 가신이 눈을 질끈 감고 말했다.

"회의에 조금 집중해 주셨으면 좋겠습니다."

"아, 미안하군."

자카리는 전혀 미안하지 않은 얼굴로 턱을 괴면서 대답했다. 그와 동시에 새파란 시선은 다시 가제보 아래로 향했다. 그런 공작을 바라보면서, 가신들은 이번 회의가 길어질 것을 예감했다.

                    *   *   *

　해가 뉘엿뉘엿 지기 시작하는 때, 자카리는 가신 회의를 끝내고
밖으로 나왔다. 그림을 마무리하고 막 물건들을 정리하던 그녀는,
제 얼굴에 드리워진 그림자를 눈치채고 고개를 들었다.

　"자카리?"

　"응, 나야."

　자카리는 당연하게 그녀의 이마에 키스부터 했다. 고개를 숙인
자카리가 차분하게 입을 연다.

　"좋지 못한 소식이 하나 있는데."

　"뭔데?"

　이엘리는 고개를 갸웃했다. 이젤을 정돈하고 스케치북 따위를
함께 챙기던 그가 말을 이었다.

　"황실의 신년 무도회 초대장이, 북부의 일부 귀족들에게도 도착
했다고 해."

　"……황제가 북부 귀족들에게, 감히?"

　이엘리는 눈매를 좁혔다. 자카리도 불쾌한 얼굴이었다. 고개를
끄덕이던 그는 한숨을 삼켰다.

　"그리고."

　"더 있어?"

　"물론이지."

　그렇게 말한 자카리가 이엘리에게 카드 한 장을 내밀었다. 금박
으로 화려한 무늬가 찍혀 있는 빳빳한 질감의 고급 종이. 이엘리는

반사적으로 미간을 구겼다. 그가 서늘한 목소리로 말했다.

"방금 전에 집사에게서 받았어."

"······이건."

"무려 황실에서 보내온 신년 무도회의 초대장이지."

자카리의 눈동자는 차갑게 식어 있었다. 신년 무도회. 이엘리는 고개를 기울이며 그를 보았다.

"무슨 생각으로 초대한 걸까?"

"글쎄······."

자카리는 말끝을 흐렸다. 사실 그는 자신이 황제에게 보낸 세 납치범의 목을 생각하고 있었다. 이엘리에게는 자세히 이야기하지 않았지만, 황제가 자카리가 보냈던 그 경고를 보고도 이렇게 행동하는 건.

'오기를 부리는 건가.'

자카리의 눈빛이 싸늘해졌다. 그는 드물게 냉정한 얼굴이 되어 생각에 빠졌다. 이엘리가 물었다.

"거절할 거지?"

"물론이야."

자카리는 단호하게 대답했다. 이엘리 또한 동감이었다. 황제가 그따위 짓을 저지른 것을 알고 있는데도, 황제의 얼굴을 보고 싶을 리 없다. 하지만 문제는 거절할 이유가 마땅찮다는 거다.

"하지만 대놓고 거절하는 건 역시 모양새가 좋지 않겠지."

"뭐 어때, 그냥 거절해도."

"사실 나도 그렇게 생각하긴 하는데."

이엘리는 뚱한 얼굴이 되었다. 기분상으로는 그냥 거절해 버려도 상관없을 것 같다. 하지만…….

"황녀 전하가 마음에 걸려서."

"……아."

그녀의 대답을 들은 자카리는 멈칫했다. 그녀는 소중한 친구를 위험하게 만들고 싶지 않았다.

"만약에 우리가 함부로 행동했다가, 황녀 전하께 불똥이 튀면 어떡해."

"그렇구나."

"미안, 이런 반응이어서. 하지만 황제, 그 작자는 이성적인 사람은 아니니까."

자카리는 대답 대신 어깨를 으쓱거려 보였다. 그에게 그녀와 같은 친구라고는 없었고, 친구가 필요하다고 생각하지도 않았지만 그렇다 해서 이엘리의 친구 관계에 훼방을 놓고 싶지는 않았다.

"그래서 제대로 된 거절 이유를 내놓았으면 좋겠는데……."

그렇게 말을 꺼내 놓은 이엘리가 곰곰이 고민에 잠겼다. 거절할 만한 이유가 하나 있긴 했다.

"사실 나, 초대장을 하나 받은 게 있거든."

"초대장?"

"응. 내가 여성 예술가들을 계속 지원해 왔던 건 알고 있지?"

이엘리의 물음에 자카리는 고개를 끄덕였다. 바이올리니스트인 안나를 시작으로 이엘리는 수많은 여성들을 후원해 오곤 했다. 이엘리는 최근, 자신이 후원한 예술가들의 초대장을 받았다.

"이번에 아카데미에서 예술 관련 행사를 연다고 했거든."

"전시회?"

"응. 그래도 내가 후원했으니까, 한 번쯤 얼굴을 비추는 건 어떤가 생각하고 있었는데."

자카리가 워낙 그녀를 감싸고돌았기에 방문이 어려우려나 생각했었는데, 오히려 일이 이렇게 되니 잘된 것 같다. 황실의 신년 무도회를 거절하고 그쪽을 방문하면 되니까. 그녀가 말했다.

"마침 시기도 얼추 맞아. 그 행사도 신년에 맞춰서 시작된다고 하고."

"규모가 좀 있는 행사인가 봐?"

"응. 미술과 음악 등을 통틀어서 치르는 거라고 하더라고."

이엘리의 대답을 들은 자카리는 진지한 얼굴로 고개를 끄덕였다. 자카리는 차분하게 답했다.

"나쁜 핑계는 아니네."

"그렇지? 내가 후원을 하고 있어 어쩔 수 없이 참석했다고 해도 되니까."

이엘리는 빙그레 웃었다. 도란도란 대화를 나누다 보니, 어느새 두 사람은 방으로 돌아온 상태였다. 이엘리를 도와 물건들을 방에 차곡차곡 정리하던 자카리가 불쑥 질문을 던졌다.

"이엔."

"응?"

"황녀 전하가 그렇게 소중해?"

"뭐, 친구니까……?"

눈동자를 굴리던 이엘리는 살짝 뺨을 긁적거렸다. 자카리는 뾰로통한 얼굴이 되어서 말했다.

"이거 조금 질투 나는걸."

"왜?"

"나에게는 너밖에 없는데."

그렇게 말한 자카리가 그녀를 자신의 품 안에 끌어안았다. 나긋한 목소리가 귀를 간지럽혔다.

"네게는 다른 소중한 사람도 있다는 게 말이야."

"하지만 내게 있어 네가 제일 소중하다는 건…… 너 자신이 더 잘 알잖아?"

어리광을 부리는 자카리의 품에 고개를 기대며 그녀는 피식 웃으며 말했다.

"아마 난 황녀 전하가 없어도 살 수 있겠지."

"이엔."

"하지만 네가 없으면 난 살 수 없어."

당연하다는 것처럼 흘러나오는 대답에 자카리는 지그시 입술을 당겨 물었다. 이엘리는 언제나 그의 불안감을 꿰뚫어 보고, 가장 듣고 싶은 대답을 해 준다. 자카리는 쓰게 웃었다. 제멋대로 넘쳐흐르는 애정이 가끔은 너무 커서, 견디기 버거울 지경이었다.

하지만 이엘리는 여전히 불만스러운 표정을 감추지 못했다.

"이런 내 마음을 어떻게 증명하면 좋을까……."

그녀가 살포시 미간을 좁히며 중얼거렸다. 두 눈을 동그랗게 뜨던 자카리는 잠시 후, 고개를 내저으며 그녀에게 대답했다.

"글쎄, 증명 같은 건 하지 않아도 괜찮아."

의외의 발언에 이엘리는 고개를 갸웃 기울였다. 자카리가 단호하게 말을 맺었다.

"믿으니까."

"알아. 하지만……."

이엘리의 나긋한 속삭임이 먼저인지, 혹은 그녀의 입술이 자신의 입술을 덮어 삼킨 것이 먼저인지. 자카리는 두 일의 선후 관계를 명확하게 기억하지는 못했다.

"……실은, 내가 증명하고 싶어."

다만 겹쳐진 입술과 입술 사이로, 이엘리가 달콤한 목소리로 속삭인 것만이 뚜렷하게 기억에 남았다. 이엘리는 그대로 양팔을 자카리의 목에 휘감았다. 가녀린 팔의 감촉이 선명하게 와 닿았다.

"그러니까……."

이엘리는 장난스럽게 그의 아랫입술을 깨물며, 시선을 들어 그와 눈동자를 맞췄다.

어느새 자카리의 입술이 사르륵 벌어졌다. 그녀의 혀가 그의 입술을 가르고 들어왔다. 혀와 혀가 얽히자 저절로 숨이 가빠 왔다. 거친 호흡이 엉망으로 뒤섞인다.

입술을 맞댄 그대로, 그녀가 도발적으로 말했다.

"이런 식으로?"

자카리의 눈이 가늘어졌다. 그 순간, 자카리가 그녀의 허리를 낚아채듯 끌어안았다.

허리를 제 쪽으로 바짝 끌어당긴 그가 그녀의 입술 안쪽을 헤집어 놓기 시작했다. 자카리의 따스한 혀가 능란하게 움직여 입 안을 어루만지자, 이엘리의 목 가장 깊은 곳에서부터 달콤한 신음이 올라왔다.

"하아……."

이엘리는 부르르 어깨를 떨었다. 사막에서 물 한 방울을 만난 목마른 여행자처럼, 자카리는 그녀의 입술을 갈급하게 삼키고 또 삼켰다.

어느새 그녀는 바닥에 누워 있는 자신을 발견했다. 푹신한 카펫의 감촉이 등 뒤로 느껴진다. 자카리는 달뜬 얼굴로 그녀를 내려다보고 있었다. 불길을 품은 것 같은 뜨거운 시선이었다.

"……자카리."

손을 뻗은 그녀가 자카리의 뺨을 어루만졌다. 자카리. 그저 이름을 불렀을 뿐인데, 세상의 모든 감미로운 음악을 듣는 것 같다.

"오늘은…… 내가 유혹한 거 맞아."

순간 자카리의 눈동자가 확 커졌다. 이엘리의 입술 위로 스치는 나른한 미소를 보는 순간, 이성은 모조리 휘발되어 사라졌다. 마치 불길 위에 기름을 끼얹는 격이었다. 그가 쉰 목소리로 대답했다.

"그래."

그 말이 끝이었다. 고개를 숙인 자카리는, 가녀린 목선과 동그스름한 어깨가 잇닿는 그 자리에 이를 들이댔다. 이를 세워 가볍게 긁어내리는가 싶더니, 마침내 그 자리를 깨물었다.

"흣!"

이엘리는 소스라쳤다. 따끔한 통증과 달콤한 쾌락이 엉망으로 뒤섞인다. 어느새 그의 손은 바쁘게 움직여 그녀의 드레스 자락을 헤집는 중이었다.

검을 오래 쥐어 단단한 손가락이 종아리의 굴곡을 스치고, 그 위로 올라간다. 부드러운 허벅지를 가만히 움켜쥐자, 이엘리는 파드득 어깨를 굳혔다. 이엘리는 눈을 꼭 감은 채 바르작거렸다.

"아, 하, 으응……."

그 끝에 굳은살이 남은 기다란 손가락은, 악기를 연주하듯 허벅지를 어루만졌다. 그의 입술은 여전히 그녀의 목덜미를 애무하는 중이었다.

위아래로 느껴지는 짙고 농밀한 감각에, 순식간에 머릿속이 몽롱해졌다. 하지만 자카리는 전혀 만족하지 못한 상태였다.

"아……!"

순간 이엘리가 짧은 탄성과 함께 몸을 굳혔다. 자카리의 손가락이 부드러운 실크 속옷을 헤집고, 그 안의 가장 예민한 곳에 닿은 것이다. 갈라진 틈을 천천히 손가락으로 쓸어내리다, 그 가운데의 돌기를 손가락 끝으로 문지른다. 머리끝까지 치솟는 쾌감에 눈앞이 새하얗게 명멸해서, 이엘리는 할딱할딱 숨을 몰아쉬었다.

"흐응, 읏……."

그녀는 어떻게든 입술을 깨물고 신음 소리를 내지 않으려 했다. 하지만 그 순간, 자카리의 손가락이 갈라진 틈을 파고들어 그녀의 가장 은밀한 곳에 가 닿았다. 자카리의 목소리에 열기가 서렸다.

"이엔…… 이것 봐."

찌걱찌걱 소리가 들렸다. 어느새 흥건하게 젖은 아래는, 한시바

삐 자카리가 들어오기를 기다리고 있었다.

자카리의 입술 위로 미소가 스쳤다. 흥분이 가득한 미소였다. 자카리는 잡아먹을 것처럼 그녀를 내려다보았다.

"네 안, 이렇게나 젖었어."

"으응, 자카리……."

"내가 들어가기를 바라?"

그가 나지막한 목소리로 속살거렸다. 대답할 여력조차 없어서, 이엘리는 마구 고개만을 끄덕였다.

그 순간, 새파란 눈동자에서 불똥이 튀었다. 한 손으로 그녀의 아래를 애무하며, 자카리는 다른 손으로 능숙하게 바지춤을 끌러 내렸다.

크고 단단하게 부푼 페니스가 꺼덕꺼덕 흔들렸다. 이엘리는 혼몽한 시선으로 그 광경을 지켜보았다.

저것이 자신의 중심을 가르고 들어올 때마다, 얼마나 큰 쾌감을 느끼는지 스스로가 가장 잘 알았다. 풍성한 드레스 자락을 걷어 올리는 그의 손길이 다급하다.

"하으……!"

동시에, 이엘리의 입술에서 다급한 신음이 터져 나왔다. 딱딱한 페니스가 그녀의 가장 깊은 곳으로 짓쳐 들어갔다.

귀두의 갈라진 끝이 예민한 질벽을 긁으며 밀려들어 가는 순간, 이엘리의 눈에 생리적인 눈물이 고였다. 그녀가 고개를 한껏 뒤로 꺾었다.

"아, 하아……."

이엘리가 고통을 느낄까 봐 걱정했는지, 처음에는 느릿하던 자카리의 허리 짓이 점차 거칠어지기 시작했다. 힘겹게 그를 받아들이던 이엘리의 입술에서 짧고 날카로운 신음이 터져 나왔다.

"하앙, 아, 아⋯⋯!"

살갗과 살갗이 부딪치는 소리가 요란했다. 젖은 안쪽과 살덩이가 빠르게 스치며, 찌걱찌걱 소리가 선명하게 울렸다.

잠시 후, 추삽질이 절정에 다다랐다. 딱딱한 끝이 가장 예민한 안을 쿡쿡 찔러 댔다. 이엘리는 이제 소리조차 제대로 내지 못하고 자지러졌다.

"흐으⋯⋯."

마침내 두 사람은 함께 절정에 다다랐다. 내내 숨을 삼키고 있던 자카리가 짧게 신음했다.

목 안쪽에서부터 긁어 올리는 것 같은 진득한 신음이었다. 이엘리의 안에 깊숙하게 자리를 잡은 채, 자카리는 부르르 온몸을 떨었다. 뜨겁고 진득한 액체가 그녀의 가장 내밀한 부분을 질척하게 적셨다.

잠시 후, 자카리가 페니스를 빼냈다. 페니스가 달아오른 질벽에 스치면서 빠져나오자, 이엘리가 흠칫했다. 자카리는 배부른 맹수처럼 만족스러운 얼굴로, 온통 땀에 젖은 그녀의 이마에 키스했다.

"내 드레스⋯⋯ 이제 못 입겠어⋯⋯."

그녀가 나른한 목소리로 칭얼거렸다. 격렬한 정사 끝에, 그녀의 드레스는 온통 엉망이 되어 버렸던 것이다. 자카리가 씩 웃었다.

"새 드레스를 맞춰 줄게."

"그런 건 필요 없어, 그보다."

이엘리는 젖은 속눈썹을 깜빡거리며 그를 올려다보았다.

"키스해 줘."

자카리는 이엘리의 명령을 순순히 따랐다. 그는 그녀의 눈가와 얼굴 위로 입을 맞췄다. 빗방울처럼 수없이 떨어지는 키스였다.

*   *   *

신년 무도회는 황실의 가장 큰 행사 중 하나로써, 고위 귀족들은 물론이고 황족들 또한 보통 새해를 황궁에서 맞이하곤 했다.

신년 무도회에 황실의 초대장을 직접 받은 것 자체가 가문의 영광으로 받아들여졌다. 황실이 그 가문을 얼마나 중하게 생각하는지를 증명하기 때문이었다.

"헤센바이츠 공작가에서 이번 신년 무도회의 초대를 거절했다면서요?"

"그러게요. 아무리 그래도 황제 폐하께서 직접 초대장을 보내신 건데 말이에요."

그러므로 공작가가 이번에 황실의 초대를 거절한 건 꽤나 충격적인 일이었다. 공작가가 내세운 이유 자체는 명확했다.

공작 부인이 납치라는 불미스러운 일을 당한 지 얼마 되지 않고, 몸 또한 아직 제대로 회복되지 않았다는 거였다. 황제는 당연히 그 이유를 납득할 수 없었다.

"감히 황실의 초대를 거절해?!"

황제의 신경질적인 태도는 날이 갈수록 더더욱 심해지고 있었다. 게다가 황제가 자존심이 상한 이유는 한 가지 더 있었다. 그 이유는 바로, 공작 부부가 신년 무도회를 제치고 다른 행사에 참석하기로 결정한 것이었다. 그들은 아카데미에 입학한 후원자들의 행사에 방문하겠노라고 전해 왔다.

"어떻게 이럴 수가 있나!"

황제는 무엇보다도 자신의 속내를 공작에게 들킨 것 같아 기분이 나빴다. 공작이 보내왔던 세 납치범들의 머리가 떠올랐다.

"젠장!"

명확한 경고의 의미를 가지는 그 머리를 받고도 황제는 공작가에게 초대장을 보냈다. 자신의 관대함을 과시하기 위해서였다.

하지만 공작가에서는 초대장을 간단하게 거절했다.

"……폐하."

"뭐야, 황후인가!"

황제는 숨을 쌔근쌔근 몰아쉬었다. 어느새 방 안에 들어온 황후가 자신을 지켜보고 있었다.

"무슨 용건인가, 도대체!"

한 나라의 황후이자 자신의 반려를 대하는 언사라고 하기에는, 존중이라고는 단 하나조차 남아 있지 않은 행동이었다. 그 모습을 본 황후는 입술을 짓씹었다. 그녀는 오래된 피로감을 또다시 느꼈다.

"신년 무도회 준비에 대해 말씀드리려 합니다만."

"그딴 건 알아서 해도 되지 않나!"

"……예, 폐하."

황후의 눈빛은 그저 고요했다. 그건 제 남편에게 어떠한 기대도 남아 있지 않은 눈빛이었다.

"그럼 전 이만 물러나 보겠습니다."

황제는 대답조차 하지 않았다. 황후는 방 밖으로 빠져나왔다. 와 장창! 물건이 부서지는 소리가 울려 퍼졌다. 그 소리를 듣던 황후의 표정이 처참하게 일그러졌다. 그리고 주먹을 말아 쥔다.

'언제까지.'

황후는 머리가 아파 오는 것을 느꼈다. 현실에 대한 무력감이 차 근차근 황후를 물어 삼킨다.

'언제까지 이런 삶을 살아야 하는 걸까.'

아무 발전도 없는 삶. 이대로 고귀한 자리에 고여 천천히 썩어 가 야 하는 삶. 너무 피곤했다.

'사랑은커녕, 관계 발전의 가능성조차 보이지 않는 남편과 함께.'

단 한 번도 이런 삶을 원한 적은 없었는데. 황후는 숨을 삼켰다. 미칠 것 같은 기분이 들었다.

'저 사람은 변하지 않을 거야, 평생……'

그리고 나 또한 이 자리에 계속 머물러 있어야 하겠지. 황후가 그 대로 숨을 크게 삼켰다.

"황후 폐하."

그때 목소리가 들렸다. 고개를 돌린 황후의 표정이 미세하게 풀 어졌다. 황후가 이 삭막한 황궁에서 유일하게 믿고 있는 여인이 눈 앞에 서 있었다. 황후는 희미한 미소를 지으며 말했다.

"황녀 전하."

"괜찮으신지요."

그 물음에는 여러 가지 의미가 포함되어 있었다. 황제에게 모욕적인 대우를 받는 것도 그렇고, 황제에 대해 나날이 실망감만 쌓아가는 것도 그랬다. 그 뜻을 알아들은 황후는 미소를 지었다.

"황녀 전하만 하겠습니까."

"……어째 우리의 삶은 언제나 편하지를 못하네요."

황녀가 메마른 미소를 지었다. 최근 황실에서 황녀의 위치가 미묘해지고 있었던 것이다.

헤센바이츠 공작가는 황제와는 다르게 황녀에게는 호의적인 자세를 취했고, 무엇보다도 이번 북부 봉쇄령의 주역이기도 한 공작부인과 황녀가 다져 온 두터운 우정에 황제는 잔뜩 날을 세웠다.

'하지만…… 차라리 그편이 나은 것일지도 모르겠어.'

황녀는 쓰게 웃었다. 황제는 공작가의 눈치를 살피느라 황녀를 건드리지 않고 있었다.

'물론 그런 행동이 언제까지 갈지는 모르겠지만.'

황녀는 냉정한 얼굴로 현 상황을 판단했다. 황제는 이미 자존심을 다쳤다. 거기에 미운털이 박혀, 화풀이 대상으로도 쓸모가 좋은 황녀 자신도 있다.

'당분간은 몸조심해야겠는걸.'

그때 황후가 한숨을 삼키는 황녀를 말끄러미 응시했다. 비스듬히 고개를 꺾은 황후가 피곤한 어조로 말했다.

"황제 폐하께서는 언제쯤 정신을 차리실까요?"

"아직도 그런 기대를 하고 계세요?"

황녀의 냉소적인 대답에 황후는 납득한 얼굴을 했다. 두 여자는 서로에게 픽 웃어 버렸다.

"사람은 변하지 않아요. 이미 고귀한 자리에 계신 폐하라면 더욱 그러겠죠."

"하긴, 기대를 품는 것 자체가 바보 같은 짓이겠죠."

황후는 어깨를 으쓱거려 보였다. 누군가에게 기대를 걸어 그 사람이 나아진다면, 애초에 세상이 이렇게 불합리하지도 않을 것이다. 두 사람은 누가 먼저랄 것도 없이 긴 한숨을 내쉬었다.

"신년 무도회나 준비해야겠어요."

"도와 드릴까요?"

"괜찮아요. 그렇지 않아도 황제 폐하께서 요새 좀 신경이 날카로우시니까요."

그렇게 말한 황후가 씩 웃었다. 아까 전의 무거운 표정과 다르게, 조금 편해 보이는 얼굴이다.

"트집이라도 잡히느니, 혼자 하는 편이 훨씬 나아요."

"이런, 죄송하네요."

"황녀께서 미안해하실 일은 아니죠."

고개를 가로저은 황후가 대답했다. 두 사람은 서로의 고뇌에 공감하며 작게 고개를 끄덕였다.

*　　*　　*

방 안의 물건을 반 이상 깨부순 후에야 황제는 약간 정신을 차릴

수 있었다. 주변은 온통 엉망이었다. 깨진 유리 조각이 구둣발 아래
에서 바작바작 밟힌다. 황제는 지그시 입술을 물었다.

'……그러고 보면.'

황제는 문득 불편한 표정을 지었다. 요새 황제의 신경을 미세하
게 건드리는 위화감이 있었다.

'요새 왜 이렇게 초조하지.'

황제는 손을 들어 얼굴을 세게 문질렀다. 황제는 가끔씩, 스스로
가 어떤 행동을 했는지 기억조차 제대로 하지 못했다.

퍼뜩 정신을 차릴 때마다 자신은 어떤 일을 저지른 상태였고, 황
제의 의지가 아닌, 다른 사람이 제 몸을 움직이는 것 같은 그 기이
한 감각이 든다. 그의 미간에 주름이 잡혔다.

'제기랄, 신경이 너무 예민해.'

가끔 어의에게도 진찰을 받아 봤지만, 근래 피곤하여 신경이 쇠
약해지신 것 같다는 흔해 빠진 대답만 내놓을 뿐이었다. 황제는 신
경질적인 낯이 되어 입술을 잘근거렸다.

'약을 먹어도 제대도 낫는 기색이 보이질 않으니…….'

젠장. 황제는 어의의 무능함에 속으로 욕설을 퍼부었다. 지금 그
의 신경은 마치 팽팽하게 당겨진 얇은 실 같았다. 누군가가 유리 조
각으로 갉작거리는 느낌. 금방이라도 끊어질 것만 같은.

"……후우."

황제는 긴 한숨을 내쉬었다. 이럴 때는 강제로 공작 부인에게 생
각을 돌리는 편이 좋았다. 이상하게 이엘리를 생각하면 마음이 편
해진다. 비록 이번 일은 공작의 방해로 실패했지만…….

"……."

그의 미간에 짙은 주름이 잡혔다. 이엘리. 그녀를 생각할 때마다 어떻게든 그녀를 손안에 넣고 싶은 기이한 충동이 든다. 그 충동이 옳은 건지 그렇지 않은지, 그런 문제는 상관없었다.

'그녀를 갖지 못하면 이대로 미쳐 버릴 것 같다는 느낌이 드니까.'

황제의 시선은 얼음장처럼 차가웠다. 어째서 이엘리는 제게 그런 감정을 불러일으키는 걸까.

'다른 사람도 아니고 오직 그녀만이.'

가끔씩 황제는 제가 그녀에게 집착하는 이유가, 스스로의 감정이 아닌 타인의 감정을 대신 느끼고 있는 것처럼 느껴졌다. 그 생각에 황제는 또다시 불쾌해졌다. 그는 애써 생각을 돌렸다.

'그러고 보니…… 혹시, 이것도 어떻게 보면 기회로 돌릴 수 있지 않을까?'

하지만 어떻게든 이엘리의 생각에서 벗어날 수는 없었다. 황제의 눈동자가 서늘하게 빛났다.

'요새 론도 후작가가 날 불쾌하게 했지.'

론도 후작가는 후작 영애를 황후로 들인 이래로, 내내 황가에게 불편한 낌새를 내비치고 있었다. 황후를 대하는 황제의 태도가 문제가 된 거지만, 황제는 제 잘못은 고려조차 하지 않았다.

'문제는 론도 후작은 제도 귀족들의 대표 격인 귀족이라는 거지.'

그래서 마음에도 들지 않는 영애를 황후로 들인 건데, 버릇없게 굴기는. 황제는 쯧 혀를 찼다.

'게다가 안네로제, 그 계집 또한 마음에 안 들어.'

의자에 주저앉은 황제는 의자 팔걸이를 손가락을 세워 톡톡 두드렸다. 그가 눈을 가늘게 치켜뜬다.

'그딴 계집이 황위 계승권을 가지고 있다니…….'

그러던 중, 황제의 입가에 위험한 미소가 피어올랐다. 턱을 괸 황제가 느른한 표정을 지었다.

'……만약에.'

좋은 생각이 났다. 황위 계승권을 가져 눈엣가시인 황녀와, 시시각각 반기를 드는 론도 후작가를 동시에 치워 버릴 수 있는 방법. 게다가 그 죄를 공작가에게 뒤집어씌울 수 있는 방식이다.

'황녀를 황후가 암살한다면?'

로렌 백작 영애를 이용한 방식은 이미 한 번 실패하긴 했지만, 그 정도에 꺾일 황제가 아니었다. 론도 후작가와 헤센바이츠 공작가가 합작하여 황녀를 해코지한다면 재미있어지지 않겠나.

'황후가 직접 일을 실행한다면 론도 후작도 발을 빼지는 못할 터.'

황제의 유혹에 빠져 직접 일을 저질렀던 로렌 백작 영애도, 그 일의 대가를 치르고 가문이 멸문당하지 않았나. 공작가의 분노가 론도 후작가로 향한다면 독을 독으로 없애는 일이 아닌가.

'그리고 그 암살의 배후를 공작가로 놓아둔다면…….'

공작가가 정말로 일을 저지르는 게 중요한 게 아니었다. 사람들이 그렇게 믿는 게 중요하다.

"……."

황제의 입가가 부드럽게 휘어졌다. 비릿한 미소였다. 황제는 뱀 같은 두 눈동자를 번뜩거렸다.

그때부터 황제는 차근차근 계획을 짜기 시작했다. 비록 한 번의 실패를 거치기는 했지만, 황제 자신이 가진 '아샤의 축복'은 그 모든 실패의 기억을 덮을 정도로 강력한 힘이었다.

사람을 유혹하여 마음대로 조종할 수 있는 힘이라니. 이런 힘을 갖고 있으면서도 활용하지 않는 게 바보다.

'황녀와 황후를 동시에 치우고 공작가를 처리하는 거야.'

황제는 입술 끝을 치켜 올리면서 싱긋 미소를 지었다. 상상만 해도 짜릿한 쾌감이 느껴졌다.

'헤센바이츠 공작이 날 불쾌하게 만들지 않았더라면.'

황제는 지그시 미간을 좁혔다.

자카리 헤센바이츠. 마땅히 자신의 여자가 되었어야 할 이엘리를 곁에 두고 있는 남자. 오만한 북부의 지배자, 감히 황실에 반기를 들면서도 제 행동이 잘못되었음을 인지하지조차 못하고 있는 남자.

자카리를 생각하자 질투심에 뱃속이 조여들었다.

'……굳이 나도 이렇게까지 행동할 필요는 없었을 텐데.'

자카리의 뛰어남과 황제의 이성적이지 못한 행동은 전혀 연관성이 없었음에도, 황제는 당연하다는 것처럼 모든 문제를 자카리에게 몰아 버렸다.

말도 안 되는 판단이었지만, 황제는 이제 자신이 말도 안 되는 생각을 하고 있다는 것조차 인지하지 못하고 있었다. 그가 이를 물었다.

'날 이렇게까지 몰아가다니.'

자카리가 그렇게 뛰어나지 않았더라면. 그가 사랑하는 이엘리를 제 아내로 맞아들이지 않았더라면. 북부가 적당히 황가의 비위를 맞춰 주었더라면.

그랬다면 황제도 위험을 무릅쓰고까지 '아샤의 축복'을 다시 사용할 생각은 하지 않았을 것이다. 황제는 진심으로 그렇게 생각했다.

'내가 이런 마음을 먹게 된 것은 모두, 공작 탓이 아닌가.'

그러니 이건 모두 자카리의 잘못이었다. 황제는 두 눈동자를 뱀처럼 번뜩였다. 자신의 행동에 어떠한 개연성조차 없다는 것을 황제는 인정하려 들지 않았다. 그는 질투심에 어깨를 떨었다.

*   *   *

그리고 며칠 후. 황제는 직접 공작 부인이 후원하는 아카데미의 행사에 자신도 참석하겠노라며 의사를 표시했다.

신년 무도회는 단 하루뿐이지만 아카데미의 행사는 일주일 이상 지속되니까, 신년 무도회가 끝난 이후에 행사에 방문하겠다는 것이다. 이엘리와 자카리는 표정을 굳혔다.

"도대체 황제, 그 작자는 무슨 생각이지?"

"그건 나도 모르겠지만."

자카리는 싸늘한 얼굴로 입술을 열었다. 기웃이 고개를 기울인 자카리가 차갑게 말을 잇는다.

"다른 건 몰라도 긍정적인 의미로 참석하는 게 아니라는 건 알겠어."

"아무래도 그렇지."

"조심하는 편이 좋겠는데."

사실 황제에게 참석하지 말라고 할 명분도 없었다. 게다가 이번 행사에는 황제뿐 아니라, 황후와 황녀까지도 방문한다고 했다.

객관적으로 황가의 일원이 참석한다는 건 아카데미에게 있어 영광이었기에, 두 사람이 왈가왈부할 수 있는 문제 또한 아니었다. 그들은 한숨을 삼켰다.

* * *

그렇게 행사의 날이 밝았다. 아카데미의 행사는 전통적으로 신년에 시작하며, 전시회와 연주회까지 합작으로 진행하는 상당한 규모의 행사였다.

재학생들이 주로 활동하는 행사이긴 하지만, 그들은 차후 미래의 제국 예술계를 지탱하게 될 사람들이다. 행사의 질은 굉장히 높았다.

'한때는 여성들은 아카데미에 입학할 수 없다고 하는 바람에, 학장과 싸우기까지 했는데.'

이엘리는 굉장히 감회가 새로웠다. 처음 이엘리가 여성들을 후원하여 아카데미에 입학시킬 때가 떠올라서였다. 당시 아카데미 측에서는 여성은 이곳에 입학할 수 없다며 난색을 표했었다.

'그런 게 어디 있어? 안 되면 되게 해야지!'

그리하여 이엘리가 선택한 방법은, 학장에게 직접 편지까지 보내가며 싸우는 거였다. 자카리는 이엘리가 지난한 싸움에서 마침내 승리하는 모습을 지켜보았다. 이번 행사는 그 결과였다.

"뿌듯해 보이네, 이엔."

"아, 티 나?"

이엘리는 발그레한 자신의 양 뺨을 손으로 감싸면서 생긋 웃었다. 자카리가 고개를 끄덕였다.

"그렇게 좋아하는 표정을 짓고 있는데 모를 리가 없잖아."

"그렇지만, 정말로 내가 후원한 사람들이 전시회까지 열게 될 수 있을 줄은 몰랐단 말이야."

이엘리는 감개무량한 표정을 지었다. 아카데미가 행사에 여성들도 포함시킨 건 이번이 처음이었다.

사실 헤센바이츠 공작 부인이라는 후원자의 이름과, 그 후원자가 건네는 수많은 기부금들 때문이 아니라고는 할 수 없었다. 하지만 이렇게라도 달라진 모습을 보는 건 역시 기쁘다.

"옳지 못한 것들이 한 번에 바뀔 수는 없어. 하지만……"

이엘리는 반짝이는 눈동자로 자카리를 바라보았다. 그녀는 드물게 활짝 미소 지으며 말했다.

"……이런 변화가 모여 긍정적인 쪽으로 나아가게 될 테니까."

그리고 자카리는 제 아내가 저런 눈동자로 자신을 바라보는 것을 좋아했다. 자신이 옳다고 생각하는 것을 믿고 거침없이 나아가는 이엘리. 자카리는 가볍게 웃으며 이엘리를 끌어안았다.

"네가 내 아내라서 정말 기뻐."

"음, 솔직히 말하자면 내가 너의 도움을 받은 거나 마찬가지지."

자카리의 품에 기대앉은 채 그녀는 그렇게 말했다. 어리둥절한 그를 향해 달콤하게 속삭인다.

"난 운이 좋은 편이야."

"운이 좋다고?"

"그럼, 이렇게 널 만났는걸."

이엘리는 다정한 어조로 대답했다. 눈을 깜빡이던 자카리는 푸스스 미소를 지었다. 하지만 이엘리는 진지한 낯이다. 자카리에게 시선을 고정시킨 채, 이엘리는 단호한 어조로 말을 이었다.

"사실, 귀족들 사이에서 아내의 행동을 이렇게나 지지해 주는 남편은 없는걸."

이엘리는 그녀의 살롱을 스쳐 간 수많은 귀부인들을 생각했다. 그들 중에서 이엘리처럼 자유롭게 행동할 수 있는 귀부인은 아무도 없었다.

자카리는 이엘리를 완벽하게 믿었고, 이엘리가 옳다고 믿고 행동하는 것에도 공감해 주었다. 그녀가 자유롭게 움직일 수 있는 건 그 덕이다.

"오히려 운이 좋은 편은 내 쪽이야."

하지만 자카리는 그녀의 이마에 슬쩍 입을 맞추며 말을 이었다. 푸른 눈은 드물게 진지하다.

"네가 없었더라면 난 세상이 이렇게 따스하다는 것도 몰랐을 테니까."

"······자카리."

이엘리는 조금 뭉클해졌다. 그가 그녀를 얼마나 사랑하는지 너무나도 잘 느껴진다. 때마침 마차가 멈췄다. 슬쩍 창밖을 내다보던 자카리는 먼저 마차에서 내렸다. 그리고 손을 내밀며 씩 웃는다.

"내리실까요, 레이디?"

"배려 감사합니다, 신사님."

이엘리 또한 장난스럽게 대답했다. 두 사람은 나란히 손을 맞잡고 아카데미 안으로 들어갔다.

제국 아카데미는 장밋빛 벽돌로 차근차근 쌓아 올린 고색창연한 건물이었다. 그 규모도 굉장히 컸다. 이엘리는 조금 어색한 태도로 그녀가 후원해 준 학생들에게 일일이 인사를 받았다.

'사실 이렇게 인사치레를 할 생각은 없었지만.'

머쓱한 그녀의 얼굴에 자카리는 지그시 웃음을 삼켰으나, 학생들은 여전히 진지한 낯이었다.

"공작 부인께서는 저희 아카데미에서도 유명 인사세요."

이엘리가 처음으로 후원을 해 준 바이올리니스트, 안나는 장난스러운 얼굴로 그렇게 말했다.

"아, 그건······."

이엘리의 얼굴이 화악 붉어졌다. 별것도 아닌 일에 칭찬을 받는 것 같은 기분이었다. 불공정한 일이 있고, 그녀는 그 일을 고칠 힘이 있었다. 그래서 그냥 할 수 있는 일을 했을 뿐인데.

"처음으로 여학생들을 아카데미에 입학할 수 있도록 도와주셨잖아요."

"전 그저, 남학생들만 아카데미에서 공부할 수 있는 건 불공평한 일이라고 생각했을 뿐이에요."

"맞아요. 그리고 그 불공평함을 가장 먼저 깨뜨려 주신 분이 바로 공작 부인이시죠."

단호한 대답에 이엘리의 입가에 부드러운 미소가 번졌다. 안나는 차분한 어조로 말을 이었다.

"그래서 이번 전시회의 주제는, 저희들을 믿고 지지해 주신 공작 부인께 존경과 애정을 담아."

응? 이엘리는 슬며시 안나를 마주 보았다. 안나는 이제 만면에 생글생글 미소를 짓고 있었다.

"'이엘리'로 정했답니다."

"……."

이엘리는 순간 발끝이 오므라드는 것 같은 간지러움을 느꼈다. 아니, 뭐라고? 농담이지? 그런 심정을 담아 눈앞의 사람들을 바라보았지만, 그들은 진지한 얼굴로 이엘리를 마주 볼 뿐이었다.

"지, 진짜로요?"

"그럼요."

"……."

이엘리는 다시 한 번 침묵했다. 세상에, 부끄러워서 죽을 것 같다. 하지만 그녀 앞의 여학생들은 이엘리를 기대 어린 눈으로 바라볼 뿐이다. 그녀는 결국 시선을 꺾으며 작게 중얼거렸다.

"……고마워요. 이번 행사, 기대할게요."

"감사합니다, 공작 부인."

나이도, 외양도 다른 수많은 여학생들은 이엘리를 향해 환하게 웃어 보였다. 차마 그 얼굴에 대고 자신의 민망함을 표하기는 어려워서, 이엘리는 조심스럽게 뒤로 물러났다.

뺨을 씰룩거리는 자카리를 곁눈질로 쏘아본 이엘리가 툴툴거리며 말했다.

"자카리, 너 정말. 웃지 마."

"······풉."

마치 풍선을 바늘로 콕 찔러 터뜨리듯이, 자카리의 입술 사이로 경쾌한 웃음이 터져 나왔다.

"아하하!"

이엘리는 뾰로통한 낯이 되었다. 한참 허리를 꺾으며 시원하게 웃던 자카리가 고개를 들었다.

"웃음 참는 거, 티 났어?"

"그렇게 뺨을 씰룩거리는데 모르는 게 오히려 바보지."

이엘리는 뚱하니 대답했다. 어찌나 크게 웃었는지, 자카리의 눈가에는 눈물까지 고여 있을 정도였다. 손가락으로 눈물을 닦던 자카리가 이엘리를 품 안으로 끌어당겼다. 그가 다정하게 말한다.

"어쨌든 다들 네게 고마워하는 것 같더라."

"글쎄, 난 불합리한 일을 두고 보고 싶지 않았을 뿐이야."

그렇게 대답한 이엘리는 어깨만 으쓱거려 보일 따름이었다. 연녹색 눈동자가 가늘게 휘었다.

"기회는 공평하게 돌아가야 한다고 생각하거든."

"하지만 그 생각을 실제로 실천하는 사람은 많지 않잖아."

자카리의 드물게 단호한 목소리를 듣던 이엘리는 콧잔등을 찌푸리며 미소했다. 다정한 공작 부부의 모습을 보며 후원받은 학생들은 흐뭇한 눈을 했다. 행사 시작까지 하루가 남아 있었다.

*　　*　　*

이엘리의 지원은 이번 아카데미 행사에서도 여러 곳에 녹아 있었다. 아무리 아카데미에 여학생들이 입학할 수 있게 되었다지만, 아직 아카데미는 여학생들에게 그리 호의적이진 않았던 터였다.

'그래? 그렇다면 돈으로 해결하면 되지.'

하지만 당시 이엘리는 명쾌한 해결책을 내놓았다. 돈으로 안 되는 게 어디 있어? 그런 마음이다. 그녀는 직접 전시관과 연주회장을 대관하는 방식으로 학생들의 전시회를 보조해 주었다.

'세상에, 이니스 홀이라고요?'

특히 연주회를 위해서는 이니스 홀을 대관해 줬는데, 이니스 홀은 아카데미가 있는 도시인 에폴리에서도 가장 유명한 홀이었다. 이니스 홀에서 독주회를 열게 된 안나는 눈물을 글썽였다.

'살면서 이니스 홀에서 독주회를 열게 될 줄은 몰랐어요……'

'그 대신 훌륭한 연주를 들려주세요, 알았죠?'

'물론이지요!'

그때의 대화와, 안나의 반짝거리는 눈동자를 이엘리는 똑똑히 기억했다. 다만 그들의 연주회와 전시회가 '이엘리'라는 제 이름까지 달게 될 줄은 몰랐던 것뿐이다. 그녀는 한숨을 쉬었다.

"뭐, 그래도 다들 즐거워하는 것 같아서 다행이야."

다들 열정적으로 이번 행사를 준비했다는 것이 눈에 보였다. 무엇보다도 자신들의 예술을 마음껏 표현할 수 있는 기회가 거의 주어지지 않았던 여성 예술가들에게 있어, 그녀들만을 위한 행사 회관을 따로 마련하여 준다는 것 자체가 축복과도 같은 일이었다.

"어쨌든 행사 준비는 훌륭하네."

"다들 최선을 다해서 준비했을 테니까."

이엘리는 자랑스러운 얼굴로 대답했다. 그녀가 후원한 사람들이 이렇게 큰 발전을 이루었다.

'후원자로서 조금은 기뻐해도 되겠지?'

이엘리는 생글생글 눈웃음을 쳤다. 자카리는 그런 제 아내를 다정한 시선으로 내려다보았다.

"이엔, 에폴리에 온 이래로 너 계속 기분이 좋아 보여."

"응, 좋아. 내 도움으로 저 사람들이 좀 더 원하는 삶을 선택할 수 있게 된 거잖아."

그렇게 말한 이엘리는 손에 든 로켓 목걸이를 만지작거렸다. 그건 그녀가 후원해 준 학생 한 명이 그녀에게 감사의 의미를 담아 선물한 것으로, 그녀의 초상화가 섬세하게 그려져 있었다.

  '이거, 저에게 주는 건가요?'
  '네. 감사의 마음을 담아서 그렸어요.'

그렇게 말한 학생의 얼굴은 양 뺨을 발그레하게 물들인 채였다.

  '처분은 마음대로 하셔도 좋아요, 다만 마음만 받아 주세요.'
  '소중하게 간직할게요. 정말 고마워요.'
  '아니에요. 저희에게 이런 기회를 주셔서 정말 감사합니다, 공작 부
  인.'

진지한 얼굴로 말하며 고개를 꾸벅 숙이던 그 모습이 눈에 선연
했다. 이엘리는 작게 웃었다.

"이거, 나한테 주면 안 돼?"

고개를 내밀어 초상화 속 그녀를 바라보던 그가 불쑥 말했다. 이
엘리는 고개를 갸우뚱거렸다.

"응? 어디에 쓰려고?"

"내 아내의 그림이잖아. 잘 보관하려고."

자카리의 담백한 대답에 이엘리는 피식 웃었다. 그러고 보면 자
카리는 그녀에 관련한 물건은 집착적으로 보관하곤 했다.

예전에 이엘리가 그렸던 스스로의 초상화까지, 아직도 액자에 넣
어 집무실에 걸어 두지 않았나. 그런 애정이 누군가에게는 부담스

럽게 여겨질 수도 있겠지만.

'난 너무 좋은걸.'

나도 역시 내 남편에게 콩깍지가 썬 지 오래인가 봐. 그녀는 그의
손에 목걸이를 쥐어 주었다.

"잘 보관해 줘야 돼, 알았지?"

"물론이야."

이엘리는 가벼운 마음으로 자카리에게 초상화를 건네주었다. 솔
직히 이엘리 자신보다도 자카리가 훨씬 더 잘 보관할 것이다. 공작
부부는 느긋한 마음으로 행사가 시작되기를 기다렸다.

*　　*　　*

보통 행사 전날에는, 행사 오픈을 기념하여 전야제가 치러진다.
보통은 학생들과 일부 교수진들만 참석하는 소규모 연회로 진행되
지만, 올해의 전야제는 생각보다 규모가 훨씬 더 컸다.

"이번 전야제에는 헤센바이츠 공작 부부께서 참석하신다면서요?"

"맞아요. 아카데미 내에서 공작 부부께서 활보하시는 모습이 몇
번이나 목격됐대요."

"이번에는 공작 부부께서, 공작 부인이 후원하시는 학생들을 찾
아가 격려하셨다면서요?"

평소에는 신년 무도회에 참석하느라 바빠 아카데미의 전야제 따
위는 거들떠보지도 않던 귀족들이었다. 하지만 그들은 이번 전야제
에는 모조리 참석하여 소곤소곤 대화를 나누고 있었다.

"게다가 황제 폐하와 황후 폐하께서도 오신다고 하셨어요."

"그뿐이겠어요? 황녀 전하까지도 참석 의사를 표하셨다고 하더라고요."

"신년 무도회를 끝내자마자 세 분 황족께서 모두 참석하시다니……"

귀족들은 호기심이 가득한 눈초리로 서로 의견을 교환했다. 아직 황제 부부와 공작 부부는 연회장에 모습을 드러내지 않았다. 연회장 안에선 여러 가지 추측성 대화들이 난무하고 있었다.

"이제 본격적으로 황가에서도 아카데미를 지원하시려는 뜻이실까요?"

"너도 참, 순진한 말을 하는구나. 아마 공작 가문을 견제하시느라 그런 거겠지."

두 눈을 반짝이는 순진한 딸아이의 질문에 노련한 귀부인은 부채를 펼쳐 입을 가리며 말했다.

"하지만 뭐…… 이번 방문으로 아카데미의 행사는 전례 없는 호황을 누리게 될 거야."

귀부인이 차분한 목소리로 말을 이었다. 제국의 어버이인 황제와 황후가 참석했고, 유일한 황위 계승권자인 황녀도 함께했다.

무엇보다도 그런 황제 일가와 견주어 모자람 없는 헤센바이츠 공작가가 지원을 하고 있다. 이만한 경우는 아마 아카데미가 창설된 이래로 처음일 터다.

"연회에 참석한 귀족들의 눈에도 뜨일 수 있고, 잘하면 후원도 새로 받을 수 있을 테니까."

"그, 그런 건가요?"

"그런 거란다, 아가."

아직은 사교계에 대해 감을 잡지 못한 딸아이였다. 귀부인은 상냥한 목소리로 설명을 이었다.

"너도 사교계에 오래 몸담기 위해서는 이런 물밑 세력 다툼에 민감해져야 해."

영애는 잔뜩 긴장한 얼굴이 되어 고개를 끄덕였다. 부채를 접어 톡톡 치며 귀부인이 말했다.

"글쎄, 이번 기회에 우리 가문도 한둘쯤 재능 있는 학생을 지원할까 싶기도 하고……."

귀부인은 슬쩍 주변을 돌아보았다. 이번 연회에는 아카데미의 교수들과 학생들도 당연히 자리를 차지하고 있었다. 수많은 귀족들 사이에서 대부분의 학생들은 상당히 긴장한 표정이었다.

"이번 행사에 참여한 학생들은 꽤나 좋겠어."

귀부인이 희미한 미소를 지었다. 이런 호황을 불러일으킨 공작 부인의 수완에, 그녀를 포함한 귀족들은 내심 감탄하고 있었다.

"이제 조금만 기다리면 연회가 시작되겠구나."

헤센바이츠 공작 부인에 대해서는 귀족 사회에서도 여러 소문이 한창이었다.

낮은 신분에도 불구하고 황제와 공작의 마음을 동시에 사로잡은 꽃 같은 미녀. 공작과의 이혼과 재결합, 그 와중에 황제가 공작 부인에게 몇 번이고 구애했던 것까지 모두 호사가들의 입을 즐겁게 했었다.

게다가 최근에는 납치 사건과 북부 봉쇄령에 대한 이야기로 제국이 떠들썩해지지 않았나.

고위 귀족들과 다르게 그녀를 실제로 만날 기회가 없었던 중소 귀족들은 소문의 공작 부인에 대하여 상당한 호기심을 가지고 있었다. 궁금함을 못 이긴 귀족들이 연회장의 정문을 흘끔거리며 돌아보았다.

*　　　*　　　*

그러나 그 관심을 한 몸에 받고 있는 공작 부인은 현재, 황제와 만난다는 사실에 신경이 상당히 예민해진 상태였다.

"으, 정말 싫어."

이엘리는 입술을 뾰족하게 내밀며 중얼거렸다. 그녀를 에스코트하던 자카리가 질문을 던졌다.

"왜 그렇게 기분이 안 좋아?"

"세상에서 제일 보기 싫은 인간을 만나야 하는데, 그럼 기분이 좋겠어?"

잔뜩 미간을 구긴 이엘리가 자카리를 돌아보았다. 마주 잡은 손에 힘을 준 그녀가 툴툴거린다.

"아니, 그 인간은 뭐 하러 아카데미까지 온다는 거야? 그냥 제도에나 있지."

이엘리는 황제에 대한 적대감을 숨기지 않았다. 자카리는 희미한 기쁨을 느꼈다. 황제를 만나느라 느껴야 하는 불쾌감과는 별개로, 이엘리가 황제를 싫어한다는 것 자체는 기분이 좋았다.

"……뭐, 그래도 지금은 표정을 구기고 있으면 안 되는 상황이니까."

한숨을 푹 쉰 이엘리는 허리를 곧게 펴고 고개를 똑바로 치켜들었다. 어린아이처럼 투덜거리던 모습은 간데없이, 순식간에 우아한 귀부인으로 탈바꿈한다. 자카리는 눈을 동그랗게 떴다.

"우리 이엔, 갑자기 흠잡을 데 없는 귀부인이 되어 버렸잖아?"

자카리가 장난스럽게 그녀의 뺨을 톡 건드렸다. 푸른 눈동자가 애정을 담고 그녀를 응시한다.

"뭐라는 거야, 난 원래 흠잡을 곳이라곤 없었거든?"

이엘리가 새침한 눈초리로 자카리를 흘겨보았다. 그런 제 아내가 사랑스러워, 자카리는 또다시 웃음을 베어 물고 말았다. 잠시 후, 공작 부부는 한껏 금슬을 과시하며 연회장에 입장했다.

공작 부부가 연회장에 입장하는 순간, 연회장 안쪽은 바람에 휘말린 호수 표면처럼 한껏 술렁거렸다. 그 정도로 공작 부부의 존재감은 대단했다.

황가나 대귀족가에서 주최하는 공식 연회가 아니었기에 시종이 직접 입장을 고하지는 않았음에도, 입장하자마자 그들에게 시선이 몰렸다.

"드디어 공작 부부께서 오셨네요."

"다들 어떻게든 눈도장이라도 한번 찍으려고 난리인걸요."

귀족들은 다시 한 번 소곤소곤 목소리를 낮추어 대화를 나누었다. 사실 그럴 만도 했다. 제국 유일의 공작가이자 북부의 지배자, 황가와도 견줄 수 있을 세력가는 역시 유혹적인 법이니까.

"그건 그렇고 공작 부부께서 외부에 모습을 드러내신 건, 납치 사건 이후로 처음이지요?"

공작 부인의 납치로 인해 북부에 대규모 봉쇄령이 내려졌던 것은 두고두고 회자되는 이야기였다. 이후 황가는 북부에 세금을 부과하는 방식으로 맞대응했으나, 공작가에는 타격이 딱히 없었다.

"맞아요. 여러 일화가 있으신 분이시니, 어떤 분이실지 조금 궁금하기는 하네요."

"황제 폐하에게도 자기의 의견을 굽히지 않는다는 소문은 들었어요."

"아마도 주관이 확실하신 분인가 보지요?"

사실 이엘리를 바라보는 귀족들의 시선은 호의적이지만은 않았다. 그들에게 헤센바이츠 공작 부인은 대귀족가의 안주인이었고, 또한 공작과 황제의 사랑을 동시에 받았다.

게다가 황제와 망설임 없이 대립하거나, 다른 이의 시선 따위는 전혀 신경 쓰지 않고 여성 예술가들을 지원하는 모습도 특별했다. 그랬기에 공작 부인이 콧대가 높을 거라는 나름대로의 편견이 있던 터였다.

"헤센바이츠 공작 각하, 그리고 공작 부인을 뵙습니다."

하지만 그 편견은 순식간에 눈 녹듯 사라지고 말았다. 용기를 낸 귀부인 하나가 공작 부부에게 정중하게 건넨 인사에 공작 부인이 살가운 목소리로 받아 준 것이다.

"어머나, 안녕하세요."

"이렇게 만나 뵙게 되어 정말 영광이에요."

"아니에요, 오히려 제가 더 반갑지요. 내내 북부에 있었기에 이런 만남 자체가 드물었답니다."

공작 부인은 화사한 미소를 지었다. 오히려 무뚝뚝한 건 공작 쪽이었다. 마치 공작 부인을 홀로 독점이라도 하고 싶다는 양, 제 아내에게 인사를 건네는 모든 사람들을 찬 시선으로 훑는다.

"자카리."

보다 못한 공작 부인이 팔꿈치로 제 남편의 허리춤을 쿡쿡 찔렀다. 그가 그제야 뚱하니 입을 연다.

"반갑습니다. 대화를 나눌 수 있어서 무척 기쁘군요."

비록 말투는 정중했으나, 그 표정이며 태도가 시큰둥하다는 것쯤 모르래야 모를 수가 없었다.

'공작 각하께서는 계속 공작 부인만 바라보고 계시네.'

인사를 한 귀부인은 흘끔 공작을 곁눈질했다. 공작의 눈은 오로지 공작 부인에게 향해 있었다.

"이번 아카데미 행사도 무척 기대가 된답니다."

"그러실 만도 하죠, 이번에 공작 부인께서 후원하시는 학생들이 많이들 나오니까요."

"부끄럽지만 제가 지원한 학생들이 열정이 넘치거든요. 후원하길 잘했다는 생각이 들어요."

어휴, 내가 못 살아. 공작 부인은 딱 그런 표정을 지으면서 대화의 주도권을 가져갔다. 공작은 제 아내가 대화하는 모습을 옆에서 빤히 지켜볼 따름이었다.

아내를 응시하는 공작의 눈빛이 어쩌나 달콤한지, 공작 부인과

이야기를 나누는 귀부인의 입 안까지 달게 느껴질 지경이었다.

'적어도 공작 각하와 공작 부인의 금슬이 좋다는 소문은 사실인가 보네.'

귀부인은 머쓱한 얼굴로 그렇게 생각했다. 그런데 그때, 다시 한번 연회장 안이 술렁거렸다.

"황제 폐하께서 도착하셨어요!"

"황후 폐하와 황녀 전하께서도 함께 입장하시네요!"

그 말을 듣자, 애써 생글생글 웃고 있던 공작 부인의 표정이 처음으로 굳어졌다. 공작 또한 마찬가지다. 순식간에 싸늘해진 분위기에, 공작 부부의 근처에 있던 귀족들은 마른침을 삼켰다.

"이런, 헤센바이츠 공작 부부를 여기서 뵙게 될 줄은 몰랐군요."

그때 유들거리는 목소리가 들렸다. 공작 부부는 똑같은 표정으로 목소리의 주인공을 돌아보았다. 불쾌감 가득해 보이는 얼굴에 황제가 어깨를 으쓱이며 입을 연다.

"제국의 태양인 황제에게 인사조차 하지 않는 겁니까?"

"제국 유일의 공작에게 최소한의 예의도 지키지 않는 폐하께 그런 말을 듣고 싶지는 않군요."

자카리는 칼로 얼음을 깎아 조각한 것처럼 서늘한 얼굴로 그렇게 대답했다. 그러자 황제가 얼굴을 확 붉혔고, 그 모습에 경악한 사람들은 헛숨을 들이마셨다. 하지만 자카리는 싸늘하게 빈정거릴 따름이었다.

"아마 폐하께서는 북부가 폐하께 머리를 조아리고 알아서 기었으면 하고 바라셨겠지요."

"헤셴바이츠 공!"

"그런데 오히려 북부가 알아서 잘 사니까, 꽤나 분하기라도 하셨나 봅니다."

분노에 찬 황제가 왈칵 언성을 높였음에도 자카리는 눈썹 한 올조차 까딱하지 않았다. 오히려 주변 사람들이 겁에 질려 둘의 눈치를 살필 정도였다. 자카리는 냉정한 말투로 말을 이었다.

"먼저 세금 조치를 해제하실 정도였다면, 처음부터 시도를 하지 마시지 그러셨습니까?"

"공, 말이 심하십니다!"

"말이 심한 게 먼저입니까, 행동이 심한 게 먼저입니까?"

눈을 가늘게 뜬 자카리가 삐딱하게 되물었다. 황제는 이제 목덜미까지 벌겋게 물들인 채였다.

"먼저 심한 행동을 저지르신 쪽은 폐하인 것으로 압니다만."

세금 관련 문제로 공작가와 황가의 사이는 이미 최악으로 치달아 있는 상태였다.

황제를 앞에 두었을 땐 최소한의 예의를 지키던 자카리는, 이번에는 말을 가리지 않았다.

평소라면 자카리를 진정시켰을 이엘리 또한, 호의적이지 않은 눈빛으로 황제를 바라볼 뿐이었다. 그가 이어 말했다.

"이미 북부에게 세금을 물린 점에서."

기웃이 시선을 기울여 황제를 응시하는 그의 눈동자에는, 온기라고는 전혀 남아 있지 않았다.

"폐하께서 북부를 어떻게 생각하고 계시는지…… 모조리 티가 나지 않습니까?"

그 물음은 정치적으로 날카롭게 파고드는 질문이었다. 이미 황제가 먼저 북부를 제국에서 제외한 게 아니냐는 뜻.

황제는 허를 찔린 얼굴을 했다. 분위기가 순식간에 차갑게 가라앉았다.

"그건 공작의 오해일 뿐입니다."

"오해라. 그렇다면……."

자카리가 두 눈을 가늘게 뜬 채 황제를 마주보았다. 자카리의 입술 끝이 비스듬히 올라간다.

"황가와 공작가 사이에는 이미, 오해가 너무 많이 쌓인 것이나 다름없군요."

"……."

"……."

싸늘한 침묵이 흘렀다. 공작가와 황가가 냉전 상태라는 건 사실, 이 자리에 모인 모든 귀족들이 다 알고 있었다. 하지만 공작이 저렇게까지 냉랭하게 선을 그을 거라고는 예상치 못했다.

"그렇다면 오해부터 풀면 되지 않겠습니까."

황제는 애써 미소를 지으며 입을 열었다. 공작이 깐깐하게 구는 게 귀찮기는 했지만, 어쨌든 공작가는 황가의 신하 아닌가. 신하가 주군의 말을 받드는 건 당연한 일이다.

게다가 황제인 자신이 관대하게, 먼저 화해의 신호를 보내 주지 않나. 잘 풀릴 것이다, 그렇게 생각하던 그때.

"아니요."

뭐? 황제가 두 눈을 부릅떴다. 자카리는 매끄러운 동작으로 한 걸음 뒤로 물러나면서 말했다.

"황가와 공작가 사이의 오해를 풀 생각이셨다면, 처음부터 그리 행동하셨을 테니까요."

"그건……!"

황제가 무어라 항변하려고 했다. 하지만 자카리는 여전히 단단하게 세운 벽을 허물지 않았다.

"폐하께서는 이미 몇 번이나."

빙해처럼 새파란 눈동자가 황제를 똑바로 바라보았다. 그 안쪽의 황제는 약간 당황한 낯이다.

"제가 그어 두었던 최소한의 선을 넘지 않으셨습니까?"

그렇게 말한 자카리가 슬쩍 시선을 돌렸다. 그의 시선 끝에는 단호한 얼굴의 이엘리가 서 있었다.

황제가 제 아내의 납치 사건에 관여했음을 알고 있다는 무언의 압박이며, 또한 황제와 더 이상 대화를 나눌 필요가 없음을 말하는 것이기도 했다. 황제가 입술을 잘근 당겨 물었다.

"……공작, 어째서 대화 자체를 거부하려 하시는 겁니까?"

"두 가문의 관계가 이토록 엉망이 된 시발점은 폐하라고, 전 감히 생각합니다만."

자카리는 무표정한 얼굴로 황제에게 반박했다. 황제의 얼굴이 붉으락푸르락하게 변해 버렸다.

"공작께서는 황가에 대한 최소한의 예의조차 차리지 않으시는군요."

대꾸할 말이 없어진 황제는 이제 예의 운운하기 시작했다. 엄연히 트집을 잡아 늘어지는 행동이었기에, 조마조마한 마음으로 상황을 지켜보던 귀족들마저도 저도 모르게 인상을 찌푸렸다.

"공작가와 황가의 관계는, 제 입으로 직접 인정하기는 뭣하지만 현재 최악입니다."

자카리가 바늘로 찔러도 피 한 방울 나오지 않을 것 같은 표정으로 대꾸했다.

"그런데 폐하께서는 공작가에 양해와 사죄를 구하기보다는 막무가내로 다가오셨지요."

"막무가내라니! 어찌 황제에게 양해와 사죄를 운운한단 말인가!"

황제는 저도 모르게 목소리를 높였다. 자카리는 이제 한심하다는 표정을 감추지 않았다.

"북부를 제국 밖의 존재로 만들었던 건 바로 폐하이십니다."

정곡을 푹 찔러 오는 말에 황제는 잠시 입을 다물었다. 북부에 부과한 세금. 그 문제가 이렇게 발목을 붙들 줄이야. 정치적으로 불리한 위치에 서게 된 빌미를 황제 자신이 주고 말았다.

"먼저 무례를 저질렀고, 그 무례 때문에 관계가 망가지고 만 거라면."

자카리는 또박또박 말을 이었다. 새파란 시선은 황제의 속을 모두 들여다보고 있는 것 같다.

"상식적으로 먼저 상대방의 의중부터 파악한 이후 행동하셔야 하는 게 아닙니까?"

"황제인 내가 이 정도로 먼저 굽혀 줬으면, 이쪽에서 공작도 굽혀야 하는 게 맞는 게지!"

황제가 버럭 고함을 질렀다. 황제의 얄팍한 인내심은 이쯤에서 모조리 끊어져 버리고 말았다.

"폐하께서 그렇게 말씀하실 줄은 이미 예상하고 있었습니다만, 막상 이렇게 듣게 되니."

그런 황제를 말없이 바라보던 자카리는 이내 입술을 비틀어 올렸다. 그가 어깨를 으쓱이며 말한다.

"역시 좀 실망스럽군요."

"공작, 말조심하시오!"

"폐하께서 먼저 행동을 조심하지 않으셨는데, 저만 조심해야 할 이유는 없지 않겠습니까."

당연하게 돌아오는 말에 황제는 말문이 턱 막히는 것을 느꼈다. 황제는 속으로 욕을 뱉었다.

'제기랄!'

가장 분한 건, 공작의 말이 내심 옳다고 생각하고 있는 황제 자신이었다. 가슴속 깊은 곳을 헤집어 놓는 공작에 대한 질투와, 그 질투를 감추기 위해 강제로 피어 올린 들불 같은 분노.

"황가의 상징이신 폐하께서 이런 식으로 행동하시다니."

하지만 자카리는 말을 멈추지 않았다. 바짝 날이 선 냉소적인 말투였다. 공작가는 이미 황제의 무례함을 너무 오래 참았다. 그는 이제 직접적인 대립까지 불사할 생각이었다.

"아무래도 황가는 타 가문에 대한 예의는 잊어버린 지 오래인가 봅니다."

자카리는 한쪽 눈썹을 치켜 올리며 입을 이었다. 그때 보드라운 손이 자카리의 손을 쥐었다.

"자카리, 그만해."

"……이엔."

한껏 가시를 세웠던 자카리의 표정이 순식간에 풀어졌다. 그 이유는, 자카리를 똑바로 바라보는 새싹 같은 연녹색 눈동자 때문이었다.

황제는 힐끔 이엘리를 바라보았다. 오만불손한 공작과 다르게, 그래도 공작 부인은 아직 황가를 대하는 예의를 알고 있군. 그가 속 편하게 생각하던 때였다.

"시간 낭비하지 마."

가볍게 고개를 내저은 이엘리가 곧장 말을 내뱉었다. 황제의 얼굴이 저도 모르게 찌그러졌다.

"여기서 소모적인 말다툼을 하고 있느니."

황제와의 대화를 단순히 '소모적인 말다툼'이라고 치부해 버린 이엘리가 사납게 미소 지었다.

"차라리 일찍 돌아가서 휴식이라도 취하는 편이 훨씬 더 낫겠어."

"그래, 이엔. 네 말이 맞는 것 같네."

이엘리의 말에, 자카리는 솜털처럼 부드러운 목소리로 대답했다. 그가 빙긋 마주 웃었다.

"역시 내 아내는 현명해."

"그저 사실을 말한 것뿐인걸."

가볍게 어깨를 으쓱여 보인 이엘리는 보란 듯이 자카리의 팔을 끌어안았다. 누가 보아도 공작 부부의 다정한 금슬을 과시하기 위한 태도였다. 그리고 얼이 빠진 황제를 향해 생긋 눈웃음을 친다.

"그럼, 폐하."

"헤, 헤센바이츠 공작 부인."

"저희는 몸이 고단하여, 이만 물러나겠습니다."

낭랑하게 입을 연 이엘리는 자카리의 팔을 끌어안은 손에 힘을 준 후 그대로 말을 잇는다.

"부디 좋은 시간 보내시기를."

"이게 무슨……!"

하지만 그녀는 황제의 말 따위 더 들을 생각조차 없었다. 공작 부부는 연회장을 빠져나왔다.

*   *   *

이번 전야제의 주인공이나 다름없었던 공작 부부가 전야제 초반에 자리를 비워 버렸다. 아무리 황제 일가가 전야제가 끝날 때까지 머무르고 있었다지만, 공작 부부가 있는 것과 없는 것은 분위기 자체가 전혀 달랐다.

험악한 얼굴을 한 황제로 인해 황녀와 황후가 필사적으로 분위기를 완화시키기 위해 노력했기에, 전야제가 무사히 종료될 수 있었다.

"정말 피곤하네요……."

전야제가 끝난 이후, 방으로 돌아가던 황후는 지친 얼굴로 황녀에게 소곤거렸다. 데친 배추처럼 축 늘어진 황녀도 말없이 고개를 끄덕였다.

"아무리 그래도 황제 폐하께서 그렇게 행동하셔서는 안 됐는데."

황후가 한숨을 섞어 중얼거렸다. 엄연히 황가가 먼저 무례를 저지른 입장에서, 공작가에게 그런 식으로 굴어서는 안 됐다. 거기까지 생각하던 황후는 어깨를 으쓱이며 고개를 가로저었다.

"뭐, 사실 폐하께서 대화가 통하시는 분은 아니지만요."

황제가 변할 거란 기대를 품느니, 차라리 내일 태양이 서쪽에서 뜨기를 바라는 게 나을 터다.

"그건…… 그렇죠."

황녀도 황후의 말에 동의했다. 두 여자는 각자의 방에 돌아가기 전에, 서로 인사를 나누었다.

"잘 자요."

"황후 폐하도 좋은 밤 되세요."

두 여자는 빙그레 미소 지었다. 하지만 그 미소의 끝은 조금 씁쓸해 보였다. 어쨌거나 험난한 황궁 생활에서 유일한 친구이자 동지는 눈앞의 상대밖에 없었으므로. 그들의 삶은 고단했다.

*   *   *

방 안에 홀로 앉아서 오늘 전야제의 일을 곱씹는 황제의 얼굴은 그리 편하지 못했다.

"······안 되겠어."

입술을 잘근잘근 씹던 황제는 결국, 신경질적인 표정으로 중얼
거렸다. 이런 패배감에 계속 젖어 있을 수는 없었다.

헤센바이츠 공작에 대한 열등감과 질투는 이제 악몽 속 괴물처
럼 몸을 부풀린 채였다. 황제는 이미 그 괴물에게 마음을 빼앗겼고,
올바른 판단을 할 수 없게 되었다.

'아무래도 빨리 일을 진행해야겠어.'

처음에는 조금만 더 기다려서 안전하게 일을 진행하자고 생각했
지만, 이제 그게 아니었다. 지금 당장 이 열패감을 해결하지 않으면
돌아 버릴 것 같았다.

가슴을 꾹꾹 조이는 수많은 감정들. 그 위로 방점을 찍는 이엘리
의 경멸에 찬 얼굴. 결국 황제는 황후를 찾아가기로 결정했다.

*   *   *

"······폐하?"

밤늦게 찾아온 황제를 보며, 황후는 눈살을 찌푸렸다. 황제는 황
후에게 빙그레 미소를 지었다.

"황후. 할 말이 있어서 찾아왔습니다."

"제게요?"

황후는 멈칫했다. 지금껏 황제가 황후를 존중하는 모습을 보인
적은 단 한 번도 없었다. 그런데 지금의 황제의 태도는 지나치게 부
드러웠다. 게다가 상호 존대라니, 지금까지 황제에게 저런 배려를

찾아볼 수 있었던 적이나 있나.

급격한 변화는 기쁨보다는 경계심을 불러일으켰다.

"그럼요."

"……."

"부부가 단둘이 오랜만에 오붓하게 대화를 나누는 것도 필요하지 않겠습니까."

표정이 딱딱하게 굳은 황후를 향하여 황제는 나긋하게 말을 이었다. 황후가 입술을 깨물었다.

"……저희가 언제부터 그런 오붓한 대화를 나눌 정도로 친밀한 관계였습니까?"

"그렇게 말하시니 굉장히 섭섭합니다, 황후."

황제는 슬쩍 눈썹을 찡그리며 대답했다. 그러고는 마치 협박하듯이 제 아내에게 입을 열었다.

"론도 후작이 짐에게 불온한 태도를 취하는 건, 황후께서도 이미 알고 계시겠지요?"

황후는 기가 막혔다. 론도 후작이 그렇게 행동하는 건 모두 황제 때문이었다. 소중한 딸을 허울뿐인 황후 자리에 앉힌 것으로도 모자라, 최근에 황제는 귀족들을 압박하는 정책을 펴고 있었다.

중앙 정계의 대표 격인 론도 후작이 황제와 대립하게 되는 것은 사실 당연한 일이었다.

"하지만 그런 것을 따지러 온 것은 아닙니다."

뱀이 풀숲 아래의 은밀한 그늘을 스쳐 지나가듯 매끄러운 목소리였다. 황제가 황후를 불렀다.

"황후."

"예, 폐하."

"여기 보십시오."

황제의 느른한 목소리에 황후는 무심결에 시선을 돌렸다. 황제의 회색 눈이 기이하게 빛났다.

"황후께서는 안네로제와 친근한 관계를 맺고 계시지요."

"……폐하?"

황후는 순간 온몸을 스치는 묘한 기분을 느꼈다. 이걸 어떻게 설명해야 할까. 누군가가 차가운 손으로 벗은 등을 쓰다듬는 느낌이었다.

순식간에 온몸이 강제로 발가벗겨지고, 의식의 가장 깊숙한 곳을 강제로 드러내는 기분 나쁜 감각. 하지만 황제의 말은 아직 끝나지 않았다.

"그러니 황후께서는 안네로제의 음식에 약 정도는 간단히 섞을 수 있을 겁니다."

그 목소리를 듣던 황후의 어깨가 뻣뻣하게 굳었다. 지금, 뭐라고? 황후는 와락 미간을 구겼다.

"제, 제가 왜 그래야……."

반사적으로 튀어나온 대답이 그리 만족스럽지 않았는지, 황제는 슬며시 눈살을 찌푸렸다. 황후는 지금, 자신의 암시에 반항하고 있었다. 황제는 다시 한 번 힘을 주어 말을 이었다.

"할 수 있죠?"

"……."

황후의 눈동자가 순간 몽롱해졌다. 온 세상이 물렁물렁하게 느껴지는 반면에, 황제의 목소리만이 또렷하게 귀에 와닿았다.

가장 은밀한 곳에 침입한 무언가가 그녀의 의지와 마음을 지배하기 시작했다. 약간의 이물감을 느끼긴 했으나, 황후는 금세 그 이물감에 적응하고 말았다.

"……그렇게 하겠습니다."

"당연히 그러셔야지."

그제야 황제는 만족스러운 얼굴로 고개를 끄덕였다. 황후는 멍한 얼굴로 황제를 바라보았다.

*　　*　　*

아카데미의 행사가 진행되는 일주일 동안 학생들은 소규모로 제각기의 전시를 진행한다.

이엘리가 후원하는 학생들의 행사가 열리는 날은 행사의 둘째 날이었다.

'그리고 오늘 황제 일가가, 내가 후원하는 학생들이 여는 아카데미 행사에 참석하기로 했지.'

아침 일찍 일어나 행사를 관람할 준비를 하던 이엘리는, 문득 불쾌한 사실 하나를 기억해 냈다. 전야제에서도 신경전을 벌이느라 굉장히 피곤했었는데, 그날에 이어 오늘도 또 어쩔 수 없이 황제를 봐야 하는 것이다.

그나마 황후와 황녀를 다시 만나는 것만이 위안이었다. 정말 못 살아. 이엘리는 질색을 하며 밖으로 빠져나갔다. 자카리가 익숙하게 그녀를 에스코트했다.

"이엔, 오늘은 또 표정이……."

"황제를 만나는 건, 전야제 한 번만으로도 충분하다고 생각하는데."

이엘리는 뚱한 표정으로 고개를 기울였다. 자신이 이렇게나 누군가를 싫어하게 될 줄 몰랐다.

"이번에도 또 그 얼굴을 봐야 한다고 생각하니까 속이 메슥거려서 말이지."

이엘리는 신랄하게 대답했다. 자카리는 쓰게 미소 지었다. 사실 그도 제 아내의 마음을 이해 못 할 것도 아니었기 때문이었다.

자카리는 이엘리의 손을 가볍게 움켜쥐며 손등에 키스했다.

"그래도 오늘은 잘생긴 남편이 곁에 있으니까 좀 참아."

기가 막힌 얼굴이 된 이엘리가 자카리를 위아래로 뜯어보았다. 자카리는 뻔뻔한 얼굴로 이엘리와 시선을 맞췄다. 이엘리는 결국 픽 웃어 버렸다. 하긴, 제 남편이 좀 많이 잘생기긴 했다.

"그래, 잘생긴 남편이 있으니까 오늘만 참는다."

이엘리는 자카리와 손을 맞잡은 채 마차 안에 올랐다. 마차가 행사장으로 달려가기 시작했다.

이 당시의 이엘리는 잘 몰랐지만, 이번 행사를 기점으로 예술계의 새로운 사조가 생겼다. '여성 예술가'들이 '여성'을 모델로 작업하는 것으로써, 헤센바이츠 공작 부인은 새로운 사조를 연 후원자이자 새로운 예술의 뮤즈로서 예술사에 그 이름이 남게 되었다.

물론 그건 이 행사가 끝난 이후 한참 시간이 지난 뒤의 이야기였다.

＊　　＊　　＊

전시회장의 규모는 무척 컸다. 그림과 조각, 대규모 구조물을 포함한 갖가지 예술 작품들이 차례로 전시되어 있었다.

전시회장을 커다랗게 터서 관람객들이 쉬이 왕래가 가능하도록 만들어 두었다. 그것이 관람객들의 호기심을 끌었는지, 전시회장 안엔 관람객들이 상당히 많았다.

"자카리, 난 학생들을 잠시 만나 보고 올게."

"함께 갈까?"

"아니, 마차에서 기다려 줘. 어차피 금방 이니스 홀로 갈 테니까."

"알았어, 그럼 빨리 와."

자카리는 작게 고개를 끄덕였다.

이엘리가 발걸음을 재개 놀렸다. 자카리와 함께 움직이면 너무 눈에 띈다. 어차피 적당히 인사만 남기고 돌아설 생각이었으므로, 혼자가 훨씬 더 나았다.

'황제 일가는 오늘 행사에 참석한다더니, 소식조차 없네.'

이엘리는 계단을 걸어 올라가며 그렇게 생각했다. 자존심을 굽히고 행사에 참석한 만큼, 쩌렁쩌렁하게 자신의 방문을 홍보할 거라고 생각했건만.

이엘리는 행사장에 들어가 이번 전시회의 주최자들에게 인사를 받았다.

"황후 폐하?"

전시회장을 빠져나가려던 이엘리는 저도 몰래 멈칫하고 말았다. 예상치 못하게 황후와 마주치게 된 것이다.

"헤센바이츠 공작 부인?"

"화, 황후 폐하?"

언질조차 없이 황후가 이 전시회장에 방문했단 말인가? 이엘리는 아연한 기분이 되어 버렸다.

"황후 폐하를 뵙습니다."

이엘리는 우선 인사부터 올렸다. 무언가 미심쩍은 느낌이 들었다. 그녀가 조심스레 질문했다.

"황후 폐하 혼자 계시나요?"

정말 이상한 일이었다. 황제와 황후는 어쨌든 제국의 지배자와 그 아내로서, 겉으로나마 사람들 앞에서는 함께 행동하곤 했었다. 그렇게 행동하는 것을 질색한 황후였지만, 황제의 고집에 못 이겨 울며 겨자 먹기로 함께 다니곤 했는데.

"……네, 혼자 있어요."

몽롱한 시선을 이엘리에게 고정시키며 황후가 생긋 웃었다. 그 미소가 마치 가면처럼 보였다.

"……."

이엘리는 저도 모르게 입술을 짓씹었다. 뭐지, 이런 기분 나쁜 위화감. 황후가 말을 덧붙였다.

"황제 폐하께서는 안쪽에서 작품을 관람하고 계신답니다."

그것도 이상했다. 평소의 황제라면 자신의 방문을 쩌렁쩌렁하게 알리며 등장했을 것이다. 그런데 황제가 이렇게 조용히 입장했다고? 게다가 이엘리에게 오늘은 한 번도 치근대지 않았다.

'이번 납치 사건 때문에 그런 건가? 하지만…… 그렇다고 생각하기에는.'

이엘리는 묘하게 마음 한구석이 불편해졌다. 마치 태풍이 밀려오기 직전의 고요함을 겪고 있는 기분이었다. 게다가 황후의 태도도 뭔가 이상했다. 이상하게 초점이 흐린 눈, 어색한 동작.

'평소의 황후 폐하라면 저러시지 않을 거야.'

황후는 영민하고 상황 판단이 빠른 여인이었다. 또한 황제에 대해 냉철한 시선을 견지한 사람이기도 했다. 작금의 상황을 가장 먼저 수상하게 여길 황후가, 저렇게 멍한 태도를 보인다니?

"제게 무슨 할 말이라도 있나요?"

그때 황후가 이엘리에게 질문을 던졌다. 이엘리는 고개를 가로저었다. 그 모습에 황후는 고개를 끄덕이면서도 말을 이해한 기색은 아니었다.

바로 그때, 유쾌한 목소리가 그녀의 귓전을 파고들었다.

"헤센바이츠 공작 부인."

"……황제 폐하."

바로 황제였다. 만면에 환한 미소를 띤 황제가 가벼운 발걸음으로 두 여인을 향해 다가왔다.

"오랜만에 보는군요."

"예, 폐하."

이엘리는 무표정한 얼굴로 대답했다. 뭐지, 이 위화감. 사람을 불쾌하게 만드는 이 끈적거림.

"공작 부인은 언제나 더 아름다워지시는 것 같군요."

"……."

이엘리는 침묵했다. 그렇게 말한 황제는 이엘리의 손등을 들어 올리고는, 그 위에 키스를 남겼다.

그녀가 진저리를 쳤다. 벌레가 온몸을 스멀스멀 기어오르는 것 같은 기분이 들었다.

"저희가 이렇게 친밀하게 대화를 나눌 관계는 아닌 것 같습니다만."

탁 소리 나게 손을 잡아 뺀 이엘리는 냉랭한 목소리로 대답을 했다. 평소라면 자존심이 상해 어쩔 줄 몰라 할 황제였으나, 이번에는 그저 유들유들한 얼굴로 이엘리를 마주 볼 뿐이었다.

"이런. 공작 부인께서 그렇게 말씀하시다니, 전 정말 서운하군요."

"폐하께서는 정말로 뻔뻔하신 분이시로군요."

연녹색 눈동자가 사나운 빛을 품고 황제를 마주 보았다. 그녀가 입술 끝을 비뚜름하게 올렸다.

"제가 모를 줄 아시나요?"

여러 가지 의미가 함축된 말이었다. 그녀의 납치 사건에 대한 배후라든지, 로렌 백작가에 대해 황제가 '아샤의 축복'을 사용해 행사한 영향력이라든지.

그 말을 들은 황제의 표정이 처음으로 굳어졌다. 가볍게 어깨를 으쓱거려 보인 황제가 이엘리를 바라보았다. 그리고 오만하게 답한다.

"공작 부인께서 그렇게 말씀하실 수 있는 때도 얼마 남지 않았습니다."

이건 무슨 말이지? 이엘리는 미간을 좁혔다. 하지만 황제는 더 답해 줄 생각은 없는 듯했다.

"그럼 좋은 시간 보내시길, 공작 부인."

"……."

그렇게 말한 황제가 몸을 돌렸다. 자신의 아내인 황후조차 에스코트하지 않는 무심한 태도였지만. 황후는 여전히 아무렇지도 않은 얼굴이었다.

이엘리는 그 순간 섬뜩한 기분을 느꼈다.

'황녀 전하를 만나 뵈어야 해.'

이엘리는 황급히 주변을 돌아보았다. 황제의 저런 담백한 태도 자체가 너무 수상했다. 평소의 황제라면 이엘리에게 질척하게 달라붙어 떨어지지 않으려 했을 것이다.

게다가 자카리도 곁에 없으니 더더욱 그랬다. 황후에게서 느껴지는 이 묘한 위화감이 계속 신경을 건드렸다.

"저, 황후 폐하. 혹시 황녀 전하께서는 어디 계신가요?"

"황녀 전하요?"

황후는 대번 미간을 좁혔다. 황후가 현재 보이는 감정은 명백한 불쾌감이었다.

이엘리는 그 불쾌감을 보며 아연해졌다. 지금 황후가 보이는 저런 불쾌감 자체가 말이 되지 않는다.

'두 분께서는 무척 친밀한 관계이신데, 저런 표정을 지으신다고?'

이엘리는 의심스러운 기색을 감추지 못했다.

'뭔가 이상해.'

이엘리의 연녹색 눈동자가 싸늘하게 굳어졌다. 안 되겠다. 황제 부부가 이 전시회장에 있다면, 황녀도 여기에 있을 확률이 높다. 그녀가 몸을 돌리자마자, 황녀가 모습을 드러냈다.

"헤센바이츠 공작 부인?"

"황녀 전하!"

반가운 나머지, 이엘리의 목소리가 조금 높게 튀어나왔다. 황녀는 고개를 갸웃 기울이고는 질문을 했다.

"오랜만이에요. 그런데 공작 부인의 표정이 왜 그러신가요?"

"그것이……."

이엘리는 입술을 잘근 깨물었다. 단순히 그녀만의 착각이면 어쩌나, 그런 생각이 들어서였다.

"황후 폐하께서."

단순히 주어만 꺼냈을 뿐인데도 황녀의 얼굴이 무섭도록 굳었다. 그리고 그 표정을 보는 순간 이엘리는 제 판단이 옳다는 걸 알았다.

황후의 눈치를 살피던 황녀가 작게 고개를 끄덕였다.

"……저만 그렇게 생각하는 게 아니었군요."

두 여자는 가만히 황후의 뒷모습을 바라보았다. 황녀가 왔음을 인지하지도 못한 채, 무언가에 홀린 양 멍한 눈동자를 하고 있는 황후. 어딘가 잘못되었다. 두 여자는 나란히 표정을 굳혔다.

"황녀 전하, 시간이 되신다면 잠시 이야기를 나누어도 될까요?"

그녀의 물음에 황녀가 작게 고개를 끄덕였다. 두 사람은 인적이 드문 곳으로 걸음을 옮겼다.

＊　　　＊　　　＊

황녀와 이엘리는 인적이 드문 전시회장 구석에서 걸음을 멈췄다. 황후가 있는 곳과 거리가 멀지는 않았다. 살짝 고개를 내밀면 황후의 뒷모습이 보인다. 두 여자는 낮게 대화를 나누었다.

"신년 무도회 직전부터 황후 폐하가 좀 이상해지셨어요."

이엘리를 마주한 황녀가 대뜸 말했다. 황녀의 얼굴에는 걱정이 가득 차 있었다. 잠시 말을 고르던 황녀는, 결국 침착함을 잃은 채로 어깨를 축 늘어뜨렸다. 이 막막함을 상담할 수 있는 사람이 있다는 것만으로도 위안이 된다.

"자꾸만 저를 피하세요. 그리고……."

"……그리고?"

황녀는 입술을 짓씹었다. 회색 눈동자가 파르르 떨리며 떨렸다.

"황제 폐하와 함께하려 하세요."

"황제 폐하요? 하지만 두 분께서는."

"맞아요, 고양이와 개 사이도 두 분의 사이보다는 괜찮았을 텐데."

그 말을 들은 이엘리의 눈동자가 싸늘하게 가라앉았다. 그녀는 지금 어떤 사람을 떠올리고 있었다. 설마 아니기를 바라지만, 황후의 증상과 꼭 닮은 모습을 보이는 사람을 그녀는 알고 있었다.

"……로렌 백작 영애."

그 말에 놀란 황녀가 퍼뜩 고개를 들어올렸다. 기겁한 황녀가 이엘리를 향해 급히 되물었다.

"그, 그 말은…….."

"지금 황후 폐하께서 보이시는 행동 말이에요."

이엘리는 고개를 갸웃 기울였다. 온몸을 굳힌 황녀를 향해, 이엘리는 냉철하게 말을 이었다.

"공작 성에 찾아왔던 로렌 백작 영애의 태도와 비슷하지 않나요?"

황녀의 눈동자에 순간 충격이 스쳤다. 황후의 기이한 표정, 어딘가 세상과 유리된 것처럼 보이는 태도, 그리고 맹목적으로 황제에게 친근함을 보이는 행동까지. 황녀는 입술을 깨물었다.

"그렇다면 어떻게 해야 하죠?"

"……아샤의 축복에 걸려 있는 거라면."

이엘리는 두 눈을 가늘게 떴다. 황후를 저대로 놓아둘 수는 없다. 그녀가 단호하게 대답했다.

"어떻게든 아샤의 축복을 풀어야죠."

"하지만…… 지금까지 아샤의 축복을 풀 수 있었던 적은 단 한 번도 없어요."

황녀는 초조한 얼굴로 대답했다. 오랫동안 황가의 핏줄에 물려 내려오는 아샤의 축복. 지금은 거의 사멸된 고대 마법의 형태를 유지한 힘. 그것을 푸는 게 가능한가.

이엘리가 숨을 삼켰다.

'나의 아샤.'

이엘리는 문득 은룡이 그녀에게 남겼던 그 말을 떠올렸다. 은룡은 분녕 이엘리에게 말했었다.

'오래전에 넌 기억을 빼앗겼어.'

내가 빼앗긴 기억. 이엘리는 주먹을 움켜쥐었다. 은룡은 그녀가 아직 불완전하다고 설명했다.

'네가 완전해지기 위해서는 필히 해야 할 일도 있고.'
'그게 뭔데요?'
'회색 기사에게서 너의 잃어버린 조각을 돌려받는 것.'

그렇게 말하던 은룡의 고요한 시선을 이엘리는 기억했다. 그러고 보면 언제나 의문이 있었다.
'어째서일까.'
황가가 물려받는 힘의 이름이 어째서 '아샤의 축복'인 것일까. 이전에는 그저 아샤가 축복을 내렸거니, 생각했었다. 하지만 만약에 '아샤의 축복' 자체가 아샤 요정에게서 나온 힘이라면?
'그렇다면 아샤의 축복을 내가 풀 수도 있지 않을까?'

순간 스치는 깨달음에 이엘리는 숨을 삼켰다. 그녀가 진지한 얼굴로 황녀에게 입을 열었다.

"황녀 전하. 아주 만약에 말이에요……."

*　　*　　*

헤센바이츠 공작 부부는 안나의 개인 독주회에 참석했다. 에폴리에서 가장 명성 높은 연주회장답게, 이니스 홀은 연주가 연주회장 곳곳에 잘 울려 퍼질 수 있도록 구성되어 있었다.

게다가 프라이빗 룸 형식으로 만들어진 로열석까지 맘에 든다. 이엘리는 뿌듯한 얼굴로 중얼거렸다.

"역시 돈이 좋긴 좋아."

"응? 뭐라고?"

"아, 아무것도 아니야."

이엘리는 머쓱하게 웃어 버렸다. 헤센바이츠의 공작 부인으로 산 지도 꽤 되었지만, 이엘리는 가끔 제가 운용할 수 있는 예산의 규모를 보며 깜짝 놀랄 때가 있었다. 자카리가 씩 미소했다.

"돈이야 뭐 넘쳐 나는걸. 얼마든지 써도 상관없어."

"하지만."

"네 기쁨을 살 수만 있다면 말이지."

아무렇지도 않게 말한 자카리가 이엘리의 뺨을 살며시 어루만졌다. '돈이 넘쳐 난다'는 자신만만한 말은 차치하더라도, 그의 다정함이 기뻤다. 이엘리는 눈매를 접으며 그를 올려다보았다.

"오늘이 지나면 행사는 다 끝나지?"

"응. 얼굴은 다 비추었으니까."

"네가 이곳에서 즐거워하는 모습을 보는 것도 물론 좋지만……."

자카리는 그녀의 손가락을 감아쥐며 입을 열었다. 그의 새파란 눈이 그녀를 제 안에 담는다.

"난 사실 빨리 공작령으로 돌아가고 싶어."

"응?"

"솔직히 말하자면, 우리 둘만의 시간이 너무 모자라거든."

자카리는 진지한 어조로 말을 이었다. 그러고는 마주 잡은 손에 힘을 주며 다시 한 번 말한다.

"난 하루에 열여덟 시간 이상 너와 시간을 보내지 않으면 힘들단 말이야."

"뭐라고?"

"여기는 다른 사람들 시선도 신경 써야 하고, 애정 표현도 좀 하기 어렵고……."

이엘리는 미간을 좁혔다. 그러니까 공작 성에서는 남들의 눈치 보지 않고 애정 표현을 할 수 있는데, 여기서는 그렇게 할 수 없다는 게 싫다는 소리다. 이엘리는 고개를 갸웃거리며 물었다.

"저기, 애정 표현은 지금도 충분히 하고 있는 것 같은데?"

"안 돼. 이걸로는 모자라."

자카리는 단호하게 고개를 저었다. 제 남편과 손을 맞잡은 채로 이엘리는 까르르 웃었다.

"세상에, 내 남편. 이렇게 귀여워서 어떡해?"

그렇게 말한 이엘리는 나른한 태도로 자카리의 **뺨**을 쓸어내렸다. 마치 남들에게 자신들의 다정함을 과시하고자 하는 태도였다.

한편, 그 말을 들은 자카리의 행동은 조금 더 과감해졌다.

보란 듯이 그녀의 어깨를 감싼 자카리가, 그녀의 **뺨**에 입을 맞췄다. 평소였더라면 품위를 지키라고 잔소리를 했을 이엘리는, 키득키득 웃음을 터뜨릴 뿐 자카리를 밀어내지는 않았다.

자카리의 동작이 조금 더 진해졌다. 그녀의 턱을 부드럽게 감싸 올린 자카리가 그녀에게 깊숙하게 키스했다. 농밀한 입맞춤은 보는 사람까지 부끄럽게 만들 정도였다.

당연히, 황제까지 자리한 자리에서 보이기엔 부적절한 행동이었다.

"이엔."

"응?"

"넌 왜 이렇게 예뻐서."

그렇게 말한 자카리는 사람들 앞에서 이엘리의 목 언저리에 깊게 키스를 남겼다. 간지러운 감촉에 이엘리가 낮게 키득거렸다.

"자카리."

"응?"

잠시 후 이엘리가 눈을 깜빡이는가 싶더니, 자카리를 향해 달콤한 어조로 소곤거렸다.

"이렇게 하는 건 좋지만, 사람들이 다 봐."

"아하."

"공식적인 자리에서 이런 애정 행각은…… 좀 그렇지?"

이엘리의 목소리는 나른했다. 그녀의 목소리를 귀담아듣던 자카리의 입술에 묘한 미소가 서렸다. 자카리는 살짝 시선을 기울였다. 쇠를 긁는 것처럼 성마른 목소리가 그녀에게 속삭인다.

"그렇다면 공식적인 자리가 아니면 되는 건가."

그렇게 말한 자카리가 손을 들었다. 촤아악, 자카리는 손을 들어 커튼을 당겨 닫았다. 공식적인 장소에서 보이기에는 다소 부적절한 애정 행각이 커튼 안쪽으로 빈틈없이 사라졌다.

그 모습을 본 사람들이 나지막이 술렁거렸다. 단둘만의 공간에서 공작 부부가 금슬을 확인할 방법이 뭐가 있겠나.

"……."

그리고 사람들은 동시에 힐끗 황제를 돌아보았다. 황제는 애써 태연한 얼굴을 유지하고는 있었지만, 눈에 잘 드러나지 않는 손은 그러지 않았다. 옷깃을 꽉 움켜쥐는 서슬에 옷자락이 형편없이 구겨졌다.

'조금만 기다리면 돼.'

황제는 지그시 입술을 깨물었다. 황후에게 암시가 확실히 걸려 있는 걸 몇 번이나 확인했다.

'이제 조금만 있으면 알아서 황녀를 제거할 거야. 그럼…….'

그러면 일은 일사천리로 진행될 것이다. 보기 싫은 황녀와 론도 후작가를 한 번에 엮어 제거하고, 공작가에 흠집을 낸다. 그가 세운 계획은 완벽했다. 그대로 실행되기를 기다리면 된다.

'그런데.'

달콤한 음악이 흐르는 연주회장 안에서 황제는 슬며시 미간을 좁혔다. 잠시 화장실에 들른다며 나갔던 황후가 돌아올 생각을 않는 것이다. 황제는 슬쩍 시선을 돌려 황녀를 곁눈질했다.

'……황후가 빨리 돌아왔으면 좋겠는데.'

로열석에서는 공연을 보며 즐길 수 있도록 음료와 함께 간단한 다과들이 제공된다. 황제가 노리는 건 바로 그거였다. 음료에 황후가 약을 타고, 그것을 황녀가 사람들이 보는 앞에서 마시는 거다.

그를 위해 일부러 황후와 황녀의 친분 관계를 배려한답시고 다른 자리까지 잡았다.

'기껏 같은 자리에 앉아서 용의 선상에 오르는 건 불쾌하니까.'

그런데 황후가 들어오지 않는다. 황제는 약간 불쾌해졌다. 초조한 마음에, 황제는 자리에 앉은 채 의자의 팔걸이를 톡톡 두드렸다. 황제와 함께 앉아 있던 중신들이 의아한 얼굴로 물었다.

"폐하, 혹여 무어나 불편한 것이 있으신지?"

"……아무것도 아닐세."

황후가 빨리 움직이지 않는 것이 불편하다고는 말할 수 없는 노릇이다. 황제는 인상을 찌푸리며 고개를 가로저은 후, 황녀가 앉아 있는 반대편 로열석을 힐끔거리며 살펴보았다.

'왔군.'

잠시 후, 연주자와 관람객들이 잠시 휴식을 취하는 인터미션 때. 사람들이 분주하게 오가는 가운데, 황후가 황녀가 앉은 로열석에 들어섰다. 이제 오는군. 황제의 입가에 미소가 서렸다.

'빨리, 빨리하라고.'

두 여자는 두어 마디 대화를 나누고는 자리에 앉았다. 황후가 황녀에게 음료를 건넸다. 황녀는 목이 좀 탔는지, 음료를 고맙게 받아 들고는 목을 축인다.

황제의 눈동자가 반짝, 예리하게 빛났다. 황제가 그토록 기대하던 순간이 바로 코앞에 있었다. 그는 기대감에 찬 얼굴을 했다.

"……."

그런데 이상했다. 황후가 넣은 약은 분명히 곧바로 몸에 퍼져 효과를 발휘하는 독약이었다. 사람들 앞에서 황후가 암살 시도를 했음을 명확히 보여 줘야 하기 때문이었다.

'슬슬 지금쯤이면 신호가 와야 하는데, 어째서?'

황제의 눈동자가 흔들렸다. 황녀는 황후가 건넨 음료를 말끔히 마시고는, 환하게 미소를 지을 따름이었다. 그와 동시에 황녀의 눈동자가 황제 쪽으로 향했다. 황제는 저도 모르게 움찔했다.

'안네로제!'

바로 그때 황녀의 투명한 회색 눈동자가 제 오라비를 똑바로 바라보았다. 다소 거리가 있기는 했지만, 황녀가 무슨 말을 하는지는 훤히 들리는 거리였다. 황녀가 사납게 미소 지어 보였다.

"어째서 제가 쓰러지지 않는지 궁금하신가요?"

그렇게 말하며, 황녀는 보란 듯이 제 손을 들어 보였다. 손안에는 옅은 보랏빛 액체가 담긴 유리병 하나가 들려 있었다. 유리병을 살며시 흔들자 액체가 찰랑거린다. 황제는 눈을 부릅떴다.

"이게 무슨……!"

"폐하."

황녀는 싸늘하게 입을 열었다. 황녀와 황제 사이의 분위기가 살벌함을 눈치챘는지, 주변의 공기가 차갑게 가라앉았다. 동시에 좌악 소리와 함께 커튼이 걷혔다.

"황가에 전해지는 '아샤의 축복'으로 사람들을 조종하시는 짓은 이제 그만두시지요."

황녀가 비웃음 섞어 입을 열었다. 충격적인 발언에, 찬물을 끼얹은 것처럼 사위가 고요해졌다.

*　　　*　　　*

사실 이엘리와 자카리가 일부러 금슬을 과시하며 커튼을 친 이유가 있었다. 황후를 불러다 이야기를 나눌 기회를 얻기 위해서였다.

이엘리는 본능적으로 눈치채고 있었다. 예전의 그녀라면 몰랐을 테지만, 용이 그녀에게 직접 '각성'했다고 말했던 지금은 '아샤의 축복' 따위 파훼할 수 있을 것이다.

"공작 부인. 바쁜 일이 아니라면 난 돌아갔으면 좋겠는데요."

아샤의 축복을 파훼하려면 사람들이 볼 수 없는 장소에서 황후와 함께 보내는 시간이 필요했다. 애정 행각을 과시하며 시간을 만드는 건 한계가 있다. 이엘리는 다짜고짜 황후에게 물었다.

"황후 폐하, 정말로 괜찮으신 건가요?"

"당연히 괜찮죠. 무슨 말을 하는 거예요?"

황후의 태도는 여전히 협조적이지 않았다. 몽롱한 그 눈빛, 사나운 태도. 평소의 황후와는 다르게 이엘리에게 지나치게 반감을 가진 것만 같았던 행동들. 과거 로렌 백작 영애와 꼭 닮은.

"무슨 말을 하시는지는 황후께서 더 잘 아실 거라고 믿어요."

그렇게 말한 이엘리는 황후의 눈동자를 똑바로 들여다보았다. 황후의 흐릿한 시선이 이엘리를 마주본다. 그녀는 순간 입술을 짓씹었다. 황후의 눈동자 깊은 곳, 무언가 불쾌한 것이 있었다.

"……."

황후는 이엘리의 시선이 불편했는지, 계속해서 고개를 돌리려 했다. 이엘리는 황후를 불렀다.

"황후 폐하."

"왜 자꾸 부르시는 거예요!"

황후가 앙칼지게 언성을 높였다. 입술을 지그시 짓씹던 이엘리는 단호한 어조로 말을 이었다.

"잠시만이라도 좋아요, 제 눈을 봐 주세요."

그 말에 마치 홀린 것처럼 황후는 이엘리를 마주 보았다. 자카리 또한 느낄 수 있었다. 황후를 얽어매고 있는 '무언가'가 있었다.

무어라고 확신할 수는 없지만 기분 나쁜 그것, 인간의 마음 깊은 곳까지 스며들어 멋대로 사람을 조종하려 하는 그것.

파삭, 그 순간 주술이 파훼되었다.

"후우."

이엘리는 긴 한숨을 내쉬었다. 혼탁했던 황후의 눈동자에 처음으로 빛이 돌아왔다.

황후가 느리게 두 눈을 깜빡였다. 지금 무슨 일이 있었던 거였지? 그런 의문이 남아 있는 얼굴이었다.

"지금은 어떠신가요?"

이엘리가 조심스럽게 황후에게 물었다. 순간 황후가 눈을 커다랗게 뜨고는 손으로 입을 가린다.

"제가⋯⋯."

황후의 입술에서 처음으로 흘러나온 말은 탄식과 같은 목소리였다. 목소리가 가늘게 떨린다.

"제, 제가."

이엘리는 가만히 황후를 보았다. 황후의 동공이 확장되면서 어깨가 약하게 떨리기 시작했다.

"도대체 무슨 짓을 하려고 한 거죠⋯⋯?"

덜덜 떠는 황후의 품에서 달그락, 소리와 함께 무언가가 떨어져 내렸다. 그녀는 테이블 위에 떨어진 것을 주워 들었다. 유리병 안쪽에는 옅은 보라색을 띤 반투명한 액체가 가득 차 있다.

"황후 폐하의 탓이 아니에요. 그보다, 뭔가 이상했던 적이 없었나요?"

그 질문에 황후는 멈칫 어깨를 굳혔다. 커다랗게 숨을 삼키는가 싶더니, 황후가 입을 열었다.

"⋯⋯황제 폐하께서 저를 찾아오셨어요."

솔직히 말하면 그리 반갑지 않은 만남이었다. 무엇보다도 황제가 황후를 찾아온 것 자체가 의외였다. 그때 나눴던 대화를 어떻게든 떠올려 보기 위해 황후는 미간을 줍혔다.

'그런데⋯⋯ 생각이 안 나.'

황후는 당혹한 표정을 지었다. 분명히 황제가 찾아왔었다. 하지만 그 순간부터 기억 일부가 잘려 나간 것 같은 기분이었다. 기억나는 것은 당시의 소름 끼쳤던 기분뿐이었다. 누군가가 영혼 가장 깊숙한 곳까지 후벼 내어, 그 안쪽에 끔찍한 무언가를 강제로 심어 놓은 것 같은 느낌. 맞아, 그랬었다.

"그때 무슨 대화를 했는지는 정확히 기억나지 않아요. 하지만……."

단 하나 기억나는 건, 그 끔찍한 걸 어떻게든 거부하려 했있던 자신. 저도 모르게 되물었었다.

'제, 제가 왜 그래야……'

'할 수 있죠?'

황후를 똑바로 바라보던 황제의 회색 눈동자. 뱀처럼 빛나던 시선. 회색 시선을 보는 순간 이성은 까맣게 날아가고, 황제의 말에 절대적으로 복종해야 한다는 묘한 확신만 남았다.

'……그렇게 하겠습니다.'

'당연히 그러셔야지.'

만족스럽게 웃고 있던 황제의 얼굴이 떠오른다. 그리고 황제가 손에 쥐여 준 약병까지도. 황제의 속삭임이 또렷하게 남았다. 황녀의 음료에 약물을 타기만 하면 모든 일은 끝난다 했다.

"폐하의 눈을 보는 순간 이상한 기분이 들었어요."

황후는 주먹을 꽉 움켜쥐었다. 그 기묘한 기분을 무어라 설명해야 할까. 스스로의 의지가 강제적으로 거세되고 남의 의지로 몸이 움직이는 그런 느낌. 황후는 긴 숨을 토해 내며 말했다.

"무조건 황제 폐하의 명령을 따라야 할 것만 같은 그런 기분이요."

이엘리의 눈동자가 서늘해졌다. 황후가 느낀 모든 감각이 암시에 걸렸음을 증명하고 있었다.

"폐하의 명령은 절대적이었어요. 그분이 세계의 진리이고, 기준인 것 같았죠."

그렇게 말하던 황후의 목소리 끝이 토막토막 끊겼다. 덜덜 떨리는 손으로 얼굴을 감싸 쥔다.

"그래서, 그래서 저는……."

"이건 황후 폐하 탓이 아니에요."

이엘리는 단호하게 답했다. 그도 그럴 것이, 암시에 걸려 있었던 사람이 제대로 된 판단을 내릴 수 있을 리 없지 않나. 황후의 창백한 얼굴을 바라보던 이엘리는 힘을 주어 말을 이었다.

"오히려 이게 기회일지도 몰라요."

자카리는 냉철하게 판단을 내리는 제 아내를 가만히 응시했다. 이엘리는 생긋 눈웃음을 쳤다.

"황제 폐하께서 '아샤의 축복'을 사사로이 이용했다는 증인이 생긴 거잖아요."

리펜베르크 황가에 물려져 내려오는 오래된 고대의 마법, '아샤의 축복'. 타인에게서 쉽게 호의를 얻고, 타인의 마음을 조종할 수 있는 주술.

그 힘으로 누군가를 조종하여 뜻대로 움직일 수 있도록 한 것은, 기나긴 황가의 역사 속에서도 이번이 처음이었다. 이엘리는 말을 맺었다.

"물론 황후 폐하께서 증언해 주셔야 하겠지만요."

이엘리의 그 말에, 황후가 얼굴을 가렸던 손을 내렸다. 그러고는 입술을 당겨 문 채, 조심스레 묻는다.

"제가 어떻게 해야 한다는 거죠?"

"황후 폐하께서는 제국의 어머니이시자, 제도 귀족들의 수장이신 론도 후작님의 하나뿐인 외동딸이세요. 황후께서 마음을 단단히 붙드시면, 이번에야말로 황제 폐하를 얽어맬 수 있어요."

이엘리의 확고한 목소리에, 흔들리던 황후의 눈동자가 순간 또렷해졌다.

"지금 황제께서는 고대의 마법인 '아샤의 축복'을 함부로 활용하여, 무려 황후 폐하를 이용해 황녀 전하를 암살하려 하신 거예요. 게다가 그 암살 대상은 황위 계승권을 가진 분이시죠."

조목조목 따져 말하는 그 말을 들으며, 황후 또한 진지한 얼굴이 되었다. 이엘리는 고개를 끄덕였다. 황후는 기본적으로 명철한 사람이었다. 혼란에 빠져 있음에도 금방 이성을 되찾는다.

"이 사실이 밝혀진다면, 정계의 귀족들도 모두 등을 돌릴 거예요. 다만……."

"……다만?"

"론도 후작께서 저희를 도와주셔야 해요."

이엘리는 힘을 주어 말을 맺었다. 혼란에 빠져 있던 황후의 얼굴에 점차 단호한 빛이 서렸다.

"좋아요."

"네?"

황후가 저렇게 선선히 돕겠다고 말할 줄은 몰랐기에, 이엘리는 먼저 제안해 놓고도 약간 당황해 버렸다. 그와 동시에 이엘리는 깊은 감사함을 느꼈다. 그래도 황가와 대립하는 일인데, 황후는 그녀를 돕는다고 말해 주었다. 그녀가 자신을 얼마나 믿어 주는지 알 것 같은 느낌이었다. 황후는 이엘리를 똑바로 바라보았다.

"아버지는 제가 설득할게요."

"황후 폐하, 그렇게 쉽게 결정하실 일은 아니에요."

"괜찮아요."

황후는 단호하게 대답했다. 가문의 흥망이 걸린 일임에도 저런 모습에, 그녀가 걱정될 정도다.

"하지만 황가와 적대하게 될 텐데요."

"황가와의 적대요?"

황후가 피식 웃었다. 비스듬히 시선을 기울이는 황후의 표정은 처음으로 활기를 되찾아 자신만만했다. 예전 그녀가 '론도 후작 영애'의 이름 아래에서 자유로웠던 때 지었던 표정이었다.

"저와 황제 폐하와의 결혼은 오로지 폐하의 의지만으로 진행된 거였어요."

황후는 허리를 곧게 펴고 목을 똑바로 세웠다. 당당한 그 모습은 후작 영애의 자신감이었다.

"우리 가문이 원하지 않는 결혼을, 황가에서 강제로 진행했던 바로 그때부터."

오랫동안 생각해 왔었다. 언제까지 이런 출구조차 없는 결혼에 묶여 스스로를 죽이고 살아야 하나. 한때는 가문에 대한 책임감으로 결혼을 받아들였다. 하지만 먼저 배신한 쪽은 황제였다.

"황제 폐하와 우리 가문은 언젠가 갈라져야 할 관계였어요."

"⋯⋯."

"게다가 먼저 적대적인 태도를 보인 건, 우리 가문이 아니라 오히려 폐하이지 않나요."

황후의 얼굴은 얼음으로 빚어낸 조각상인 양 사늘했다. 황후는 침착한 목소리로 말을 이었다.

"정계에서의 관계는 둘째 치더라도⋯⋯."

그 침착한 목소리에는 짙은 실망감이 배어 있었다. 일말의 기대조차 남아 있지 않았다.

"⋯⋯만약 절 아내로서 정말로 존중하셨다면, 제게 암시까지 걸어 조종하지는 않으셨겠죠."

이엘리는 황후가 내뱉는 그 말에 차마 반박할 수가 없었다. 왜냐하면 그것은 사실이었으니까.

"그건 폐하의 선택이었어요. 그러니 론도 후작가도 이제 선택해야겠지요."

그렇게 말한 황후가 이엘리를 향해 생긋 웃어 보였다. 그 얼굴은 이미 마음을 결정한 것 같았다.

"그러니까 공작 부인께서는 심적 부담을 가지실 필요 없답니다."

말을 맺은 황후는 자리에서 일어났다. 이엘리와 자카리를 번갈아 바라본 황후가 말을 잇는다.

"그럼 두 분, 조금만 기다려 주시겠어요? 제 아버지를 모시고 올 테니까요."

"황후 폐하, 정말 감사합니다."

"오히려 제가 감사하죠. 만약 공작 부인께서 저를 도와주시지 않았더라면……."

황후는 무릎 위에 올려놓은 양손을 있는 힘껏 움켜쥐었다. 드레스 자락이 형편없이 구겨졌다.

"……전 소중한 친구를 제 손으로 암살하게 됐을지도 모르니까요."

황후의 목소리 끝은 싸늘하게 식어 있었다. 이엘리와 자카리는 말없이 고개만을 끄덕거렸다.

*　　*　　*

그 이후의 일은 일사천리로 진행되었다. 공작 부부는 론도 후작에게 지금까지의 정황을 모두 설명해 주었다.

당연히 론도 후작은 크나큰 충격을 받았다.

"그게 사실입니까?"

"저희가 론도 후작님께 거짓말을 해야 할 이유가 없지 않나요?"

이엘리는 오연하게 대답했다. 론도 후작은 손끝이 떨리는 것을 감추기 위하여 주먹을 쥐었다.

"그, 그렇다면…… '아샤의 축복'이 남용된다는 건."

"언제든지 사람들이 자신의 의지에 반하여 이용당할 확률이 높다는 거죠."

이엘리는 잠시 말을 가다듬었다. 지금껏 황제에게 이용당하여 삶을 망친 이가 얼마나 많을까.

"바로 지금처럼 말이에요."

황후는 지그시 입술을 깨물었고, 론도 후작의 눈동자에 불꽃이 튀었다. 등골에 소름이 돋았다.

"공작 부인의 말은 모두 사실이에요."

황후가 말을 덧붙였다. 떨리는 눈동자로 자신을 바라보는 아버지를 향해, 황후가 말을 이었다.

"황제 폐하께서는 제게 아샤의 축복을 이용해 암시를 거셨어요."

감히 내 소중한 딸에게 암시를 걸었다니. 그 말을 들은 론도 후작은 어깨를 팽팽하게 당겼다.

"황녀 전하를 제 손으로 암살하고, 그 죄를 우리 가문에게 덮어씌우려 하셨죠."

하마터면 가문이 멸문당할 수도 있었을 일촉즉발의 상황이었다. 황후는 서늘한 눈빛을 했다.

"그리고 우리 가문이 그렇게 행동한 배후에는 헤센바이츠 공작가가 있다고 주장하려 했어요."

그렇게 말한 황후가 이엘리를 슬쩍 돌아보았다. 날이 서 있던 눈동자가 약간은 부드러워졌다.

"공작 부인의 도움이 아니었다면, 전 아직도 암시에서조차 풀려나지 못했을 거예요."

공작 부인이 '아샤의 축복'을 파훼하던 그때가 떠오른다. 황후를 얽어매고 있던 단단한 밧줄이 풀리며, 순식간에 자유로워지던 그 느낌. 황녀는 쿵쾅쿵쾅 뛰는 가슴을 손으로 지그시 눌렀다.

"가장 소중한 친구를 제 손으로 죽일 뻔했다니…… 전 아직도 소름이 돋아요."

그대로 황후는 가볍게 어깨를 떨었다. 후작은 대답할 말을 잃고 제 딸을 가만히 바라보았다.

"아버지."

"……내 딸, 리체."

그 말에 황후는 쓰게 미소 지었다. 오랜만에 들어 보는 그녀의 본래 이름이었다. 황후라는 직위에 짓밟혀 오랫동안 잊힌 이름. 아버지께서 불러 주시는 그 이름이 생경하면서도 그리웠다.

"아버지와 저도 이제 마음을 결정할 때가 되지 않았나요?"

황후의 물음에 론도 후작은 무겁게 고개를 끄덕였다. 소중한 딸이었다. 황후의 자리에 억지로 올라앉으면서 웃는 방법까지 까맣게 잊어버렸던 딸.

그런 딸이 황제의 수작에 빠져 죄를 저지를 뻔했고, 가문 또한 멸문의 길을 걸을 뻔했다. 이런 상황에서 후작이 선택할 건 하나뿐이다.

"공작 부부께 협조하겠습니다."

"감사합니다."

이엘리와 자카리는 담백하게 인사를 건넸다. 로열석 안에서의 짧은 회담은 그렇게 종료됐다.

　　　　　　*　　　*　　　*

그리고 다시 현재. 주변의 공기는 이제 싸늘하게 가라앉아 있었
다. 황제는 당황한 낯을 했다.

"안네로제, 무슨 말도 안 되는 소리를 하는 게냐!"

"말도 안 된다니요. 진심으로 그렇게 말씀하시는 것인지요?"

냉정한 표정으로 그렇게 맞받아치는 황녀를 보면서, 황제는 확
말문이 막혔다. 지금껏 소심한 얼굴로 황제의 말을 따르기만 하던
황녀였다. 내심 무시해 왔던 여동생이 저렇게 행동한다니.

'저 계집이 감히 내게 반발한다고?'

그 사실 자체가 황제에겐 정말 큰 충격이었다. 단 한 번도 제게
반항한 적 없던 황녀였는데, 이제 그녀는 또박또박 제 의견을 이야
기하는 사람이 된 것이다. 바로 그때, 표정 관리를 제대로 하지 못
하는 황제를 향해 론도 후작이 입을 열었다.

"폐하."

"뭡니까, 론도 후작?"

"폐하께서 하신 말씀을 책임지실 수 있겠습니까?"

론도 후작의 얼굴은 무섭도록 얼어붙어 있었다. 질문을 들은 황
제의 얼굴이 딱딱하게 굳었다.

"……지금 짐을 의심하시는 겁니까?"

"보통, 사실을 이야기하는 것에는 '의심'이라는 단어가 붙지 않
죠."

론도 후작은 냉철한 표정으로 그렇게 대답했다. 주변에 모여 앉

아 있던 귀족들이 술렁거렸다.

"론도 후작님께서…… 지금 무슨 말씀을 하시는 거죠?"

"사실이라니, 그렇다면 폐하께서 정말로 그렇게 행동하신 증거라도 있다는 말씀인가요?"

젠장. 황제는 입술을 당겨 물었다. 그도 그럴 것이, 론도 후작가는 귀족 가문들 중에서도 상당히 명망 있는 가문이었다. 제도 귀족의 대표 격인 후작이 저렇게 말하니, 다들 흔들릴 수밖에.

'이 상황, 내게 전혀 유리하지 않은데.'

황제는 표정을 딱딱하게 굳혔다. 게다가 최근 귀족들의 동태도 심상치 않았다. 후작가가 황제에게 대놓고 반발하는 것은 물론이고, 황제 또한 최근에 이성적이지 못한 행동을 자주 보였던 것이다. 어쩔 수 없이 귀족들이 황제에게 가지게 된 불신은 이제 슬슬 폭발하기 직전이었다.

"황제 폐하께서 '아샤의 축복'을 타고나신 이유는, 국민을 보살피기 위해서 아닙니까."

황녀는 눈썹 하나 까닥하지 않고 그렇게 말했다. 황제는 눈에 날을 세워 황녀를 노려보았다.

"폐하께서 받으신 그 축복은, 개인의 마음대로 휘두르기 위해 주어진 힘이 아닙니다."

하지만 사람들의 분위기는 이미 황녀에게 동조하는 쪽으로 흘러가고 있었다. 황녀는 마른침을 삼켰다. 참 이상했다. 지금까지 황녀는 언제나 제 오라비인 황제를 두려워하는 삶을 살았는데.

'이번에는 무섭지 않아.'

모든 것을 제대로 된 방향으로 돌려놓을 수 있으리라는 확신이 들었다. 황녀가 입을 열었다.

"하물며 제국의 어머니인 황후 폐하까지 암시를 걸어 멋대로 조종하려 하시다니요."

그 말에, 그 자리에 모인 사람들은 모두 경악하고 말았다. 황후는 제국의 어머니라는 그 위치를 제외하더라도 론도 후작가의 단한 명뿐인 영양이었다.

론도 후작가 또한 제도 귀족들의 대표이자, 제국에서 단 셋밖에 없는 후작가였다. 함부로 암시를 걸어 조종할 대상이 아니었다.

"그 말이 사실입니까?"

"세상에, 사람을 조종하다니요!"

사람들은 혼란에 빠져 와자하게 지껄여 댔다. 그 모습을 지켜보던 황후가 자리에서 일어났다.

"황녀 전하의 말은 모두 사실입니다."

그 말에 사람들은 다시 놀랐다. 주변을 한 바퀴 돌아보던 황후는 차분한 얼굴로 입을 열었다.

"황제 폐하께서는 제게 '아샤의 축복'을 이용하여 암시를 거셨습니다."

"……."

"……."

차가운 물 같은 침묵이 흘렀다. 하긴, 믿기 어렵겠지. 황후는 비스듬히 웃어 보였다. 아무리 황제 폐하라 해도, 그렇게 막 나갈 거라고는 생각하지 못했을 터였다. 하나 이것이 진실이었다.

"그리고 제게 이 약을 주셨지요. 황녀께서 드실 음식에 섞으라는 뜻이었습니다."

황후의 손에 들린 유리병을 사람들은 홀린 듯이 바라보았다. 반투명한 보라색 액체가 찰랑거리는 유리병. 그 액체가 무엇인지 모르는 사람은 없었다. 황후는 냉정한 어조로 말을 이었다.

"전 하마터면 그 암시에 따를 뻔했습니다."

그 말에 사람들은 저도 모르게 마른침을 삼켰다. 황후가 말하는 것이 무슨 뜻을 가지고 있는지, 모든 사람들은 본능적으로 알았다. 언제든지 자신도 그렇게 이용당할 수 있다는 뜻이었다.

"헤셴바이츠 공작 부인께서 '아샤의 축복'을 파훼해 주시지 않았더라면, 전 정말로."

그 사실을 상기해 준 황후는 잠시 말을 멈췄다. 그 이후, 황후가 미간을 좁히며 말을 맺었다.

"황녀 전하의 목숨을 제 손으로 빼앗았을지도 모르는 일이지요."

황후는 단호한 눈동자로 그들을 본다. 경악이 휘몰아쳐 사람들은 숨조차 제대로 쉬지 못했다.

"또한 론도 후작가는 황위 계승권을 가진 황녀를 해한 죄로 멸문당했을 것이고요."

이 일은 그대로 넘길 수 있는 일이 아니었다.

"그리고 마침 이 자리에는 공작 부부께서 참석해 계십니다."

그렇게 말한 황후가 슬쩍 공작 부부가 앉아 있는 로열석을 곁눈질했다. 이엘리는 미세하게 고개를 끄덕였다. 암시가 풀리자 황제의 속뜻은 순식간에 파악이 가능했다. 너무 투명했으니까.

"만약 이 암시가 풀리지 않았더라면, 전 제 행동을 공작 부부께서 지시했노라 증언했겠지요."

황제는 이제 주먹을 꽉 움켜쥔 채, 그 자리에서 부들부들 떨고 있었다. 새하얗게 질린 그 얼굴이 만족스럽다. 황후가 빙그레 눈웃음을 지었다.

"완벽하게 폐하의 입맛에 맞는 과정 아닙니까?"

"황후."

"폐하께서 황녀를 눈엣가시처럼 여기는 건 저희도 이미 알고 있는 상태입니다. 그리고……."

황후는 가볍게 어깨를 으쓱여 보였다. 드디어 저 지긋지긋한 황제와 연을 끊을 수 있다는 사실에, 황후는 내심으로는 꽤 즐거웠다. 지금껏 맞지 않은 옷을 입고 산 것만 같은 기분이었다.

"……론도 후작가도 황제 폐하와 몇 번이고 대립했었죠."

"그 입 다무시오!"

"황제께서 저를 대하는 최소한의 배려가 없는 건 그렇다 치더라도."

황제가 버럭 고함을 질렀으나, 황후는 전혀 개의치 않았다. 오히려 황제에게 되물을 뿐이었다.

"어떻게 제 아내이자 제국의 어머니인 저를, 이런 암살 사건에 이용하려 한단 말입니까?"

"……!"

황제는 순간 말문이 막혔다. 그리고 황후의 그 말을 받아서, 황녀가 다시 한 번 입을 열었다.

"지금껏 폐하께서 국정에는 전혀 신경을 쓰지 않고 계셨던 것, 알고 있습니다."

황제가 홱 황녀를 노려보았다. 하지만 황녀는 무표정한 얼굴로 그에게 조목조목 따져 물었다.

"헤센바이츠 공작 부인에게 보이는 비이성적인 관심도 그렇습니다."

황녀는 차분하게 말을 이었다. 오랫동안 품어 왔던 말이었다. 그만큼 날카롭게 폐부를 찌른다.

"이렇게 선을 넘은 행위는 역시, 용서받아서는 안 되는 일이라고 생각합니다."

"안네로제, 그 입 닥치지 못해!"

어느새 평소의 여유로운 태도를 모두 잃어버린 황제가 언성을 높였다. 하지만 황녀는 꿈쩍도 하지 않았다. 황녀 또한 지나치게 오래 참아 왔던 것이다.

황녀는 사나운 기세로 일갈을 했다.

"언제까지 황제 폐하의 이성적이지 못한 행동 때문에, 제국이 피해를 입어야 합니까?"

"네가 감히 나에게!"

와락 화를 내던 황제가 문득 어깨를 굳혔다. 주변 공기가 제게 적대적임을 느끼고 만 것이다.

"폐하, 무어라 말씀 좀 해 주십시오!"

"해명이 필요할 것 같습니다!"

평소 황가와 대립하는 것을 두려워하여 입을 다물고 있던 사람들까지, 모두 한목소리를 내어 황제를 질책했다.

황제는 피가 나도록 입술을 짓씹었다. 더 이상 물러날 수 없는 막다른 골목에 다다라 있었다.

'이건 아니야.'

황제의 혼탁한 회색 눈동자가 딱딱하게 굳어졌다. 그는 황제였다. 그 누구도 범접할 수 없는 지존의 자리에 오른 자. 어떤 사람도 황제에게 반기를 들어서는 안 된다.

미물들은 그의 말에 복종해야만 한다. 그의 권위는 절대 무너져서는 안 되었다. 그런데. 그런데 이게 무슨 일인가.

'이건 부당해.'

혼란에 빠진 황제의 귓가에, 누군가의 목소리가 들린 건 그때였다.

'맞아, 이건 모두 부당한 일이야.'

"……."

그 말을 들은 황제가 멍하니 시선을 들어 올렸다. 당신은 누구지? 그렇게 물어보려 하던 때.

'내가 누구인지는 중요하지 않아.'

마치 황제의 마음을 읽기라도 한 것처럼 누군가가 대답했다. 그러고는 유혹하듯 속살거린다.

'넌 제국의 황제야. 이 너른 영토를 통치하는 주인이자 군주지.'

"뭐야, 너."

'그런데 그런 네게 사람들이 반발하고 있지 않나.'

누군가는 황제에게 달콤한 목소리로 대답했다. 한편, 사람들은 갑자기 허공을 바라보며 횡설수설하는 황제를 당황하여 바라보았다. 황제의 기이한 행동은, 광인의 그것 같았다.

'어때. 내가 이 모든 상황을 바꿔 줄 수 있는데.'

그때, 목소리만 인지되는 누군가가 선심을 쓰듯 그에게 말했다. 웃음 섞인 목소리로 속삭인다.

'나와 손을 잡지 않겠어?'

그리고 황제는 멍하니 고개를 끄덕였다. 그 목소리를 거부하지 않는다. 거부할 이유도 없거니와, 그 목소리만 따르면 무엇이든지 잘 풀릴 것 같은 기이한 느낌이 들었다.

"이제…… 어떤 것도 필요 없어."

그렇게 말하는 황제의 표정은 서늘하게 가라앉아 있다. 황제는 비틀린 미소를 지으며 말했다.

"나에게는 아샤만 있으면 돼."

아샤? 순간 이엘리는 놀란 얼굴을 했다. 아샤라니, 여기서 그 이름이 왜 튀어나오는 거지?

'잘 생각했어.'

그렇게 대답하는 목소리는 굉장히 기쁜 것처럼 들렸다. 황제는 누군가와 손을 맞잡기라도 하는 것처럼 허공에 손을 뻗었다. 황제의 입술이 휘어지는 그 순간. 쾅! 강대한 힘이 폭주했다.

*   *   *

순간 이니스 홀은 거대한 혼란 속에 빠져 버렸다. 마치 미친 사람처럼 횡설수설하던 황제에게서, 폭발하듯이 거대한 힘이 사방으로 뻗어 나온 것이다.

자카리는 반사적으로 힘을 펼쳐 내어 황제가 폭주하는 힘을 막았다. 그가 미리 막지 않았더라면 인명 피해가 발생했을지도 모른다.

"자카리!"

놀란 이엘리는 자카리의 팔을 붙들었다. 그가 잔뜩 미간을 좁히면서 황제를 노려보았다.

"지금, 저 작자. 이상해."

얕은 신음을 흘리며 자카리가 중얼거렸다. 그의 목소리가 툭툭 끊겼다. 거의 정신을 놓아 버린 것 같은 황제가 그 자리에서 휘청거렸다. 그와 동시에 황제에게서 퍼지는 힘이 용트림 쳤다.

쾅!

황제를 중심으로 커다랗게 건물이 진동했다.

"꺄악!"

"으악, 이게 뭐야!"

사람들이 다시 비명을 내질렀다. 황제는 이제 완벽하게 이성을 잃은 상태였다. 황제의 옷이 마치 날개처럼 펄럭거렸다.

희번덕거리는 눈동자가 천천히 치솟아 군중들을 쏘아보자, 그를 중심으로 날카로운 바람이 미친 듯이 불어닥쳤다.

마치 잘 갈린 칼날처럼 예리한 바람에, 사람들의 피부에 미세하게 상처가 남을 정도였다.

"큭!"

자카리가 숨을 삼켰고, 이엘리는 멍하니 황제를 응시했다. 잠시 후, 그녀가 작게 중얼거렸다.

"……강제적으로 힘이 개방된 거야."

"힘이 개방됐다고?"

자카리가 다급한 어조로 그녀에게 되물었다. 이엘리는 입술을 당겨 물었다. 은룡 헤센바이츠가 했던 말이 이제야 이해가 갔다. 회색 기사에게서 이엘리의 일부를 되찾아야 한다는 그 말.

"아샤의 축복…… 내가 잃어버렸던 나의 일부."

"그게 무슨 소리야, 이엔!"

자카리의 외침에 이엘리는 눈을 깜빡였다. 흩어진 퍼즐이 조각조각 맞춰지듯이 기억이 돌아오고 있었다. 딱딱 자리를 채우는 기억들. 그녀는 빠른 말씨로 자카리에게 설명했다.

"지금 저 사람은 더 이상 황제가 아니야."

"그럼 누구인데?"

"회색 기사."

그 말에 자카리는 순간 침묵했다. 이 땅에 리펜베르크의 이름을 붙인 자, 은룡 헤센바이츠와 대립한 자, 아샤 요정의 사랑을 쟁취하여 축복을 얻은 자, 그리고 오래된 건국 전설의 주인공.

"……건국 황제, 에반 리펜베르크."

이엘리의 얼굴은 얼음으로 빚은 양 서늘했다. 그리고 이엘리는 휙 황녀를 돌아보았다. 예상치 못한 상황에 당황하여 굳어 있던 황녀는, 이엘리의 절박한 시선에 깜짝 놀라 정신을 차렸다.

"황녀 전하, 사람들을 데리고 당장 여기서 도망쳐요."

이엘리는 단호한 어조로 황녀에게 말했다. 이엘리의 말을 들은 황녀의 눈동자에 결의가 서렸다. 고개를 끄덕인 황녀는 곧 몸을 돌렸다. 공포에 질린 사람들이 덜덜 온몸을 떨고 있었다.

"이, 이건 도대체……."

"황제 폐하께서 왜 저러시는 거지?"

자카리가 발현하는 겨울의 마법도, 황제가 개방한 '아샤의 축복'도 사람들은 모두 처음이었다. 그 말은 곧 고대의 마법에 취약하다는 소리다. 또한 마력은 인간의 생명력과 반하는 힘이었다.

'저 힘에 닿으면 안 돼.'

황녀는 본능적으로 그렇게 느꼈다. 그를 알고 있는 공작도 어떻게든 황제를 막는 것일 터.

"다들 이쪽으로 와요!"

황녀가 새된 목소리로 외쳤다. 그 말에 사람들은 퍼뜩 정신을 차렸다. 황후는 황녀를 도와 사람들이 건물을 벗어날 수 있도록 돕기 시작했다. 그리고 사람들이 모두 건물을 빠져나갔을 때.

"세상에, 저게 무슨……."

"저희가 지금 무엇을 보고 있는 건가요?"

사람들은 황망한 얼굴을 했다. 건물 위쪽으로 일렁거리는 무형의 기운이 있었다. 마치 서로를 잡아먹기라도 할 것처럼 일렁이는 두 가지 기운.

사람들은 그 자리에 얼어붙은 것처럼 서서, 그 기묘한 광경을 두 눈 안에 담았다. 그와 동시에 쾅! 커다란 폭발음이 천지를 뒤흔들었다.

"꺄아악!"

"다들 뒤로 물러나요!"

황녀가 사람들을 지휘하여 뒤로 물렸다. 마치 북국에서 몰려온 것처럼 차가운 바람이 온 사방을 휩쓸기 시작했다. 사시사철 기후가 온화한 남부에서는 거의 느낄 수조차 없는 바람이었다.

"……거, 거짓말."

잠시 후, 황녀의 입술에서 탄식이 터져 나왔다. 사방이 쩌저정, 얼어붙기 시작했다. 차가운 바람 안쪽으로 새하얀 눈송이들이 뒤섞여 거대한 눈 폭풍이 되었다. 세계가 새하얗게 물들었다.

*　　*　　*

이니스 홀에서 공작 부부와 에반은 서로 대치하고 있었다. 이엘리, 아니 아샤 요정의 오래된 악몽. 낭만적인 포장지는 벗겨지고, 건국 전설은 칼날 같은 현실로 남았다. 그녀가 입을 연다.

"아샤는 단 한 번도 에반을 사랑한 적 없었어."

그 말에 황제가 뻣뻣한 동작으로 고개를 들어 올렸다. 이엘리를 눈에 담은 채로, 활짝 웃는다.

"무슨 그런 서운한 말씀을 하시나, 나의 아샤."

나의 아샤. 그 말을 듣자마자 등골에 소름이 돋았다. 저 존재는 더 이상 '황제', 즉 '요슈아'라고 부를 수 있는 존재가 아니었다. 회색 기사, '에반'은 이엘리를 향해 느른한 어조로 말했다.

"네가 날 사랑하여 너의 축복을 내게 남겼잖아."

"뻔뻔한 소리를 하네, 네가 나의 일부를 빼앗아 간 거잖아."

이엘리는 날카롭게 쏘아붙였다. 에반은 이엘리를 빤히 응시하는가 싶더니, 툭 대답을 뱉었다.

"사랑해서 그랬어."

순간 그녀는 숨을 삼켰다. 사랑. 도대체 그 감정이 무엇이기에 이토록 오랜 기간 동안 사람을 얽어매나. 자신의 핏줄에 영혼을 고정시켜, 기나긴 시간 동안 변하지 않은 채 내려온 그 집착.

"사랑이라고?"

아샤 요정에게서 빼앗은 그녀의 혼의 일부, 즉 '아샤의 축복'이라 이름 붙인 그것을 매개로 했다. 아샤의 기억 일부가 담긴 영혼의 조각은 강력한 마력을 가지고 있었고, 그리하여 황가에 전해져 내려오는 '아샤의 축복'이 완성되었다.

에반은 '아샤의 축복'이 각성될 때마다, 잠들어 있던 자신의 혼이 깨어나는 주술을 걸었다. '아샤의 축복'을 각성하는 후손이 탄생할 때마다 회색 기사, 즉 '에반'의 혼이 부활했던 것이다.

"오로지 널 찾기 위해서, 널 기다리기 위해서, 너를 열렬히 사랑해서."

마치 노래하듯이 에반은 그렇게 말했다.

요정이 가진 영혼의 조각인 '아샤의 축복'은 본디 인간에게 허용되지 않은 힘, 그 힘을 각성하는 후손이 천천히 미쳐 가는 건 에반에게 그리 중요한 일도 아니었다.

애초에 리펜베르크 황가 자체가 아샤 요정을 기다리기 위한 존재였으므로.

"아니, 너의 사랑은 사랑이 아니야."

이엘리는 질린 얼굴로 그렇게 말했다. 요슈아, 아니 에반의 눈동자가 집요하게 그녀를 담는다.

"넌 언제나 내게 그렇게 말했지."

"……에반."

"하지만 사랑이란 감정은…… 각자 정의하는 방식이 다른 게 당연하잖아?"

그렇게 말하는 에반의 눈동자는 거의 까맣게 보이는 짙은 회색이었다. 반들거리는 그 시선이 이엘리를 머리부터 발끝까지 훑어보았다. 잠시 후, 그가 입술 끝을 말아 올려 미소를 지어 보인다.

"아샤, 난 말이지."

"……."

"온전한 너를 갖고 싶어."

그 말에 자카리의 눈썹이 꿈틀 움직였다. 감히 누구를 갖네 마네 지껄이는 건가, 혼령 주제에.

"미친 새끼."

자카리가 싸늘하게 중얼거렸다. 그 말을 들은 에반의 눈동자가 데구루루 굴러 자카리를 본다.

"꼴 보기 싫은 은룡도 여기 있었군."

에반은 입술 끝을 비죽이 들어 올리며 웃었다. 하지만 에반의 관심은 오로지 이엘리에게만 향해 있었다. 에반은 어깨를 으쓱이며 이엘리에게로 고개를 돌렸고, 나긋한 목소리로 속삭인다.

"아까도 말했지만, 나의 아샤."

"나의 아샤라고 하지 마, 끔찍한 작자 같으니라고."

이엘리는 차갑게 말을 끊었다. 그녀의 냉정한 말을 들으면서도 에반은 어깨를 으쓱일 뿐이다.

"난 너의 머리부터 발끝까지…… 모든 것을 갖고 싶어."

"여전히 돌아 버린 인간이로구나, 너는."

이엘리는 질색을 했다. 에반을 보자마자 알 수 있었다. 건국 전설은 완벽히 에반의 입맛에 맞도록 재창조된 가짜다. 그렇지 않고서야, 각성한 에반을 본 순간부터 이렇게 역겨울 리 없다.

"하지만 아주 만약에…… 내가 너를 가질 수 없게 된다면."

하지만 에반은 이미 자아도취 된 상태였다. 그는 마치 연극이라도 하듯 과장된 어투로 말했다.

"그렇다면 차라리 너를 죽이겠어."

"개소리 지껄이지 마."

분노한 자카리가 사납게 으르렁거렸다. 하지만 에반은 여전히 기분 나쁜 미소를 짓고 있었다.

"은룡, 넌 끼어들지 마. 이건 나와 아샤의 문제야."

"뻔뻔하기 그지없군. 이엔은 내 아내야."

그렇게 말한 자카리가 서늘한 눈매로 에반을 노려보았다. 그 표정에는 온기라곤 하나 없었다.

"내가 내 아내를, 눈앞에서 네까짓 악령에게 빼앗길 것 같나?"

"길고 짧은 건 대어 봐야 아는 법이지."

그렇게 대답한 에반이 이엘리를 빤히 응시했다. 회색 눈동자에는 애정과 증오가 뒤섞여 있었다.

"아샤."

"……."

"나와 함께 가겠지, 넌?"

이엘리는 눈썹을 까닥 치켜 올렸다. 그녀의 입술에 비웃음이 서리며 그대로 고개를 기울인다.

"아니."

"넌 언제나 내게 그렇게 잔인했지."

그렇게 말하는 에반의 얼굴에 잔인한 미소가 퍼졌다. 에반은 제가 가진 모든 힘을 개방했다.

"……너와 함께할 수 없다면, 차라리 같이 죽겠어."

순간 이엘리는 두 눈을 커다랗게 치떴다. 제국을 세운 최초의 황제, 인간을 넘어선 강대한 힘. 오랫동안 쌓여 있던 비틀린 애정과 아집. 그 모든 감정들이 이엘리를 향하여 모조리 쏟아지고 있었다.

쾅! 다시 한 번 힘이 폭발했다.

서리서리 쏟아지는 힘이 주변을 찡 울렸다. 마치 지진이라도 난 것처럼 건물이 미친 듯이 흔들리기 시작했다. 우수수 먼지가 쏟아지는 그 모습 사이로, 공포에 질린 사람들이 우왕좌왕 움직였다.

"사, 살려 줘!"

"꺄아악!"

그 혼란스러운 광경을 바라보던 에반의 얼굴 위로 기괴한 미소가 퍼졌다. 짙은 소유욕과 비틀린 애정이 점철된 미소였다.

"이게 무슨 짓이야!"

이엘리는 반사적으로 힘을 끌어내어 그 힘을 막았다.

"큭!"

이엘리가 신음을 삼켰다. 그런데 갑자기 그녀에게 쏟아지던 모든 힘이 사라지기 시작했다. 반사적으로 허리를 편 그녀는 놀란 얼굴을 했다. 자신의 앞을 가로막고 있는 자카리의 뒷모습이 보였다.

"콜록!"

자카리가 거친 기침을 토해 내자 이엘리는 기절할 것처럼 놀라고 말았다. 그녀 자신을 향하고 있던 모든 힘이 그에게 온전히 쏟아진 것이다. 오래되어 강대한 집착과 저주까지도 모조리.

"자카리이!"

깜짝 놀란 이엘리가 자카리의 팔을 끌어안았다. 거칠게 기침을 토하는 자카리의 입술 사이로 붉은 피가 흘러내렸다. 그 순간, 자카리가 가졌던 '무언가'가 파삭 소리와 함께 깨져 나갔다.

"……더는 싫어."

신음 섞인 목소리로 중얼거린 자카리가 허리를 곧게 편 채 오만한 시선을 내렸다. 차가운 겨울의 힘이 몰아닥친다.

순식간에 인간의 선을 넘어 버린 자카리는, 이제 사람이라기보다는 차라리 자연재해처럼 느껴졌다. 담담한 그 눈동자를 응시하던 에반의 얼굴에 경악이 서렸다.

"은룡!"

에반은 날카로운 목소리로 발악하기 시작했지만, 자카리의 얼굴은 무표정했다. 그 뒷모습을 바라보며 이엘리는 기묘한 위화감을 느꼈다. 잠시 후, 자카리가 그녀를 가만히 돌아본다.

"이엔."

"……자카리?"

이엘리는 멍하니 자카리와 시선을 맞추었다. 새파란 눈동자는 감정조차 한 조각도 남아 있지 않았다. 그저 투명한 그 눈동자가 이엘리를 똑바로 들여다보는가 싶더니, 희미하게 미소했다.

"이런 세계를 군이 살려야 할까?"

"그게 무슨 소리야?"

"지금까지 널 위해 참아왔어. 네가 슬퍼할 테니까. 하지만……."

자카리의 눈동자가 싸늘하게 식었다. 그가 새파란 유리알처럼 말간 시선이 그녀를 보며 확언했다.

"그 어떤 것도 너에 우선할 수는 없어."

이엘리의 머릿속에 날카로운 경종이 울렸다. 자카리는 손가락을 탁 튕기는 것만으로 에반의 힘을 밀어냈다. 순식간에 파훼되는 그 힘. 콰과쾅! 뒤로 밀려난 에반이 벽에 부딪쳐 쓰러졌다.

"억, 헉, 어억…… 괴물, 괴물 새끼!"

에반은 그 자리에서 벌레처럼 구르더니, 발작하듯 고함을 지른다. 쿨럭쿨럭 기침이 토해져 나왔다. 검은 피를 왈칵 토해 낸 에반이 비틀대며 기어가기 시작했다. 자카리는 손끝을 까닥거렸다.

"아아악!"

커다란 손이 에반을 짓누르는 것처럼 그의 몸이 바닥에 납작 억눌렸다. 흡사 벌레를 밟아 죽이는 맹수 같았다. 그렇게 행동하는 자카리의 얼굴엔 표정이라고는 하나도 남아 있지 않았다.

"자, 자카리. 그만, 저 사람의 몸은 황제 폐하니까……."

"이미 에반이 모두 잠식했어. 황제의 영혼은 이미 죽었다는 걸 너도 알잖아?"

"하지만……."

그 말은 사실이었기에 그녀는 입술만을 짓씹었다. 그녀를 안에 담은 채 침묵하는 푸른 시선.

"이 세계는 네게 있어 하등의 도움이 되지 않아."

그렇게 말하는 자카리의 목소리는 단호했고, 얼굴은 흔들리지 않는 진실을 말하듯이 담담했다.

"하찮은 미물들이 감히 너에게 소유욕을 보이고."

자연재해와도 같은 압도적인 강함, 그리고 고귀함을 가진 용에게 있어 이 세계는 마치 장난감처럼 느껴졌다.

당장이라도 망가뜨리고 싶었던 이 세계를 건드리지 않았던 건, 오로지 이엘리가 자신의 곁에 있어서였다. 하지만 이 세계는, 그녀에게 손을 댐으로써 선을 이미 넘었다.

"너를 공격하고, 집착하고."

이엘리. 나의 여신. 세계 따위는 필요 없었다. 자카리에게 필요한 건 오로지 이엘리뿐이었다.

"너를 제 손안에 두고 휘두르려 하지."

자신과 다르다는 이유로 멋대로 누군가를 박해하거나, 경외하거나, 기대를 거는 미물들. 어째서 그런 미물들에게 끝없이 자비를 보여야 하나. 자카리는 이제 그 이유를 알 수 없게 됐다.

"……그 누구도 범접할 수 없을 나의 아샤에게, 감히."

자카리의 눈동자에 처음으로 감정이 스며들었다. 그 감정은 이엘리에 대한 압도적인 애정과, 이 세계를 향한 서늘한 분노였다. 그 말을 들으며 이엘리는 등골에 소름이 돋는 것을 느꼈다.

"자카리."

"차라리 이런 쓸모없는 세계 따위 부수어 버리고."

푸른 시선에 반짝, 빛이 돌았다. 압도적인 재해가 의지를 갖는다면 이런 모습이 되지 않을까.

"너와 나, 단둘이 남아 있고 싶어."

한숨 같은 목소리가 그녀의 귓가에 와 닿았다. 용의 분노에 세계가 두려움에 떨기 시작했다.

*   *   *

이엘리를 지켜야 해. 그녀를 고통스럽게 하는 세상을 두고 보느니, 차라리 나와 그녀 단둘이 남는 세계가 훨씬 낫지 않을까. 어째서 이 세계가 존재해야 하나. 오랫동안 풀리지 않던 의문.

> '마지막으로 경고하는데, 넌 내가 되지 않도록 주의해.'
> '그게 무슨 뜻이지?'
> '너만큼은…… 세계를 파괴하려는 그 충동에 휩쓸리지 말라는 뜻이야.'

자신을 말끄러미 바라보던 은룡 헤센바이츠. 자카리는 오히려 그에게 묻고 싶었다. 어떻게 그 충동에 휩쓸리지 않을 수 있지? 목

19. 긴 겨울의 끝   109

숨을 주어도, 아니 세계와 맞바꾸어도 아깝지 않을 사랑하는 여인이었다. 그런 여인에게 이 세계는 언제나 시련만을 준다. 부숴 버려야 마땅하지 않나.

'왜냐하면 그녀가 슬퍼할 테니까.'

은룡의 서글픈 대답이 들려온 듯하다. 동시에 자카리의 의식이 깊은 수면 아래로 가라앉았다.

* * *

거대한 재앙, 세계를 멸하기 위한 겨울의 화신. 겨울을 지배하는 강대한 재해로 각성한 자카리는 더 이상 '인간'이 아니었다. 은룡이 눈을 뜬 그 순간, 세계에 영원한 겨울이 내려앉았다.

콰앙! 냉기 섞인 바람이 폭발하듯이 휘몰아쳤다. 건물의 위쪽이 터져 나갔다.

새파란 하늘 아래로 새하얗게 얼어붙은 건물의 파편들이 하늘 위로 치솟아 올랐다. 매서운 바람에 파편들은 순식간에 가루처럼 분쇄되어 버렸다.

투명한 얼음 가루들이 눈이 아리도록 반짝이며 빛났다.

"……."

자카리는 내리떴던 속눈썹을 천천히 들어 올렸다. 인간임을 증명하는, 감정이라곤 한 톨도 남아 있지 않은 빙해 같은 눈동자. 새파란 눈동자엔 파괴 욕구만이 하얀 성에처럼 서려 있었다.

"자카리?"

반사적으로 힘을 끌어올려 사람들을 보호하던 이엘리는 멍하니 자카리를 바라보았다.

인간의 외피를 쓰고 있되, 눈앞의 자카리는 더 이상 이엘리가 사랑하고 존중하는 남편이 아니었다.

"자, 자카리."

이엘리는 덜덜 떨리는 목소리로 자카리를 불렀다. 하지만 자카리에게는 그녀의 목소리 자체가 들리지 않는 것 같았다.

온통 무너지고 부서진 건물 사이로 그는 자박자박 걸음을 옮긴다. 그의 발이 닿는 자리마다 쩡 소리와 함께 서리와 얼음이 얼어붙었다. 깨진 유리처럼 반짝인다.

"처음부터 널 죽였어야 했어."

바닥에서 바르작거리는 에반을 내려다보며, 자카리는 무표정한 얼굴로 그렇게 말했다.

얼음으로 빚어낸 양 서늘한 얼굴. 황제의 외피를 덮어쓴 에반은 경악에 찬 낯으로 그를 응시했다.

"괴, 괴물."

"……."

"너 같은 괴물이, 감히 나의 아샤와 어울린다고 생각하나……!"

두려움에 짓눌린 목소리로도 에반은 자카리를 매도했다. 그 매도를 들으면서도 자카리는 눈썹 하나 까닥하지 않았다. 다만 갸웃 고개를 기울였을 뿐이다. 새파란 눈동자가 금세 가늘어졌다.

"그런 건."

에반을 향하는 소름 끼치도록 냉정한 목소리엔, 감정이라고는 단 한 조각도 남아 있지 않았다.

"너 같은 하찮은 미물이."

사실을 언급하는 단정한 그 시선. 사형을 선고하는 재판관처럼 자카리는 냉엄하게 선언했다.

"정하는 게 아니다."

그와 동시에 에반의 온몸이 얼어붙기 시작했다. 흰 성에가 구석구석 달라붙는가 싶더니, 금세 손발 끝이 차가워졌다. 에반의 눈동자에 경악이 가득 찼다. 자카리는 고개를 숙여 말했다.

"너희 미물들은 언제나 자신밖에 모르더구나."

자카리의 입술에는 서늘한 비웃음만이 서려 있었다. 조소를 숨길 생각조차 않는 그의 오만한 얼굴.

"애초에 아샤의 동정심이 아니었다면."

고개를 내려 에반을 위아래로 훑어보는 자카리의 표정은, 이미 인간의 선을 넘어선 자 특유의 것이었다. 방금 전까지만 해도 기세등등하던 에반의 낯에 공포가 차오르는 건 순식간이었다.

"너희 혈족은 지금껏 존재할 수조차 없지 않나."

에반의 눈동자가 커다랗게 확대되었다. 회색 눈동자가 두려움과 혼란을 품고 파르르 떨렸다.

"……더러운 인간들 같으니라고."

그 목소리 안쪽에는 혐오감이 가득 차 있었다. 그리고 자카리가 마지막 말을 내뱉은 그 순간.

"커, 헉……!"

에반의 입술 사이로 억눌린 신음 소리가 흘러나왔다. 쩌저적, 소리와 함께 에반의 몸에 금이 갔다.

자카리는 곧장 꼭 한번 눈짓을 했다. 그 순간, 에반의 몸이 파사삭 온몸이 부서졌다.

"크아악!"

에반은 찢어질 것처럼 날카로운 비명을 내질렀다. 산 채로 얼어붙어, 약간의 충격만으로도 툭툭 떨어지고 부서진다. 피조차 흐르지 않는 새빨간 단면은 마치 장난감처럼 현실감이 없었다.

"······."

"······."

죽음과도 같은 침묵이 흘렀다. 사람들은 공포에 질린 눈동자로 헤센바이츠 공작을, 아니 한때는 인간이었던 '그 무언가'를 지켜보았다. 그는 비스듬히 시선을 들어서 인간들을 돌아보았다.

"역시 이 세계는 필요 없어."

픽 미소를 흘린 '무언가'는 그렇게 선언했다. 주변의 사람들은 숨을 죄는 것 같은 감각을 느꼈다. 그건 생물이 본능적으로 느끼게 되는 공포였다. 숨조차 제대로 쉬지 못하는 차디찬 공포.

"사, 살려 주십시오······."

이름 모를 이가 신음처럼 중얼거렸다. 하지만 그는 정말 의아하다는 것처럼 되물을 따름이었다.

"어째서 내가 미물들을 살려야 하지?"

'겨울의 은룡'이란 그런 존재였다. 압도적인 자연재해와도 같은 것. 재해에는 의지가 없다.

눈 폭풍이 모든 것을 얼어붙게 하여 파괴하는 건, 그저 눈 폭풍이 그런 존재이기 때문이다. 용 또한 마찬가지였다. '인간'의 눈높이로 감히 판단할 수 없었다.

'하지만.'

그렇다 한들, 자카리 널 이대로 내버려둘 수는 없잖아. 이엘리는 어금니를 지그시 깨물었다.

'난 널 포기하지 않기로 결심했으니까.'

이엘리는 한 걸음 앞으로 나섰다. 내디딘 걸음 아래로 바삭거리 며 새하얀 성에가 부스러진다.

"왜냐하면 내가 그걸 원하니까."

새싹 같은 연녹색 눈동자가 도전적으로 그를 바라보았다. 멈칫 한 그가 그녀를 빤히 응시했다.

"난 이 사람들을 지키고 싶어."

"어째서?"

그렇게 말하는 자카리의 얼굴이 괴롭게 일그러졌다. 감정 한 톨 도 남아 있지 않았던 그의 얼굴은, 오로지 이엘리를 마주할 때만큼 은 갖가지 표정을 드러낸다. 자카리가 사납게 입을 연다.

"너는 언제나 미물들에게 관대했지."

"⋯⋯자카리."

"하지만 난 이제 더 이상 참을 수 없어, 이엔."

그렇게 말하는 자카리는 눈과 얼음으로 만들어 낸 조각상 같았 다. 일견 고요해 보이는 그 표정은 오히려 수많은 감정들을 억누르 고 있기에 가능했다.

그중 가장 크게 느껴지는 것은, 역시 '분노'와 '증오.'

인간, 그리고 이 세계 자체를 향한 강렬한 감정이었다.

'이대로는 안 돼.'

그녀는 입술을 깨물었다. 눈앞에 서 있는 그에게서 이질감이 느껴졌다. 이런 느낌은 처음이다.

'자카리 안의 은룡이 눈을 뜨면…… 세계는 정말로 멸망할지도 몰라.'

그것만큼은 막아야 해. 이성적인 판단보다도 힘이 먼저 발현했다. 동시에 세계가 뒤집어졌다.

* * *

이엘리가 가장 먼저 느낀 건 온몸을 물어뜯는 것만 같은 맹렬한 추위였다. 눈에 닿는 세상은 온통 희었다. 새하얗게 눈보라가 일어나, 시야를 가리는 세계. 이엘리는 움찔 어깨를 굳혔다.

"……아파."

자카리의 과거, '은룡 혜센바이츠'가 남겨 두었던 손등의 주술이 욱신거렸다. 손등을 감싸 쥔 이엘리는 은룡이 했던 말을 다시 한 번 되새겼다. 그러니까 지금 이곳은 일종의 이공간이다.

'실제로 존재하는 곳. 세계에 속해 있으면서도 속해 있지 않은…… 마법으로 만들어진 세계.'

이공간에 연결된 문을 연 대가인지, 온몸에서 기운이 쭉 빠진 상태에 그녀는 한숨을 삼켰다.

'꿈과 현실의 경계. 은룡과 아샤 요정, 단둘만을 위해 만들어진 장소.'

화사하게 꽃이 만개해 있던 아샤 나무는 이제 바짝 메마른 상태였다. 청명하던 하늘은 이제 거무스레한 잿빛으로 물들어 있었고, 뾰족한 나뭇가지는 창날처럼 하늘을 갈기갈기 찢어 놓는다. 금방이라도 먼지처럼 부스러져 사라질 것 같은 모습이다.

그녀는 그 이유를 알 것 같았다.

'이 세계는 아샤와 은룡의 힘으로 이루어진 세계이니까.'

세계를 구축하는 두 축 중 하나가 폭주 직전에 휘말려 있었다. 무너지지 않는다면 그게 더 이상하다. 내가 정말로 자카리의 폭주를 멈출 수 있을까? 이엘리는 손끝이 떨리는 것을 느꼈다.

'……너무 부정적으로 생각하지 말자.'

그나마 다행스러운 것은 이 세계가 현실 세계가 아니라는 것이다. 지금 이곳이 현실 세계에 어느 정도 영향을 끼치는지는 모르지만, 적어도 당장 자카리의 폭주 때문에 세계가 파괴되지는 않을 터였다.

이엘리는 비틀거리며 자리에서 일어났다. 미간을 좁히며 상황을 파악하려 애썼다.

'그렇다고는 해도 아예 영향이 없지는 않을 거야. 아샤 요정의 본체는 이곳에 있으니까.'

현실 세계가 아직까지 봄을 잃어버리지 않은 이유는, 아직 이 세계에 남아 있는 아샤 요정의 본체 덕분이었다. 그렇다면 이 세계에서의 자카리의 폭주가 현실 세계에도 영향을 끼치기 전에, 어떻게든 그의 폭주부터 멈춰야만 한다.

자카리, 어디 있지? 그녀는 주변을 두리번거렸다.

"……자카리?"

하지만 대답은 들려오지 않는다. 잠시 후, 자카리를 발견한 이엘리는 저도 모르게 입술을 짓씹었다.

그는 거대한 아샤 꽃나무 아래에 서 있었다. 이엘리는 애써 또렷한 목소리로 말했다.

"거기서 뭐해?"

"……."

자카리는 흘끗 뒤를 돌아보았다. 그의 모습은 금방이라도 쓰러질 양 휘청거리는 모습이었다.

"이엔."

그렇게 말하는 자카리의 목소리는 온통 쉬고 갈기갈기 갈라져 있었다. 이엘리를 응시하는 새파란 눈동자는, 단 한 번도 녹지 않은 빙하처럼 시렸다. 그 시선에 그녀는 자리에 얼어붙었다.

"나는."

"……응?"

"언제나 실패만 하게 돼."

그렇게 말하는 그의 낯은 허망했다. 스스로에 대한 환멸과 원망이 가득 찬 목소리로 말한다.

"이렇게 하지 않으려 했는데."

자카리의 이성은 이미 조각조각 잘려 나간 상태였다. 형체조차 남지 않은 이성의 가루를 애써 긁어모아 이엘리를 마주 본다. 지금 당장 폭주해도 이상하지 않을 그가 간신히 버티고 있는 이유는…….

"네가 슬퍼할 테니까…… 용으로는."

목소리 끝이 이지러졌다. 자카리는 입술을 피가 나도록 당겨 물었다. 그리고 그의 표정이 허물어졌다.

"어떻게든 용으로는 변하고 싶지 않았는데……."

자카리는 숨을 삼켰다. 정말이었다. 이엘리를 실망시키고 싶지 않았다. 그녀가 사랑하고, 또한 지키는 인간이었기에 그 또한 보호하고 싶었다.

하지만…… 그들이 증오스러웠다. 너무나도. 아주 오래전부터, 그가 은룡이며 그녀가 아샤였던 순간부터. 인간은 언제나 그녀를 빼앗아 갔다.

"난 여기까지인가 봐."

나는 인간이야. 인간이어야만 해. 사랑하는 아가씨가 몇 번이고 이야기했고, 억지로 스스로에게도 걸어 두었던 그 제약.

하지만 그 제약은 너무나 연약했다. 그는 더 이상 견딜 수 없었다.

"미안해, 이엔."

한숨처럼 읊조린 그 사과에 이엘리는 멈칫 어깨를 굳혔다. 자카리는 어설프게 미소를 지었다.

"내가 선택할 수 있는 건, 고작 이런 것뿐이었어."

"……그게 무슨 소리야?"

"네가 사랑하는 것들을 지키는 것. 그리고 너를 실망시키지 않는 것."

새파란 눈동자가 이엘리를 똑바로 보았다. 또렷한 이지가 되돌아온 시선은 확고하기만 하다.

　"동시에 해낼 수 있는 방법…… 단 하나가 있으니까."

　인간들에게 해를 끼치지 않을 수 있는 유일한 방법. 이엘리의 애정을 잃지 않을 수 있는 법. 아주 오래전부터 간신히 유지해 왔던 금제는 풀린 지 오래였다.

　압도적인 용의 힘은 그 힘의 주인인 자카리 자신에게도 유효했다. 자카리가 가진 인간의 자아는 너무나 연약해서…….

　"실은 말이야, 이엔."

　결국에는 인간을 증오하고 만다. 그가 가진 용의 본질이 그랬다. 본디부터 용의 세계였던 이 땅에 봄의 요정이 발을 딛게 된 때부터, 그녀의 온기가 싹을 틔우고 만물을 소생시킨 때부터.

　그가 그녀를 사랑하고, 그녀가 인간을 동정하여 가엾게 여겼던 바로 그때부터 시작된 증오.

　"나도."

　"……."

　"이런 오랜 증오 속에 갇힌 채…… 살고 싶지 않았어."

　갓 떨어져 손안에서 녹아내리는 눈송이처럼 자그만 고백이었다. 자카리는 희미하게 웃었다.

　"은룡이 되느니…… 차라리 나 스스로를 영원히 가두는 편이 낫다고."

　그녀를 바라보는 자카리의 손에는 아샤 가지가 들려 있었다. 이엘리는 커다란 얼음 조각을 삼킨 것처럼 서늘한 기분을 느꼈다.

재해로 불릴 정도로 강대한 용. 그리고 그 용의 유일한 반려. 용의 반려라는 건, 용의 존재에 간섭할 수 있다는 의미였다. 육신은 물론이고 영혼까지도.

　"……그렇게 생각해."

　툭, 죽은 나비처럼 목소리가 떨어졌다. 자카리의 표정은 담담한데, 이엘리의 낯은 일그러졌다.

　"너, 도대체 무슨 짓을 하려고……?"

　"알잖아."

　자카리는 차분한 목소리로 대답했다. 이엘리는 마구 고개를 가로젓더니, 입을 열었다.

　"그, 그만둬."

　"이엔."

　"응? 그러지 마, 다른 방법이 있을 거야. 그러니까……."

　이엘리는 더듬더듬 입을 열었다. 유일하게 용을 봉인할 수 있는 방법은, 용의 반려가 가진 영향력을 이용하는 것이다.

　그리고 오래전에 아샤가 용의 반려였던 것처럼, 이엘리 또한 자카리의 반려였다. 지금 그는 스스로를 포기하기로 결심한 상태였다.

　"난…… 솔직히 말하자면."

　일 년, 십 년, 백 년, 그보다 오래된 시간들. 그녀를 기다리며 버텨 왔다. 그녀가 인간을 사랑했기에 용의 핏줄 속에 자신을 봉인했고, 그녀가 돌아오기를 기다렸다. 그리고 다시 만났다.

　"이제 조금은 지친 것 같아."

자카리는 미소 지었다. 모래 먼지가 풀썩이는 것 같은 미소였다.

이엘리는 멍하니 자카리를 응시했다. 처음이었다, 자카리가 '지쳤다'라고 말하는 때는. 아샤 가지를 만지작거리던 그가 웃었다.

"이대로라면 난 결국 폭주하고 말 거야."

폭주는 이미 결정된 수순이었다. 용의 본질도, 지금껏 쌓여 온 인간에 대한 분노도 그랬다. 지금도 당장 이 세계에서 뛰쳐나가 모든 인간들의 숨을 거두고 싶었다. 억누르는 것도 한계였다.

"인간을 멸하고자 하는 재앙이 되겠지…… 더 이상 나에게는 그 폭주를 막을 힘이 없어."

하지만 넌 내가 그렇게 행동하면 분명 슬퍼하겠지. 역시 난 너의 눈물은 보고 싶지 않은걸.

"그러니까."

아샤 요정의 본체인 거대한 아샤 나무. 그는 가만히 나무를 올려다보았다.

꽃송이가 남아 있지 않은 나무는 앙상하게 흔들리고 있었다. 이 세계의 한 축인 용이 불안정하기에, 그녀에게도 영향을 끼치는 것이리라.

더 이상 자신 때문에 그녀가 고통받는 모습은 보고 싶지 않다.

"남은 방법은 이것뿐이야."

그는 우아한 동작으로 아샤 가지를 제 심장 안쪽으로 꽂아 넣었다.

용에게 유일하게 영향을 끼칠 수 있는 반려의 일부. 자카리의 손발부터 딱딱하게 굳어진다. 이엘리는 경악했다.

"자카리!"

피를 토하는 것처럼 날카로운 비명. 고통도, 눈물도, 비명도 없다. 다만 그는 실 끊어진 인형처럼 툭 자리에 주저앉을 뿐이다. 그 자리에 얼어붙은 그녀를 보며, 그는 고개를 가로저었다.

"괜찮아."

"뭐가 괜찮아!"

"그저 잠드는 것뿐이야."

자카리의 입가에 미소가 서렸다. 이엘리를, 그리고 그녀가 사랑하는 것들을 지키기 위해서였다. 그러니 괜찮다. 아샤 가지가 심장을 꿰뚫는 순간, 자카리는 머나먼 과거를 문득 떠올렸다.

"나의 이엔."

용으로 각성하기 전에 일부러 잊어버렸던, 아니, 떠올리는 것조차 고통스러워서 일부러 묻어 버린 기억이었다. 온몸이 돌처럼 무거웠다. 묵직한 눈꺼풀을 늘어뜨리며 자카리는 속삭였다.

"아니…… 나의 아샤."

이 땅에 봄을 불러온 아샤는, 자신이 베푼 기적으로 융성하게 자리를 잡은 인간을 동정하고 사랑했다. 감히 아샤의 혼의 일부를 갈취하고, 용에게 반기를 든 리펜베르크 황가에게조차 인간의 대표라는 이유로 자비를 베풀 정도로.

그건 건국 전설에 교묘하게 감추어진 진실이었다.

"너는 언제나 자비롭고 따스한 존재였지."

겨울의 은룡, 헤센바이츠의 반려인 봄의 아샤.

본디 이 땅에 없었던 봄을 불러일으킨 봄의 요정과, 그리고 그녀의 자비에 기대어 성장한 인간.

봄이 찾아오면서 인간들은 문명을 일으켰고 발전하기 시작했다. 그리고 아샤 요정은 그런 인간들을 마치 자기 자식처럼 아끼고 사랑했다.

"이해해. 아마 넌 그럴 수밖에 없었을 거야."

자신이 피워 낸 봄에서 태어나고 발전한 존재가 어찌 사랑스럽지 않을 수 있으랴. 헤센바이츠는 제 반려의 마음을 모두 이해했다.

하지만 언제나, 인간의 탐욕이 문제였다. 인간의 대표였던 에반은 아샤에게 품어서는 안 될 마음을 품었다. 바로 아샤 요정을 제 여자로 삼고 싶은 욕구였다.

   '당신을 갖고 싶어.'

그렇게 속삭인 에반이 진득한 열망으로 그녀를 바라보았을 때, 아샤는 그런 에반을 단호하게 거절했다.

   '그래서는 안 된단다, 아이야.'

아샤에게는 아마 그 반응이 당연한 것일 터였다. 하지만 헤센바이츠에게는, 아샤를 사랑하는 인간들의 감정 자체가 증오스러웠다.

'난 너희와 내 반려를 모두 사랑하지만, 그 애정의 종류는 달라.'

그 문제에 있어서는 아샤와 헤센바이츠의 생각은 동일했다. 아 샤는 언제나 에반과 인간들의 도가 넘는 요청을 거절해 왔다. 하지 만 헤센바이츠는 고작 거절만으로는 참을 수 없었다.

'아샤, 그들을 물리면 안 될까?'
'……미안해.'

인간들에 대해 이야기할 때면 아샤는 언제나 죄스러운 얼굴을 했고, 그리하여 헤센바이츠는 그녀에게 더 이상 인간들의 문제를 따져 물을 수 없었다.

하지만 그녀가 다른 존재를 함께 사랑한다는 것 자체가 그에게 는 상처였다. 그 상처들은 차곡차곡 쌓여, 은룡의 심장을 할퀴는 가 장 날카로운 칼날이 되었다.

'난 내 아이들을 포기할 수 없어.'
'……아샤.'
'너를 포기할 수 없듯이…….'

그녀는 그의 반려였고, 그는 자신이 엄연히 그녀의 첫 번째를 차 지할 권리가 있다고 믿었다.

그녀를 독점하는 것이 제 욕심임을 알았기에, 그나마 최대한 물러난 거였다. 하지만 인간들의 욕심은 끝이 없었다.

'저희를 돌봐 주세요!'
'저희를 사랑해 주세요!'

저희는, 저희에게, 저희를……
끝없는 요구들이 이어졌고, 아샤는 그런 인간들을 자식으로서 품어 보듬었다. 인간과 신도 하나 공평한 점이 있다. 시간과 베풀 수 있는 애정은 언제나 한정적이라는 것.

'아샤, 제발……'

그녀의 애정은 크고 넓었지만, 가끔 지나치게 공정했다. 그리하여 헤센바이츠는 아샤의 애정을 나누어 받기 위해 노력해야 했다.

'사랑해.'
'……'
'넌 영원히 나의 반려일 거야.'

하지만 아샤의 다정한 목소리는 헤센바이츠뿐 아니라 인간들에게도 쏟아졌다. 그에게 주어지는 애정은 점차 줄어들 수밖에 없었다.
은룡은 그 사실이 너무나도 괴로웠다. 영혼까지 나누어 가진 반려는 언제나 인간들만을 바라보고 있었다.

  '아샤.'

 너에게는 내가 중요하지 않은 거야?

 난 너만 있으면 되는데, 넌 내가 더 이상 필요하지 않은 거니?

 언젠가부터 은룡의 마음 깊은 곳에는 그런 의문이 싹트기 시작했다. 그녀에게 자신의 연약한 부분을 보여 주고 싶지 않아, 꽁꽁숨겨 두고 사라지기만을 기다렸던 의문.

 그러나 그 의문은 점차 몸을 키우고 자라서, 헤센바이츠를 통째로 먹어 치우고 말았다.

 "하지만 난 말이지."

 오래된 과거를 헤집어 되새기던 자카리는 비스듬히 시선을 내렸다. 푸른 눈동자 안에 가없는 애정과 서글픔이 가득 고였다.

 "난 너의 그 점을 가슴 깊이 사랑하면서도, 가끔씩은……."

 이엘리는 입술을 짓씹었다. 그 감정을 이해하고야 마는 자신이미워 견딜 수 없다.

 과거의 그녀가 은룡에게 얼마나 이기적이었는지 이제야 알 것 같다. 자카리의 눈꺼풀이 파르르 떨렸다.

 "……나에게만 온전히 오지 않는 너의 그 애정이 너무 버거웠어."

 인간의 대표이자 용과 아샤 요정을 알현할 수 있는 권리를 가진자, 리펜베르크의 에반. 하지만 그는 아샤를 보자마자 한눈에 사랑에 빠졌다. 품어서는 안 될 애정의 결말은 파국이었다.

"에반은 널 소유하지 못하자, 결국 널 죽이려 들었지."

"……자카리."

"솔직히 말하자면 모든 인간을 죽이고 싶었어. 하지만, 하지만……."

자카리의 목소리가 금방이라도 꺼질 것처럼 가늘어졌다. 오래된 증오는 이제 진득한 늪처럼 발목을 움켜쥐고 있어, 영영 떨어지지 않을 것 같았다.

차라리 스스로를 죽이면 편해질까, 하루하루를 고뇌로 살아가던 그에게 유일한 구원이던 단 하나의 말. 아샤가 마지막 남긴 약속.

"그때의 네가 나에게 약속했잖아."

이엘리는 숨을 삼켰다. 새파란 눈동자 안쪽에 고인 감정이 너무 아팠다. 자카리가 소곤거렸다.

"내게…… 꼭 돌아오겠다고."

어느 강대한 영혼이든지 간에, 죽음 후에는 이 세계를 떠나야 한다. 환생의 고리에 들어가 깨끗하게 혼백이 씻겨야 하기 때문이었다. 하지만 아샤는 떠나기 직전, 은룡에게 약속을 남겼다.

'꼭 돌아올 테니까, 날 기다려 줘.'

가느다란 손가락이 뺨을 어루만지던 보드라운 감촉. 연녹색 눈동자 안쪽에 비치는, 당장이라도 무너지기 직전의 표정을 짓고 있던 스스로의 얼굴. 아샤의 다정한 목소리와 상냥한 미소.

'다시 돌아오게 될 그때는, 영원히 너만을 사랑할게.'

소곤거리는 목소리가 남긴 그 약속은 지나치게 달았다. 그의 삶의 유일한 이정표이자 생존의 이유가 되었다.

'그러니까 우리가 함께 살아가게 될 이 세계를, 소중하게 생각해줘…….'

툭 떨어지던 조그마한 손. 은룡은 그녀를 잃으면서 처음으로 상실의 고통을, 그리고 무언가를 지켜야 하는 의무를 배웠다. 인간도, 세계도 모조리 미웠다. 그럼에도 차마 버릴 수가 없었다.

'나의 아샤, 내가 포기를 배움으로써 네가 행복할 수만 있다면.'

그리하여 용은 긴 시간 동안 유지되는 거대한 마법을 펼쳤다. 자신의 피를 섞어 창조한 일족을 만들고, 긴긴 세월 동안 일족의 핏줄 속에 스스로를 봉인했다. 반강제적인 선택이기도 했다.

'넌 내 반려니까.'

아샤가 인간에게 혼의 일부를 강탈당하고 살해당한 건, 반려인 은룡에게도 타격이 가는 일이다. 그런 상황에서 긴 시간 동안 유지되는 강대한 마법을 펼쳤으니 무리가 가는 건 당연했다.

"하지만 난 널 기다려야 했어."

이엘리의 눈동자에 눈물이 차올랐다. 이제 에반은 죽었고, 이엘리는 에반이 빼앗았던 혼의 조각을 되찾았다. 은룡의 오랜 고뇌를 이제는 이해할 수 있다. 그녀는 더듬더듬 말문을 열었다.

"……모두 내 잘못이야."

"……."

그는 그녀의 말이 아니라고 부정하지 않는다. 그것 자체가 그가 얼마나 큰 상처를 받았는지를 증명한다. 자카리는 그저 얕은 숨을 몰아쉴 뿐이었다. 그녀는 무릎걸음으로 그에게 다가갔다.

"제발, 자카리."

아주 오랜 시간이 흘러 아샤, 즉 그녀가 다시 이 세계로 돌아왔다. 하지만 그녀는 반쪽짜리 아샤였다. 영혼의 일부를 빼앗긴 그녀는 은룡에 대한 기억을 모두 잃은 지 오래였다.

그럼에도 은룡은, 자카리는, 끈질기게 그녀를 기다렸다. 기억을 되살리며, 각성의 순간을 기다리며.

"미안해, 정말 미안해. 내가 잘못했어."

이엘리의 눈에 뜨거운 눈물이 고였다. 자카리의 얼굴을 더듬어 보고 깜짝 놀란다. 그가 너무 차가워서. 눈앞의 그가 얼음장 같아서.

안색은 창백했고, 입술에는 핏기 하나 남아 있지 않았다. 이엘리는 황급히 그를 품 안에 끌어안았다. 작은 심장 소리는 금방이라도 끊어질 것 같았다.

"그러니까 제발 잠들지 마, 응?"

후두둑 눈물이 쏟아졌다. 내가 잘못했어. 내가 먼저 이 모든 것을 기억했어야 했어. 네가 괜찮다고 말하는 것에 기대서는 안 됐어.

자카리의 입술이 달싹거렸다. 그가 희미하게 웃으며 속삭인다.

"네가 사랑했던 것들을…… 너와 같은 마음으로 사랑해 주지 못해서 미안해."

마지막까지 자카리는 이엘리에 대한 사죄만을 입술에 담는다. 원망조차 없는 순연한 그 애정이었다.

"사랑해, 이엔."

마지막으로 미소를 남긴 자카리의 눈이 스르륵 감겼다. 마치 죽은 것처럼 눈꺼풀이 굳게 닫힌 것을 보자 순간 가슴이 쥐어뜯는 것처럼 아파 와서, 이엘리는 신음처럼 자카리의 이름을 불렀다.

"……자카리?"

하지만 대답은 들려오지 않는다. 그녀를 바라보는 상냥한 눈빛도, 다정한 목소리도, 모조리 흔적조차 없이 사라졌다. 아무리 자카리의 봄을 흔들어 봐도 그는 눈을 뜰 생각을 하지 않았다.

"자카리, 대답, 대답 좀 해 줘, 응?"

자카리의 피를 흠뻑 머금은 아샤 꽃나무가 활짝 꽃을 피운다. 잿빛 하늘 아래로 분홍색 꽃잎들이 팔랑팔랑 떨어진다. 비처럼 쏟아지는 그 꽃잎조차 지금은 원망스러워 견딜 수가 없었다.

"제발."

이엘리는 그에게 매달리며 고개를 떨어뜨렸다. 목 안에서 뜨거운 무언가가 치솟아 올랐다.

거대한 아샤 나무 아래에 잠든 듯 눈을 감은, 사랑하는 사람. 나의 자카리. 제발. 제발 한 번만.

"……내게 기회를 줘."

나 때문에 네가 이렇게 됐어. 괴물처럼 몸집을 부풀린 죄책감이 이엘리를 삼켰다. 숨조차 제대로 쉴 수 없다.

자카리, 넌 몇 번이고 이런 기분을 느꼈겠지. 미쳐 버릴 것 같은 기분에 이엘리는 뚝뚝 눈물만을 흘렸다. 칼에 베인 마음에서 피가 흐르듯, 쉴 새 없이 눈물이 넘쳐흘렀다.

"미안해. 내가 잘못했어."

창백한 얼굴로 잠든 연인을 향해 그녀는 작게 속삭였다. 그의 뺨을 어루만지며 말을 잇는다.

"하지만 이대로 널 포기할 수 없어."

자카리는 그녀 때문에 모든 것을 놓아 버리지 않았나. 그녀가 인간을 지키고 싶어 한다는 이유로, 자기 자신을 봉인한다는 선택지를 고른 자카리.

이엘리는 입술을 피가 나도록 깨물었다.

"그러니까 나, 이번에는 내가 널 데리러 갈 거야."

연녹색 눈동자가 결연하게 가라앉았다. 힘을 주어 자카리를 포옹한 그녀는 단호하게 말했다.

"절대로 널 포기하지 않아."

용의 반려가 용을 봉인할 수 있다면, 용의 봉인을 다시 파훼하는 것 또한 가능할 터. 그녀의 모든 것을 바쳐서라도 자카리를 다시 돌려받을 생각이었다. 이엘리는 곧장 힘을 끌어 올렸다.

＊　　＊　　＊

자카리는 그 누구도 닿을 수 없는 깊고 깊은 늪 안쪽에 있었다. 끝나지 않는 잠, 영원한 고요. 차라리 이편이 나았다. 더 이상 감정 소모를 할 필요가 없을 테니까.

무엇보다도 목숨보다 더 사랑하는 그녀를 아프지 않게 할 수 있었다. 그녀는 그와 함께하며 너무 많은 희생을 치렀다.

'마지막으로 경고하는데, 넌 내가 되지 않도록 주의해.'

'그게 무슨 뜻이지?'

'너만큼은…… 세계를 파괴하려는 그 충동에 휩쓸리지 말라는 뜻이야.'

자카리는 은룡 헤센바이츠가 자신에게 했던 말을 기억하고 있었다. 너만큼은 그런 선택을 하지 않았으면 좋겠어. 그 말은 아마 진심일 터였다. 과거의 전철을 똑같이 밟지 말라는 것.

'왜냐하면 그녀가 슬퍼할 테니까.'

자신의 과거, 겨울의 은룡 헤센바이츠와 똑같은 선택을 하고 싶지는 않았다. 그때보다는 나은 선택을 해야 하지 않겠나. 그녀의 눈물을 다시 보느니, 차라리 자신을 지워 버리는 편이 낫다.

'내가 깨어난다면…… 너를 슬프게 만들고 말 거야.'

눈과 얼음으로 쌓아 올린 조용한 세계. 그가 '자카리'라는 자아를 갖기 전부터, 오래전 겨울이 지배하는 세계의 군주였을 때부터, 고독함과 외로움은 이미 익숙했다.

오히려 아샤가 그의 세계에 당도하여 온기를 나눠 주던 게 비정상적인 상태였다.

'어떻게 너를 사랑하지 않을 수 있었을까.'

그 따스함은 만인의 애정을 받기에 마땅한 고귀함이었다. 알고 있었다. 사실은 자신이 '반려'라는 그 이유로 그녀에게 너무 큰 욕심을 부리고 있었다는 것을.

그녀를 독점하려 하는 제 소유욕은 올바르지 않았다. 그녀는 그저 만인을 공평하게 사랑하려 했을 뿐이다.

'다시 돌아온 너를 만났을 때부터.'

그는 언제나 두려웠다. 그건 아마 본능적인 두려움이었을지도 모른다.

그녀가 이 세계에서의 죽음을 맞이하고 다른 세계로 떠났던 그때, 그는 그녀가 제 곁에 돌아오지 않을 것을 걱정하고 있었다.

'넌 내게 돌아오겠다는 약속을 지켰지…… 하지만.'

그녀는 이미 이 세계에서 큰 상처를 입어 떠났던 존재였다. 그런 그녀가 과거를 회상하는 모습을 보일 때마다, 자카리는 언제나 두려움이 제 목을 조르는 것을 느꼈다.

'만약 네가, 앞서 떠났던 다른 세계를 더욱 사랑하게 됐다면.'

그렇다면 난 널 보내 줘야 하나. 간신히 다시 만난 너와의 이별을 다시 받아들여야 하나. 은룡의 명확한 기억이 아직 되돌아오지 않왔던 그때도, 자카리는 그녀를 보며 언제나 마음을 졸였었다.

'네가 날 떠날까 봐 언제나 무서웠어.'

그러므로 이엘리는 자카리에게 있어 항상 불안한 존재였다. 그녀가 곁에 있는 게 행복할수록, 그녀를 상실했을 때의 고통이 두려웠다.

'하지만, 이엔.'

감은 눈 안쪽에는 언제나 이엘리만이 보였다. 오랫동안 공허했던 삶, 유일하게 '행복하게 사는 방법'을 가르쳐 준 그의 아가씨. 삶의 의미를 건네고, 온기를 나누어 주고, 미소를 지어 준 이.

'난 너만 있으면 괜찮은데.'

정말이었다. 그녀를 최초로 만났던 아주 오래전, 가엾게 여겼던 인간에게 배신당하여 그녀가 그를 떠났던 때, 그리고 마침내 그녀를 다시 만난 현재까지. 모조리 그녀를 향하는 삶이었다.

'너만 있으면 이 세계의 모든 것은 완전해지는데.'

온기도, 빛도, 삶의 의미도 모두. 이엘리가 그에게 모두 선사한 거였다. 그 사실에 자카리는 서글퍼졌다.

'……너는 내가 네 곁에 있는 것으로는, 역시 안 되는 거였니?'

질문의 답은 아마 영영 알 수 없을 터였다. 자카리는 그대로 의식을 놓아 버렸다. 자아는 희미해지고, 이성은 토막토막 끊어진다. 영원의 잠을 선택한 자카리의 표정은 평온하기만 했다.

"미안해, 내가 잘못했어."

그때 조그마한 목소리가 들렸다. 수면 아래로 가라앉는 의식을 강제적으로 끌어올리는 서러운 목소리. 한 번도 들어 본 적 없던 서글픈 어조였다. 흐느끼는 목소리는 촉촉하게 젖어 있었다.

'어째서 우는 거야, 이엔.'

하지만 이제 그는 무리였다. 더 이상 그녀에게 손을 뻗을 힘이 남아 있지 않았다.

할 수만 있다면 그녀를 품 안에 가득 끌어안고 눈물을 닦아 주고 싶었고, 그래서는 안 된다는 것 또한 그는 알았다. 현재 상태는 스스로의 영혼을 강제로 봉인하여 폭주를 멈춘 것에 가까웠으니까.

"하지만 이대로 널 포기할 수 없어."

잠시 후, 다시 한 번 들려오는 목소리에는 단호함이 서려 있었다. 따스한 손이 그를 붙들었다.

"그러니까 나, 이번에는 내가 널 데리러 갈 거야."

안 돼, 내가 네 곁에 있으면 또다시 너를 상처 입히고 말 거야. 그는 고개를 저었다.

"절대로 널 포기하지 않아."

절대적인 진리를 이야기하는 것처럼 그녀는 속삭였다. 그와 동시에 시야가 하얗게 물들었다.

*　　　*　　　*

이엘리는 오래된 기억을 보았다. 과거 에반이 그녀에게서 빼앗았고, 마침내 되찾은 혼의 조각이 갖고 있던 기억이었다.

그녀가 불러온 봄을 통해 번성한 인간은, 끝내 그들의 어머니인 아샤마저 소유하고자 했다. 하지만 그녀는 이미 용의 반려였고, 용은 반려를 포기하지 않았다.

'영원한 겨울이 머무른 북부에는 잔혹한 은룡 헤센바이츠가 살고 있었다.'

잘 꾸며진 건국 전설의 뒤편에 숨어 있는 진실. 아샤 요정이 처음으로 당도한 북부에는, 영원한 겨울 따위 자취를 감춘 지 오래였다.

봄이 만개한 북부에는 잔혹한 은룡이 아니라, 자신의 반려를 열렬히 사랑하는 은룡이 살고 있었다. 본능적인 증오마저도 거둘 정도의 사랑이었다.

'용은 봄의 요정인 아샤를 사랑했지만, 요정은 용이 아닌 기사를 사랑했다.'

건국 전설에서 교묘하게 바뀐 진실. 서로를 마음 깊이 사랑하고 있던 연인은 은룡과 아샤였다.

'분노한 용은 요정을 독점하기 위해 비밀 정원에 가둬 두었고, 세계는 봄을 잃어버렸다.'

오히려 은룡에게서 아샤를 강탈하려 한 것은 에반을 대표로 한 인간들이었다. 용은 아샤를 지키기 위해 용과 아샤 둘만의 세계를 만들었다. 지금 이엘리가 자카리와 함께 있는 이곳이었다.

'결국 잔인한 용을 퇴치하고 요정을 구출하기 위해, 리펜베르크의 기사가 분연히 일어났다.'

그들을 먹이고 키운 어머니를 향한 소유욕, 인간들의 소유욕을 정당화하기 위한 오만한 전투. 그 전투엔 어느새 '잔혹한 은룡을 퇴치하고 요정을 구출한다'라는 정당성이 부여되어 있었다.

'용과 기사는 일주일 밤낮을 사투를 벌였고, 승리자는 '회색 기사'

인 에반 리펜베르크였다.'

만약 인간들이 승리했다면, 애초에 이 세계에 용이 남아 있을 수 있을 리 없다. 인간들의 탐욕은 당연히 용을 죽였을 테니까.

일주일 밤낮을 사투를 벌였지만, 용은 강건했다. 애초 자연재해와 같은 압도적인 힘을 가진 존재에게 인간이 승리할 수 있을 리 없다. 그리하여 인간은.

'용의 마지막 발악 때문에 요정은 큰 상처를 입는다.'

아샤를 이용하기로 마음먹는다. 아샤에게 회생할 수 없는 상처를 입힌 이는 바로 에반이었다.

에반은 아샤에게 혼의 일부를 강탈했고, 용의 반려였던 아샤의 힘으로 용에게 칼을 겨누었다.

'결국 요정은 기사에게 축복을 내리며 숨을 거두었고, 기사는 위대한 성군으로 등극했다.'

그가 아샤에게 빼앗은 힘은, 아샤가 스스로의 의지로 내린 축복으로 어느새 탈바꿈되었다. 아샤를 지키기 위해 은룡은 미물에게 무릎을 꿇었다. 그런 용을 오만하게 내려다보며 에반은 말했다.

'내가 아샤를 가질 수 없다면, 너 또한.'

'에반!'

'가질 수 없어.'

에반의 눈동자에 희번덕거리던 그 감정은 분명 강렬한 소유욕과 열등감이었다.

에반은 아샤의 영혼 일부를 가진 채 초대 황제가 되었고, 불완전한 아샤는 환생의 고리에 들어가게 되었다.

'우리가 함께 살아가게 될 이 세계를, 소중하게 생각해 줘……'

그럼에도 아샤는 인간을 포기하지 않았다. 아샤가 남겨 둔 그녀의 본체 덕분에, 봄은 여전히 인간들을 찾아왔다. 그 봄에 의지하여 인간들은 계속해서 번성했다. 그리고 은룡은 절망했다.

*　　*　　*

시들어 떨어지는 분홍색 꽃잎이 눈물처럼 져 내리고 있었다. 분분히 흩날리는 꽃잎들을 맞으며, 은룡은 허리를 숙여 제 반려의 창백한 얼굴을 굽어보았다. 새하얀 얼굴에 핏기라고는 없었다.

"나의 아샤."

메마른 입술 사이로 절망에 가득 찬 목소리가 새어 나왔다. 새싹을 닮은 연녹색 눈동자가 은룡을 빤히 올려다본다. 새파란 시선이 순식간에 젖어 들었다. 얼음이 녹아 깨어지듯 무너지는 낯.

"내가 널…… 사랑하지 않았더라면."

투명한 눈물들이 툭툭 쏟아져 내린다. 희다 못해 푸르게 빛나는 이마를 뜨거운 눈물이 적셨다.

"이런 일은 일어나지 않았을까?"

아샤는 말끄러미 은룡을 올려다보았다. 그 눈동자에는 인간을 향한 원망 따위는 찾아볼 수 없었다.

여전히 티끌 하나 없이 투명한 연녹색 눈동자가 아팠다. 은룡은 더듬더듬 말을 이었다.

"네가 자식처럼 생각하던 인간들이 널 배신하지 않았을까?"

그녀는 작게 고개를 내저었다. 그 조그만 동작이 은룡에게는 천둥처럼 크고 무겁게 느껴졌다.

"차라리 내가 널 일찍이 보내 줬더라면……."

누군가가 심장을 움켜쥐고 조르는 기분이었다. 처음 그녀가 이 땅에 발을 디뎠을 때가 떠올랐다. 이 땅의 생명을 위해 당연하게 봄을 불러오던 그 순진한 모습.

그런 그녀를 자신의 반려로 삼아 이 세계에 얽매어 놓은 건 은룡 자신이었다. 아샤는 희미하게 미소 지으며 속삭였다.

"……자식이 성장하여 부모를 이기려 하는 건 당연한 일이야."

은룡은 숨이 꽉 막히는 것을 느꼈다. 넌 분노도 하지 않아? 인간들은 널 배신했어, 그런 인간들에게 언제까지 용서를 베풀 셈이야? 증오와 분노가 뒤섞여 부글거리며 끓어 넘쳤다. 그때.

"나의 혜센."

세상에서 단 한 명, 용의 애칭을 부를 수 있는 유일한 존재. 그녀가 용을 향해 눈웃음을 쳤다.

"난 다만…… 네가 걱정돼."

"아샤."

"왜냐하면 내가 가장 사랑하는 사람은 바로 너니까."

그녀는 그를 온전히 걱정하고 있었다. 그 말에 그는 태어나서 처음으로 평펑 눈물을 흘렸다.

"너와 함께할 수 있어서, 너의 반려가 될 수 있어서."

누군가의 곁에 있다는 것이 이렇게 즐거운 일인 줄, 지금껏 아샤는 알지 못했다. 그 모든 기쁨과 찬란함을 가르쳐 준 존재는 바로 헤센바이츠, 그녀를 반려로 맞아 준 겨울의 은룡이었다.

"정말로 기쁘고 행복했어."

진심을 다한 고백에 푸른 눈동자가 커다랗게 뜨였다. 그녀는 온 마음을 다해 약속을 건넸다.

"네 곁으로 꼭 돌아올 테니까."

아샤는 힘겹게 손을 들어 은룡의 뺨을 쓸어내렸다. 따스한 손가락이 축축하게 젖은 뺨을 어루만진다. 연녹색 눈동자는 그를 올곧게 바라보고 있었다.

"그러니까 날 기다려 줘."

여전히 봄처럼 다사로운 그녀의 어조.

"아샤."

"다시 돌아오게 될 그때는, 영원히 너만을 사랑할 테니까."

그 말을 들은 은룡은 숨을 쉬는 방법조차 잊어버린 것 같았다. 연녹색 시선이 흔들린다. 나의 헤센. 너를 두고 떠나는 게 역시 난 너무 미안해. 그런 너에게 무거운 부탁을 하는 것, 모두.

"다시 만날 그날, 우리가 함께 살아가게 될 이 세계를."

하지만 넌, 이런 부탁이라도 남겨 두지 않으면 분명 이 세계를 파괴해 버릴 테지. 그녀는 쓰게 웃었다. 난 네가…… 자비를 배웠으면 좋겠어. 그녀는 한 음절 한 음절 힘을 줘 말을 이었다.

"지켜 줘야 해…… 알았지?"

"어떻게 그런 부탁을 할 수가 있어, 너를 이렇게 만든 인간들을 두고!"

감정이 격해진 은룡이 드물게 그녀를 향해 언성을 높였다. 아샤는 그의 눈물을 닦아 주었다.

"이렇게 울면 내가 마음 편히 떠날 수 없잖아…… 나의 헤셴."

눈가에 닿는 보드라운 감촉이 서러웠다. 아샤는 눈매를 곱게 휘었다. 창백한 입술이 달싹인다.

"사랑해."

아주 오랫동안 가슴에 품어 온, 깊고 따스한 애정. 아샤는 은룡을 향해 조그맣게 소곤거렸다.

"내 자신보다도 더."

"……."

차마 그녀를 보지 못한 채 은룡은 고개를 숙였다. 그녀도 사실, 딱히 대답을 원하지는 않았다. 마지막으로 미소를 남긴 그녀가 눈을 감았다. 마지막 호흡이 휘날리는 꽃잎 사이로 흩어졌다.

*　　*　　*

모든 기억의 끝, 이엘리는 조그마한 소년을 만났다. 깜깜한 어둠 속에 소년이 홀로 서 있었다.

"자카리."

그 말에 소년은 움찔하며 뒤를 돌아보았다. 희게 빛나는 은빛 머리카락 아래로, 짙푸른 눈동자가 불안하게 흔들렸다. 이엘리는 소년을 향해 환하게 웃어 보였다. 그리고 손을 뻗으며 입을 연다.

"널 데리러 왔어."

"……아니, 그러면 안 돼."

소년이 주춤주춤 뒤로 물러났다. 소년의 눈동자 안쪽에 가득 고여 있는 감정은 짙은 공포였다.

"내가 깨어난다면…… 결국 폭주하게 될 거야."

자카리는 미친 듯이 고개를 가로저었다. 내가 어째서 스스로를 봉인했는데. 그는 숨을 삼켰다.

"네가 사랑하는 인간들을 내가 모두 죽이게 될 거야."

두려움에 가득 찬 시선이 이엘리를 빤히 바라보았다. 떨리는 목소리가 그녀의 귓가를 스친다.

"우리 단둘이 남는 세계는 원하지 않잖아, 이엔."

"원하지 않는다고 한 적 없어."

"……뭐?"

뜻밖의 대답이었다. 순간 소년이 멍하니 그녀를 마주 본다. 그녀는 삐딱하게 시선을 맞받았다.

"정말로 네가 깨어나서 폭주하게 된다면."

"이엘리."

"그래서 세계가 멸망하고 너와 나 단둘이 남는다면."

이엘리는 연녹색 눈동자를 가늘게 치떴다. 팔짱을 끼며 고개를 갸웃 기울인다. 과거 아샤 요정은 세계가 멸망하는 것에 대해 엄청난 의미 부여를 한 모양이지만, 이엘리는 아샤와 달랐다.

"그러면 어쩔 수 없지 뭐, 안 그래?"

"……이엔?"

"세상 모든 것을 바꿔도 좋아, 난 네가 필요해."

그러므로 이엘리는 단호한 목소리로 그렇게 말했다. 세상의 멸망을 막는 것, 좋다. 하지만 그것을 위해 자카리가 희생해야 한다면, 그녀는 그것을 거절하고 싶었다.

가장 소중한 게 무엇인지 그녀는 이미 잘 알고 있었다. 온 세상과도 바꿀 수 있을 소중한 존재는 바로 자카리였다.

"약속했잖아. 다시 돌아오면, 너만을 영원히 사랑하겠다고."

그녀는 아무렇지도 않게 어깨를 으쓱여 보였다. 그러고는 자신만만한 목소리로 말을 이었다.

"그리고 아마도 그런 일은 없을 테니까."

"……뭐?"

"솔직히 말하자면, 너도 그렇게 되고 싶지 않은 거잖아."

그렇게 말한 이엘리는 살짝 시선을 내렸다. 소년의 손에는 작은 크라바트 핀이 들려 있었다.

"그거, 내가 선물해 준 거지?"

"……."

"풍어제에서, 그걸 네게 선물하면서."

이엘리의 말을 들은 자카리는 두 눈을 동그랗게 치떴다. 자신이 이런 크라바트 핀을 귀중하게 품고 있었다니. 전혀 인지조차 하지 못했던 사실이었다. 이엘리는 그에게 빙그레 웃어 보였다.

"내가 없으면 나 대신 그게 널 지켜 줄 거라고 했었지."

"그건……."

"너도 실은 폭주하고 싶지 않은 거잖아."

자카리는 가슴속 가장 연약한 부분을 날카로운 바늘로 쿡 찔린 기분이 되었다. 그녀는 고개를 기울였다.

"온전한 세계에서 나와 함께하고 싶은 거야. 그렇지?"

본능적으로 알았다. 그녀가 선물해 준 크라바트 핀은 자카리의 마지막 남은 인간성이었다. 그렇기에 저렇게 소중히 간직하고 있었던 것이다. 어떻게든 폭주를 막아 보고자, 끝까지 인간으로 남아 있고 싶어서.

화사하게 웃은 이엘리가 자카리의 손을 마주 잡으며 못 박듯 말했다.

"그 물건 대신, 진짜 내가 여기에 있어."

"……이엔, 하지만."

"난 우리의 과거에 더 이상 시달리고 싶지 않아."

자카리가 무어라 말하려 들었지만, 이엘리는 단호히 고개를 가로저었다. 차분하게 입을 연다.

"과거가 어쨌든 나는 나고, 너는 너야."

그 말에 짙푸른 눈동자가 짧게 떨렸다. 이엘리는 숨을 크게 삼켰다. 언제까지 이 지긋지긋한 과거에 얽매여야 한단 말인가. 지금까지 그들은 과거에 너무 휘둘려 왔다. 이제 그건 싫었다.

"그리고 우리는 우리의 힘으로 행복해질 수 있을 거라고…… 난 믿어."

이엘리는 진심을 담아 그렇게 말했다. 그 말을 들은 어린 소년이 가만히 시선을 들어 올린다.

"그러니까 우리 이만 돌아가자."

그 말을 들은 그는 입술을 깨물며 침묵했다. 하지만 그녀는 그의 침묵을 망설임 없이 부순다.

"우리가 있어야 할 곳으로, 우리의 집으로."

확고한 그 말에, 소년의 눈동자에 눈물이 그득하게 차올랐다. 소년이 떨리는 목소리로 물었다.

"정말로 돌아가도 돼?"

"물론이지."

"나와 영원히 함께 있어 줄 거야?"

"당연한 말을 하네. 네가 싫다고 해도 떨어지지 않을 거야."

그 순간, 소년의 눈동자가 가늘게 떨렸다. 이엘리는 양팔을 활짝 펼쳤다. 그 자리에 얼어붙은 듯 서 있던 소년이 주춤주춤 그녀에게 다가왔다. 마치 어린 짐승처럼 그녀의 품을 파고든다.

"뭐든지 괜찮아."

"이엔."

"이번에는 너만을 끝까지 사랑하기로 결심했으니까."

이엘리는 자카리를 꽉 끌어안았다. 품 안에 가득 차는 소년의 온기가 눈물겹게 사랑스러웠다.

*　　*　　*

이엘리의 눈에 가장 먼저 들어오는 건 연분홍색 꽃잎 폭풍이었다.

"……여기는?"

지금 이곳은 용과 아샤의 힘으로 구축된 그 세계가 아니었다. 현실이었다.

겨울에 어울리지 않는 꽃잎들이 활짝 만개하여 눈물처럼 꽃잎들을 흩날린다. 일찍 다다른 봄처럼 화사한 날씨였다.

"자, 자카리는?!"

멍하니 눈을 깜빡이던 이엘리는 반사적으로 고개를 돌렸다. 그리고 고개를 돌리자마자 미소를 짓고 있는 새파란 눈동자와 시선이 마주쳤다. 그녀는 두 눈을 크게 떴고, 자카리는 씩 웃었다.

"나 여기 있어."

"자카리."

"역시 넌…… 정말로 전설 속의 아샤였어."

장난스러운 그 말을 들으며 이엘리는 왈칵 눈물이 차오르는 걸 느꼈다. 그가 작게 소곤댄다.

"너 정말 괜찮아?"

"물론이지."

그렇게 말한 자카리가 손을 뻗어 그녀의 뺨을 어루만졌다. 그 다정한 손길이 너무 행복하다.

"폭주 직전에 몰렸던 나를 진정시킬뿐더러, 이런 능력까지 가지고 있다니……."

"……유능한 아내가 있어서 기쁘지?"

이엘리는 울음을 삼키며 자카리에게 되물었다. 다시 한 번 소리 내어 웃은 자카리가 답했다.

"맞아."

그 말을 들은 이엘리의 뺨 위로 주르륵 눈물이 흘러내렸다. 자카리가 나직하게 입을 열었다.

"이제 이렇게……."

"……."

"내가 널 포기할 수 없는 이유가 하나 더 늘어났네."

이엘리는 가슴이 뭉클해지는 것을 느꼈다.

자카리는 고개를 숙여 이엘리와 시선을 맞추었다.

"사랑해, 이엔."

자카리는 그렇게 속삭였다. 그 목소리 끝이 촉촉하게 젖어 있었다. 손을 뻗은 자카리가 이엘리의 양 뺨을 감싸 쥐었다. 따스하고 커다란 손바닥이 조그마한 얼굴을 보드랍게 어루만진다.

"실은 나, 영원히 행복하게…… 라는 끝을 꿈꿨어. 믿었던 적은 없었지만."

자카리의 목소리는 마치 생크림처럼 부드럽고 다디달았다. 그는 진심 어린 어조로 속삭인다.

"그런데 그 꿈이 이루어질지도 모른다고, 처음으로 생각했어."

이엘리는 그 자리에 얼어붙은 채 자카리와 시선을 맞추었다. 말간 햇빛 아래에서 투명하게 빛나는 연녹색 눈동자를 지켜보며, 자카리는 문득 지극한 행복함을 맛보았다. 그가 말을 이었다.

"너와 함께라면 영원히 행복하게 살 수 있을 것 같아."

그대로 자카리는 이엘리에게 깊숙이 입을 맞췄다.

혀를 얽으며 입 안 가장 깊은 곳을 파고들었다. 호흡과 호흡이 교환되고, 예민한 점막을 혀로 쓸어내린다.

마치 상대를 잡아먹을 것처럼 격렬하고 진한 키스였다.

잠시 후, 하아, 호흡을 내뱉으며 그녀는 자카리를 마주보았다.

"……물론이지."

잠긴 목소리로 대답한 이엘리가 눈물 고인 눈으로 웃었다. 자카리는 그대로 그녀를 제 품 안에 가둬 넣었다.

그의 품에 고개를 기댄 채 그녀는 하늘을 올려다보았다. 자카리의 눈동자만큼이나 새파랗게 빛나는 하늘 아래로 아샤 꽃잎이 휘날린다. 눈이 부시게 아름다운 날이었다.

20
영원히 당신과 함께

그리고 몇 달 후, 아샤 꽃망울이 가지에 올망졸망 맺힌 화사한 봄 날. 안네로제 황녀의 대관식이 거행되었다. 황녀의 대관식은 렘뫼르데 사원에서 진행되었다.

금빛과 붉은색 휘장으로 화려하게 장식된 렘뫼르데 사원은, 과거 요슈아가 대관식을 치를 때보다 훨씬 산뜻하게 보였다.

"알렉산드라 1세 폐하."

"어머나, 헤센바이츠 공작님. 공작 부인께서도 함께 오셨네요."

황제를 상징하는 붉은 망토를 어깨에 두른 안네로제가 두 사람을 향하여 빙그레 미소 지었다.

"오랜만이에요, 두 분."

곁에 함께 있던 리체도 두 사람을 향해 생긋 눈웃음을 쳤다. 황후는 전 황제와의 결혼을 파하고 론도 후작가로 돌아간 상태였다.

그럼에도 그녀는 황후에 준하는 대접을 받았다. 이번 사태에서 론도 후작가는 명백한 피해자였고, 사태 이후에도 상황을 정리하는 데 큰 도움을 주었기 때문이다.

'리체 론도라는 이름을 돌려받은 것만으로도 행복해요.'

막 혼인 무효가 성립되었던 그 당시, 리체는 행복한 얼굴로 그렇게 말했다. 그 말은 사실이었는지, 리체의 지금 표정은 무척 밝았다.

게다가 그녀는 최근 새로운 사랑에 빠져 있었다. 그녀보다 세 살 나이가 어린 백작 가문의 영식을 데릴사위로 들여 론도 가문을 잇기로 한 것이다.

'처음부터 이러고 싶었어요. 황후라니, 제게 전혀 어울리지 않는 자리였죠.'

즐겁게 재잘거리는 리체의 낯은, 앓던 이가 빠진 것처럼 시원해 보였다.

이엘리는 흐뭇한 얼굴로 다정한 모습을 하고 있는 리체와 황녀를 바라보았다. 바로 그때, 황녀가 웃으며 말했다.

"그리고 아직 그 호칭은 일러요."

가벼운 목소리를 듣던 이엘리는 짧은 회상을 털어 냈다. 황녀는 어깨를 으쓱이며 말을 잇는다.

"저, 대관식을 치르지 않았는걸요."

"하지만 오늘 치르실 거잖아요?"

이엘리는 즐거운 얼굴로 대답했고, 황녀는 조금 부끄러운 얼굴이 되었다.

사실 긴 역사를 가진 제국에서도 여성의 몸으로 제위에 즉위하는 경우는 드물었다. 귀족 가문도 피치 못한 사정이 없으면 여성보다 남성에게 작위가 돌아가는 마당에, 여성 황제는 꽤나 파격적인 인사였다.

'하지만 아무도 황녀께서 제위를 이으시는 것을 반대하지 못했지.'

이엘리는 뿌듯한 표정으로 그 당시의 일을 다시 떠올렸다. 황제가 '아샤의 축복'을 이용하여 폭주했고, 그것을 공작 부부가 막았다. 제국 전체가 혼란에 빠져도 이상하지 않은 상황이었다.

하지만 황녀의 지휘 아래에 모든 일은 철두철미하게 정리되었다.

'전 황제는 폐제가 될 것입니다.'

단 한 명뿐인 황위 계승자의 발언에 귀족들은 술렁거렸다. 그들의 눈초리에 불신이 가득 차 있는 건 어쩔 수 없었다.

이미 폐제는 '아샤의 축복'을 이용하여 사람들을 멋대로 이용했고, 그녀 또한 '아샤의 축복'을 가진 후손을 잉태할 수 있는 리펜베르크의 후손이었으니까.

'내게 '아샤의 축복'은 남아 있지 않습니다.'

귀족들을 모아 놓은 안네로제는 그렇게 선언했다. 온통 엉망이 되어 버린 에폴리를 수습하고, 죽은 전 황제를 가차 없이 황가에서 파문시킨 직후의 발언이었다. 황녀는 말을 이었다.

'또한 앞으로도 '아샤의 축복'은 존재하지 않을 것입니다.'
'그 말씀을 어떻게 믿습니까?!'

귀족 중 하나가 황녀에게 사납게 항의했다. 하지만 황녀는 아무 렇지도 않게 대답했다.

'이 자리를 빌려 말씀드리자면, '아샤의 축복'은 본디······.'

황녀의 맑은 회색 눈동자가 이엘리를 흘끗 돌아보았다. 생긋 미 소를 지은 황녀가 곧 말한다.

'리펜베르크의 후손에게 허용되지 않은 힘이었으니까요.'

황가의 특별함을 증명하는 근간을 아무렇지도 않게 부정하는 황 녀의 모습을 바라보며, 사람들은 모두 놀란 얼굴이 되었다.
하지만 황녀는 차분한 얼굴로 사람들을 향해 단호하게 말했다.

'그 힘은 원래의 주인에게 돌아갔으니, 다시는 리펜베르크의 혈통
에 돌아오지 않을 겁니다.'

그 말은 사실이었다. '아샤의 축복'이란 결국 아샤 요정의 영혼
일부였고, 그 영혼은 이엘리에게 다시 돌아갔으니까. 더이상 '아샤
의 축복'을 통해, 사람들이 조종당할 일은 없었다.

'그리하여 우리 황가가 제국민들에게 감히 바라는 건, 잃어버린 신
뢰입니다.'

그렇게 말한 황녀가 깊숙이 고개를 숙여 보였다. 언제나 오만했
던 폐제의 모습과는 다른, 진솔한 모습이었다.
사람들은 두 눈을 동그랗게 떴다. 황녀의 목소리에는 죄스러움
이 가득했다.

'저희는 지금까지 크나큰 잘못을 했습니다. 최선을 다해 그 잘못
을 수습할 생각입니다.'

황족이 고개를 숙이는 모습이라니. 기나긴 리펜베르크의 역사
속에서도 그 모습은 처음이다.

'이런 말씀을 드리는 것조차 염치없음을 압니다. 정말 죄송합니다.'

황녀가 크게 숨을 들이쉬었다. 내리간 긴 속눈썹이 파르르 떨린다. 아마 황녀 또한 두려울 것이었다.

하지만 그녀는, 자신이 저지른 일이 아님에도 사람들의 분노를 온전히 받아 내려 한다.

'……한 번만 기회를 주신다면, 지금 사태를 어떻게든 수습해 내겠습니다.'

황녀의 어깨가 가늘게 떨렸다. 그 모습을 가만히 지켜보던 이엘리는 한 걸음 앞으로 나섰다.

'저는 황녀 전하를 믿습니다.'

사람들의 시선이 이엘리에게 모두 쏠렸다. 이엘리는 침착한 얼굴로 사람들을 향해 입을 열었다.

'적어도 일을 수습할 기회는 주어야 한다고 생각합니다.'

이번 사태의 가장 큰 피해자 중 하나인 공작 부인이 그렇게 주장하니, 사람들의 여론도 그렇게 기울어졌다.

잠시 후, 서로 얼굴을 마주보던 사람들은 고개를 끄덕였고, 점점 분위기가 누그러졌다.

'⋯⋯하긴, 그건 그래요.'

'이번 문제는 황녀 전하께서 잘못하신 것도 아니니까요.'

'황위를 계승하실 수 있는 분도 황녀 전하 한 분뿐이잖아요?'

그리고 황녀는 놀란 얼굴로 이엘리를 바라보았다. 공작 부인은 이번 일의 명백한 피해자 아닌가. 공작 부인은 그저, 침묵하고 있는 것만으로도 최대한의 관대함을 보여 준 거였다. 그런데 이렇게 적극적으로 황가를 도와주다니.

'힘내요.'

이엘리의 입술이 조그맣게 달싹였다. 그 동작을 읽던 황녀는 가슴이 벅차오르는 것을 느꼈다.

'황녀 전하는 제게 아주 소중한 사람인걸요.'

잠시 머뭇거리던 이엘리는 한 마디를 덧붙였다. 그 말에 황녀는 금방이라도 울어 버릴 것 같은 얼굴로 웃었다.

그렇구나. 공작 부인은 날 그렇게 생각해 주는구나. 그런 황녀를 보던 그녀 또한 눈웃음을 쳤다.

'저는 황녀 전하를 믿어요.'

그리고 황녀는 유일한 황위 계승자로서 최선을 다했다. 실제로 황녀의 수습이 없었더라면 혼란은 한층 더 가중됐을 것이리라.

그 이후, 폭주하던 폐제를 막아 준 보상으로 헤센바이츠 공작가는 공신 지위를 받았고, 론도 후작가도 제도 정계의 중심으로서 그 위치를 단단히 굳혔다.

그에 두 가문은 기반이 연약한 황녀가 황제가 되기까지 계속해서 지지했다.

"황제의 붉은 망토, 전하께 무척 잘 어울려요."

"그런가요?"

"네. 처음부터 황녀 전하께서 걸치셨어야 하는 망토라고 생각해요."

어깨를 고정시킨 황금 브로치를 매만져 주며, 이엘리가 작게 소곤거렸다. 그 말을 들은 황녀는 수줍게 미소 지었다. 황제의 복식을 차려입고, 환하게 웃는 황녀의 모습은 무척 우아했다.

"드디어 에반의 망령에서 해방된 첫 번째 황제가 탄생하네요."

그렇게 말한 이엘리는 빙그레 웃었다. '아샤의 축복'과 리펜베르크의 핏줄에 얽매여 있던 에반의 영혼은 모조리 사라졌다.

안네로제 황녀는 에반에게서 자유로운 최초의 황제가 될 것이다.

"정말 고마워요, 공작 부인."

진심 어린 목소리로 대답하는 황녀의 목소리 끝이 촉촉하게 젖어 들었다. 과거의 망령에 너무 오랫동안 붙들려 있었다. 그 망령 때문에 수많은 사람들이 피해를 봤지만, 이제 모두 끝났다.

"세상에, 지금 우시는 건가요?"

이엘리는 웃음 섞인 목소리로 황녀를 향해 소곤거렸다. 황녀는 입술을 깨물며 시선을 돌렸다. 수많은 감정들이 복받쳐 제대로 마음이 추슬러지지 않는다.

이엘리가 손수건을 집어 들었다.

"모두가 자신의 자리에서 최선을 다한 것뿐이에요."

화장이 번지지 않도록 눈가를 조심스럽게 찍어 내 주며, 이엘리는 다정한 목소리로 속삭였다.

"마음을 추스르고 얼른 가셔야지요."

"……공작 부인."

"대관식이 시작되기까지 얼마 남지 않았으니까요."

그 말에 황녀는 빙긋 웃으며 고개를 끄덕였다. 때마침 황녀를 모시러 온 시종이 가까이 다가왔다. 황녀는 자리를 떴고, 리체는 아버지 곁으로 돌아갔다. 공작 부부는 묘한 감회에 젖었다.

"황녀 전하께서 제위를 잇게 되실 줄은 몰랐네."

"그러게. 이제야 모든 것들이 옳은 방향으로 흘러가는 기분이 들어."

자카리의 말에 그녀는 고개를 끄덕이며 말을 덧붙였다. 자카리가 다정한 눈으로 그녀를 본다.

"그리고 그 '옳은 방향'은 모두, 이엔 네가 제시해 준 거지."

"그렇게 띄워 줘도 나올 건 없답니다."

"하지만 진심인걸."

자카리의 미소가 조금 더 짙어졌다. 누가 먼저랄 것도 없이 손을 맞잡은 공작 부부는, 대관식을 참관하러 걸음을 옮겼다.

대사제는 새 황제에게 보관을 씌워 주었다. 새로운 황제는 예전

폐제의 오만함이 아니라, 정중함으로 보관을 받들었다. 그건 제국민에 대한 존중과 감사였다.

"만민을 공명정대하며 자애롭게 포용할 것을 맹세하겠습니다."

새 황제의 맹세는 꾸밈없는 담백함을 가졌다. 대사제가 황제에게 깊숙이 허리를 숙여 보였다.

"이로써 새로운 제국의 태양이 우리 앞에 떠올랐습니다. 홍복을 누리소서, 폐하."

사람들이 파도처럼 고개를 숙여 보였다. 대사제의 선창에 뒤이어 쩌렁쩌렁 목소리가 울린다.

"홍복을 누리소서, 폐하."

"홍복을 누리소서, 폐하."

황녀, 아니 이제 알렉산드라 1세가 된 안네로제는 감사와 애정이 가득한 눈빛으로 수많은 인사를 받아들였다.

바닥에 길게 깔린 주단을 가로지르는 황제에게 축복의 말이 쏟아져 내렸다.

*   *   *

대관식이 끝나고 황제는 최측근들과 함께하는 자리를 가졌다. 론도 후작과 그의 딸인 리체, 그리고 헤센바이츠 공작 부부가 참석했다. 사실상 제국을 움직이는 중진들이 모인 자리나 마찬가지였다.

"제도에 좀 남아 있다가 가시는 건 어때요?"

여러 가지 이야기를 하던 중, 황제는 문득 질문을 던졌다. 느닷없

158 내 남편이 너무 귀여워서 곤란하다

는 질문에 자카리와 이엘리는 서로의 얼굴을 빤히 바라보았다. 나란히 웃는가 싶더니, 곧장 고개를 가로젓는다.

"아니에요, 저희는 이만 공작령으로 돌아가려고요."

이엘리의 대답에 황제는 아쉬운 얼굴을 했지만, 그래도 고개를 끄덕여 주었다. 하긴 지금까지도 많이 도움을 받았다. 공작 부부가 너무 오랫동안 공작령을 비우는 것 또한 안 될 일이었다.

"그렇다면 이제 이별이겠네요."

"그래도 계속 제도에 왕래할 테니까요."

가벼운 대답에 황제는 그제야 약간 미소를 지었다. 이엘리는 짓궂은 표정으로 말을 덧붙였다.

"론도 후작께서 폐하를 잘 받쳐 주실 거예요."

"하지만 공작 부부가 없으면 정말 서운할 거예요."

"이런, 황제 폐하. 저희만으로는 믿음직스럽지 못하다는 뜻입니까?"

론도 후작이 너스레를 떨자 황녀는 약간 민망한 얼굴이 되었고, 공작 부부는 커다랗게 웃음을 터뜨렸다.

하루 뒤, 공작 부부는 오랜만에 그들의 영지, 헤센바이츠 공작령에 발을 디뎠다.

* * *

거의 몇 달 만에 방문한 헤센바이츠 공작령엔 봄이 물씬 다가와 있었다. 비록 남부보다는 못하지만, 봄기운 가득한 공기는 한층 따스해진 상태다. 아샤 축제까지 얼마 남지 않은 때였다.

"어서 오십시오, 공작 각하. 안주인 마님."

굉장히 반가운 얼굴이 된 공작 성 사람들이 두 사람을 맞아들였다. 집사가 입술을 열었다.

"오랜만입니다, 두 분."

"그래, 별일 없었지?"

"별일은 없었습니다. 오히려 두 분께서 고생하셨지요."

에폴리와 제도에서의 일을 이야기하는 것이리라. 공작 부부는 머쓱한 표정으로 미소를 지었다.

"아무튼 수고했네."

"감사합니다, 각하."

깍듯한 인사가 돌아온다. 공작 부부는 옅은 미소와 함께 고개를 끄덕였다.

오랜만에 귀환한 공작 부부가 공작 성에서 가장 먼저 방문한 장소는 바로 '초상화 방'이었다.

역대 공작 부부와 그 일가의 초상화가 모여 있는 장소. 오래된 원망과 애증을 지워 내기에 가장 적합한 곳이었다.

초상화 방에 들어간 자카리가 가장 먼저 한 일은, 자신을 그린 그림을 가린 천을 거두는 일이었다. 어머니가 직접 그린 '괴물이 된' 그 자신의 그림.

자카리는 나지막이 숨을 몰아쉬었다.

"······."

온통 새하얀 배경으로 한 줄기 피가 선명하게 흩날리는 그림. 천을 움켜쥔 손에 온통 힘이 들어갔다.

스스로의 치부와 애증을 담은 그 그림을 그리시며, 어머니는 무슨 기분이 드셨을까.

"어머니께서는 날…… 사랑하셨을까?"

자카리는 충동적으로 이엘리에게 물었다. 그의 손을 마주 잡은 그녀는 크게 고개를 끄덕였다.

"당연하지."

"……."

"네 어머니께서는 널 진심으로 사랑하셨어."

다만 처음부터 증오로 쌓아 올린 관계인 게 문제였을 뿐이다. 아들을 사랑하고 있다는 걸 너무 늦게 깨달았다.

사랑을 자각했을 땐 이미 마음이 다친 지 오래여서, 제대로 사랑을 주는 방법을 알지 못했을 뿐이다. 만약 아델라이데가 정말로 자신의 아들을 사랑하지 않았다고 한다면.

'그런 죄책감에 시달리지도, 함께 죽으려 하지도 않았을 거야.'

그 모든 기억을 곁에서 지켜보았기에, 이엘리는 자신할 수 있었다. 그녀가 희미하게 웃었다.

"내가 봤으니까."

"……그렇구나."

그렇게 대답한 자카리는 담담한 얼굴로 고개를 떨어뜨렸다. 잠시 후, 조그만 목소리가 들렸다.

"더 이상…… 내 과거에서 도망치지 않기로 마음먹었어."

"자카리."

"어떻게든 맞서다 보면, 증오와 미움과 원망도…… 언젠가는."

조금씩 무뎌지지 않을까. 부모님을 향한 애정을 인정할 수 있게 되지 않을까.

차마 뒷말을 잇지 못하고 자카리는 입술을 당겨 물었다. 이엘리는 팔을 들어 자카리를 끌어안았다.

"다 괜찮아질 거야."

"……이엔."

"그리고 지금 당장 괜찮아질 필요도 없어."

그녀가 손을 들어 자카리의 등을 작게 토닥거렸다. 마치 어린아이를 대하듯 다정한 손길이다.

"시간이 널 도와줄 테니까…… 당장 괜찮아야 한다는 강박 같은 건 버려도 돼."

"그래, 그럴 테지."

그녀를 마주 포옹하며 자카리는 희미하게 웃었다. 조그맣고 따스한 몸, 그리고 콩콩 뛰는 심장박동. 그를 안정시키는 유일한 존재. 제 어깨에 고개를 기대는 이엘리를 보듬으며 생각한다.

'언젠가는 그렇게 될 거야.'

그렇게 살다 보면…… 오래된 애증과 원망도 언젠가는 무뎌질 것이다. 나중에 이 순간을 반추하며 '그땐 그랬었지'라고 웃을 수 있을 때가 올 터다. 그녀가 곁에 있으니, 뭐든지 가능하다.

"고마워."

"별말씀을."

이엘리는 어깨를 움츠리며 조그맣게 눈웃음을 쳤다. 자카리는 그녀의 이마에 조심스럽게 키스했다. 나비가 내려앉는 것처럼 다정한 키스였다. 이엘리는 당연하다는 양 그의 품을 파고들었다.

*　　*　　*

헤센바이츠 공작령에서는 언제나 아샤 축제를 크게 열곤 했지만, 그중에서도 올해의 아샤 축제는 꽤 특별했다.

'우리 다음에 축제에 나올 땐, 같이 춤도 추자.'

어렸을 적, 함께 아샤 축제에 참석했을 때 나누었던 그 약속을 지키기 위해 공작 부부가 아샤 축제에 직접 참석하기로 결정했기 때문이었다.

자카리는 아직도 그때의 축제가 가졌던 모습을 생생하게 기억했다. 남청색 어둠, 부드러운 어둠을 머금고 흐드러지게 피어 있는 아샤 꽃, 그리고 땅에서 뜨는 별처럼 수없이 빛나던 오색의 등불들.

"성인이 된 이후에 아샤 축제에 함께 나온 건 처음이야."

공작 부인다운 기품은 모두 던져 버린 채, 양손에 간식거리를 잔뜩 쥔 이엘리가 새삼스러운 얼굴로 그렇게 말했다. 버터에 달달 볶은 감자를 야무지게 오물거리며 두 눈을 가늘게 치뜬다.

"솔직히 말하자면, 조금 손해를 본 것 같은 기분이 들긴 하지만."

예전에는 축제를 마무리하며 밤에 춤을 추곤 했는데, 그새 축제의 규칙이 좀 바뀌었나 보다. 어린아이들이 손을 맞잡은 채 삼삼오오 모여 춤을 추는 모습을 심심찮게 구경할 수 있었다.

과거 성년이 아니라는 이유로 춤 한 곡조차 추지 못하고 축제 구경을 마쳐야 했던 그녀는 약간 배신감을 느꼈다.

하지만 뭐, 예쁜 광경이긴 했다. 이엘리는 춤추는 사람들을 가만히 구경했다.

"다들 정말 예쁘다."

"이엔 네가 더 예뻐."

"음, 넌 맨날 그런 말만 하는 것 같아."

이엘리는 까르르 웃음을 터뜨렸고, 자카리는 그런 그녀의 옆얼굴을 홀린 듯이 응시했다. 그녀는 모르겠지만 자카리는 언제나 진심만을 말했다. 이엘리가 세상에서 가장 예뻐 보이는데, 어쩌라는 말인지.

"어쨌든 낮에 춤을 추는 것도 나쁘지 않은 선택인 것 같아."

파란 하늘을 배경으로 연분홍색 아샤 꽃잎들이 화사하게 흩날렸고, 그 아래로 아가씨의 치맛자락이 동그랗게 부풀어 흔들린다.

경쾌하게 춤의 스텝을 밟는 신사들의 구둣발이 맵시 있게 움직인다. 축제에 참석한 사람들은 모두 환하게 웃는 얼굴이었다. 이엘리 또한 밝게 미소했다.

"저 봐, 다들 즐거워 보이지?"

"그러네."

"모두 자카리 네가 이 영지를 지켜 줘서 그런 거야."

이엘리는 생글생글 웃었다. 자카리가 그런 그녀의 손끝을 가만히 감아쥐고는 다정히 말한다.

"그러고 보니, 올해는 함께 춤을 출 수 있겠네."

"맞아. 그러려고 나온 거 아니었어?"

이엘리는 어깨를 으쓱이면서 웃었고, 자카리는 곱게 눈매를 휘었다.

"레이디, 저에게 레이디와의 춤을 즐길 수 있는 영광을 주시겠습니까?"

"기꺼이요."

두 사람은 손을 맞잡고 춤을 추는 사람들 사이로 끼어들었다. 흥겨운 음악이 울려 퍼진다.

두 사람은 사람들의 시선에 거리낌 없이 춤을 추었다. 온통 분홍색으로 물든 세상, 곁에 있는 사랑하는 사람. 음악에 맞춰 빙글빙글 돌고 있자니, 세상을 전부 가진 것 같은 행복감이 들었다.

"곤란해, 내 남편이 이렇게 귀여워서는."

그녀는 미간을 좁히며 장난스럽게 고개를 속삭였다. 그녀를 제 팔 안에 가두며 그가 답했다.

"하지만 너에게만큼은 평생 그렇게 보이고 싶은걸."

봄 하늘처럼 새파란 눈이 그녀를 똑바로 바라보고 있었다. 다정한 목소리가 귀를 간지럽힌다.

"사랑해, 이엔."

"음, 아마도."

눈동자를 굴리던 이엘리는 생긋 눈웃음을 쳤다. 발꿈치를 들어 시선을 맞추며 그대로 답한다.

"내가 널 더 사랑할걸?"

"그럴 리가."

진지한 얼굴로 대답한 자카리가 이엘리의 양 뺨을 가볍게 그러쥐었다. 순식간에 두 사람의 거리가 가까워진다. 이엘리는 자연스럽게 눈을 감았고, 자카리는 그녀의 입술을 그대로 삼켰다.

"……읏."

격렬하다기보다는 오히려 부드러운, 초콜릿처럼 달콤한 키스였다. 따끈한 입술이 그녀의 입술을 쓸어내리자 이엘리는 작게 웃었다.

이엘리는 자카리에게 망설임 없이 그녀 자신을 맡겼다. 잠시 후 고개를 떼어 낸 자카리가 그녀를 향해 싱긋 웃었다.

"아마 내가 널 훨씬 더 사랑할 거야."

"어차피 이 문제는, 몇 번이고 논쟁해 봤자 해답이 없을 테니까."

이엘리는 장난스럽게 눈동자를 빛냈다. 자카리의 품을 파고들듯이 끌어안으며, 곧장 답한다.

"서로를 사랑하는 감정은 똑같다고 치자."

"그래, 이엔."

쿡쿡 웃음을 터뜨린 자카리가 그녀를 마주 안았다. 아샤 꽃잎이 화려하게 쏟아지는 세상 속에서, 두 사람은 감히 믿었다. 이 사람과 함께한다면, 영원한 행복을 손에 넣을 수 있으리라고.

〈내 남편이 너무 귀여워서 곤란하다, 완결〉

외전 1.

밤이 어둑한 시간, 제도에 위치한 공작가의 타운하우스.

무려 주군과 단둘이 마주한 마르텔 경은 현재, 아주 희귀한 광경을 목격하고 있었다. 십 년에 한 번 볼까 말까 한 광경이었다.

'하지만 이런 광경의 유일한 목격자가 되는 건 사양인데 말이지.'

마르텔 경은 일그러지려는 얼굴을 간신히 펴는 데에 주력했다.

그때, 마주 앉은 헤센바이츠 공작이 번쩍 고개를 들어올렸다. 언제나 새파랗게 날이 서 있던 푸른 눈동자는 묘하게 풀린 채였고, 얼굴에는 옅은 홍조가 돌았다.

순간, 마르텔 경은 터져 나오려는 한숨을 간신히 삼켰다.

"그러니까 말일세."

그래, 친애하고 존경하옵는 주군께서는 현재 만취해 있었다.

느릿하게 늘어지는 말끝을 들으면서, 마르텔 경은 치솟는 피로감에 미간을 좁혔다. 하지만 어쩌겠나, 갑은 공작인 것을.

"우리 이엔이……."

공작은 손에 쥔 술잔을 흔들면서 마르텔 경을 마주보았다. 푸른 시선이 술기운에 느른했다.

"글쎄, 나에게 화가 났다면서."

공작은 세상 모든 억울함을 끌어안은 것처럼 미간을 구겼다. 그의 목소리가 저절로 높아졌다.

"아직도 돌아오지 않고 있단 말일세!"

"아, 예……."

도대체 몇 번이나 저 말을 들었는지 모르겠다. 하긴, 술주정뱅이가 같은 말을 반복하는 건 그리 드문 일은 아니니까.

마르텔 경은 해탈하는 심정이 되어 주군의 술주정을 한 귀로 흘렸다.

'이 술자리는 도대체 언제 파할 것인지 알 수가 없군.'

그렇게 생각하던 마르텔 경은 눈앞이 깜깜해지는 기분을 맛보았다. 이 일의 시작은 대충 이러했다.

공작 부부는 오랜만에 공작령을 벗어나 제도에 왔다. 근래 일이 상당히 바빴으니, 휴식 겸 기분 전환을 위해서였다.

그런데 기껏 제도로 올라온 공작 부부는 부부싸움을 벌인 것이다.

'무척이나 금슬이 좋으신 분들이신데, 어쩌다 싸움이 나신 거지?'

그 이유를 알 수 없었기에, 마르텔 경은 그저 답답할 따름이었다.

공작은 공작 부인에 한해서 세상 모든 귀한 것들을 안겨 주기라도 할 것처럼 열렬한 애정을 보였고, 공작 부인 또한 공작을 진심으로 사랑했다.

솔직히 싸울 일도 별로 없을 것 같은데, 어느 날 아침 두 사람은 찬바람이 쌩쌩 부는 얼굴을 하고 있었던 것이다. 그 이후, 공작 부인은 타운하우스를 나가 버렸다.

'오늘은 론도 후작가의 타운하우스에서 잘게.'

이런 말만 남긴 채 말이다. 공작 부인의 초유의 가출 사태에, 공작가의 사람들은 모두 혼란에 빠져 있었다.

평소라면 공작 부인을 붙들고 늘어졌을 공작은 어딘가 부루퉁한 얼굴이 되어 방구석에 틀어박혔다.

공작가의 분위기를 온화하게 만들 수 있는 유일한 인물인 공작 부인이 사라지자, 공작가의 타운하우스는 썰렁해지고 말았다.

마르텔 경은 힐끔 공작을 곁눈질했다.

'그런데······.'

그날 저녁, 공작은 거의 죽을상이 되어서 마르텔 경을 찾아왔다. 그러고는 불쑥 한다는 말이.

'마르텔 경, 술 한잔하겠나?'
'예? 술 말입니까?'
'그래, 술 말이야.'

충성스러운 기사인 마르텔 경은 주군의 명령을 거절하지 못했다.

마르텔 경을 앞에 앉혀 둔 공작은, 마치 타운하우스의 모든 술을 거덜낼 것처럼 술을 마셔 댔다.

어째서 저렇게 술을 마시는 건지 가타부타 말조차 없었다. 그 이후, 술에 잔뜩 취해서야 입을 열기는 했는데.

"그건 그렇고, 마르텔 경."

"예, 말씀하십시오."

지겨운 얼굴이 된 마르텔 경이 한숨을 섞어 대답했다.

후우, 한숨을 내쉰 자카리가 이마를 짚었다. 비스듬히 고개를 기울인 채 마르텔 경을 올려다본다. 그러고는 불쑥 말을 내뱉었다.

"우리 이엔이 얼마나 예쁜지 아나?"

아니, 차라리 부부싸움을 한 이유라도 알려 주시지 그러십니까! 마르텔 경은 그렇게 항변하고 싶은 마음을 간신히 억눌렀다.

지금 상황이 뜬금없는 안주인 마님의 자랑을 할 때입니까?!

"……북부인들 중에서 그 사실을 모르는 사람이 있습니까?"

공작의 입술 위로 천천히 미소가 번지는 모습을 바라보며, 마르텔 경은 기가 막힌 표정을 지었다.

제 아내를 아끼다 못해, 북부에 한때 봉쇄령까지 내렸던 그였다. 그런 공작 밑에서 살면서, 공작이 공작 부인에게 얼마나 큰 의미를 두고 있는지 모른다면 오히려 그게 머저리일 터.

'물론 안주인 마님은 응당 그런 대우를 받을 만한 분이시지만.'

마르텔 경은 다시 기나긴 한숨을 내쉬었다.

이엘리 헤센바이츠, 공작가의 현 안주인인 그녀는 공작가 사람들의 모든 애정을 한몸에 받고 있는 사람이었다.

모든 사람들을 공평하게 대하고, 다정하게 웃어 준다. 일처리 또한 꼼꼼하며, 열정적으로 영지를 보살폈다. 공작 성의 모든 사용인들보다 늦게 잠들고 일찍 일어나는 사람이 바로 안주인 마님이었다.

안주인 마님께서 공작 성에 오신 후, 공작 성의 분위기는 무척 온화해졌다. 그래, 안다. 우리 안주인께서 얼마나 대단한 분이신지.

그러니까.

'안주인 마님의 대단함은 모든 북부인들이 잘 아니까, 이제 그만 좀 주무셨으면 좋겠는데.'

듣기 좋은 꽃노래도 삼세번이면 지겹다고 한다. 현재 마르텔 경은 공작의 팔불출에 질린 상태였다.

그때 공작이 정색하며 입을 열었다.

"그냥 예쁜 게 아니라, 세상에서 제일 예뻐."

"예, 압니다……."

"게다가 엄청나게 똑똑하고, 사랑스러워."

공작은 주절주절 말을 이었다. 이제 마르텔 경은 저 술주정에 대답조차 해 주기 싫어졌다.

"내 아내만큼 완벽한 사람이 세상에 존재한다는 것 자체가, 기적이란 말일세."

마르텔 경은 대충 고개를 끄덕여 주었다. 그러자, 자카리가 술잔에 남은 술을 쭉 들이켰다.

"그런데 그런 이엔이 나한테 화를 냈단 말일세!"

쾅! 술잔을 내려놓은 자카리는 거의 울먹거리는 얼굴이 되어 마르텔 경을 마주보았다.

마르텔 경은 이제 황망해지고 말았다. 테이블 위에 굴러다니는 술병의 개수를 보면 만취하는 건 당연하다.

하지만 아무리 술기운이 한껏 올라 있어도 그렇지, 그 얼음 같던 주군이 저렇게 억울함이 가득한 표정을 하고 있는 건 도무지 적응이 가지 않았다. 마르텔 경은 그저 혼란스러웠다.

'아니, 안주인 마님. 도대체 무엇 때문에 싸우신 겁니까!'

이럴 때 주군을 진정시킬 수 있는 사람은 오직 안주인 마님뿐인데……!

공작은 마치 눈물을 뚝뚝 흘릴 것처럼 처량맞은 얼굴을 하고 있었다. 결국 마르텔 경은 무난한 대답을 내어놓았다.

"그게…… 예, 마음이 많이 상하셨겠습니다."

"그래, 내가 이엔의 행동을 너무 제약하려 하긴 했지."

후우, 긴 한숨을 내뱉은 공작이 턱을 괴고 고개를 기울였다. 그 눈빛이 새삼 서글프게 보인다.

"내가 잘못했어. 알아, 아는데 말이야……."

아, 이제야 두 분이 싸우신 이유를 말씀하시려나? 마르텔 경은 슬슬 공작의 눈치를 살폈다.

"그래도 이엔이 다른 사람과 시간을 보내는 것 자체가 마음에 안 든단 말일세!"

"……예?"

순간 마르텔 경이 어이가 없다는 표정을 지었다. 아니, 이건 또 무슨 말씀이시지? 안주인 마님이 다른 사람과 시간을 보낸다고 해 봐야, 몇몇 귀부인들과 티타임을 가진다거나 하는 소소한 교류뿐이었다.

물론 오랜만에 제도에 올라왔으니, 지금껏 얼굴을 보지 못했던 귀부인들과 자주 시간을 갖긴 했다.

상대적으로 공작 각하와 보내는 시간이 줄어들기는 했는데…….

'……아무리 그래도 그렇지, 설마 정말로 그런 유치한 질투를 하신 건가?'

아니야, 설마 그건 아닐 거야. 마르텔 경은 필사적으로 표정을 가다듬었다.

안 돼, 이러다가는 주군께 갖고 있는 존경심이 줄어들 것만 같아! 광대한 헤센바이츠를 완벽하게 다스리고 계시는 공작 각하.

자카리는 완벽한 가주이자 제국 최고의 기사였으며, 또한 모든 북부인들의 존경을 한몸에 받는 존재였다. 그런 휘광처럼 드리워졌던 주군에 대한 환상이 깨져 버리려고 한다.

"이엔의 시간을 남편인 내가 독점하고 싶다는데, 어?"

하지만 어떻게든 현실을 외면하고자 하는 마르텔 경의 노력은 아쉽게도 헛수고가 되었다. 저렇게까지 말씀하시는 것을 보아하니, 안주인 마님께서 공작 각하와 시간을 보내지 않는 게 질투가 나신 것이 분명하다. 차마 마님께는 따지지 못하고 만만한 자신을 붙들고 있는 거겠지.

"이엔이 하루라도 곁에 없으면 답답해 죽을 것 같은데, 어떡하나!"

공작의 목소리가 쩌렁쩌렁하게 울렸다. 마르텔 경은 지끈지끈 아파 오는 이마를 짚었다. 아이고, 이거 완전히 답이 없게 취하셨군.

마르텔 경은 이제, 이 술주정뱅이를 어떻게든 설득해서 방으로 들여보내고 싶어졌다. 그리하여 마르텔 경은 조심스러운 목소리로 입을 열었다.

"그…… 각하."

"왜 그러나?"

공작은 힐끗 마르텔 경을 마주보았다. 간신히 미간을 편 마르텔 경이 천천히 말을 이었다.

"각하께서는 안주인 마님께 잘못했다고 생각하십니까?"

"그렇지."

공작은 단호한 어조로 대답했다. 허리를 곧게 펴고 앉은 공작이 마르텔 경에게 말을 이었다.

"이엔을 화나게 만든 것 자체가 잘못한 거야."

마치 태양은 동쪽에서 떠서 서쪽에서 진다, 라고 말하는 것만 같은 당연한 말투였다.

"그렇다면 사과하시는 것이 어떻겠습니까?"

"사과, 사과라."

공작의 푸른 시선이 순간 번뜩 빛났다. 어찌나 기세가 흉흉한지, 마르텔 경이 흠칫할 정도다.

"좋은 생각이야, 그런데."

공작의 목소리 끝이 순식간에 시들해졌다. 뜨거운 물에 데친 배추처럼 테이블에 축 늘어진다.

"……이엔이 받아 주지 않으면 어쩌지?"

"예?"

마르텔 경은 그만, 주군을 대하는 예의가 아니라는 것을 잘 알면서도 황당한 목소리로 되묻고 말았다.

하지만 공작은 어느새, 깊은 절망의 구렁텅이를 스스로 파내어 들어간 상태였다.

"이엔이…… 내게 화를 냈어."

그건 마치 세상이 무너지는 것 같은 슬픔이었다. 공작은 어깨를 옹송그리며 말을 이었다.

"난 쓰레기야, 이엔을 화나게 한 쓰레기라고……."

잔뜩 우울한 목소리로 중얼거린 공작이 테이블에 고개를 푹 처박았다.

마르텔 경은 어이가 없는 표정으로 공작을 내려다보았다. 금방이라도 끊어질 것처럼 가느다란 목소리가 흘러나왔다.

"이엔이 이대로 너무 화가 나서, 날 떠나면 어쩌지?"

"……각하."

아, 이거 진짜 진상이네. 다음부턴 절대로 같이 술 마시지 말아야지. 마르텔 경은 저도 모르게 주군에게 불경한 생각을 품고 말았다.

그런 것 같은 술주정뱅이가 눈앞에 있는데, 그 술주정뱅이가 제국 최고의 기사이자 충성을 바친 주군이라는 사실에 그는 진한 탈력을 느꼈다.

"난, 이엔이 없으면 살 수 없는데……."

하지만 마르텔 경도 그 말에는 멈칫할 수밖에 없었다. 그 말은 한 점 거짓 없는 진실이니까.

"떠나지 말라고 말해야 하는데, 이엔이 화를 낼까 봐 무서워서……."

주군의 망상은 도대체 어디까지 가는가. 마르텔 경은 진지하게 고민했다. 그 와중에도 약간은 주군이 안쓰러워지는 게, 아직 주군에 대한 콩깍지가 완전히 떨어지지는 않은 것 같다.

술 한 잔으로 저렇게까지 망상이 폭발할 수 있다니, 얼마나 안주인 마님을 사랑하면 저러는 것인가.

* * *

"걱정 마십시오, 안주인 마님께서 그러실 리 없다고 생각합니다."

부부싸움에 술이 끼얹어지면, 어디까지 망상이 뻗어 나갈 수 있나 실시간으로 보는 느낌이다.

"그리고 그런 말씀은 안주인 마님께 직접 하시는 편이 낫지 않겠습니까?"

결국 마르텔 경은 한숨을 삼키며 입을 열었다. 그러자 테이블에 늘어붙어 있던 공작이 순간 눈을 번쩍 치켜떴다.

몸을 곧게 세운 공작은 눈에 불을 켜고 마르텔 경을 마주보았다.

"정말로 이엔이 그렇게 생각 안 할 거라고 여기나?"

"예, 그럴 것 같습니다만."

지금껏 마르텔 경이 체감한 바, 안주인 마님은 그렇게 쩨쩨한 분이 아니셨다. 오히려 관대한 쪽에 가깝지.

거기다 공작 부부의 금슬을 곁에서 보고 있자면, 공작 각하께서 쓸데없는 걱정을 하고 있다는 게 바로 눈에 들어온다. 그러자 내내 흐릿했던 공작의 시선에 총기가 돌았다.

"안 되겠군."

그렇게 말한 공작이 자리에서 벌떡 일어났다. 약간 비틀거리긴 했지만, 그럼에도 들이켠 술에 비하면 자세는 놀라우리만치 곧았다.

화들짝 놀란 마르텔 경이 자신도 엉거주춤 일어났다.

"저, 공작 각하?"

"지금 이엔을 데리러 가야겠어."

"예?"

도대체 이게 몇 번째로 '예?'라고 되묻고 있는 건지 모르겠다. 마르텔 경은 진지한 현실 자각의 시간을 가졌다.

하지만 존경하는 주군께서는 정말로 안주인 마님을 데리러 갈 기세였다.

"그, 그렇게 술에 만취하셔서서요?!"

아니다, 이건 정말 아니야. 마르텔 경은 눈앞이 깜깜해졌다.

다음 날 조간신문에 '헤센바이츠 공작, 밤늦은 시각 론도 후작가의 타운하우스에서 진상을 부리다'라는 기사가 헤드라인으로 박힐지도 모른다. 어떻게든 주군을 만류하기 위하여, 마르텔 경이 다급하게 입을 열었다.

"각하, 그렇게 가시면 안 될 것 같습니다!"

"뭔가 문제라도?"

자카리가 비스듬히 시선을 꺾어 마르텔 경을 돌아보았다. 비딱한 푸른 시선은 '네가 뭔데 내 앞길을 가로막아?'란 종류의 뜻을 품고 있었다. 마르텔 경은 두 눈을 질끈 감은 채 외쳤다.

"공작 부인께서 싫어하실 겁니다!"

"……이엔이?"

그 말을 듣는 순간, 공작은 잔뜩 혼난 강아지처럼 어깨를 축 늘어뜨렸다.

마르텔 경은 진심으로 안도했다. 안주인 마님, 앞으로도 충성을 바치겠습니다! 마르텔 경이 애써 웃으며 말했다.

"그러니 내일 아침 일찍 찾아가시는 게 어떻겠습니까?"

"하지만, 늦게 사과했다고 혹시라도 화를 풀지 않기라도 한다면……."

"그럴 리 없습니다! 무슨 일이 있어도 제가 안주인 마님을 설득하겠습니다!"

기사단장이 안주인 마님을 설득하는 데 무슨 재능이 있겠냐마는, 마르텔 경은 당장의 상황을 해결하기 위해 우선 입부터 움직였다.

다행히도 주정뱅이는 평소라면 절대 넘어가 주지 않을 그 어설픈 설득에 넘어가 주었다. 정확히는 '안주인 마님'이라는 단어가 가진 마력 때문이겠지만. 비틀거리는 주군을 부축하며 마르텔 경은 몇 번이고 쉬었던 한숨을 다시 한 번 내쉬었다.

'젠장, 다시는 주군을 모시고는 술 안 마신다.'

이런 고생은 오늘 하루만으로도 충분했다. 마르텔 경은 피곤한 표정을 감추지 못했다.

*   *   *

그리고 같은 시각, 밤이 이슥한 시간. 이엘리와 황제, 그리고 론도 후작 영애는 론도 후작가의 타운하우스에 옹기종기 모인 채 대화를 나누고 있었다.

세 여자 모두 잠옷 차림으로 침대에 뒹굴면서, 옆에는 과자 접시와 음료수까지 놓아둔 본격적인 모습이었다. 이엘리는 과자 그릇에 손가락을 쏙 넣으며 초콜릿 쿠키를 하나 집어 들었다. 그러고는 아작아작 야무지게 베어 문다.

"자카리, 정말 웃기지 않아요?"

잠시 후, 초콜릿 쿠키 조각을 삼킨 이엘리는 뾰로통한 얼굴로 입을 열었다.

옆에서 오렌지주스를 한 모금 마시고 있던 론도 후작 영애는, 쿡쿡 소리 내어 웃음을 터뜨렸다.

"그만큼 공작께서 공작 부인을 사랑하시는 게 아닐까요?"

"아니, 저도 그게 싫다는 건 아니지만요!"

아직도 분이 풀리지 않았는지, 이엘리는 씩씩 숨을 몰아쉬었다. 이엘리가 언성을 높였다.

"제가 오죽하면 가출을 했겠느냐 이 말이에요!"

정확히는 행선지를 밝히고 나갔으니 합법적 외박이나 다름없긴 하지만. 이엘리는 새침한 얼굴로 고개를 기울였다. 뭐 어때, 나에게는 이번 일 자체가 가출이나 다름없다고.

"전 지금까지 무조건 잠은 타운하우스에 돌아와서 잤는걸요."

"아하, 그러셨군요."

현 황제, 안네로제는 빙그레 눈웃음을 지을 따름이다. 그 웃음은 마치 '그래, 너희 사랑싸움이 좀 유난이긴 하지'라는 뜻을 품고 있는 것 같아서, 이엘리는 어딘지 모르게 무척 억울해졌다.

"다들, 제 얘기를 진지하게 듣고 계시지 않는 거죠?!"

"아뇨, 진지하게 들었어요."

론도 후작 영애가 대화에 끼어들었다. 그녀는 어린 소녀처럼 눈을 반짝이며 말을 이었다.

"공작 부부께서 사랑싸움을 하셨다, 이거 아닌가요?"

"아니에요!"

이엘리가 반쯤 울상이 되어 항변했다. 그러나 황제와 론도 후작 영애는 서로에게 곁눈질을 하며, 터져 나오려는 웃음을 그저 억누를 뿐이었다. 이엘리는 억울한 표정을 감추지 못했다.

"어쨌든 정리하자면, 공작 부인께서는 공작과 다투시고 뛰쳐나오신 거잖아요."

"맞아요, 바로 그거예요!"

"그리고 그 다툰 이유는, 공작께서 자신과 시간을 보내지 않는 게 질투가 나서……."

거기까지 요약하여 말한 황제는 결국 큭큭거리며 웃음을 터뜨렸다. 이엘리의 얼굴이 새빨갛게 달아올랐다.

제국 최고의 금슬을 자랑하는 공작 부부가 사랑싸움을 하게 된 연유는, 정리하자면 대충 이러했다.

공작 부부는 아주 오랜만에 제도에 올라왔다. 일에 파묻혀 있던 공작 부부를 보다 못한 사람들이, 두 분 모두 휴식을 취하시는 편이 좋겠노라 진언을 올렸기 때문이다.

'그래? 공작 부인께서 제도에 올라왔다니.'

'오랜만에 오셨으니, 저희 살롱에도 참석해 주실까요?'

'문화계 전반에 조예가 깊으신 공작 부인이시니, 조언을 몇 마디 구하면 참 좋을 텐데요.'

공작 부부가 제도에 도착했다는 소식에, 제도는 조금 술렁거렸다. 무엇보다도 두 사람은 제국 최고의 귀족이자, 사회 전반에 영향력을 널리 끼치는 사람이었기 때문이었다.

특히 이엘리가 그러했다. 문화 쪽에 관심이 많은 이엘리는, 여러 티파티와 살롱에 초대받았다.

'이엔, 많이 바빠?'

'응? 아, 생각보다 초대장이 많이 오네.'

이엘리는 쌓여 있는 초대장을 살펴보며 난감한 얼굴로 웃어 보였다. 오랜만에 제도에 올라왔으니, 공작가의 안주인으로서 최소한의 사교 활동은 해야 했다.

중요한 약속만을 추렸는데도 근 일주일은 자카리의 얼굴을 거의 보지 못할 정도로 바빴다.

게다가 소중한 친구인 황제와, 론도 후작 영애도 한 번쯤 만나야 했다. 그런 약속들을 잡으니 시간이 까마득히 흘러갔다.

'편지는 누구한테 쓰는 거야?'

'아, 론도 후작가에 보내는 거야. 한 번쯤 얼굴을 보자는 약속을 잡으려고.'

'……그렇구나.'

문제는 불퉁한 얼굴이 된 자카리였다. 자카리는 냉정한 성품 때문에 친구도 많이 사귀지 않으며, 친구를 필요로 하지도 않았던 것이다.

자카리는 정말로 아내만 곁에 있었으면 상관없었기에, 아내의 그런 바쁜 생활을 바라보며 내심 토라지기 시작했다.

스스로가 어린애 같다고 생각하고 있으면서도, 이상하게 이엘리의 문제만 되면 이성적으로 행동하기가 어려웠다.

'이엔, 나와도 좀 시간을 보내 주면 안 돼?'

그리하여 자카리는 저도 모르게 불쑥 그렇게 질문해 버렸다. 막 편지를 접어 편지봉투에 넣던 이엘리가 눈을 동그랗게 떴다.

자카리는 뾰로통한 얼굴을 하고 있었고, 그런 그는 역시…….

'귀여워!'

두 사람은 금슬 좋은 부부였고, 서로에게 콩깍지도 단단히 낀 상태였다.

어딘지 모르게 뚱한 얼굴이 된 자카리를 바라보던 이엘리는, 상황의 심각함을 인지하지 못하고 '우리 남편, 오늘도 무지하게 귀엽다'라고만 생각했다. 그랬기에 이엘리는, 해서는 안 될 말을 해 버렸다.

'지금도 충분히 보내고 있는 것 아니었어?'

물론 그녀는 반쯤 장난이었다. 하지만 자카리에게는 그렇게 받아들여지지 않았다. 그렇지 않아도 이엘리와 보내는 시간이 모자라다고 생각하는 자카리였는데, 마치 이엘리는 그와 보내는 시간 자체가 줄어들어도 상관없다고 말하는 것 같지 않은가.

자카리는 불퉁한 얼굴로 답했다.

'이엔, 넌 나랑 다른가 보네.'
'응? 그게 무슨 소리야?'

막 편지에 밀랍을 녹여 봉하던 이엘리가 슬며시 미간을 좁혔다. 자카리가 고개를 기울였다.

'난 너와 매일매일 시간을 보내도 모자란데, 넌 다른 사람이 더 소

중한가 봐.'

　'그럴 리가 없잖아, 무슨 말을 그렇게 해?'

　문제는, 모난 말투를 듣던 이엘리도 슬슬 기분이 상하기 시작했
다는 것이다. 그녀가 말했다.

　'내게 있어 가장 소중한 사람은 바로 너야, 알잖아?'
　'그런데 왜 자꾸, 내가 아닌 다른 사람들과 시간을 보내려 해?'

　아, 이러면 안 된다. 저도 모르게 말을 내뱉은 자카리는 두 눈을
질끈 감았다.

　이엘리는 제국 유일의 공작 부인이고, 마땅히 자신에게 어울리는
사교 활동을 해야 한다는 것 정도는 그도 알고 있었다. 아는데, 자
꾸만 말이 뾰족하게 튀어나온다.

　이엘리가 두 눈을 가늘게 치켜떴다.

　'빈정거리지 마. 내가 일부러 그러는 것도 아니라는 거, 알면서.'
　'그깟 사교 활동이 중요해, 내가 중요해?'
　'세상에, 그런 말 엄청나게 유치하다는 거 알지?'

　탁 소리 나게 편지를 내려놓은 이엘리가 몸을 돌려 자카리를 쏘
아보았다. 이런 유치한 싸움에서는 한쪽이 유연하게 넘어가야 하는
데, 상황이 좋지 못했다.

이엘리 또한 북부의 안주인답게 한 성격 했던 것이다. 수많은 귀부인들과 살롱에서 다퉈 오던 매끄러운 혀가 말을 내뱉었다.

'자꾸 어린애처럼 굴래?'

그 말이 기폭제였다. 두 사람은 옥신각신 말다툼을 벌이기 시작했다. 자신들이 유치한 다툼을 벌이고 있다는 것도, 점점 말도 안 되는 자존심 싸움으로 넘어가고 있다는 것도 알았다.

그럼에도 가끔씩, 그런 사실을 알면서도 어쩔 수 없이 진행하고 마는 싸움이 있었다. 이게 그랬다.

'안 되겠다, 자카리.'

그리하여 이엘리는 얼음장 같은 얼굴로 선언하고 말았다. 자카리가 그녀를 치어다보았다.

'그게 무슨 소리야?'
'이대로 있어 봤자 말다툼만 계속 지속되고, 서로 감정싸움만 할 거 아냐.'

이엘리는 자리에서 벌떡 일어났다. 순간 당황한 자카리가 어쩔 줄 몰라 입술을 당겨 물었다.

'오늘은 론도 후작가의 타운하우스에서 잘게.'

'이, 이엔?'

'지금은 네 얼굴 보고 있으면, 더 화가 날 것 같으니까.'

그렇게 말한 이엘리는 곧장 공작가의 타운하우스를 빠져나온 것
이다.

그리고 황제 안네로제는, 공작 부부의 불운한 소식을 론도 후작
영애의 편지를 통하여 알게 되었다.

그러자 황제는 금일 휴가를 선언하고 공작 부인과 시간을 보낼
것을 결정했다.

소중한 친구가 사랑싸움을 벌여 마음이 아프니, 공작 부인을 위
로해 주는 것이 친구의 본분이 아니겠느냐는 말이었다.

"솔직히 황제께서는 그냥 놀고 싶으셨던 게 아닌가요?"

그 당시의 일을 회상하던 이엘리는, 침대에 대자로 누운 채 쿠키
를 갉작이던 황제를 믿지 않게 흘겨보았다.

이엘리와 시선이 마주치자마자 황제는 붙임성 좋게 미소를 지어
보였다.

"어머나, 들켰나요?"

"솔직히 저희가 싸운 게 뭐라고, 황제 폐하께서 휴가까지 선언하
시나요?"

"당연히 아주 중요하죠."

황제는 부러 두 눈까지 동그랗게 뜨며 이엘리를 마주보았다. 황
제의 입술 끝이 씰룩거렸다.

"제국 최고의 귀족 가문이자 공신인 헤센바이츠 공작가에서 벌어진 다툼이잖아요?"

"……."

"공작과 공작 부인의 분란이라니, 당연히 황제로서 중재해야 마땅하죠."

완전히 헛소리라는 것을 아는데, 저렇게 진지한 얼굴로 말하고 있으니 어쩐지 설득될 것 같았다.

정말, 제위에 즉위하시고는 혀만 더 매끄러워지셨다니까. 이엘리는 입술을 삐죽거렸다.

"그렇다고 저희 사이를 중재해 주신 것도 아니었잖아요."

"뭐, 그건 그렇죠."

황제가 어깨를 으쓱거려 보였다. 침대에서 데구루루 한 바퀴 구른 황제가 씩 눈웃음을 쳤다.

"어차피 사랑싸움은 끼어들어 봤자 본전도 못 찾는걸요."

"폐하, 정말."

"제가 뭐라고 하건 간에, 공작과 공작 부인은 당장 내일 화해한다는 데에 금화를 걸죠."

"이거 사행성 조장이에요?"

이엘리가 웃으며 농담을 던졌다. 그때쯤, 오렌지주스를 모두 마신 론도 영애가 끼어들었다.

"그러고 보니 두 분의 금슬이 엄청나게 좋다는 소문이 자자하던데요."

"네?"

두 눈을 깜빡이던 이엘리의 양 뺨이 살짝 붉어졌다.

금슬이 좋다, 라. 물론 그들의 금슬이 좋은 편이긴 했지만, 이렇게까지 소문이 날 필요는 없잖아.

그리고 달아오른 공작 부인의 얼굴을 바라보던 두 여자가 슬쩍 시선을 맞춘다. 이거, 잘 하면 재미있는 얘기를 들을 수 있겠는데?

"한번 얘기 좀 해 주세요."

"맞아요, 제국 최고의 금슬을 가진 부부는 어떻게 사는지 궁금해요."

황제와 론도 후작 영애가 나란히 이엘리를 채근했다. 실제로 궁금하기도 했다. 제 아내를 지극히 사랑하다 못해 북부에 봉쇄령까지 내릴 정도의 공작이었다. 그런 공작이 공작 부인을 어떻게 대하는지, 많이 사랑해 주는지.

공작 부인은 공작과 함께하여 행복하게 살고 있는지.

하지만 두 사람이 꼬치꼬치 캐묻는 이유는, 단순한 호기심뿐만은 아니었다. 그것보다는 오히려.

'공작 부인은 내 소중한 친구니까.'

그 생각이 황제와 론도 후작 영애의 공통적인 마음이었다. 그래도 황제와 후작 영애는 두 사람 모두 제도에서 살기에, 서로 연락을 자주 할 수 있었다.

하지만 공작 부인은 저 멀리 북부에 머무르고 있었고, 북부와 제도 사이에는 상대적으로 연락이 적을 수밖에 없다.

친구가 행복하게 살고 있다, 이런 막연한 풍문을 접하는 건 좋다. 하지만 당사자에게 직접 듣고 싶었다.

"공작께서는 공작 부인께 잘해 주시나요?"

"어, 그, 그게."

어쩌다 분위기가 이런 식으로 몰렸지? 그렇지 않아도 붉었던 이엘리의 얼굴이 점점 더 새빨개졌다. 점점 이엘리의 고개가 아래로 향하는 모습을 보며, 두 여자는 웃음을 감추지 못했다.

"자, 잘해 주기는 하는데……."

이엘리는 두 눈을 질끈 감았다. 평소 이엘리는 분위기를 몰아가는 쪽이었지, 분위기에 휩쓸리는 쪽이 아니었기에 더욱 그랬다.

하지만 이제 두 여자는 그녀를 놀릴 마음이 만만해 보였다.

"어떻게 잘해 주시나요?"

"아침 식사도 침대로 갖다 주시나요?"

호기심 가득한 후작 영애의 말에 이엘리는 고개를 갸웃 기울였다.

그건 '잘해 준다'의 축에도 들어가지 못하는 게 아닌가.

하지만 그건 이엘리의 기준이었을 뿐, 제국에서 '남편의 다정함을 과시하는' 가장 효과적인 방법은 바로 아내에게 아침 식사를 침대로 직접 가져다주는 거였다.

"네, 그건 자주 그래요."

그 대답을 들은 두 여자가 흐뭇한 표정을 지었다.

이엘리는 '당연한 일인데, 왜 저렇게 흐뭇한 얼굴을 하고 계시나'라고 생각했지만. 황제와 론도 후작 영애가 이엘리를 채근하기 시작했다.

"더 자랑해 봐요."

"저희도 이야기를 들으면서 대리만족을 하고 싶거든요."

고작 이 이야기로 대리만족을 할 게 있나? 남들이 들으면 배부른 소리를 한다고 타박할 만한 생각을 하면서, 이엘리는 약간 어리둥 절한 얼굴을 했다.

잠시 후, 이엘리가 입을 열었다.

"세심하고 다정해요."

세심하고 다정하다고? 순간 황제와 론도 후작 영애의 표정은 애 매해지고 말았다.

과연 '세심'과 '다정'이 헤센바이츠 공작과 어울리는 단어였던가.

차라리 '무뚝뚝함'과 '냉정함', '칼 같음'같은 단어가 훨씬 더 어울 리지 않나.

하지만 이엘리는 아무렇지도 않은 얼굴로 말을 이었다.

"제가 원하는 것을 끝까지 지지해 주고, 여자라는 이유로 가로막 지 않는 것도 좋아요."

두 여자의 얼굴은 이제, 납득과 혼란이 뒤섞인 모호한 표정을 하 고 있었다. '헤센바이츠 공작, 그 냉혈한이?'란 혼란과 '하긴, 그래도 공작 부인이 대상이니까…….'라는 납득이 엉망으로 섞였다.

별생각 없이 말을 이으려던 이엘리가 멈칫하여 두 여자를 마주 보았다.

"……저기, 왜 그런 표정을 하고 계세요?"

"아니, 아니에요."

두 여자는 동시에 고개를 가로저었다.

이엘리는 어리둥절한 얼굴을 하긴 했지만, 우선 이야기하는 것에 집중하기로 했다.

그의 장점이란, 사실 이야기하기 아주 쉬웠다. 무척 많았으니까.

"애정 표현도 모자람 없이 해 주고, 제가 좋아하는 것을 모두 기억해 주고요."

그랬다. 그의 애정 표현은 언제나 차고 넘쳐서, 이엘리는 자신이 엄청난 사랑에 파묻혀 살아가는 것 같은 행복감을 느꼈다.

그녀가 가족들을 떠나 북부에 온 이래로, 단 한 번도 외로움을 느끼지 않았던 이유는 바로 자카리가 곁에 있어서였다. 그는 말 그대로 무한한 애정들을 보여 주었다.

'이엔은 단 음식을 좋아하니까.'

함께 식사 한 번을 할 때만 해도 그렇다.

당연하다는 것처럼 설탕과 잼 등, 갖가지 달콤한 간식들을 그녀 앞에 밀어 주며 부드럽게 웃는 자카리. 그녀의 모든 일상에 자카리의 애정이 배어 있었다.

"사소한 것 하나하나를 배려해 줘요, 그 배려가 당연하게 느껴질 정도로요."

이렇게 그의 장점을 하나하나 이야기하다 보니, 이엘리는 약간 양심이 아파 오는 것을 느꼈다. 자카리는 이렇게나 자신을 배려하고 있는데, 그녀는 그가 원하는 단 하나의 것조차 제대로 이루어 주지 않고 있지 않나.

이엘리의 기분을 살피던 자카리가 조심스럽게 그녀에게 건네던 말이 떠올랐다.

'이엔, 나와도 좀 시간을 보내 주면 안 돼?'

그런 자카리를 향해, 이엘리가 한 대답은 고작 '어린애처럼 굴지 마'가 아니었나.

이제 생각해 보니, 아무래도 자신이 심했다는 생각이 든다. 이엘리는 곰곰이 생각에 빠진 채 말을 이었다.

"무엇보다도 제가 곁에 있는 것만으로도, 세상에서 가장 행복한 사람인 것처럼 웃어 줘요."

두 여자는 서로를 다시 마주보았다. 역시 공작은 공작 부인에 한해, 세계 최고의 순정남인 것이 분명하다.

그러던 중, 황제의 표정이 약간 음흉해졌다. 황제가 목소리를 낮춰 입을 열었다.

"공작 각하께서는 낮에도 제국 최고의 기사이시니, 밤에도 역시……."

"화, 황제 폐하!"

꺄아, 비명이 터져 나왔다. 이엘리는 기겁하여, 론도 후작 영애는 환호를 하여 터뜨린 소리였다.

이엘리는 어쩔 줄 몰라 고개를 홱 돌려 버렸고, 후작 영애는 황제의 장단을 맞춰 주었다.

"우리끼리만 있으니 한번 얘기해 봐요, 밤은 어떠신가요?"

"항상 즐거우시겠죠?"

두 여자의 집요한 질문에, 이엘리는 어쩔 줄 몰라 시선을 돌렸다. 자카리와 보내는 밤.

쾌락과 쾌감에 휩쓸려 온몸이 녹진하게 녹아내리는 것 같은 그 감촉.

그와 함께하는 순간들을 어떻게 다 설명할 수 있을까. 이엘리는 결국 기어 들어가는 목소리로 속삭였다.

"……네, 좋아요."

이것만큼은 거짓말을 칠 수 없었다. 자카리와 함께하는 밤은 그만큼 행복했으니까. 서로가 단단히 연결되어 있다는 그 안락함을 어떻게 모두 표현할 수 있을까.

육체의 쾌락만큼 정신적인 안도감도 굉장히 컸다. 물론 자카리의 건강한 체력에 비하자면 이엘리는 한참 약해서, 좀 힘들긴 해도…….

여기까지 생각하던 이엘리는 새빨갛게 달아오른 얼굴을 절레절레 내저었다.

세상에, 내가 지금 무슨 생각을 하고 있는 거야!

"어떻게 좋으신 거죠?"

"궁금하네요, 정말."

말꼬리를 늘이며 두 여자는 이엘리를 실컷 놀려 댔다. 이엘리가 어쩔 줄 몰라 언성을 높였다.

"그, 그만 좀 하세요!"

두 여자는 터져 나오려는 웃음을 간신히 혀끝을 깨물어 삼켰다.

평소 말 한 마디 지지 않고 당차게 맞받아치던 공작 부인이, 얼굴을 붉히며 고개를 떨어뜨리는 그 모습이 너무 귀여웠다.

"그럼 이제 곧 헤셴바이츠의 후사를 볼 수 있는 건가요?"

황제가 능글맞은 목소리로 질문을 던졌다.

화들짝 놀란 이엘리가 파드득 고개를 들어올렸다.

"그, 그건!"

"그렇잖아요, 헤셴바이츠 공작가는 대대로 손이 적은 가문이니까요."

하지만 황제는 아주 당연한 얼굴로 고개를 끄덕였다. 론도 후작 영애가 그 말을 거들었다.

"아마 공작께서도 후사에 대해 일정 부분 생각하고 계시지 않을까요?"

어라, 그러려나? 이엘리는 고개를 갸웃 기울였다.

그러고 보니 자카리와 이런 문제에 대해서는 제대로 대화를 나누어 본 적이 없는 것 같다. 지금껏 생각하지 못한 부분을 짚어준 기분이었다.

'한번 제대로 대화해 볼 필요는 있는 것 같아.'

후계자라. 확실히 헤셴바이츠 공작가는 후손이 적은 집안이었다.

애초 은룡의 힘을 버티면서 태어날 수 있는 아이들이 적었기에, 배 속에서 사산되거나 혹은 전대 공작처럼 일찍 사망하게 됐던 것이다.

물론 이엘리와 자카리가 만남으로써 그 힘들은 이제 사라질 테지만, 어쨌든.

'힘이 사라지는 건 둘째 치고, 대를 이어야 자손이 번성하든 말든 할 거 아냐.'

자손이 번성한다는 생각을 하자마자 다시 얼굴이 달아오르는 것 같은 느낌이 들었다. 그러니까, 아이를 가지려면 자카리와 함께 수 많은 밤을 보내야 한다는 거지.

지금도 많은 밤을 보내고 있긴 하지만, 지금보다도 더…….

저절로 심장이 거세게 뛰어서, 이엘리는 손을 들어 가슴을 꾹 눌렀다.

후우, 길게 한숨을 내쉬자 두 여자가 이엘리에게 다시 장난을 치기 시작했다.

"무슨 생각을 하기에 그렇게 얼굴이 붉어지신 건가요?"

"맞아요, 결혼생활 선배로서 뭐라도 말씀을 좀 해 보세요."

"아, 다들 그만 좀 하세요!"

결국 이엘리는 와락 목소리를 높여 버렸다.

두 여자가 키득키득 소리 내어 웃음을 터뜨렸고, 이엘리는 붉어진 얼굴을 쉬이 가라앉히지 못했다.

결국 이엘리는 패배 선언을 해야만 했다.

* * *

"못 살아, 정말. 전 바람이라도 좀 쐬고 와야겠어요!"

"그러세요, 그럼."

두 사람의 배웅을 뒤로하고, 이엘리는 정원에 발을 디뎠다. 잘 다듬어진 여름의 정원이 눈앞에 펼쳐져 있었다.

미지근한 여름 밤바람이 뺨을 스치자, 분홍색 머리카락이 부드럽게 등 뒤로 날렸다.

싱싱한 풀의 냄새와 옅은 꽃향기가 뒤섞여 풍긴다. 이엘리는 긴 한숨을 내쉬었다.

'아무래도 내가 오늘 너무 심했나.'

세 여자와 대화를 하다 보니, 자신이 잘못했다는 생각이 자꾸만 들었던 것이다. 자카리가 그녀를 얼마나 사랑하는지 잘 알고 있었는데도 매정하게 굴었다.

조금만 더 상냥하게 굴걸. 자카리도 말이 안 통하는 사람은 아니니까, 합리적인 이유만 대면 납득해 줬을 텐데.

'내일 아침 일찍 돌아가서 사과해야겠다.'

그렇게 생각하며, 이엘리는 느린 걸음으로 정원을 돌기 시작했다. 밤의 산책은 생각을 정리하는 데에 큰 도움이 되었다.

부드러운 밤바람은 기분 좋았고, 은거울처럼 동그마니 뜬 달 또한 운치가 있었다.

내일 공작가의 타운하우스에 돌아가면, 자카리와 밤 산책이나 같이하자고 해 볼까.

시답잖은 생각을 하며 걸음을 옮기던 이엘리는 문득, 느리게 두 눈을 깜빡였다.

"어라?"

저 멀리, 익숙한 그림자가 보였다. 내가 헛것을 보나. 이엘리는 눈을 비비고 다시 고개를 들어올렸다.

하지만 저 그림자는 분명, 그녀가 매일 함께 시간을 보내는 아주 익숙한 자의 것이다.

"자, 자카리?"

달빛을 등지고 자카리가 이엘리를 바라보며 서 있었다.

약간 헝클어져 이마에 흐트러진 은발 아래로 달빛을 머금은 자카리의 푸른 눈동자가 새파랗게 빛났다. 이엘리는 약간 당황했다.

"네가 어떻게 여기에 있는 거야?"

여긴 론도 후작가의 타운하우스인데? 그런 의문에 찬 이엘리가 자카리에게 되물었다. 그때.

"……이엔."

"응?"

"미안해, 내가 다 잘못했어."

자카리의 새파란 눈동자가 이엘리를 그 안에 담고는, 짧게 흔들렸다. 한숨처럼 흐르는 목소리가 들렸다.

"그러니까."

"……그러니까?"

순간 자카리가 이엘리를 와락 끌어안았다. 순식간에 가까워지는 체온과 짙은 주향.

어찌나 많이 퍼마셨는지, 이엘리의 머리마저 아찔하게 할 정도의 술기운이었다.

자카리는 마치 어린아이처럼 이엘리에게 매달렸다.

그녀의 어깨에 팔을 걸친 채, 자카리는 간절한 어조로 속삭였다.

"날 버리지 마…….."

아니, 도대체 얜 지금 무슨 헛소리를 하고 있는 거야? 이엘리는 그만 황당해지고 말았다.

*　　*　　*

이른 새벽, 자카리는 반짝 눈을 떴다.

눈을 뜨자마자 그가 먼저 한 건, 옆자리를 더듬는 일이었다.

"……이엔이."

없어. 평소 그의 곁에서 깊게 잠들어 있던 이엘리가 곁에 없었다. 순간, 그 사실이 소름 끼치도록 그의 온몸을 물어뜯었다.

술기운 때문에 몽롱한 머릿속으로, 당장 그녀의 얼굴을 다시 봐야 한다는 절박함만이 튀어 올랐다.

자리에서 벌떡 일어난 자카리가 곧바로 겉옷부터 집어 들었다.

"이엔을 데리러 가야겠어."

그렇게 중얼거리며 자카리는 벽을 붙들고 몸을 바로 세웠다. 밀려드는 술기운 때문에 사물이 제멋대로 흔들거렸다.

자카리를 간신히 방에 밀어 넣은 후, 간신히 잠든 마르텔 경이 본다면 환장할 광경이었다.

하지만 자카리는, 이엘리가 곁에 없으면 어쩔 수 없이 불안해졌다.

'이엔.'

자카리는 숨을 삼켰다. 이엘리가 현재 친구들과 함께 안전한 곳에 있고, 그들이 가벼운 말다툼을 했다는 그러한 사실은 이제 자카리에게 중요하지 않았다.

당장 이엘리를 보지 못하면 죽어 버릴 것 같았다. 공작은 그 누구에게도 알리지 않고, 조용히 타운하우스를 빠져나갔다.

*　　*　　*

그리하여 현재. 이엘리는 자신에게 기대 오는 자카리를 부축하며 기가 막힌 목소리로 물었다.

"······너 술 마셨니?"

솔직히 묻지 않아도 바로 알 수 있을 것 같았다. 휘청거리는 자카리의 몸이라든지, 느른하게 풀려 있는 푸른 시선이라든지.

아니, 하지만. 술 마시고 남의 집에 쳐들어오는 것도 황당한데, 거기에 자신을 보자마자 '미안하다'고 대뜸 무너져 버리면 나보고 어떻게 하라는 말인가.

"아주 조금······."

"이건 조금 수준이 아니잖아!"

답답해진 이엘리는 저도 모르게 언성을 높였다. 움찔한 자카리가 어깨를 굳혔고, 이엘리는 기가 막힌 얼굴이 되어 버렸다.

아니, 이 시간에 술 마시고 남의 집에 쳐들어올 정도의 패기를 보이려면, 아예 만취 상태가 되어야 하는 거 아니야?

또렷한 말과는 다르게, 눈앞의 그는 만취한 상태였다.

"여긴 어떻게 온 건데? 지금 시간도 늦었는데, 허락은 받은 거야?!"

이엘리는 자카리에게 꼬치꼬치 캐물었다. 이거 몰래 들어온 거면 어쩌지? 그렇다면 완전히 민폐인데.

제국 최고의 기사인 자카리는, 당연히 론도 후작가의 호위들을 따돌릴 정도의 신체 능력을 가지고 있었다.

그 소리는, 몰래 들어오는 것 정도는 마음만 먹으면 가능하다는 거다.

"허락받았어."

그때 자카리가 기죽은 목소리로 입을 열었다. 이엘리는 순간 괴상한 표정을 짓고 말았다.

"……뭐?"

"허락받았다고, 들어오는 거."

어떻게 허락을 받았다는 거지? 론도 후작 영애에게 미리 연통을 넣었나? 하지만 자카리는 지금 아예 만취 상태인 것 같은데, 론도 후작가에 먼저 연락을 넣을 정신이 있을 것 같지가 않단 말이야.

이엘리는 의심스러운 얼굴로 자카리를 치어다보았다. 기가 죽은 자카리가 말했다.

"들어올 때, 론도 후작가의 호위들에게 직접 들어간다고 말했어."

"하지만, 이렇게 술에 취해 있는 너를 들여보내 줬다고?"

이엘리는 현 상황이 도무지 이해가 가지 않았다. 휘청거리는 자카리를 힘겹게 부축하던 그때.

"어머나, 공작 부인, 공작 부인의 기사님께서 오셨네요."

론도 후작 영애가 등 뒤에서 자박자박 걸어왔다. 길게 하품을 하면서, 웃음을 베어 문다.

이엘리는 두 눈이 휘둥그레 해져서 후작 영애를 돌아보았다.

헤센바이츠 공작이 지금 론도 후작가의 타운하우스에 있음에도, 론도 후작 영애는 전혀 놀란 기색이 없다. 오히려 당연하다는 낯이었다.

"들여보내 주셔서 감사합니다, 론도 후작 영애."

그때 자카리가 꾸벅 고개를 숙여 보였다. 론도 후작 영애는 호기심에 가득 찬 눈동자를 빛냈다.

공작이 공작 부인에게 매달리는 모습은 많이 보았지만, 저렇게 만취한 상태에서도 자기 아내부터 찾아가는 모습을 보니 친구로서 흐뭇해지기도 했다.

그녀는 부드럽게 미소를 지었다.

"아니에요, 사실 오늘 새벽쯤에는 찾아오시지 않을까 생각했거든요."

딱 봐도 공작 부부는 사소한 사랑싸움을 한 거였다.

그런데 문제는, 공작과 공작 부인의 관계에서 언제나 절대적인 우위인 쪽은 공작 부인이라는 거였다.

그렇다면 공작이 공작 부인에게 납작 기며 돌아오리라는 건 자명한데, 그때가 언제일지만 추측하면 된다.

론도 후작 영애는 이르면 오늘 새벽, 늦으면 이른 아침이라고 예상했었다. 그리고 그녀의 추측은 완벽하게 들어맞았다.

"그래서 미리 명령을 해 놨었죠, 공작께서 방문하신다면 안으로 모시라고요."

"그, 그런 거였어요?"

"물론이죠. 공작께서 공작 부인을 곁에 두지 않고 잠드실 수 있을 리 없잖아요?"

그렇게 말한 론도 후작 영애가 이엘리에게 살짝 윙크를 해 보였다. 그녀는 약간 민망해졌다.

"아무래도 과음하신 것 같은데, 좀 쉬다 가시겠어요?"

"아, 감사합니다. 그럼……."

이엘리는 염치 불고하고 론도 후작 영애의 호의를 받아들이려고 했다. 어차피 휘청거리는 자카리를 타운하우스로 데려갈 기력도 없었으니까.

그런데 그때, 자카리가 단호하게 끼어들었다.

"아니요."

아니, 잠깐만. 얘 또 무슨 헛소리를 하려고? 이엘리는 기겁했다. 자카리는 곧장 말을 이었다.

"이엔은…… 저희 집으로 가야 합니다."

"어, 잠깐만. 너 이렇게 술에 취했는데 어떻게……."

"……그렇지, 이엔?"

그렇게 말한 자카리가 이엘리를 간절하게 바라보았다.

마치 버려진 강아지 같은 눈빛이었다.

"……."

세상에, 창피해! 이건 마치 어린아이가 엄마에게 매달리는 것 같잖아! 이엘리는 두 눈을 질끈 감았다.

그래, 자카리가 여기서 더 진상을 부리는 모습을 보고 있느니, 그냥 조금 힘들어도 타운하우스에 돌아가는 편이 나을지도 모른다.

푹 한숨을 내쉰 이엘리는 고개를 끄덕였다.

"그래, 가자 가."

그리고 론도 후작 영애와 황제는 입술을 꼭 깨물며 웃음을 참았다. 저 사납고 냉정한 공작이 자기 아내에게는 저렇게 말랑한 사람이 된다는 건, 사실 제국민들 모두가 알고 있는 사실이기는 하다.

하지만 그저 알고만 있는 것과 눈으로 바라보는 건 역시 다른 일이었다.

"이 진상은 제가 데려갈게요."

이엘리가 자카리를 부축하며 입을 열었다. 그녀가 난처한 얼굴로 자카리를 바라보다 말했다.

"죄송하지만 사용인들을 몇 명만 붙여 주실 수 있을까요?"

"물론이죠, 걱정 말아요."

론도 후작 영애가 선선히 고개를 끄덕였다. 그 이후의 일은 착착 진행되었다.

이엘리는 후작가의 도움을 받아 자카리를 마차 안에 밀어 넣었다. 창밖을 힐끔 바라보며 이엘리가 말했다.

"황제 폐하, 그리고 론도 후작 영애. 오늘 일은 죄송하고 감사했어요."

진지한 사과에 두 여자는 웃음을 베어 물었다. 이엘리는 자카리를 흘겨보다 말을 이었다.

"그럼 조만간 또 뵐게요. 이 진상도 제대로 사과시킬 테니까……."

"아니에요, 사과까지 할 필요는 없는데."

"무조건 해야죠, 이 늦은 시간에 이런 민폐를 끼치다니요."

두 여자가 손사래를 쳤지만, 이엘리는 단호한 얼굴이었다. 이런 엄청난 민폐를 저질렀는데 입을 싹 씻고 넘어갈 수는 없다.

그녀는 자신의 남편이 일어나면, 두 여인을 향해 진지한 사과를 시킬 생각이었다.

*　　*　　*

마차가 달리는 움직임이 느껴졌다. 자카리는 흐린 눈동자를 들어올렸다.

반쯤 열어 둔 마차의 창문 너머로 부드러운 달빛이 스며들었다.

턱을 괴고 창밖을 바라보고 있던 이엘리는 문득 자카리의 시선을 눈치챈 것처럼 고개를 돌렸다.

연녹색 시선과 푸른 시선이 똑바로 마주쳤다.

"깼어?"

"……잘 모르겠어."

자카리는 잠긴 목소리로 중얼거렸다. 지금 이 모습이 꿈인지, 환상인지, 혹은 현실인지 제대로 알 수가 없었다.

이엘리의 얼굴이 가진 곡선을 따라, 달빛이 우아한 은빛으로 흘러내린다.

이엘리는 슬쩍 미간을 좁히면서 자카리 쪽으로 고개를 기울였다. 조막만 한 얼굴이 가까워졌다.

"내가 너 때문에 못 살겠다, 정말."

투덜거리는 음성과는 다르게, 자카리의 이마를 쓸어내리는 조그마한 손은 무척 부드러웠다.

'이엔이 눈앞에 있어.'

그 사실만으로도 자카리는 무한한 안도감을 느꼈다. 사랑하는 아내가 제 곁에 있었다.

어디로 떠나지 않고, 그의 앞에 앉아 자신을 똑바로 마주본다. 자카리가 느릿하게 입술을 달싹거렸다.

"지금 우리, 어디 가고 있는 거야?"

"어디긴 어디야, 우리 집이지."

우리 집. 이엘리는 아무렇지도 않게 그 단어를 입에 담았고, 자카리는 무척 행복해졌다.

이엘리는 공작가의 타운하우스를 '우리 집'이라고 이야기해 준다.

그래, 너와 나의 집. 부드러운 마차의 진동을 느끼면서, 자카리는 기쁜 마음으로 그를 덮치는 수마에 굴복했다.

*   *   *

그리고 다음 날. 자카리는 마치 누군가가 망치로 쾅쾅 머리를 두드리고 있는 것 같은 두통을 느꼈다.

침대에 누워 있는데, 침대가 마치 그의 몸을 끌어당기는 늪처럼 느껴졌다. 도무지 움직일 수가 없다.

손가락 하나도 까닥할 수 없는 상황에, 그의 입에서 앓는 소리가 새어 나왔다.

"으으……."

그때, 달칵 소리와 함께 방문이 열렸다. 고개를 쏙 내민 이엘리가 시큰둥하게 입술을 열었다.

"이 진상아, 이제야 깼니?"

"……이엔?"

어쩐지 기시감이 든다. 그러니까, 처음 만났을 때의……. 자키리는 느리게 눈을 깜빡였고, 이엘리는 종종걸음으로 방 안에 들어섰다.

자카리는 반사적으로 이엘리의 눈치를 살폈다. 어쩐지 그녀의 기분이 저조해 보이는 것 같은데, 아닌 것 같기도 하고. 알쏭달쏭한 기분이었다.

"자, 마셔."

이엘리는 뚱한 얼굴로 차가운 잔을 건넸다. 꿀을 듬뿍 넣어 만든 꿀물이었다.

자카리는 무심결에 잔을 받아 입술에 댔고, 그녀는 창문 쪽으로 다가섰다.

촤아악, 커튼이 밀려나는 경쾌한 소리와 함께 방 안에 햇볕이 환하게 내리쬔다. 커튼을 걷은 이엘리가 자카리를 돌아보았다.

"어제 일, 생각나?"

"어제 일?"

"그래, 어제 네가 어떤 일을 했는지 말이야."

이엘리는 두 눈을 가늘게 뜨며 자카리에게 말했다. 자카리는 숙취로 온통 엉망이 된 머릿속을 조심스럽게 뒤져 보았다.

그러니까, 어제 이엘리와 자카리는 가벼운 말다툼을 했다. 화가 난 그녀는 '오늘은 론도 후작가의 타운하우스에서 자겠다'라며 뛰쳐나갔고, 속상했던 그는 마르텔 경을 붙들고 술을 퍼마셨다.

그 이후에는……. 자카리의 얼굴이 창백해졌다. 내가 무슨 짓을?

"그 새벽에, 만취해서 론도 후작가의 타운하우스로 쳐들어오다니."

이엘리는 팔짱을 낀 채 자카리를 흘겨보았다. 칼날 같은 시선에 그는 어깨를 축 늘어뜨렸다.

"잘못했어, 안 했어?"

"……잘못했어, 미안해."

크게 혼나는 강아지 같은, 시무룩한 목소리. 하지만 이엘리는 여전히 매섭게 말을 이었다.

"나한테만 잘못했어?"

"아니, 황제 폐하와 론도 후작 영애께도……."

"그럼, 잘못을 저질렀으면 무엇을 해야 한다고 생각해?"

이엘리가 꼬치꼬치 캐물었다. 자카리는 슬그머니 이엘리의 눈치를 살폈다. 이엘리는 여전히 새침한 표정을 거두지 않은 채다.

자카리는 어쩔 줄 몰라 하며 어물어물 입을 열었다.

"그건……."

"당연히 잘못한 사람들에게 가서 사과해야지. 안 그래?"

그래, 맞는 말이다. 자카리의 눈꼬리가 축 처졌다. 이엘리는 당당한 목소리로 선언했다.

"두 분을 앞에 모셔 놓고, 진지하게 사과해."

"……응, 그럴게."

자카리는 자갈을 삼킨 기분으로 고개를 끄덕였다. 이번 일은 자신이 백번 잘못했다. 무어라 변명할 수 있는 여지조차 없으니, 할 수 없는 일이다.

게다가 자카리는 이 문제 말고도 이엘리에게 사과해야 할 일이 있었다. 그 사과를 생각하니, 심장이 무겁게 내려앉는 기분이 든다.

'내가 잘못했지.'

자카리는 이엘리의 행동을 멋대로 제약하려 들었다. 아무리 그가 그녀를 사랑한다고 해도, 이엘리는 엄연히 자카리와 다른 별개의 독립체다.

그런 그녀를 자기 마음대로 독점하려 하다니, 이엘리가 화를 내는 것도 당연한 일이다. 그러니까 사과해야 해. 눈치를 살피던 그가 말했다.

"이엔, 미안해."

"방금 전에도 사과했잖아?"

"아니, 그거 말고도 새로 사과해야 할 일이 있어."

이엘리는 의아한 얼굴을 했다. 마른 입술을 혀끝으로 핥은 자카리가 조심스럽게 입을 열었다.

"네가 하고 싶은 것들이 분명히 있을 텐데, 나와만 시간을 보내 달라고 요청해서 미안해."

"……."

이엘리는 속을 알 수 없는 얼굴로 자카리를 빤히 바라보았다. 자카리는 약간 더듬거렸다.

"그게, 네, 네가 너무 멀리 가 버릴까 봐."

이 얼마나 한심한 일인지. 자카리는 입술을 잘근잘근 깨물었다. 완전히 멍청해진 기분이 든다.

"……그게 너무나도 두려웠어."

이엘리가 날 얼마나 한심하게 생각할까. 자카리는 숨을 삼켰다.

그런데도 가장 큰 문제는, 이엘리만 엮이면 올바른 생각을 하지 못하는 자신이었다.

어떻게든 그녀를 독점하고 싶었다. 누군가에게 시선을 주는 것조차 싫었다. 오로지 그녀가 나만 보고, 나를 향해 웃어 줬으면. 말도 안 되는 욕심.

자카리는 주먹을 꽉 말아 쥐었다. 손톱이 손바닥 안을 아프게 찔렀다.

"하지만 내가 얼마나 어리석은 욕심을 부리고 있는지, 그건 잘 알아."

욕심을 이기지 못하는 것과는 별개로, 스스로가 얼마나 어리석게 굴고 있는지는 그 자신이 더 잘 알았다.

개인이 개인을 온전히 소유하는 건 불가능하다는 것쯤은, 자카리도 이미 이해하고 있었다. 그래서 더욱 두려웠다.

이엘리가 이런 자신에게 지치고 질려 버리면 어쩌나, 하는.

"어린아이 같은 투정을 부렸어…… 앞으로는 너에게 그런 무리한 요청을 하지 않을 거야."

자카리는 죄스러운 얼굴로 고개를 떨어뜨렸다. 그는 가라앉은 목소리로 말을 이었다.

"너를 독점할 수는 없지. 너는 나와는 다른 사람이니까."

"아니, 자카리."

그때 이엘리가 자카리의 곁에 다가가 앉았다. 그녀의 손이 기죽은 자카리의 뺨을 쓸어내렸다.

"넌 나를 독점할 수 있는, 그리고 독점할 욕심을 낼 수 있는 유일한 사람이야."

흐린 하늘처럼 옅게 빛나는 눈동자가 이엘리를 응시했다. 이엘리는 부드럽게 미소를 지었다.

"네가 나를 그렇게 소중하게 생각해 줘서 기뻐."

"이, 이엔."

"난 너를 사랑해, 세상 그 누구보다도."

거침없이 튀어나오는 '사랑한다'라는 말에 그의 얼굴이 새빨개졌다. 그녀의 미소가 짙어졌다.

"하지만, 이렇게 특수한 경우에는 너도 좀 이해해 줬으면 좋겠어."

제도에 올라온 지 얼마 안 되기도 했고, 공작 부인으로서 해야 할 최소한의 사교 활동이 있으니까.

어깨를 으쓱이며 하는 말에 자카리는 작게 고개를 끄덕였다. 이엘리는 눈웃음을 지었다.

"대신, 평소에는 너와 좀 더 시간을 보내려고 노력할 테니까."

그 말을 듣자, 자카리의 눈동자는 이제 구름 갠 하늘처럼 반짝반짝 빛나기 시작했다.

"북부에 돌아가면 우리 둘만 있자. 알겠지?"

"응!"

마치 일찍 생일선물을 받은 어린아이처럼 자카리의 표정이 활짝 펴졌다. 그런 자카리를 보고 있자니, 이엘리는 문득 어제 두 여자와 나누었던 대화가 떠올랐다.

정확히는 '후계자'에 대한 대화였다. 저렇게 순진하게 웃는 애가 무슨 후계자야, 싶던 이엘리는 문득 어깨를 움찔했다.

'하지만 자카리, 행동은 순진하게 하지만…… 밤에 순진한 건 아니잖아.'

자카리와 보내는 밤이 얼마나 뜨거운지는 그녀 자신이 잘 안다. 그의 팔 아래에 갇힐 때마다 세상 온갖 쾌락이 몰려드는 것 같은 기분이 들었다.

골똘히 생각에 빠졌던 그녀가 불쑥 물었다.

"저기, 자카리."

"응?"

"혹시 너 아이 갖고 싶어?"

노골적인 그 물음에, 꿀물을 잘못 삼킨 자카리가 콜록 기침을 터뜨렸다. 간신히 꿀물을 내뱉는 일까지는 면했지만, 이엘리는 만일의 참사에 대비하여 자리를 피했다.

잠시 후 애써 꿀물을 삼킨 자카리가 이엘리를 바라보았다. 기겁한 푸른 눈동자가 휘둥그렇게 뜨여 있었다.

"그, 그게 무슨 소리야!?"

"말 그대로, 헤센바이츠의 후계자가 필요하지 않느냐는 소리야."

이엘리는 진지하게 물었고, 자카리는 어쩔 줄 몰라 입술을 잘근 거리다 한숨을 섞어 대답했다.

"필요하지 않은 건, 아니지만……."

자카리는 푹 고개를 숙였다. 그의 귓바퀴가 새빨갛게 달아오른다. 솔직히 말하자면, 두 사람에게는 공작가의 후계를 생산해야 할 의무가 있었다. 이엘리는 약간 장난기가 돌았다.

"필요한 거야?"

"……그렇지, 우리는 어쨌든 공작가의 가주 부부니까……."

자카리는 쥐어짜 내듯 입을 열었다. 그때, 이엘리의 손이 자카리의 목뒤를 스쳤다.

흠칫 놀란 자카리가 고개를 들어올렸다. 그 순간, 이엘리가 자카리의 목을 휘어 감으면서 시선을 맞췄다.

"그렇다면 우리 오늘은……."

짙게 가라앉은 연녹색 눈동자가 자카리를 응시하자, 그의 두 눈이 휘둥그레 커졌다.

이엘리는 그의 귀에 입술을 대고 작게 속삭였다. 달콤한 숨과 나긋한 목소리가 매혹적으로 뒤섞인다.

"후계자를 생산할 의무를 한번 짊어져 볼까?"

그렇게 말한 이엘리가 도발적으로 웃어 보였다. 잠시 멍해졌던 자카리의 눈동자에, 순간 희미한 빛이 스며들었다.

'이엔, 사실은 나…….'

난 아직 잘 모르겠어. 내가 과연 아이를 가져도 되는 걸까?

자카리는 숨을 삼켰다.

자신이 없었다. 그가 좋은 아버지가 될 수 있을지.

자애롭고, 다정하고, 상냥한 아버지. 그런 아버지는 그에게 있어 환상과도 같았으니까.

하지만.

'너에게는 내 미숙함을 들키고 싶지 않아.'

이기적이라고 해도 좋았다. 그녀에게만큼은 최대한, 흠 없는 존재로 남고 싶었다.

지금 이 순간조차, 그녀에게 너무 많이 기대고 있었으니까.

그는 속마음을 꾹꾹 눌러 담으며 이엘리의 허리를 끌어당겼다.

당연하다는 듯이 제게 안겨 오는 그녀의 온기를 느끼며, 자카리는 행복함과 두려움을 동시에 느꼈다.

*　　　*　　　*

자카리는 정중한 어투로 황제와 론도 후작 영애에게 편지를 보냈다. 두 여자는 호기심이 가득한 얼굴이 되었다.

평소 사교 활동은 거의 하지 않는 공작이, 직접 친필로 서명까지 곁들여서 '제가 큰 죄를 지었으니, 두 분을 직접 만나 뵙고 사과를 드리고 싶습니다'라는 내용의 편지를 보낸 것이다.

상황을 제대로 듣지 못했지만, 공작 부인의 입김이 잔뜩 들어갔음은 알 수 있었다.

'좋아요, 그럼 공작 부부와 론도 후작 영애를 모시고 티타임을 열
도록 하죠.'

황제는 간단하게 상황을 정리했다. 평소 그렇게 뻣뻣한 공작이
고개를 숙이는 모습이 보고 싶기도 했고. 그리하여 공작 부부는 론
도 후작 영애와 함께 황궁에 입궁하게 되었다.

"죄송합니다, 두 분."

자카리는 방에 들어서자마자 깊숙이 고개를 숙여 보였다. 황제
가 손사래를 치며 웃었다.

"괜찮아요, 이렇게까지 사과하지 않아도 되는데."

"맞아요, 얼마나 부부 금슬이 좋으시면 그 시간에 찾아오겠어요?"

론도 후작 영애가 상큼하게 덧붙인 말에, 이엘리와 자카리의 얼
굴이 새빨갛게 달아올랐다.

"그러고 보니 두 분께서는 아직 후계자가 없으시죠?"

"제국 최고의 금슬을 가지셨으니, 당연히 일찍 후계자가 생기실
줄 알았는데."

두 여자가 능글맞게 웃으며 장난을 쳤다. 그리고 자카리는 이런
상황을 타파하기 위해서는 약간의 뻔뻔함을 겸비해야 한다는 사실
을 알았다.

자카리는 진지한 얼굴로 입을 열었다.

"그렇지 않아도, 최근 그 의무를 수행해야 한다는 마음을 갖고
있습니다."

"자, 자카리!"

두 여자는 눈을 휘둥그렇게 치켜떴고, 이엘리는 질겁했다.

아니, 도대체 왜 저래! 평소의 수줍은 내 남편은 어디로 간 거야!? 하지만 자카리는 아무렇지도 않게 말을 이었다.

"조만간 기쁜 소식을 두 분께도 들려드릴 수 있기를 바라고 있습니다."

"……저희도 꼭 들었으면 좋겠네요."

잠시 후, 약간 침착함을 되찾은 황제가 먼저 입을 열었다. 론도 후작 영애가 안타깝게 말한다.

"공작 부인, 부채라도 좀 빌려드릴까요?"

이엘리의 얼굴은 이제, 잘 익은 토마토처럼 달아올라 있었던 것이다.

결국 부채를 건네받은 이엘리는, 팔락팔락 부채를 부치면서 붉어진 얼굴을 식혔다. 그대로 이엘리가 자카리를 흘겨보았다.

그녀는 부끄러워 죽겠는데, 자카리는 여전히 태연한 얼굴로 대화를 이어가고 있었다.

'언제 저렇게 뻔뻔해진 거람, 진짜!'

이엘리는 속으로 투덜거렸다. 그런데 그때, 테이블 아래로 크고 따스한 손이 그녀의 손을 마주 잡았다.

꼭 움켜쥐는 그 동작이 마치 '날 싫어하면 안 돼'라고 속삭이는 것 같다.

'으이구, 내가 못 살아.'

그렇게 생각하면서도 이엘리의 입가에는 옅은 미소가 서렸다. 일부러 두 여자가 눈치채지 못하도록 애정 표현을 하는 것이었다.

부러 새침하게 손을 빼내자, 허겁지겁 손이 다가와 그녀의 손을 다시 붙잡는다.

픽 웃음을 터뜨린 이엘리가 그 손을 마주 쥐었다. 그제야 자카리의 표정이 좀 풀어졌다. 타인의 눈에 띄지 않도록 마주 잡은 손을 아래로 내리며, 이엘리는 생각했다.

'이러니까 내가 널 싫어할 수가 없지.'

그가 저를 향해 보이는 애정이 너무 커서 심장이 간지럽다. 그녀는 생긋 웃었다.

그 이후 '좋은 일 있나 봐요?'라며 능글맞게 웃는 두 여자의 장난에 휩쓸려야 했지만, 그래도. 행복했다.

외전 2.

오늘도 평소와 크게 다르지 않은 날이었다.

이엘리는 서류를 팔랑팔랑 넘기며 버릇처럼 간식을 입 안에 넣고 있었다.

그녀가 즐겨 먹는, 한입 크기로 구워 낸 초콜릿 타르트였다. 그런데.

'응?'

이엘리의 눈썹이 꿈틀 움직였다. 초콜릿의 고급스러운 단맛이 혀를 휘감는다. 그런데 이상하다. 이 달콤함이 역하게 느껴지……잠깐만, 초콜릿이 역하게 느껴진다니, 이게 무슨 일이야?

"욱!"

순간 이엘리는 입을 틀어막고 구역질을 했다. 곁에 서 있던 메리가 두 눈을 휘둥그렇게 뜬다.

"안주인 마님?"

"아, 잠시만……."

이엘리는 손사래를 치며 심호흡을 했다. 왜 이렇게 속이 울렁거리는지 모를 일이다.

혹시 아침에 먹었던 식사가 체하기라도 한 건가? 어쩔 줄 몰라 하며, 메리가 이엘리에게 말했다.

"속이 좋지 않으세요? 좀 누워 계시는 건 어떠세요?"

"……그래, 그럴까."

이엘리는 작게 고개를 끄덕였다. 그러고 보니 요새 일이 밀려서 밤잠을 좀 설쳤었다. 아마 피로감에 겹쳐, 먹은 음식이 살짝 얹힌 거겠지.

그녀는 대수롭지 않게 생각하며, 메리의 도움을 받아 침대에 누웠다.

당시의 그녀는 제게 앞으로 일어날 일을 전혀 예상하지 못하고 있었다.

*   *   *

기사단 일로 밖에 나갔던 자카리는, 이엘리가 앓아누워 있다는 소식을 듣자마자 헐레벌떡 공작 성으로 돌아왔다. 오히려 이엘리가 놀라서 반쯤 패닉에 빠진 남편을 다독여야 할 정도였다.

"별거 아니야, 그냥 체한 것 같아."

"요새 너무 과하게 일을 해서 그런 것 아냐?"

"그럴 수도 있고…… 조금 쉬면 나을 테니까 너무 걱정할 필요 없어."

"어떻게 내가 널 걱정을 안 해!"

잔뜩 뿔이 난 자카리는 금방 주치의를 불러왔다. 사실 이엘리는 이번 일이, 주치의를 불러올 정도로 심각한 일이 아니라고 생각했다.

하지만 자카리의 마음의 안정을 위해서는, 차라리 의사의 진료를 받고 별것이 아니라는 것을 알려 주는 편이 낫다고 생각했다. 그런데.

"안주인 마님."

이엘리를 진찰한 주치의는 심각한 얼굴이 되어 그녀를 바라보았다.

뭐, 뭐야. 내 생각보다 좀 심각한 일인가? 바짝 긴장한 이엘리가 눈을 깜빡거렸다.

그녀의 손을 맞잡은 자카리의 손에는 이미 바짝 힘이 들어간 상태였다.

잠시 후, 주치의가 진지한 목소리로 질문을 던졌다.

"실례되는 질문을 하나 하겠습니다."

"무엇이기에 그러나?"

"최근, 달거리를 규칙적으로 하셨습니까?"

달거리? 이엘리는 고개를 갸웃 기울였다. 그러고 보면 저번 달은 건너뛰었던 것 같은데. 평소 규칙적인 달거리를 하는 이엘리였기에, 약간 이상하다고 생각은 했었다.

하지만 업무가 많아서 피로해서 그렇겠거니 생각했고, 나중에는 깜빡 잊어버렸다. 이엘리는 조심스럽게 대답했다.

"그게, 저번 달은 쉬기는 했는데."

그렇게 말하던 이엘리의 얼굴이 점차 애매해졌다.

설마, 내가 생각하는 그것? 약간의 기대감과 긴장감이 뒤섞인 안주인 마님의 얼굴을 응시하던 주치의가, 잠시 후 단호하게 선언했다.

"회임하셨습니다."

"……뭐?"

이엘리보다도 자카리가 먼저 얼이 빠진 얼굴이 되어 되물었다. 이엘리는 입술을 당겨 물었다.

나 그럼 지금 입덧하고 있는 거야?

주치의는 진지한 목소리로 그녀의 상태에 대해 설명했다.

"아마 회임하신 지, 극초반이신 것 같습니다. 한 5주 정도 되신 것 같은데……."

5주. 이엘리가 건너뛰었던 달거리 기간과 일치한다. 이엘리는 멍하니 배를 내려다보다가, 손을 들어 아직 판판한 배를 어루만졌다.

내 배 속에 지금 아이가 있다고? 그렇다면 나, 조금 있으면 아이의 어머니가 된다는 그 말이야? 자카리가 성마른 목소리로 주치의에게 다시 물었다.

"임신이라는 건 확실한 건가?"

"확실합니다. 제 의사 자격을 걸고 말씀드릴 수 있습니다."

그 말에 자카리와 이엘리는 저도 모르게 서로를 마주보았다.

잠시 후, 이엘리의 뺨이 살짝 붉어졌다. 사실, 요새 자카리와 뜨거운 밤을 보내긴 했다. 그의 품에서 쾌락에 젖어 허덕거린 그때, 아이가 배 속에 잉태되었다 그 소리가 아닌가.

이엘리는 저도 모르게 살짝 시선을 돌렸다.

'언젠가 후계자를 얻어야 한다고 생각하기는 했는데…….'

귀 뒤가 뜨거워졌다. 물론 후계자를 생산하는 건 공작 부부의 의무였다. 오히려 아이를 원하고 있기도 했다.

그런데, 막상 아이의 어머니가 된다고 생각하자 심장 한구석이 간질거렸다.

"……이엔이, 아이를 가졌다고."

자카리는 마치 망치로 머리를 한 대 얻어맞은 사람처럼 멍한 얼굴을 했다. 그 표정은 묘하게 불안정해 보였다.

'내가 아이의 아버지가 된다고?'

순간 덜컥 겁이 났다. 자카리는 제 혼란스러움을 감추려, 애써 시선을 돌렸다. 아이, 아이라고.

'나는…….'

아직 아이를 온전히 사랑할 자신이 없는데. 그는 숨을 삼켰다. 그런데 그때, 이엘리가 그를 불렀다.

"……자카리?"

그의 표정이 길을 잃은 어린아이처럼 막막해 보인다. 이엘리는 반사적으로 그의 손을 움켜쥐었다.

"너 괜찮아?"

"아, 응."

안 된다, 그녀 앞에서 혼란스러운 모습을 보이는 건. 자카리는 애써 표정을 가다듬었다.

"임산부이시니 이제 업무는 좀 떼어 두고 쉬시는 게 좋을 것 같습니다."

그때 주치의가 그들의 대화에 끼어들었다. 자카리는 단단히 마음을 다져 먹었다.

그래, 이엔이 무사히 출산하는 것 자체가 우선이다.

자카리는 결연한 시선으로 이엘리를 돌아보았다. 그가 단호한 목소리로 입을 열었다.

"이엔."

"응?"

이엘리는 움찔했다. 아니, 무슨 말을 하려고 하기에 저렇게 진지한 얼굴을 하고 있는 거람?

"앞으로 너, 일하는 거 금지야."

"……뭐?"

당황한 이엘리가 두 눈을 깜빡였다. 자카리는 당연하다는 것처럼 베개를 고쳐 주고, 이엘리를 자리에 눕혔다. 얼떨결에 이엘리는 자리에 누웠다.

이엘리의 목까지 이불을 끌어당겨 덮어 준 자카리가, 이엘리의 배를 덮은 이불 위를 손으로 도닥거렸다. 자카리의 눈빛은 아주 진지했다.

"지금 네 배 속에……."

그녀의 배 언저리를 어루만지고 도닥이는 손은 무척 다정했다. 숨을 삼킨 그가 말을 이었다.

"……아이가 들어 있다고 하잖아."

그렇게 말하는 자카리의 목소리에는 수많은 감정이 어려 있었다. 이엘리는 그 감정에서 기쁨과 두려움을 어렵지 않게 알아볼 수 있었다.

정확히는 기쁨보다는 두려움이 좀 더 큰 것 같았다.

그 심정을 이해하지 못하는 것도 아니었기에, 이엘리의 눈빛에 안타까움이 스며들었다.

"자카리, 정말로 괜찮은 거야?"

"물론이지, 우리의 아이를 가진 거잖아."

하지만 그렇게 말하는 자카리의 목소리는 묘하게 불안정했다.

"우선 아이를 무사히 낳는 것에 집중해. 알았지?"

"하지만 내가 일을 처리하지 않으면……."

"긴 기간도 아니고 10개월입니다. 그 정도는 집사가 처리할 수 있을 겁니다."

주치의까지 저렇게 나오니, 그녀가 더 이상 반박할 수 있을 리 없었다. 이엘리는 애매한 얼굴로 고개를 끄덕였다.

자카리는 주치의를 물렸다. 단둘이 남자, 자카리가 그녀를 돌아보았다.

"고마워, 이엔."

무어라 말해야 할지 알 수 없어, 한참을 입술만을 달싹이던 자카리는 조심스럽게 그렇게 말했다.

내 아이를 가져 줘서 정말 고마워. 하지만 출산이라니. 너에게 자꾸만 힘든 일을 시키게 되는 것 같아서 죄스러워.

수많은 말들이 입 안을 뱅뱅 돌았다. 그런 자카리를 이엘리는 빤히 바라보았다. 지금 사랑하는 제 남편이 어떤 생각을 하고 있는지, 왠지 알 것도 같았다.

'아마 내게 미안하다고 생각하고 있겠지.'

그녀는 쓴웃음을 지었다. 죄책감과 애정이 뒤섞여 깊숙이 가라앉은 짙푸른 눈동자, 잘게 떨리는 입술. 그리고 이엘리는 자카리가 저런 표정을 짓는 것을 원하지 않았다. 그녀가 속삭였다.

"이리 와, 자카리."

팔을 활짝 펴고 자카리를 부르자, 자카리는 그녀에게 주춤주춤 다가섰다. 마치 금방이라도 혼이 날까 봐 두려워하는 어린아이 같다.

잠시 후, 그의 양팔이 그녀를 조심스럽게 끌어안았다.

"너의 아이를 낳을 수 있게 해 줘서 고마워."

이엘리가 작게 속삭였다. 자카리의 눈동자가 흔들렸다. 그녀는 달콤한 목소리로 이어 말했다.

"우리의 아이야, 너와 내가 사랑했다는 증거이자 결실."

우리의 아이, 우리의 사랑을 증명하는 증거이자 결실. 그 말에 자카리는 형용할 수 없는 감정이 울컥 치솟는 것을 느꼈다. 그의 머리카락을 쓰다듬으며, 이엘리는 노래하듯이 말을 맺는다.

"정말 기뻐."

나지막한 웃음소리가 들렸다. 자카리는 대답 대신, 이엘리를 끌어안은 양팔에 힘을 주었다.

이엔. 나의 유일한 사랑, 단 하나뿐인 기적. 이엘리는 제 품을 파고드는 자카리를 감싸 안았다.

*   *   *

헤센바이츠 공작 부인이 아이를 잉태하셨다는 소식은 공작 성은 물론이고, 북부 전체에 짜하게 퍼져 나갔다.

이엘리는 약간 입덧이 있는 것 빼고는 건강했다. 오히려 이엘리를 걱정하느라, 자카리의 얼굴이 핼쑥하게 변할 정도였다.

평소 즐겨 먹던 달콤한 음식보다는 새콤한 음식을 당겨 하는 이엘리를 위해, 공작 성에는 오렌지와 레몬과 귤 등 온갖 과일이 들어가기 시작했다.

"……이렇게까지 과보호할 필요는 없는데."

이엘리는 난감한 얼굴로 중얼거렸다. 공작 성 사람들은 아예, 이엘리를 대하며 불면 날아갈까 쥐면 꺼질까 걱정하는 것 같았다.

그녀는 주기적으로 하는 산책 외로는 침대 밖으로 발걸음조차 하지 못했고, 그녀의 주변은 온통 푹신하고 보드라운 것들로 가득 채워졌다.

손닿는 곳에는 이엘리가 좋아하는 간식으로 가득 찼고, 평소에도 이엘리의 곁을 자주 비우지 않던 메리는 이제 그녀를 보는 눈에 불을 켜고 있었다.

여기까지는 평상시와 크게 다를 법 없는 일상이었다.

하지만 이 일상에 애정 어린 변화가 하나둘씩 추가되고 있었다.

그리고 아쉽게도, 이엘리는 그런 변화가 그리 달갑지 않았다.

"이엔, 이것 좀 먹어 봐."

"……."

이엘리는 불만스러운 얼굴로 자카리가 내민 접시를 내려다보았다.

접시 위에는 몸에 좋은 갖가지 채소들을 이용해 만든 샐러드가 가득 올라와 있었다.

하지만 문제는, 이엘리는 채소보다는 고기를 훨씬 더 선호하는 입맛이라는 것이었다.

게다가 샐러드에 추가된 드레싱은 고작해야 레몬즙뿐이었다.

가끔 샐러드를 먹는다 하면, 마요네즈를 기반으로 한 드레싱을 듬뿍 뿌려 먹는 이엘리에게는 너무 맛이 심심했다.

"……난 고기가 더 좋은데."

차마 싫다, 라고는 대답하지 못한 이엘리는 시무룩한 얼굴로 샐러드를 뒤적거렸다.

자카리는 반짝거리는 눈으로 이엘리를 마주보았다.

"하지만 채소가 건강에 좋다고 하니까."

"……으응, 아는데…….."

이엘리는 복잡한 얼굴이 되어 고개를 끄덕였다.

건강한 식단과 운동을 통해 100년을 사느냐, 맛있는 음식을 먹고 50년을 사느냐를 고르자면 이엘리는 단연 후자였다. 그런데.

"한입이라도 좋으니 먹어 봐."

"그래⋯⋯."

한숨을 푹 내쉰 이엘리는 샐러드를 입 안에 밀어 넣었다.

레몬의 상큼한 맛과 싱싱한 채소의 아삭거리는 식감이 입 안에서 어우러졌다.

주방장이 한껏 솜씨를 부렸는지, 객관적으로는 무척 맛있는 샐러드였다. 그런데.

'⋯⋯왜 이렇게 서글픈지 모르겠어.'

그녀는 우울한 얼굴로 입을 오물거렸다.

하지만 자카리는 그에 더하여, 이엘리의 손에 유리컵을 들려 주었다.

"토마토와 셀러리를 갈아 만든 건강 주스야. 이걸 마시면 속이 편안해진다고 하더라고."

"자카리, 나 토끼 아닌데."

샐러드에 이어 건강 주스라니, 이건 좀 너무하잖아.

이엘리는 한숨을 삼키며 컵을 내려다보았다.

"이런 거 먹지 않아도, 난 이미 충분히 건강하니까⋯⋯."

"아니, 산모는 여러 가지 영양소를 골고루 섭취해야 한댔어."

"⋯⋯아니, 그게 맞는 말이기는 한데. 누가 그런 말을 했어?"

"〈건강한 출산을 위한 스물두 가지 방법〉의 저자, 포핀스 부인이 그러던데."

⋯⋯그런 잡지가 있었어?

이엘리는 약간 당황해 버렸다. 그냥 잘 먹고 잘 쉬면 되는 게 아닐까, 하고 속 편하게 생각했던 자신의 안이함이 미안해질 정도였다.

"자카리, 그런 잡지는 어떻게 챙겨 보게 된 거야?"

"제국의 모든 출판사에게 연락해서 출산 관련 책은 모두 보내 달라고 했는데."

"······그런 거였어?"

따끔거리는 양심의 고통이 느껴진다. 이엘리는 애써 그 고통을 무시했다.

하지만 자카리의 행동력은 여기에서 끝나지 않았다.

"그건 그렇고, 내일은 '라 캄타넬' 음악대가 방문할 거야."

"그 음악대는 왜?"

'라 캄타넬' 음악대는 제국에서 가장 유명한 음악대였다.

귀족들의 초청을 받아 주로 연회장에서 음악을 연주하며, 최근 제도에서도 그 인기가 하늘을 찌른다고 들었다.

그 말은 즉, 초청하기에 무척 어려운 음악대라는 뜻이다.

'뭔가 중요한 연회라도 있나?'

이엘리는 의아한 얼굴이 되어 고개를 갸웃거렸다. 그런 연회가 있다면 마땅히 그녀에게 먼저 말을 했을 텐데, 자카리에게 그런 언질은 전혀 없었기 때문이었다.

하지만 자카리는 환한 미소와 함께, 단순명쾌한 대답을 내놓았다.

"임산부의 심신 안정에는 음악이 좋다고 하더라고."

"······아하."

이엘리는 그만 질린 표정을 짓고 말았다. 도대체 내 남편을 어떻게 해야 할까.

하지만 자카리의 열의는 아직도 하늘을 찌르고 있었다.

"내일 아침부터 오기로 했으니까, 오늘은 일찍 자도록 해."

"저기, 난 괜찮은데."

"아니, 내가 괜찮지 않아."

……자카리가 지금까지 내게 이렇게 단호했던 적이 있던가. 이엘리는 터져 나오려는 한숨을 삼키며 아직 납작한 배를 쓸어내렸다.

'아가, 네 아빠가 이렇게 유난이란다.'

그리고 이 유난은, 그녀가 아이를 낳을 때까지 끝나지 않을 것 같다. 이엘리는 미간을 잔뜩 구겼다.

* * *

그리고 다음날.

이엘리는 아침부터 메리의 수선스러운 음성에 시달려야 했다.

"안주인 마님, 이건 어떠세요?"

안쪽을 모피로 누빈 연두색 망토였다. 이엘리는 기겁하고 말았다.

"……아냐, 그건 좀 과한 것 같아."

이엘리는 솔직하게 대답했다. 그래 봤자 응접실에서 음악을 들을 건데, 저런 망토까지 몸에 두르고 있을 필요는 없지 않나.

하지만 메리는 걱정스러운 얼굴로 대답했다.

"하지만 산모는 체온 유지가 중요하다고 하던걸요."

"하지만 응접실에는 난방이 되어 있잖아?"

이엘리는 한숨을 푹 내쉬었다. 아무리 헤센바이츠 공작령이 날씨가 차갑다고는 하지만, 아직 난방을 할 날씨까지는 아니었다.

그런데 난방에 이어 망토까지. 그녀는 이 모든 게 과하다고 생각했으나, 반강제로 이 걱정들을 얌전히 받아들이고 있었다.

'이럴 줄 알았으면 그놈의 재채기를 어떻게든 참는 거였는데.'

이엘리는 두 눈을 가늘게 떴다.

최근 이엘리는 아주 부담스러운 경험을 했었다.

조그맣게 재채기를 한번 했다가 공작 성 사람들 전체가 그녀 주변으로 몰려든 것이다.

'마님, 추우신가요?!'

'얼른 내려가서 온도를 높이라 이르겠습니다!'

'뭐하고 있나, 가서 따뜻한 차와 담요를 갖고 오지 않고!'

자카리는 물론이고, 심지어는 그 무뚝뚝한 집사까지 공작 성 사람들의 수선에 한몫했었다.

그런 경험을 다시 하느니, 차라리 얌전히 공작 성 사람들의 걱정을 받아들이는 편이 훨씬 낫다고 생각하긴 했는데.

'그래도, 모든 사람들이 내 일거수일투족을 바라보는 건 좀.'

그녀가 한 걸음을 뗄 때마다 사람들의 시선이 따라붙는다. 메리와 함께 응접실에 자리를 잡고 앉으며, 이엘리는 그렇게 생각했다.

"헤센바이츠의 공작 부인을 뵙게 되어 영광입니다."

'라 캄타넬'의 지휘자가 대표로 이엘리에게 정중하게 인사를 건넸다.

지휘자의 등 뒤로는 연주자들이 나란히 고개를 숙여 보였다.

"그래, 먼길 오느라 수고했네."

적당히 인사를 입에 담으며, 이엘리는 푹신한 소파에 몸을 기댔다.

"임산부의 정신안정에 도움이 된다는 곡들로 엄선하였습니다."

"……"

아, 그래. 이엘리는 한숨을 삼켰다.

지휘자가 뒤로 돌아섰다. 공작 성의 응접실 안쪽으로, 우아한 음악이 울려 퍼졌다.

음악을 귀기울여 듣던 이엘리는 문득 생각했다.

'오, 정말로 정신안정에 도움이 되긴 하는 것 같은데.'

음악을 듣던 이엘리는 진심으로 그렇게 생각했다. 그도 그럴 것이.

'졸려.'

눈꺼풀이 절로 무거워졌다. 음악을 집중해서 들으려 했지만, 밀려드는 수마는 그녀를 끊임없이 유혹했다. 그리하여 결국……

"……"

산모의 정신안정에 좋다는 음악 사이로, 이엘리의 낮은 숨소리가 뒤섞였다.

꾸벅꾸벅 졸던 이엘리는 숫제 소파에 푹 고개를 기댔다.

그날 이후, 이엘리는 그때 잤던 낮잠을 몇 번이고 이야기했다.

'그렇게 푹 잠들었던 적은 오랜만이었어.'

눈에 넣어도 아프지 않을 아내를 바라보며, 자카리는 싱글벙글 웃을 뿐이었다. 공작 성 사람들도 마찬가지였다.

그리하여 이번 일의 피해자는, 자신들의 연주에 대한 깊은 회의감을 갖게 된 '라 캄타넬' 음악대의 단원들뿐이었다.

* * *

이런 유난들만 해도 충분하다고 생각했는데, 자카리는 한술 더떴다.

"이엔, 뭔가 필요한 건 없어?"

"전혀 없어."

이엘리는 살래살래 고개를 내저었다. 그녀가 눈살을 찡그리며 옅은 미소를 지어 보였다.

"너, 그 질문 말이야. 농담 안 하고 백 번은 한 것 같은데."

"그랬나?"

자카리는 약간 머쓱한 얼굴이 되어 한 발짝 물러났다. 하지만 이엘리를 볼 때마다, 뭐라도 해 주고 싶어서 견딜 수가 없었다.

입에 무언가라도 하나 넣어 주고 싶었고, 그녀가 잠들 때마다 곁에서 팔이라도 빌려주고 싶었다.

그때 이엘리는 걱정스러운 얼굴이 되어 그에게 말했다.

"그것보다, 자카리."

"응?"

"너, 요새 너무 바쁘게 일하는 거 아냐?"

이엘리는 자카리의 뺨을 살짝 쓸어내렸다. 예전보다 약간 거칠해진 감촉이 마음 아팠다.

안주인 마님이 본의 아니게 일선에서 물러났기에, 공작가의 일들은 이제 가주와 휘하 사용인들에게 몰리고 있었다.

당연히 자카리도 갈갈 갈리는 중이었기에, 이엘리는 약간 미안해졌다.

"나만 쉬고 있으니까 조금 미안한데."

그 말에 자카리가 문득 고개를 기울였다. 그녀의 허리를 감싸 안으며 침대 옆에 앉은 자카리가, 그녀의 귓가에 입술을 갖다 댔다.

나지막한 속삭임이 이엘리의 귓전을 간지럽힌다.

"그럼, 이번 일만 끝내고 단둘이 쉬러 갈래?"

"단둘이?"

"그래, 플로랑테 섬 말이야."

그 단어를 들은 이엘리가 빙그레 웃었다. 플로랑테 섬. 그들의 첫날밤에 관한 추억이 서린 곳이었다.

충동적으로 공작 성을 빠져나가 다다랐던 곳. 세상에 오직 단둘만 남아 있었던 것 같은, 그 달콤하고 매혹적인 감각.

내내 공작 성에만 있었기에, 기분전환에도 좋을 것 같다.

"좋아, 나도 오랜만에 바다가 보고 싶네."

선선히 고개를 끄덕이는 이엘리를 바라보던 자카리는, 금세 걱정
이 서린 눈으로 그녀를 본다.

"그건 괜찮은데."

"괜찮은데?"

뭔가 문제라도? 그런 의미를 담아 자카리를 빤히 바라보자, 그가
조심스럽게 말을 이었다.

"거리가 좀 있는데, 괜찮아?"

아하, 그런 뜻이었나. 이엘리는 조그맣게 고개를 끄덕였다. 어쨌
든 그녀는 임산부였고, 무리를 해서는 안 된다.

하지만 플로랑테 섬은 공작 성에서 좀 거리가 있으니, 그를 걱정
하는 것이다.

"물론이지. 마차를 타는 것 정도는 괜찮아."

이엘리가 힘을 주어 그렇게 말했다. 하지만 자카리는 여전히 걱
정스러운 눈빛을 거두지 못했다.

쓸데없는 걱정 말라는 뜻에서, 이엘리는 자카리의 어깨를 톡톡
두드려 주었다.

"이번에는 내 옷, 잘 챙겨 둬야 해."

"물론이지."

부러 장난스러운 목소리로 한 마디를 덧붙이자, 그제야 자카리
가 조금이나마 웃었다.

이엘리는 그를 따라 방긋 눈웃음을 쳤다. 역시 그녀는, 자카리가
웃는 모습이 제일 좋았다.

*　　*　　*

밀려온 파도가 가벼운 포말을 일으키며 모래톱 위에 흐트러졌다. 자카리는 겨울의 힘을 세심하게 다루어 배를 움직였다.

잠시 후, 이엘리는 자카리의 손을 잡고 모래톱에 발을 디뎠다.

"오랜만에 온다, 여기도."

짭짤한 바닷바람을 들이마시며 이엘리는 작게 웃었다. 자카리는 그런 그녀를 응시했다.

어느새 여름이 지나고, 완연한 가을이었다. 맞잡은 손에서 번져오는 온기가 기분 좋았다.

플로랑테 섬에는 이제, 짙은 가을이 내려앉아 있었다. 노랗고 붉게 물든 잎사귀들이 팔랑팔랑 흩날렸다.

"몸은 괜찮아?"

"괜찮다니까."

넌 정말 너무 걱정이 많아서 큰일이라니까. 그렇게 말하면서도, 자카리를 바라보는 이엘리의 미소는 여전히 온화하기만 했다.

새하얀 모래는 어찌나 가루가 고운지 발이 푹푹 빠졌다. 이엘리는 신발을 벗어 한 손에 쥐고 모래톱을 가로질렀다.

그녀의 보폭에 걸음을 맞추면서, 자카리는 이엘리가 넘어지지 않도록 세심하게 제 아내를 살펴보았다.

"이 집에 이렇게 다시 올 줄이야."

이엘리는 새삼스러운 얼굴이 되어 중얼거렸다.

그들이 첫날밤을 보냈던 조그마한 저택은, 기억 속 그대로의 모습을 한 채로 그들을 맞이했다.

이번에는 세심하게 신경을 썼는지, 이엘리가 갈아입을 옷까지 모두 마련되어 있었다. 옷장을 들여다보는 이엘리에게 그가 외쳐 물었다.

"점심 먹어야지?"

어느새 그는 부엌에 들어가 있었다. 언제 부엌까지 갔담, 이엘리는 콧등을 찡그리며 웃었다.

"저기, 자카리."

"응?"

부엌에 도착한 이엘리가 문 안쪽으로 고개를 쏙 내밀면서 자카리를 불렀다.

"점심은 밖에서 먹고 싶은데, 괜찮을까?"

"어려울 건 없지. 뭐가 먹고 싶은데?"

"딱히 생각나는 건 없긴 한데. 오늘은 너에게 맡길게."

이엘리는 생글생글 웃으면서 제 남편에게 말했다. '너에게 맡긴다'라. 그 말에 묘하게 결연한 얼굴이 되고 만 자카리였다.

그는 부엌칼을 절도 있는 동작으로 움켜쥔 채 그녀에게 답했다.

"그럼 먼저 나가 있을래? 준비해서 들고 갈 테니까."

"내가 도와줄 건 없어?"

"밖에서 쉬고 있는 게 도와주는 거야."

이엘리는 불퉁한 얼굴이 되었으나, 어쨌든 그의 말에 납득하여 고개를 끄덕였다. 사실 그녀가 생각해도 자신이 주방일에 재능이 있지는 않았으니까.

부엌을 빠져나가는 이엘리의 뒷모습을 바라보던 자카리가 눈을 빛냈다.

살벌한 시선이 도마 위에 올라가 있는 싱싱한 토마토를 내려다보았다. 오늘은 무슨 일이 있어도, 이엘리의 입에서 '맛있다'라는 소리를 들을 생각이었다.

*　　*　　*

이엘리는 저택에 딸린 조그마한 정원에 나갔다. 타박타박 걸음을 옮겨 벤치에 앉는다.

고개를 살짝 들어올리자, 머리 위로 구름처럼 피어난 붉은 단풍 사이로 눈부신 햇살이 가루처럼 흘러내린다.

오색의 잎사귀들과 새파란 하늘들이 선명하게 대비되어, 시야가 아려 왔다.

'자카리.'

그녀의 입술에서 짧은 한숨이 흘러나왔다. 사실 자카리, 아이를 임신한 것을 그리 반가워하지 않는 것 같았지.

정확히는 아이를 낳으면 어떻게 대해야 할지 모르는 것 같다고 해야 하나.

'그 마음, 이해하지 못하는 건 아니지만⋯⋯.'

그래도 막상 아이를 낳았는데, 아이와 내외하기라도 하면 좀 그렇지 않나. 이 문제는 어떻게든 자카리와 대화를 나누어 봐야 할 것 같았다.

그때, 바삭거리는 풀잎 밟는 소리가 들렸다.

"이엔."

"자카리."

이엘리는 활짝 웃으며 자카리를 맞이했다. 양손에 나무 쟁반을 받쳐 든 자카리가 흐뭇한 얼굴로 이엘리를 마주보았다. 벤치 위에 쟁반을 내려놓자, 이엘리의 두 눈이 동그랗게 뜨였다.

"세상에, 이게 다 뭐야?"

"솜씨를 좀 부려 봤지."

자카리가 어깨를 으쓱거렸다. 아삭아삭한 토마토를 얇게 썰어 넣고, 양상추를 추가하고, 햄과 치즈와 달걀을 듬뿍 넣었다.

거기에 마요네즈와 케첩을 뿌린 훌륭한 샌드위치였다. 어찌나 맛있어 보이는지 이엘리의 입에 군침이 돌았다. 자카리는 어딘가 뿌듯한 얼굴로 질문을 던졌다.

"이번엔 좀 맛있어 보여?"

"이번엔, 이라니?"

"그게, 너 요새 입맛이 없어 보였거든."

그 말에 이엘리는 약간 가슴이 뭉클해졌다. 입덧이 심하지는 않았지만, 그래도 음식을 먹으면 속이 울렁거리는 횟수가 잦아졌기에 저도 모르게 음식을 약간 멀리하는 편이었다.

그 사실을 먼저 생각한 자카리가, 일부러 이엘리의 입맛에 맞는 재료들만 골라 샌드위치를 만든 것이다.

"주스 마실래?"

"아, 고마워."

자카리가 건넨 주스도 오렌지를 착즙해 만든 것이었다.

오렌지의 상큼한 맛을 음미하며, 이엘리는 자카리가 보여 주는 세세한 배려에 다시 한 번 감동했다.

자카리는 샌드위치를 건넸고, 이엘리는 오랜만에 샌드위치 하나를 말끔히 먹어치웠다. 자카리가 흐뭇한 표정을 지었다.

"이거 진짜 맛있다."

"그래?"

"응, 다음에도 또 해 줄 거지?"

이엘리는 장난스럽게 코끝을 찡그리며 웃었다. 그는 순간, 울어 버릴 것만 같은 기분을 느꼈다.

"물론이지."

자카리는 눈이 부신 것처럼 제 곁의 풍경을 바라보았다. 빨갛고 노란 단풍이 하나둘 떨어지는 가운데, 분홍색 머리카락이 바람결에 부드럽게 흩날리고 있었다.

아이를 품고 있음에도 아직도 가녀린 체구, 자카리를 똑바로 바라보는 연녹색 새싹 같은 눈동자.

삶의 이유, 단 하나뿐인 기적인 이엘리가 바로 곁에 있었다. 자카리는 저도 모르게, 충동적으로 손을 뻗었다.

"……자카리?"

어느새 그는 그녀를 품 안에 덥석 가둬 넣은 채였다. 조그마한 몸과 말랑거리는 피부, 따끈한 체온이 이상하게 긴장한 마음을 녹이고 있었다. 자카리는 조그맣게 입술을 달싹거렸다.

"그냥, 조금만."

조금만 이대로 있어 줘. 그 속삭임에 이엘리는 더 묻지 않고 손을 뻗었다. 그의 등을 끌어안는 가느다란 팔이 눈물겨웠다.

잠시 후, 이엘리는 자카리의 품에 고개를 기대며 입을 열었다.

"자카리, 솔직하게 말해 줘."

자카리는 대답 대신 작게 고개를 끄덕였다. 터져 나오는 한숨을 삼킨 이엘리가 말을 이었다.

"……내가 아이를 임신한 게 기쁘지 않은 거야?"

그 조심스러운 물음에, 자카리의 어깨가 움찔 떨렸다. 그의 등을 토닥이며 이엘리가 속삭였다.

"너, 요새 계속 복잡한 얼굴이야."

언제나 그녀의 앞에서는 미소 짓는 얼굴을 꾸며내고는 했지만, 그래도 알 수밖에 없었다.

그녀의 시선이 닿지 않을 때마다, 자카리는 묘하게 어두운 표정을 지었다.

기쁨과 슬픔, 두려움과 희미한 기대감이 뒤섞인 그 눈빛. 그리고 이엘리는 더 이상 그 눈빛을 외면할 수 없었다.

"그건……."

"내가 도울 수 있을지도 모르잖아, 그러니까."

이엘리의 소곤거리는 목소리에 자카리는 입술을 당겨 물었다. 그녀가 톡, 이마를 기대 왔다.

"내게 말해 주면 안 될까?"

이엘리의 목소리에는 진심이 가득 차 있었다. 순연한 진심을 망연히 응시하던 자카리는, 잠시 후 마른침을 삼켰다.

그녀에게 더이상 의지해서는 안 된다고, 언제나 스스로를 다그치고 있었다. 하지만 그 다그침은 그녀의 다정함을 느끼는 순간 봄 속의 마지막 잔설처럼 녹아내린다.

"……내가, 좋은 아빠가 될 수 있을까?"

그리하여 자카리는 처음으로 제 솔직한 진심을 입술에 담았다.

바람 앞의 촛불처럼, 금방이라도 꺼질 것처럼 가느다란 목소리였다. 그 말을 듣자, 이엘리는 말문이 막히는 것을 느꼈다.

"내가 우리의 아이를 사랑할 수 있을지……."

이엘리를 끌어안은 팔에 지그시 힘이 들어갔다. 자카리는 괴로운 목소리로 말을 이었다.

"……자신이 없어."

사람이 가진 애정의 총량이란 한계가 있다. 그 총량의 한계를 느꼈기에, 전대 공작은 자카리를 사랑할 수 없었다.

그는 자신이 아버지처럼 될까 봐 겁이 났다. 만약 아이를 사랑하지 못하게 된다면 어떻게 될까. 그라는 아버지를 만났기에 아이가 고통스러운 삶을 살게 된다면.

"사랑해야 한다는 건 알아, 하지만."

그도 물론 알고 있었다. 태어난 아이에게는 아무런 잘못이 없다는 것을. 아이가 태어나는 것에는 아이의 의지는 단 하나도 포함되어 있지 않고, 오히려 아이를 낳기로 선택한 부모의 책임이 훨씬 더 크다는 것도 잘 안다. 그럼에도 가끔은, 마음은 이성대로 흘러가지 않는 법이다.

"아이를 낳다가, 네가 고통받기라도 한다면……."

자카리가 나지막하게 속삭였다. 긴 속눈썹 아래, 짙푸른 눈동자가 바람 닿은 호수처럼 떨렸다.

"그 아이를 내가 미워하지 않을 수 있을지, 난 잘 모르겠어."

아이를 낳는 건 크나큰 고통이 따른다고 했다. 아무리 공작 부부로서 후계자를 생산할 의무가 있다고 해도, 이엘리가 그런 고통을 겪는 것에 대하여 자카리는 회의적이었다.

이엘리가 힘든 일을 당하느니, 차라리 외부에서 아이를 데려오는 편이 나을 것이다. 그것이 그의 진심이었다.

"하지만, 자카리."

그때 이엘리가 단호한 목소리로 입을 열었다. 그의 품에서 고개를 떼어 낸 이엘리는 자카리의 양 뺨을 움켜쥐었다.

새싹 같은 연녹색 눈동자는 언제나 올곧게 자카리를 마주보고 있다.

"너는 전대 공작님이 아니야."

"……."

그 말에 자카리는 말문이 턱 막히는 것을 느꼈다. 이엘리는 차분한 목소리로 말을 이었다.

"전대 공작님이 그렇게 행동했다고 해서, 네가 그렇게 행동할 것이라는 근거는 없어."

"……이엔."

"전대 공작님과 공작 부인께서는 그저, 상황이 조금 좋지 못했을 뿐이야."

이엘리는 단호한 목소리로 말을 이었다. 그 말에 자카리는 피가 나도록 입술을 당겨 물었다.

"그분들께서 너를 대했던 방식은 분명히 잘못되었어."

그녀의 목소리는 흔들리지 않는다. 언제나 그가 가야 할 길을 제시해 주는, 그 다정한 목소리.

"부모로서 마땅히 주어야 할 사랑을 주시지 않았지, 네가 얼마나 고통스러웠는지 알아."

그랬다. 선대 공작도, 공작 부인도 모두 자카리에게 너무나도 매정했다.

아직 어린 소년은 아무런 잘못이 없었는데도, 자신이 힘들다는 이유로 자카리를 외면했었다.

자카리가 아직도 그 기억에서 완전히 벗어나지 못한 게 마음이 아팠다. 하지만, 그래도 이젠 극복해야 할 시간이다.

"하지만 그 고통 속에 매몰되어, 너 자신을 잃어버릴 필요는 없어."

"이엔."

"너는 분명히 좋은 아빠가 될 수 있을 거야, 내가 장담해."

그 말에 자카리는 감정이 울컥 올라오는 것을 느꼈다. 좋은 아빠. 그게 과연 자신에게 가당키나 한 단어인지 잘 모르겠다.

사랑을 주고받는 방법도 서투르고, 아직도 길을 제대로 찾지 못하고 헤매어 이엘리에게 기대야만 하는 자신. 과연 그런 자신이 좋은 아빠가 될 수 있을까.

"무엇보다도 내가 네 곁에 계속 함께할 테니까."

하지만 이엘리의 목소리는 당당했다. 그녀의 나지막한 웃음에, 그는 구원받는 기분을 느꼈다.

"혹시 알아? 나와 쏙 빼닮은 아이가 태어나서, 나보다도 더한 자식 바보가 될지."

이엘리는 장난스러운 목소리로 한 마디를 덧붙였다. 자카리의 표정이 금방이라도 눈물을 흘릴 것처럼 일그러졌다. 자신의 품을 파고드는 자카리의 등을 토닥여 주며 이엘리는 작게 웃었다.

"우리 자카리, 아직도 이렇게 눈물이 많으면 어떡해."

그 목소리는 마치 봄날 오후의 햇빛처럼 다사로워, 자카리는 치솟는 눈물을 간신히 되삼켰다.

* * *

시간은 빠르게 흘러, 어느새 이엘리의 출산 예정일이 되었다. 이엘리는 산모를 위해 꾸며진 방에 들어갔고, 자카리는 초조한 얼굴로 이엘리를 기다렸다.

공작 각하께서 얼마나 초조해하시는지, 사람들은 내심 산모의 건강만큼 공작의 건강까지 함께 걱정할 정도였다.

자카리는 차마 자리에 앉지도 못하고 이엘리의 출산 소식을 기다렸다. 입술은 온통 짓씹어서 옅은 핏물이 배어났고, 새파란 눈동자는 초조한 빛을 숨기지 못한 채였다. 그가 기나긴 한숨을 내쉬었다.

"……이엔."

자카리는 낮게 중얼거렸다. 지금 이엘리는 차양막이 드리워진 방 안에서, 홀로 산고의 고통을 치르고 있었다.

아이를 낳는 곳에는 산파와 시중을 들 하녀들만이 드나들 수 있었기에, 자카리는 거실에서 이엘리의 소식을 기다리는 중이었다.

누군가가 심장을 움켜쥐고 꽉 비트는 기분이었다. 긴장감이 지나치다 못해 이대로 죽을 것 같았다. 자카리는 두 눈을 꽉 내리감았다.

"제발, 이엔."

이엘리가 있는 곳이 여기서 멀지도 않은데, 평생 손이 닿지 않을 것만 같은 막막함이 밀려들었다. 건강해야 하는데.

지금 이 순간, 자카리는 오로지 이엘리의 건강만을 간절히 바라고 있었다.

아이의 안전은, 솔직히 말하자면 예상 밖이었다. 자카리의 입술에 쓴웃음이 걸렸다.

'이런 곳에서 내 아버지의 마음을 이해하게 될 줄은 몰랐군.'

선대 공작은 아델라이데를 무척 사랑했고, 그랬기에 자카리에게 베풀 애정까지 모조리 제 아내에게 퍼부어 버렸다.

아이는 다시 낳을 수 있지만 아델라이데는 단 한 명뿐이라던, 그 냉정한 목소리.

하지만 자카리의 현재 심정은 선대 공작과 꼭 같았다. 자카리는 한숨을 삼켰다.

'이엔은 한 명뿐이지만, 아이는 여럿 낳을 수 있어.'

이엔만 건강하면 된다. 이엘리가 들으면 잔뜩 화를 낼 생각을 아무렇지도 않게 하며, 자카리는 입술을 다시 한 번 잘근잘근 깨물었다.

그런데 그때, 하녀 한 명이 종종걸음으로 다가왔다.

"공작 각하."

"이엘리는?!"

번쩍 눈을 뜬 자카리가 다급하게 하녀를 뒤돌아보았다. 아이를 무사히 낳았느냐, 이엘리는 건강한 것이냐. 그 모든 질문이 그 말 한 마디에 함축되어 있었다.

그 기세가 어찌나 흉흉한지, 하녀가 움찔 어깨를 굳혔다. 온통 살벌한 얼굴을 한 공작에게, 하녀가 조심스럽게 대답했다.

"건강하십니다."

후우, 그제야 안도의 긴 한숨이 흘러나왔다. 그런 자카리에게 하녀가 말 한 마디를 덧붙였다.

"지금 안에서 휴식을 취하고 계십니다."

그 말에서, 자카리는 드디어 이엘리가 지난한 산고의 고통을 무사히 빠져나왔음을 깨달았다.

"그럼 들어가 봐도 되나?"

그 조급한 물음에 하녀가 작게 고개를 끄덕였다. 그렇지 않아도 안주인 마님께서 공작 각하를 모셔 오라고 하셨다. 아마 제 남편이 느끼는 초조함을 미리 꿰뚫어 보시고 그러신 게 아니었을까.

공작은 더 대답을 듣지도 않고 휙 몸을 돌렸고, 하녀는 난처한 얼굴이 되어 버렸다.

'아기님에 대해서는 물어보지 않으시나?'

보통은 아이를 낳게 되면, 안주인보다는 아이에 대해 더 관심을 갖는 편이 일반적이었다.

가문을 이을 후계자여서 그런 것이기도 했고, 특히 공작가처럼 손이 귀한 가문은 후계자가 무척 중요하니까.

하지만 공작은 태어난 아이에 대해서는 전혀 관심이 없는 것처럼 보였다.

'뭐, 안주인 마님께서 어련히 알아서 잘하실 테지만.'

다른 건 몰라도, 공작 각하를 다루시는 데에는 일가견이 있는 안주인 마님이시다. 그러니 내가 하는 걱정 자체가 쓸데없는 일이지 않으려나.

어깨를 으쓱인 하녀는 종종걸음으로 몸을 돌렸다. 갓 아이를 낳은 안주인 마님을 모시기 위해서는, 여러 가지 살펴봐야 할 일이 많았다.

* * *

이엘리는 푹신한 침대 위에 반쯤 파묻히듯 누워 있었다. 온몸이 부서질 것처럼 아프긴 했지만, 어쨌든 아이를 무사히 낳았다.

건강한 사내아이는 태어나자마자 우렁찬 울음을 터뜨렸다.

"건강한 아드님이세요, 정말 축하드려요."

산파가 축하 인사를 건넸다. 이엘리는 작게 고개를 끄덕였다. 지친 와중에서도 자신이 아이를 무사히 낳았다는 사실이 아주 만족스러웠다.

자카리와 이엘리의 아이였다. 그들의 사랑의 결실이었고, 그들이 열렬히 서로를 사랑하고 있음을 증명하는 아이였다.

옆에 선 하녀가 이엘리를 부축하여 자리에 앉혀 주었다. 양팔을 뻗은 이엘리가 온통 부르튼 입술을 달싹거렸다.

"아이를 보고 싶어."

"잠시만요, 금방 데려다드릴게요."

아이를 따스한 물에 씻기고, 보드라운 천으로 돌돌 감싸 준 산파가 그대로 이엘리의 품에 아이를 안겨 주었다.

이엘리는 조심스럽게 천을 헤치고 아이를 내려다보았다. 갓 태어난 아이가 품 안에서 꼬물거렸다. 눈은 꼭 감고 있었고, 그녀에게서 물려받은 분홍색 머리카락을 가졌다.

"……"

이엘리는 순간 가슴이 벅차오르는 것을 느꼈다. 내가 아이를 낳았어. 이 아이가 우리의 아이야.

그녀는 저도 모르게 아이를 제 품 안에 그러안았다. 온몸을 적시는 행복함이 감격스럽다.

"이엔!"

그때 그녀를 부르는 목소리가 들렸다. 소리 없이 문이 열리고 자카리가 모습을 드러냈다. 이엘리는 온통 젖은 눈동자로 자카리를 돌아보았다. 감격스럽다 못해 절로 눈물이 흘러내렸다.

"왜, 왜 울어. 응?"

혼란스러운 표정이 된 자카리가 황급히 이엘리에게 다가섰다. 갓 아이를 낳은 아내가 눈물을 흘리고 있으니, 당황스러운 것도 당연했다. 손을 뻗은 자카리가 이엘리의 눈가를 어루만졌다.

"너 괜찮은 거야?"

혹시 그녀가 아이를 낳다 너무 지친 것은 아닐까. 어디 잘못되기라도 한 건 아닐까. 자카리는 황급히 이엘리를 위아래로 살펴봤지만, 그녀는 멀쩡해 보였다. 그녀가 어색하게 미소 지었다.

"물론이지, 난 괜찮아."

그렇게 말한 이엘리가 제 품에 안긴 아이를 살짝 보여 주었다. 자카리는 순간 얼어붙었다.

"……우리의 아이야?"

"맞아."

그녀의 대답에, 자카리의 푸른 눈동자가 갓 태어난 아들을 내려다보았다.

꼭 감은 눈, 이엘리에게서 물려받은 분홍색 머리카락, 앙증맞은 손발과 조그마한 얼굴. 너무 연약해서 손가락 하나도 대면 안 될 것 같았다. 자카리는 반사적으로 한 걸음 뒤로 물러났다. 그런데 그때.

"안아 볼래?"

그렇게 말한 이엘리가 자카리에게 아이를 안겨 주었다. 자카리는 저도 모르게 엉거주춤하게 아이를 받아 안았다.

바로 그 순간, 아이가 두 눈을 반짝 떴다. 봄날의 다사로운 하늘을 한 조각 떼어 넣은 것 같은 새파란 눈동자와 시선이 마주치자마자, 자카리는 숨을 삼켰다.

"우앵……."

조그맣게 칭얼거리던 아이가 조막만 한 손을 뻗었다. 꼬물꼬물 손가락을 움직이는 모습이 무언가를 잡고 싶어 하는 것 같다.

자카리가 홀린 듯이 손을 뻗었다. 잠시 후, 아이는 자카리의 검지를 꼭 움켜쥐고는 환하게 웃었다. 티끌 한 점 없는, 그저 순수하기만 한 찬연한 미소였다.

"꺄아!"

그 소리를 듣는 순간 자카리의 목 깊은 곳에서부터 짐승 같은 울음소리가 기어올랐다.

"······윽."

빙해 같던 눈동자가 삽시간에 젖어 들었다. 툭, 눈물이 떨어진다. 아이에게 눈물이 닿을까, 자카리는 황급히 소매로 눈가를 닦아냈다.

이상한 일이었다. 분명 이 아이를 보기 전까지는, 자신이 자식을 사랑할 수 있을지조차 자신이 없었는데.

하지만 아이를 보자마자 바로 알 수 있었다. 사랑하는 아내와 더불어, 이 조그만 아이가 없으면 그는 이제 살아갈 수가 없을 것이다.

"아니, 애는 내가 낳았는데 왜 네가 나보다 더 울어?"

이엘리는 웃음 섞인 목소리로 그렇게 물었다. 그렇게 말하면서도 이엘리의 눈가에는 온통 눈물이 고여 있었다.

자카리는 시선을 돌렸다. 이엘리의 다정한 물음이 그의 귓가를 두드린다.

"아직도 아이가 미워질 것 같아?"

"그럴 리가 없잖아······."

자카리가 작게 흐느끼며 마구 고개를 가로저었다. 이엘리는 눈물 고인 눈으로 환하게 웃었다.

"그래, 그러면 됐어."

이엘리의 상냥한 목소리는 마치, 자카리를 구원하는 것 같았다. 품에 안긴 아이의 온기를 느끼며, 그는 깨달았다. 드디어 오래된 겨울에서 온전히 빠져나와 두 발로 설 수 있다는 것을.

외전 3.

헤센바이츠 공작 부부는 두 남매를 낳았다.

공작 가문 자체가 손이 귀한 집안이었기에, 두 아이가 태어난 것 자체가 마치 기적처럼 받아들여졌다.

첫째는 아들, 둘째는 딸아이였다. 두 아이 모두 어머니에게서 는 분홍색 머리카락을, 아버지에게서는 짙푸른 눈동자를 물려받았 다.

하지만 외양은 달랐다. 첫째 아이는 아버지를 닮는다는 속설 때 문인지, 소공자 프란츠는 자카리를 쏙 빼닮은 외양을 가지고 있었 다. 그와 반대로 둘째 리안나 공녀는 이엘리를 빼다 박았다.

"프란츠 오빠, 미워!"

"나라고 네가 좋은 줄 알아?"

두 남매는 딱 세 살 터울이 났다. 앙숙처럼 아르릉거리기에는 아주 좋은 나이였고, 두 꼬마는 제 나이다운 행동을 하고 있었다.

그 말은 즉, 두 꼬마는 하루가 멀다 하고 싸웠다는 뜻이었다.

"다들 그만하렴, 언제쯤이면 철이 들래?"

이엘리는 허리에 양손을 얹은 채 쯧쯧 혀를 찼다. 프란츠 열 살, 리안나 일곱 살. 한창 사고를 치고 다닐 나이이기는 했다.

불퉁하게 입을 내민 꼬마들을 앞에 둔 채, 이엘리는 '내가 열세 살 때는 말이지~'로 시작하려던 말을 간신히 집어삼켰다.

이엘리는 미간을 좁히며 말했다.

"오늘부터 엄마는 일주일간 집을 비워야 하는데, 엄마 없을 때도 이렇게 싸우고 있을 거야?"

"엄마, 꼭 가야 해요?"

"맞아요, 그럼 저도 같이 갈래요!"

프란츠와 리안나가 이엘리의 치마를 붙들고 매달린다. 동시에 프란츠가 리안나를 흘겨보았다.

"네가 왜 엄마랑 같이 가?"

"그러는 오빠야말로 왜 엄마랑 같이 가는데?"

두 남매는 다시 눈에 날을 세워 서로에게 이를 드러냈다. 이엘리는 고개를 절레절레 저었다.

"이엔, 정말로 혼자 가도 돼?"

"물론이지. 자카리는 너무 걱정이 많아."

이젠 아이들에 이어 남편까지 내 걱정을 하네. 이엘리는 난처한 얼굴로 웃었다.

오늘부터 이엘리는 일주일간 공작 성을 비울 예정이었다. 이엘리가 직접 후원해 줬던 전시회가 개최되기 때문이었다.

아무래도 거리가 좀 먼 도시에서 개최되기에, 아이들과 함께하기에는 좀 무리가 있을 것 같아 이엘리만 혼자 가기로 했다.

아이들 곁에는 자카리가 남아 있기로 했는데…….

'아무리 자카리가 제 부모님에 대한 그늘을 벗어던졌다고 해도, 좀 무뚝뚝하니까.'

이엘리는 터져 나오려는 한숨을 혀끝을 깨물어 삼켰다.

공작 성의 온화한 분위기는 평소 이엘리가 담당하는 영역이었다. 그 말은 즉, 자카리는 아이들을 대하는 데 서투르다는 뜻이었다.

"엄마 없을 때 싸우면 안 돼, 알겠지?"

이엘리는 두 아이의 머리를 쓰다듬으며 입을 열었다. 아이들은 금세 불퉁한 표정을 지었다.

"아빠 말씀도 잘 듣고."

"네에."

"네에에."

꼬리를 늘여 대답하는 것을 보아하니, 아무래도 좀 불길한 예감이 든다.

하지만 빠질 수도 없는 자리였기에, 이엘리는 걱정스러운 마음으로 마차에 올랐다. 마차가 공작 성을 빠져나갔다.

                    *   *   *

　헤센바이츠 공작가의 고명딸이자 막내딸인 리안나 헤센바이츠
는 현재, 아주 불쾌한 상황에 빠져 있었다.

　그렇지 않아도 무뚝뚝한 아버지와, 매일 투닥거리는 원수 같은
오빠. 이 두 사람과 아침 식사를 함께해야 한다니. 평소라면 다정한
어머니가 있어 괜찮지만, 지금은 아니었다.

　'우와, 공기가 엄청나게 썰렁하잖아.'

　얼음 같은 공기가 가득 차 있다, 뭐 이 정도의 표현이 가장 적합
하려나? 다른 장소랑 비교해 봐도, 온도가 한참 낮은 기분이었다.

　리안나는 뚱한 얼굴로 식당 안으로 걸음을 옮기다 말고, 힐끔 아
버지를 바라보았다.

　눈이 부시게 아름다운 아버지는 오로지 어머니에게만 다정했다.

　굳이 따지자면 자식들을 사랑하긴 사랑하지만, 어떻게 대해야
할지 모르는 것 같다고나 할까.

　'아니, 자식들에게도 조금 다정하게 대해 주셔야 하는 거 아니에
요?'

　리안나는 속으로 구시렁거렸다. 그림처럼 우아한 자태로 신문을
펼치고 있던 아버지가, 신문을 접으며 어린 딸을 마주보았다.

　반짝이는 은발 아래의 새파란 눈동자가 그림처럼 아름답다.

　"조금 늦었구나, 리안나."

　"죄송해요, 씻고 머리를 빗다 보니 조금 늦었어요."

　약속 시간에 늦은 건 어쨌든 잘못이었기에, 리안나는 속으로 찔

끔했다. 어떻게든 미소로 무마해 보기 위해, 애써 생글생글 웃는다.

미소가 걸린 입가에 경련이 날 지경이다. 다행스럽게도 아버지는 리안나를 크게 질책할 생각은 없는 것 같았다. 무심한 목소리가 뒤에 이어졌다.

"자리에 앉거라."

"네, 아버지!"

안도의 한숨을 내쉰 리안나가 최대한 발랄한 목소리를 내어 대답했다. 평소 엄격한 아버지였기에, 혼나면 어떡하나 걱정했었다.

리안나는 배운 대로, 드레스 자락을 곱게 모으고는 얌전히 자리에 앉았다. 그리고 이 상황에서, 아버지가 아닌 다른 사람이 트집을 잡기 시작했다.

"약속 시간에 늦다니, 헤셴바이츠 공작가의 레이디의 자격도 없네."

"……."

바로 그녀보다 세 살 많은 오빠, 프란츠였다. 리안나는 뚱한 얼굴로 프란츠를 흘겨보았다.

얼굴값 좀 하지. 리안나는 그렇게 생각했다. 프란츠는 아버지를 쏙 빼닮은 외모를 가졌고, 평소에는 아버지를 본받아 진중한 행동거지를 보였다.

하지만 여동생을 놀릴 때만큼은 언제나 개구쟁이에 짓궂어서, 리안나는 내심 그런 오빠가 얄미웠다.

리안나가 반격했다.

"그러는 오빠는 퍽이나 신사다워서, 동생의 작은 실수 하나조차 그렇게 물고 늘어지니?"

"와, 그 말 진짜 숙녀답지 못한 거 알지?"

두 꼬마가 또다시 아르릉거렸다. 상황을 보다 못한 자카리가 한숨을 삼키며 경고를 남겼다.

"프란츠, 동생에게 다정하게 굴어야 한다고 내가 몇 번이나 말하지 않았니?"

"……쳇."

"그리고 리안나도 마찬가지야. 먼저 약속 시간에 늦은 사람은, 리안나 너잖니."

하긴 그건 그렇다. 리안나는 양심의 가책을 느끼며 고개를 끄덕였다.

프란츠가 턱을 괸 채 홱 고개를 돌려 버린다.

에휴, 저 진상. 리안나는 두 눈을 가늘게 치켜떴다. 나잇값도 못하는 오빠 같으니라고.

고작 일곱 살 난 나를 아득바득 이겨 먹으려 들다니, 오빠 자격도 없다니까?

"그래, 이번에는 내가 참는다."

그때 프란츠가 다시 한 번 리안나의 약을 올렸다.

안 돼, 바보처럼 넘어가지 말자! 그렇게 생각하면서도.

"오빠가 참긴 뭘 참아?"

결국 이렇게 대꾸해 버리고 마는 게 리안나의 약점이었다. 프란츠가 빙그레 미소 지었다.

"리안나, 그렇게 얼굴 찌푸리니까 진짜 못난이 같다."

"……."

아니, 못난이라니?

리안나는 진심으로 억울해졌다.

자화자찬하려는 건 아니지만, 리안나는 한때 제국에서 가장 아름다운 레이디로서 한껏 이름을 날린 어머니를 쏙 빼닮았다.

아샤 꽃처럼 화사한 어머니에게서 물려받은 분홍 머리카락은 리안나의 자랑이었다.

그런데 지금 나보고 뭐라고?

우리 엄마를 닮은 내가 얼마나 예쁜데, 감히 이 나를 보고 못난이라고 한다 이 말이야?

"그런 오빠는 얼마나 잘났다고 사람에게 못난이래?"

리안나가 프란츠에게 항변했다. 프란츠는 쿡쿡 웃음을 터뜨리더니, 앞에 있는 농어 요리를 우아하게 썰었다.

"못났으니까 못났다고 하지, 그럼 뭐라고 해?"

"오빠, 지금 말 다 했어?!"

"할 말은 더 남았지만 안 하고 있는 건데?"

그리고 자카리는 온통 난장판이 되어 가는 두 남매의 대화를 지친 얼굴로 바라보았다.

방금 전에 싸우지 말라고 그렇게나 말했는데, 십 초도 지나지 않아 두 남매는 치열한 말다툼을 벌이고 있었다.

이엘리는 도대체, 이 엉망이 된 상황을 어떻게 그렇게 마법처럼 정리해 내는지.

프란츠와 리안나의 시선이 딱 마주쳤다.

"왜 그렇게 쳐다봐?"

미간을 좁힌 프란츠가 리안나에게 툭 말을 뱉었다.

손으로는 완벽한 궁중 예법을 구사하는 주제에, 말투는 온통 틱틱거린다.

"그러게 평소에 예법 수업 좀 열심히 듣지 그랬어."

"……."

리안나는 분한 얼굴로 입을 다물었다. 이엘리의 교육이 빛을 발해서인지, 프란츠의 예법 하나는 그야말로 완벽했다.

차기 헤센바이츠를 물려받을 소공작으로서 대외적인 활동도 많이 하게 될 예정이었기에, 미리 교육을 시킨 것이다. 반면, 아직 나이가 어린 리안나는 상대적으로 서툴렀다.

"너무 걱정하지 말거라, 동생이여. 이 오빠는 모자란 여동생을 감쌀 배려심을 갖추고 있으니."

마치 연극에 나오는 대사처럼 기나긴 말을 읊은 프란츠가 씩 웃었다.

리안나의 얼굴이 확 달아올랐다. 저 인간이 진짜, 예법에 조금 능숙하다고 사람을 바보 취급을 해?

"오빠아!"

"다들 이쯤에서 그만두도록 해라."

그때 자카리가 한숨을 삼키며 입을 열었다. 두 꼬마는 서로를 실컷 노려보며 입을 다물었다.

"리안나, 그러다가 음식이 모두 식겠다."

"네에."

입을 불퉁하게 내민 리안나가 포크와 나이프를 양손에 들었다.

그새 프란츠는 매끄러운 동작으로 농어 한 조각을 썰어 입에 집어넣고는, 냅킨으로 입술을 닦고 있었다.

"……."

한껏 얄밉다는 시선으로 오빠를 노려보던 그녀도 농어 한 조각을 입에 넣었다.

레몬즙을 뿌린 농어 요리는 입 안에서 살살 녹았기에, 그나마 잔뜩 뾰로퉁해진 리안나의 마음을 달래 주었다.

"이 농어 요리, 진짜 맛있어요!"

아침 식사 자리의 얼어붙은 분위기에 대하여 일말의 책임감을 가지고 있었기에, 리안나는 애써 발랄한 목소리로 아버지에게 말했다.

그러자, 자카리가 묘한 눈으로 제 딸을 응시했다.

"입에 맞느냐?"

"네!"

순진한 아이인 척 리안나가 고개를 끄덕이자, 프란츠가 토하는 시늉을 했다. 아니 저 자식이?

"리안나는 생선을 싫어하는 줄 알았는데."

"아…… 그게."

리안나는 문득 멈칫했다. 그랬다. 다섯 살 때만 해도 리안나는 생선을 그리 좋아하지 않았다.

'리안나, 훌륭한 레이디는 편식을 하면 안 된단다.'

하지만 자라면서 어머니의 가르침 하에 편식을 고쳤고, 이젠 생선도 꽤 좋아하게 됐다.

리안나는 저도 모르게 아버지를 빤히 바라보았다. 아버지는 어머니께만 관심 있으신 거 아니었어?

'아버지가 내 음식 취향을 아시는 줄은 몰랐는데.'

약간 당황해 버린 리안나는, 잠시 후 핫 정신을 차렸다. 상대를 앞에 두고 딴생각에 빠지는 건 무례한 짓이라고 어머니가 말씀해 주셨다. 게다가 아버지는 예의범절에 엄격한 분이셨다.

"아버지께서는 오늘도 행정관들을 만나러 가시는 거예요?"

그래서 그녀는 애써 생글생글 눈웃음을 치며 아버지에게 물었다.

아직 일곱 살이었지만, 아버지에게 '제 취향을 아실 줄은 몰랐어요, 아버지는 원래 무뚝뚝한 분이신 줄 알았거든요.'라고 말하지 않을 정도의 상식은 가지고 있다.

그런 리안나에게 아버지는 툭 대답을 들려주었다.

"맞다."

"……."

저렇게 말하면 내가 대꾸할 말이 없어지잖아!

리안나는 속으로 피눈물을 흘렸다. 그러나 여기서 패배한다면, 계속 이 체할 것 같은 분위기가 이어질 것이다.

리안나는 억지로 말을 이었다.

"오늘 일찍 돌아오실 거죠?"

"아니, 회의가 있어서 늦을 것 같은데."

"......"

......어쩐지 분위기가 더 썰렁해진 것 같다. 그녀는 입술을 잘근 잘근 깨물었다. 아니, 아버지. 이렇게 사람 할 말 없게 만드실 필요 는 없지 않나요?

바로 그때, 프란츠가 얄밉게 끼어들었다.

"너, 오늘은 이상하게 말이 많은데. 아침 식사에 늦게 와서, 양심 에 찔려서 그런 거 아냐?"

아버지에게 밉보이지 않으려던 리안나는 최대한 착한 눈빛으로 프란츠를 쳐다보았으나, 아쉽게도 프란츠에게는 '노려보았다' 그 이상이 되지 않았던 것 같았다.

"내가 뭐 없는 말 했나?"

프란츠는 어깨를 으쓱여 보였고, 리안나는 잔뜩 미간을 구겼다. 아니, 아침부터 왜 자꾸 시비를 걸어 대!?

"프란츠, 하나밖에 없는 여동생이지 않느냐. 조금 더 상냥하게 대해 주는 편이 좋을 것 같구나."

"아버지!"

그때 아버지가 불쑥 입을 열었고, 프란츠는 발끈했다.

리안나가 두 눈을 동그랗게 떴다. 아무리 그래도 아버지가 내 편 을 들어 줄 줄은 전혀 몰랐는데.

아버지는 항상 누구의 편도 들지 않고, 공평한 시각으로 상황을 지켜보셨다.

그런 아버지의 태도가 어쩔 수 없이 서운하게 느껴졌던 적도 있었는데…….

'아버지께서 웬일이시지?'

그렇게 생각하면서도, 리안나는 약간 감동하고 말았다.

그때 아버지가 무릎을 덮은 냅킨을 치우면서 몸을 일으켰다.

"그럼, 다들 좋은 하루 되거라."

아버지는 그대로 의자에 걸어 둔 겉옷을 집었다. 리안나는 황급히 아버지에게 인사를 남겼다.

"자, 잘 다녀오세요!"

"……그래. 두 사람 모두, 싸우지 말고."

아버지가 가볍게 고개를 끄덕이는가 싶더니, 곧장 식당을 빠져나갔다.

아버지가 사라짐과 동시에 프란츠와 리안나는 서로를 홱 노려보았다. 프란츠는 레몬을 띄운 물로 입을 가셨다.

"아버지가 싸우지 말라고 하셨으니까, 내가 봐준다."

"웃기지 마, 착한 내가 참아 주는 거거든?"

두 꼬마는 한참 동안 티격태격했고, 결국 오늘의 아침 식사는 엉망으로 끝나고 말았다.

*　　　*　　　*

마차에 탄 자카리는 긴 한숨을 내뱉었다. 슬프게도 그는, 태생적으로 아이들을 다루는 데에는 서툴렀다. 두 남매를 무척이나 사랑하는데도 그랬다.

두 꼬마가 서로를 온통 견제하는 모습을 보면서도, 이엘리처럼 부드러운 말씨로 아이들을 휘어잡을 능력이 되지 못하는 것이다.

"이엔, 네가 너무 보고 싶어……."

천천히 달리는 마차 속에서, 자카리는 금방이라도 죽을 것 같은 목소리로 중얼거렸다.

*　　*　　*

그리고 현재, 리안나는 아침 식사 후의 간식을 즐기고 있었다. 메리를 졸라 뜯어낸 쿠키와 우유였다.

한참 쿠키를 아작거리고 있자니, 리안나의 곁을 지나던 프란츠가 시비를 걸었다.

"너 혼자 맛있는 거 먹고 있냐, 치사하게?"

"먹고 싶으면 오빠도 메리한테 달라고 하지, 웬 시비?"

"난 너와 다르게 바쁘신 몸이라서."

프란츠가 으쓱 어깨를 들썩여 보였다. 간편한 차림을 보아하니 아무래도 검술 훈련을 하러 나가는 것 같다.

소파에 몸을 기댄 채 쿠키 접시에 손을 뻗자니, 미간을 좁힌 프란츠가 말했다.

"너 혼자 그렇게 먹으면 돼지 된다."

"내가 돼지가 되건 말건, 도대체 오빠가 무슨 상관이야?"

"상관있지, 난 하나뿐인 여동생이 돼지가 되는 모습은 보기 싫거든."

마치 말만 들으면 나를 엄청나게 아껴 주는 사려 깊은 오라버니 같네. 리안나는 질색을 했다.

"그런데 말이지, 리안나."

"왜."

"원래 운동이 끝나면 당분이 필요하댔어."

아니 그래서 어쩌라고? 그런 의미를 담아 리안나가 프란츠를 흘겨보자, 프란츠가 씩 웃었다.

"내가 제일 좋아하는 파이는 레몬 머랭 파이인 거, 알지?"

"……그래서?"

"네가 오빠에 대해 가진 사랑을 증명할 기회야. 훈련 끝날 때 갖다줘, 알았지?"

"싫어, 내가 왜!"

리안나가 자리에서 팔짝 뛰어올랐다. 프란츠는 능글맞은 얼굴로 리안나를 마주보았다.

"네가 예법 교본을 어디에 숨겨 놨는지 아는데도?"

저런 치사한 인간이 다 있나! 리안나의 눈동자에 불똥이 튀어 올랐다.

삼 일 전, 리안나를 가르치는 안느 부인이 예법 교본을 남겨 주면서 다음 수업을 할 때까지 연습하라고 했었다.

하지만 책을 읽는 것 자체가 너무나도 귀찮았던 리안나는, 예법 교본을 숨겨 두고 '잃어버렸다'라고 발뺌할 생각이었다.

그걸 오빠가 어떻게 알았지?

프란츠가 여유롭게 말을 이었다.

"그 교본은 아마도, 응접실에 있는 장식장 세 번째 서랍에……."

"아, 알았어! 챙겨 가면 되잖아!"

리안나가 새침한 얼굴로 프란츠를 쏘아보았다.

쿡쿡 웃음을 터뜨린 프란츠는 그대로 방을 빠져나갔고, 분을 참지 못한 리안나는 애꿎은 쿠션을 발로 팡팡 차며 간신히 화를 다스렸다.

＊　　＊　　＊

어쨌든 리안나는 얄미운 오빠에게 약점을 잡혔다. 그 말은 즉, 리안나는 결국 프란츠가 해 달라는 대로 해야 하는 처지라는 뜻이다.

리안나는 한숨을 푹푹 내쉬면서 주방에 들러 간식거리를 챙겼다.

느닷없는 공녀님의 등장에, 주방 하녀가 두 눈을 둥그렇게 떴다. 미쳤지, 내가 그 얄미운 프란츠 오빠를 위해 간식까지 챙기다니. 리안나는 또랑또랑한 목소리로 입을 열었다.

"저기, 간식이 좀 필요한데."

"간식이요? 아까 올려보냈던 쿠키로는 좀 모자랐던가요?"

"아니, 내가 먹을 거 말고. 오빠한테 줄 거야."

그 말에 주방 하녀는 조금 어리둥절해졌다. 어째서 아가씨가 아닌 도련님의 이야기가 나오지?

"도련님에게요? 하지만 도련님은 지금 훈련 중이실 텐데……."

"알아. 그 망할 놈의 오빠가 훈련 끝나자마자 레몬 머랭 파이를 가져오라고 했거든."

리안나가 빠드득 이를 갈았다. 그런 공녀님을 보며, 주방 하녀는 옅은 웃음을 머금었다.

개와 고양이처럼 아르릉거리는 두 남매였으니, 이번에도 둘이 기싸움을 하다가 일이 이 모양이 된 것임을 쉬이 짐작할 수 있었던 것이다.

주방 하녀는 어린 공녀님에게 상냥하게 되물었다.

"그래서, 아가씨께서 직접 도련님을 찾아가시려고요?"

"그러려고. 진짜, 그 인간 내가 언젠가 꼭 복수할 거야……."

리안나가 음산하게 중얼거렸다. 하지만 주방 하녀에게는 그런 리안나가 그저 귀엽게 보일 따름이었다.

어린 공녀님이 소공자님을 직접 챙기겠다는 지금 상황이 그저 사랑스러웠다. 분기를 꾹꾹 눌러 참는 리안나를 앞에 두고, 주방 하녀는 황급히 주방으로 들어가며 웃어 보였다.

"잠시만 계시겠어요? 얼른 간식을 준비해 드릴게요."

"응, 고마워."

리안나는 크게 고개를 끄덕였다. 잠시 후, 주방 하녀는 리안나에게 간식 바구니를 들려 주었다.

"이 정도면 괜찮을까요?"

"응, 응!"

간식 바구니를 들여다보던 리안나는 간신히 웃었다. 간식 바구니 안에는 레몬 머랭 파이와 차갑게 식힌 우유가 들어 있었다.

솔직한 심정으로는, 그 밉살스러운 프란츠에게 줄 거라고 하기에는 지나치게 호화스러운 간식 같다.

리안나는 애써 속내를 감추며 바구니를 고쳐 들었다.

"그럼 다녀올게."

"그래요, 꼭 화해하시기를 바랄게요."

주방 하녀들은 잔뜩 의욕적인 눈빛을 하고, 양손까지 불끈 쥐어 보이며 그녀를 응원했다. 우리 아가씨, 언제 이렇게 어른스러워지셨담! 류의 눈빛이었다.

아니, 응원해 주는 건 좋은데…… 이건 아니잖아? 리안나는 조금 떨떠름한 얼굴이 되어서 공작 성의 연무장으로 걸음을 옮겼다.

*   *   *

여러모로 기분 좋은 날씨였다. 한창 가을이 무르익은 10월이었다.

청명한 하늘은 높고, 맑은 바람이 살랑거리면서 리안나의 뺨을 간지럽혔다.

빨갛고 노랗게 물든 낙엽이 빙글빙글 떨어진다. 리안나는 낑낑거리며 바구니를 날랐다. 주방 하녀들의 정성이 들어간 바구니는 무거웠다.

'내가 프란츠 오빠를 먹이겠다고 이 무거운 바구니를 옮기고 있다니.'

그렇게 생각하자, 그녀는 당장 바구니를 내던져 버리고 싶은 충동을 느꼈다.

커다랗게 심호흡을 해 본다.

아니야, 착하게 생각하자. 저 망할 프란츠가 지금 내 약점을 쥐고 있는 거잖아?

"아, 저기 있네."

리안나는 눈을 가늘게 뜨고 정면을 응시했다. 허리를 곧게 세운 기사가 한 명, 그리고 그 앞에서 곧은 자세로 검을 휘두르는 프란츠가 있었다. 기사가 프란츠의 자세를 관찰하며 말했다. "검 끝이 약간 아래로 처졌습니다."

"알겠는데…… 이건 나에게만 너무 엄격한 거 아냐?"

프란츠가 기사의 말대로 검을 휘두르면서 뚱하니 되물었다.

고개를 쏙 내밀어 상황을 살펴보던 리안나는 두 눈을 가늘게 떴다. 하긴, 프란츠는 차후 헤센바이츠 공작 가문을 물려받을 후계자로서 엄청난 교육을 받고 있긴 하다.

그럼에도 기사는 근엄한 얼굴로 고개를 가로저었다.

"검술은 귀족 영식의 기본입니다. 나중에 레이디들의 인기를 얻으려면……."

"……그렇게 말하는 경도 레이디들과 거의 접점도 없는 삶을 살잖아?"

프란츠가 시큰둥한 얼굴로 그렇게 말하자, 기사는 그만 순식간에 쭈그러들고 말았다.

리안나는 한숨을 삼켰다.

아, 저거 그건가. 사실 적시에 의한 심대한 심적 폭력? 으음, 기사님께 애도를.

사실 프란츠는 지금도 인기가 많았다. 아버지를 닮은 완벽한 외모와 공작가의 후계자라는 직위까지 합쳐진 결과였다.

게다가 리안나와 항상 하는 티격태격한 싸움은 별개로, 어쨌든 프란츠는 대외적으로는 우아하고 섬세한 귀공자의 모습을 하고 있었다.

그래서인지, 리안나만 해도 프란츠에게 잘 보이려는 레이디들이 보내온 쿠키와 초콜릿들을 잘 얻어먹고 있긴 하다.

'어쩐지 기사님, 조금 속상해 보여…….'

리안나는 짠한 얼굴이 되어, 연무장이 잘 보이는 벤치에 주저앉았다.

간식 바구니를 내려놓자, 무게가 사라지며 손이 저릿해졌다.

리안나는 턱을 괸 채 다리를 팔랑거리며 오빠가 훈련하는 모습을 지켜보았다.

절도 있는 자세는 그 나이대의 소년들이 갖고 있다고 하기에는 상당한 실력을 증명하고 있었으나, 아쉽게도 리안나는 이미 아버지로 인해 한껏 눈이 높아진 상태였다.

'으이구, 저 모지리가 내 오빠라니.'

아버지를 닮았으면 좀 얼굴값 좀 해라. 그녀의 아버지께서는 능력 있는 행정가였고, 잘생긴 외모와 검술 실력을 동시에 보유한 훌륭한 기사이기도 했다.

그 반면, 프란츠 오빠는 간신히 반반한 외모만을 물려받은 거 아니야? 그래도 레이디들은 저 인간의 꾸며낸 다정한 미소 하나에 깜빡 속아 넘어가곤 하니, 죄 많은 인간 같으니. 리안나는 그만 환멸감을 느끼고 말았다.

"아가씨, 오셨습니까?"

멍하니 이것저것 생각에 골몰하고 있던 리안나를, 기사가 반가운 얼굴로 마주보았다.

한창 프란츠를 지도하는 데 열을 올리더니, 이제야 리안나가 눈에 들어왔나 보다.

자리에서 벌떡 일어난 리안나가, 최대한 천진한 얼굴로 활짝 웃어 보였다. 손을 붕붕 흔드는 것은 덤이었다.

"포프 경, 안녕하세요!"

그때 프란츠가 성큼성큼 리안나에게로 다가왔다. 땀을 닦던 프란츠가 빙그레 웃으며 물었다.

"야, 못난이. 왔냐?"

저 화상, 내가 언젠가 꼭 뒤통수를 치고 말리라. 그렇게 생각하며, 리안나는 애써 웃었다.

"간식 가져왔어."

"레몬 머랭 파이, 잘 갖고 왔지?"

"그래, 갖고 왔다 이 인간아."

리안나는 애써 미소를 유지하고는 있었지만, 내심 이가 갈리는 건 어쩔 수 없었다.

내가 이런 수모를 당해야 한다니! 망할 예법 교본 같으니라고! 리안나는 애써 마음을 가라앉혔다.

"내가 오빠 주려고 일부러 주방까지 갔다 왔다고, 어? 알아?"

"그래, 우리 리안나. 역시 내 동생이야."

프란츠가 밉살스러운 미소로 대답했다. 리안나는 입술에 경련이 날 정도로 웃으며 간식 바구니를 풀었다.

레몬 커스터드를 잔뜩 넣은 머랭 파이와 차갑게 식힌 우유까지, 체크무늬 테이블보 위로 차곡차곡 쌓였다.

간식 먹을 준비를 모두 끝낸 리안나가 포프 경을 불러다 앉혔다.

"포프 경도 이리 오세요. 우리 같이 먹어요."

"아, 저는……."

기사는 눈치 빠르게 이 자리에서 벗어나려 했다. 어쩐지 소공작님을 바라보는 공녀님의 표정이 가시 돋친 양 살벌했기 때문이다.

하지만 리안나는 빙그레 웃으며 기사를 잡아 두었다.

"얼른요."

왠지 저 기사라도 끼워 두지 않으면, 이대로 참지 못하고 프란츠에게 한참 퍼부을 것 같은 불길한 예감이 들었다.

그 불길함을 그도 느꼈는지, 한숨을 푹 내쉰 기사가 자리에 주저앉았다.

'겨우 프란츠 오빠의 입에 들어갈 음식인데, 뭘 이렇게 바리바리 챙겨 줬담.'

한창 삐뚤어진 마음이 된 리안나가 뚱하니 생각했다.

주방 하녀들은 흡사 소규모 티파티를 할 수 있을 정도로, 식기까지 제대로 챙겨 준 것이다.

리안나는 파이를 한 조각씩 접시에 올리고, 포크까지 챙겨 기사와 프란츠에게 건네주었다.

기사와 프란츠는 얌전히 파이를 받았고, 그들은 불편한 침묵 속에서 파이를 먹기 시작했다.

정확히는 프란츠는 여동생을 놀려먹은 것에 대한 만족감에 싱글싱글 웃고 있었고, 리안나는 눈에 불을 켜고 포크를 들어 파이를 쿡쿡 찔러대고 있었으며, 포프 경은 두 꼬마의 살벌한 분위기 속에서 체할 것만 같은 기분을 느꼈다.

"우리 리안나, 오빠가 그렇게 좋아?"

"미쳤어, 진짜?"

리안나는 질색했고, 프란츠는 쿡쿡 웃었다.

뾰로통해진 리안나가 프란츠를 홱 흘겨보았다.

"오빠가 나 괴롭혔다고 엄마한테 다 일러바칠 거야."

그 말에, 내내 미소를 짓고 있던 프란츠는 정색하고 말았다.

"어차피 엄마는 날 제일 좋아하니까, 내 편을 들어주실걸?"

"그건 아닌 것 같은데?"

어머니가 가장 아끼는 사람. 이 단어는 헤센바이츠 공작가에서 금기나 다름없는 단어였다.

그도 그럴 것이, 프란츠와 리안나 남매뿐 아니라 아버지인 자카리마저도 모두 이엘리의 사랑을 받기 위해 애쓰고 있었기 때문이었다.

집안의 중심이자 최고의 권력자이며 모든 애정의 주인. 이엘리가 이 집안 안에서 가진 위치였다.

"어머니를 귀찮게 굴면 안 돼, 리안나."

프란츠는 시큰둥하게 말을 뱉었다. 지금 이 순간, 자신이 리안나보다 3살 많은 오빠임은 중요하지 않았다. 어른스럽게 굴어야 한다는 것을 알지만 그러고 싶지도 않았다.

다른 문제라면 웃으면서 넘어갈 수 있었을 텐데, 하필이면 리안나가 어머니를 걸고넘어진 것이다.

다른 건 몰라도, 프란츠는 어머니의 애정만큼은 그 누구에게도 양보하고 싶지 않았다.

　　프란츠, 동생이 생길 거란다.
　　'……왜요?'

어느 날, 어린 프란츠를 앉혀 두고 어머니가 선언했을 때의 그 막막함은 어떠했던가. 마치 세상이 뒤집어지는 것 같은 충격이었다.

왜요? 라고 되물을 때의 어머니의 난처한 웃음이 눈앞에 선하다.

하지만 어머니는 '남매는 사이좋게 지내는 거야, 그리고 오빠는 여동생을 아껴 줘야 돼'라고 가르쳤고, 프란츠는 그 가르침을 잘 따랐다.

막상 태어난 여동생은 뭐, 솔직히 꽤 귀엽기도 했고.

'하지만.'

그래도 어머니가 자신보다 리안나를 더 아낀다는 그 말만큼은 받아들일 수 없었다.

"그리고 말이야 바른 말이지. 예법 교본도 숨겨 놓은 너보다는, 훈련과 공부에 매진하는 날 더 사랑하실걸?"

얄밉게 입을 열자, 리안나는 뒤통수를 얻어맞은 것처럼 멍하니 프란츠를 바라보았다.

"아니거든? 오빠가 몰라서 그래, 저번에도 엄마가 날 가장 사랑한다고 하셨었어!"

"그건 네가 하도 징징거리니까 그런 거지, 그런 말씀은 나에게도 해 주셨거든!?"

이제 두 남매는 목에 핏대를 세우며 싸우고 있었다.

포프 경은 들불처럼 번져 나가는 두 꼬마의 싸움에 어찌할 바 몰랐다.

"오빠, 바보 멍청이!"

"유치하게 너 자꾸 이럴 거야!?"

두 꼬마는 쉽사리 언쟁을 멈추려 하지 않았다. 잔뜩 흥분한 리안나가 자리에서 벌떡 일어났다.

하지만 문제는, 그렇게 격하게 움직이던 와중 벌어졌다.

리안나의 치맛자락이 건드려서는 안 될 것을 건드리게 되고 만 것이다.

"……."

"……."

털썩! 파이 접시가 뒤집어진 채 아래로 떨어졌다.

레몬 커스터드가 탐스럽던 파이는 순식간에 먼지투성이가 되어 짓뭉개졌다.

차가운 침묵이 흘렀다. 세 사람은 모두 얼어붙었다.

잠시 후, 리안나가 더듬대며 프란츠에게 쏘아붙였다.

"이, 이건 모두 오빠 잘못이야!"

"……뭐라고?"

기가 막힌 프란츠가 리안나를 노려보았다. 이성적으로는 알고 있었다. 리안나는 자존심이 강한 아이였다. 그러니 자신이 실수했다는 걸 인정하고 싶지 않은 거겠지.

그런데도, 머릿속에서 뭔가 뚝 끊기는 기분이 들었다.

"말은 똑바로 해야지, 네가 움직이다가 치마에 걸려서 떨어진 걸, 왜 내 탓으로 돌려?"

"오빠가 날 놀려먹지 않았으면 이렇게 안 됐어!"

리안나가 바락바락 언성을 높였다. 프란츠는 이를 악물었다. 미운 일곱 살이라더니, 왜 저렇게 얄밉게 구는지 모를 일이다.

'프란츠, 침착해. 넌 리안나보다 세 살이나 많은 오빠야.'

프란츠는 크게 숨을 들이쉬었다. 적어도 난 리안나보다 세 살이나 많으니까, 좀 더 어른답고 침착하게 굴도록 하자, 리안나는 아직 애니까…….

그렇게 생각하던 프란츠의 얼굴이 딱딱하게 굳어졌다.

아니, 어른답고 침착한 게 뭔데? 같이 잘못한 건데, 왜 내가 오빠라고 다 뒤집어써야만 하는 건데? 애초에 리안나가 태어나지 않았다면 부모님의 애정도 나눠 갖지 않고……!

'……내가 도대체 무슨 생각을 하는 거지?'

순간 프란츠는 심장이 싸늘하게 굳는 기분이 들었다. 어린애도 아닌데, 어머니의 애정 하나를 나눠 갖기 싫다면서 어린 여동생을 두고 못 할 생각을 했다.

프란츠는 입술을 깨물었다. 하지만 가장 큰 문제는, 역시 프란츠는 리안나에게 사과하고 싶지는 않다는 것이었다.

"리안나, 너와 내가 같이 저지른 잘못을 오로지 내 잘못으로 돌리는 건 잘못됐어."

프란츠는 싸늘하게 입을 열었다. 제 입에서 이렇게 차가운 목소리가 나올 수 있다는 것도, 사실 처음 알았다.

리안나는 처음 정색하는 오빠를 보며 두 눈이 휘둥그레진 상태였다.

'오빠가 저런 얼굴을 하는 건 처음 봐.'

다소 짓궂은 면은 있었지만, 기본적으로 다정하고 상냥한 프란츠였다. 그런 오빠가 날 노려본다고?

"그, 그래도 오빠가 처음부터 날 괴롭히지 않았으면……!"

그럼에도 역시 지고 싶지 않았던 리안나는 프란츠를 향해서 괜히 억지를 썼다.

프란츠는 싸늘한 낯으로 리안나를 마주보았다. 너무 화가 나면 머릿속이 새하얘진다는 말은 사실이었다.

"리안나, 지금 네 태도가 정말 잘못되었다는 사실을 모르겠어?"

"오빠가 내 부모님도 아닌데, 왜 그런 식으로 말해?"

"……리안나. 계속 날 실망시키지는 말아 줬으면 해."

리안나는 내심 놀랐다. 보통 프란츠는, 이런 상황이 올 때면 리안나와 부딪치지 않았다. 오히려 잘 다독이는 편이었다.

하지만 지금의 프란츠는 달랐다. 리안나는 다정했던 오빠가 이렇게 싸늘한 표정을 짓는 모습을 처음 보았다.

"리안나는 지금 억지를 쓰고 있는 것뿐이잖아."

"프란츠 오빠!"

"이런 억지만큼 유치한 짓이 어디 있어?"

……아, 큰일 났다. 속마음이 주르륵 빠져나와 버렸다.

프란츠는 인상을 찌푸렸다. 하지만 이미 튀어나온 말이다, 어울리지도 않는 착한 척은 이제 그만두고 싶었다. 프란츠는 냉랭한 어조로 말을 이었다.

"난 널 사랑하지만, 이런 문제는 별개야."

"지금 뭐라고 했어?"

"네게 짓궂게 장난을 쳤던 건 내 잘못이야. 인정해. 하지만 너도 네 잘못을 인정했으면 좋겠어."

"……오빠, 어떻게 나한테 그런 말을 해?"

리안나는 충격을 받은 얼굴을 감추지 못했다.

잠시 후, 리안나가 목소리를 높였다.

"엄마가 그러셨어, 오빠는 여동생에게 다정하게 굴어야 한다고!"

"어머니께서는 말씀하셨지, 여동생은 오빠를 대할 때 존중의 자세로 대해야 한다고!"

기사는 혼이 나간 얼굴을 했다. 두 꼬마는 이제 서로를 향해 바락바락 소리를 지르고 있었다.

"나도 너처럼 속 편하게 살고 싶다, 정말!"

"오빠가 뭘 그리 힘들다고! 맨날 차기 소공작이라며 거들먹거리기나 하고! 겨우 목검 좀 휘두르고, 책 좀 더 읽을 뿐이잖아!"

"지금 너 말 다 했어!?"

그렇게 고함을 지르며, 프란츠는 자꾸만 가슴 속에서 무언가가 울컥거리며 올라오는 것을 느꼈다.

차기 소공작으로서 엄격한 교육을 받는 것 자체는 불만 없었다. 하지만 리안나가 '겨우 그깟 것 가지고 유세하지 마!'라는 모습을 보이니, 더욱 화가 나서 견딜 수 없었다.

두 꼬마의 분위기가 일촉즉발의 상황으로 치닫자, 기사가 어쩔 줄 몰라 하면서 대화에 끼어들었다.

"저, 저기. 두 분, 조금만 진정하시고……."

"포프 경은 끼어들지 말아요!"

"이번 일은 우리 두 사람의 일이야!"

하지만 두 꼬마가 눈에 불을 켠 채 기사에게 쏘아붙였다. 그 살벌한 기세에 기가 질렸는지 기사는 꿀 먹은 벙어리가 되어 버렸다.

아, 어쩌지. 나 이런 거 잘 못 말리는데. 그런 기색이 역력한 낯이다. 두 꼬마를 번갈아 바라보던 기사는 어떻게든 현 상황을 정리하려 입을 열었다.

"그래도 역시 두 분, 너무 흥분하신 것 같습니다만……."

모기 같은 음성은 두 꼬마가 내지르는 고함소리에 반쯤 묻혀 사라지고 말았다.

한참을 꽥꽥거리며 서로에게 소리를 지르던 두 꼬마는, 잠시 후 씩근거리며 호흡을 가다듬었다.

"그만하자, 리안나. 이래 봤자 서로 감정싸움밖에 안 되니까."

그렇게 말한 프란츠가 벌떡 일어났다. 엄연히 자리를 피하려는 모습에, 리안나가 빈정거렸다.

"지금 나한테 말로 밀리니까 도망치는 거야?"

지금 내가 도망친다고? 프란츠는 발끈하고 말았다. 그는 뒤를 돌아보며 여동생을 쏘아보았다.

"도망치는 게 아니라……!"

그렇게 외치던 프란츠가 순간 휘청거렸다. 바닥에 떨어진 파이를 힘껏 밟고 미끄러진 것이다.

"으아악!"

콰당! 프란츠가 성대하게 자리에 엎어졌다. 리안나는 멍하니 프란츠를 내려다보았다.

흙먼지와 레몬 커스터드가 잔뜩 묻은 꼴이 온통 엉망이다. 스산한 침묵이 세 사람 사이로 내려앉았다.

"……"

"……"

리안나는 그만 바짝 긴장하고 말았다. 오빠, 설마 내 탓을 한다거나 그러지는 않겠지? 자기가 먼저 넘어져 놓고, 내게 시비 걸지는 않을 거야, 그렇지? 그러니까 조심 좀 하지!

온통 커스터드 얼룩이 묻은 옷자락을 내려다보던 프란츠는 잠시 후, 입술을 세게 깨물었다.

"아, 진짜……."

리안나는 흠칫했다. 지금껏 오빠에게서 단 한 번도 들어 본 적 없는 싸늘한 목소리였다. 프란츠가 자리에서 일어났다.

"진짜 지겨워."

프란츠가 낮게 중얼거렸고, 리안나는 찔끔했다. 그의 입술 사이로 작은 목소리가 새어 나왔다.

"왜 넌 아무것도 하지 않는데 어머니의 사랑을 받는 거야?"

"응?"

"난 이것저것 노력하지 않으면 안 되는데."

그 말에 리안나도 그만 울컥하고 말았다. 그건 오빠가 가문을 물려받을 소공작이니까 그렇지, 지금 나한테 그런 걸로 화를 내는 거야?

리안나는 저도 모르게 가시 돋친 목소리로 말했다.

"그건 오빠가 후계자니까 그렇지!"

"그래, 아는데."

프란츠는 뭔가 굉장히 지치고 지겨운 얼굴이 되어 리안나를 마주보았다. 아는 것과 받아들여야 하는 건 다르잖아. 프란츠는 그렇게 항변하고 싶었다.

그리고 리안나는 반사적으로 깨달았다. 안 돼, 이대로라면 프란츠의 말에 말리고 만다.

말괄량이 리안나는 날래게 파이 한 조각을 집어 들었다.

"그렇게 진지한 얼굴 하고 있지 말고, 차라리 파이나 먹지그래?"

"풉!"

리안나는 프란츠의 입에 파이를 쑤셔넣었다. 흡사 전광석화 같은 동작에, 기사까지 입을 쩍 벌렸다.

프란츠는 순식간에 입 안에 들어오는 파이에 정신을 차리지 못했다. 입뿐 아니라 콧구멍까지 레몬 커스터드 크림이 가득 채운다.

프란츠가 양팔을 버둥대며 여동생을 밀어냈다.

"푸우! 이, 이게 무슨 짓……!"

"차라리 까칠하게 빈정거리라고, 오빠답지 않게 그런 얼굴 하고 있지 말고."

리안나가 두 눈을 가칠게 뜬 채 프란츠를 보았다 그 말을 들은 그는 그만, 발끈하고 말았다.

그리하여 그는 해서는 안 될 말을 외치고 말았다. 잠들기 전에 수없이 이불을 차게 될 그 말.

"나다운 게 뭔데 네가 그딴 소리를 해?!"

"……."

"……."

리안나는 멍하니 프란츠를 마주보았다.

그녀의 친애하는 오라버니에게 '나다운 게 뭔데!'라는 말을 듣게 될 줄은 전혀 몰랐다.

무슨 흔해 빠진 양산형 로맨스 소설에도 나오지 않을 법한 말을…….

저런 말, 창피해서라도 안 하지 않아? 리안나가 말을 더듬으면서 되물었다.

"지, 지금 뭐라고?"

"……."

"그런 말 하는 거, 창피하지도 않아?"

"조, 조용히 해!"

그렇게 외친 프란츠가 이번에는 그녀의 입에 파이를 밀어 넣었다. 흰 얼굴이 온통 새빨갛다.

"쓸데없는 말 하지 마!"

"푸우, 아, 오빠!"

리안나도 발끈해 버렸다. 그리하여 파이가 허공을 가로지르고, 포크를 검으로 삼으며, 접시를 방패로 삼는 남매간의 대전쟁이 시작되었다.

순식간에 격화된 전투에 기사는 어찌할 바를 몰랐다.

기사의 동공이 격하게 흔들렸다. 차라리 마수와 일대일로 싸우는 편이 나을 것 같았다.

"저기…… 두 분?"

"왜요!"

"왜 불러!"

파이를 무기로 하여 생사를 다투던 두 꼬마들이 날카로운 시선으로 기사를 돌아보았다.

기사는 급격한 피로감을 느꼈다. 하지만 해야 할 말은 해야 하지 않나. 기사가 긴 한숨을 쉬었다.

"당장 가서서 씻으셔야 할 것 같습니다만……."

"……."

"……."

그제야 리안나와 프란츠는 자신들의 모습을 내려다보았다. 온통 레몬 커스터드로 범벅이 된 모습이었다.

온몸이 끈적거리는 것은 둘째 치더라도, 옷은 물론이고 머리카락까지 커스터드 크림으로 엉망이었다.

결국 두 꼬마는 잠재적 휴전을 선언하고, 각자의 방으로 돌아가야 했다.

*   *   *

리안나는 메리의 손에 이끌려 욕조로 끌려 들어갔다. 크림 때문에 온몸이 미끈거렸다.

결 고운 머리카락은 크림 때문에 하나의 덩어리로 굳어져 버려서, 세 번이나 감고 나서야 원래의 모습을 되찾을 수 있었다.

메리는 리안나의 머리카락을 꼼꼼하게 헹구다가 혀를 쯧쯧 찼다.

"어쩌다가 도련님과 그렇게 싸우셨어요?"

"아니, 오빠가 헛소리를 하잖아!"

리안나는 반사적으로 발끈하고 말았다. 리안나는 욕조에 받아둔 물을 튕기며 말을 이었다.

"엄마가 나보다 오빠를 더 좋아한다니, 말이 돼?"

아하하, 메리는 어색하게 웃었다. 아무래도 헤센바이츠 공작가의 일원들은 모두, 안주인 마님을 좋아하게 되는 마법이라도 걸려 있는 게 아닐까.

멀게는 선대 공작님부터 현재 가주님께서도 안주인 마님을 사랑하다 못해 안달이 나셨고, 두 남매 또한 엄마 바라기이니 말이다.

"아마 안주인 마님께서는 두 분을 공평하게 사랑하실 거예요."

"공평하게는 안 돼, 날 더 좋아해야 한다고!"

리안나는 숫제 주먹까지 휘두르며 외쳤다. 이렇게 흥분한 상태의 공녀님은, 안주인 마님이 오시지 못하면 휘어잡지 못한다.

'마님, 언제쯤 돌아오시나요?'

메리는 그만 안주인 마님이 사무치게 그리워지고 말았다.

*　　*　　*

리안나는 메리의 도움을 받아 침대에 누웠다. 보드라운 잠옷으로 갈아입고, 이불은 목 끝까지 올려 덮은 채였다.

메리는 침대 옆에 주저앉아 리안나의 가슴께를 손으로 토닥여 주었다.

"어쨌거나 이번 일은 제가 주인님께 고할 거예요."

하지만 그 다정한 목소리와 손짓과는 다르게, 리안나에게 내려지는 선고는 냉정하기만 했다.

"……치사해."

"포프 경까지 앞에 두고 그 난리를 쳤는데, 주인님 귀에 안 들어가시기를 바라셨어요?"

"아니, 그런 건 아니지만……."

리안나는 불만스러운 표정으로 입술만을 삐죽거렸다.

아, 아버지에게 잘 보이고 싶었는데. 프란츠와 어린아이처럼 파이를 던지며 싸웠다는 이야기를 들으면, 도대체 무슨 표정을 지으실까? 리안나는 막막한 기분이 되어 이불 속에서 꼼지락거렸다. 메리는 빙긋 웃으며 말했다.

"어쨌거나 오늘은 일찍 주무세요."

"으응……."

리안나는 고개를 끄덕였다. 자리에서 일어난 메리가 등불을 껐다.

탁 소리와 함께 방이 어두워진다. 방문을 열자, 메리의 그림자가 방 안으로 길게 늘어졌다.

리안나가 입을 열었다.

"있잖아, 메리."

"네?"

"오늘 내가…… 너무 어린애처럼 군 건 아닐까?"

그 말에 메리가 문득 리안나를 돌아보았다. 상냥한 유모의 낯에 장난스러운 눈빛이 스쳤다.

"어머나, 어린아이가 어린아이처럼 구는 게 어때서요?"

"……하지만."

리안나는 잠시 머뭇거렸다. 크게 숨을 들이마신 리안나가 잠시 후, 결심한 것처럼 물어보았다.

"오빠도 엄청 화난 것 같고, 무엇보다도 아버지 말이야."

이상하게 아버지는 '아빠'보다 '아버지'로 부르게 된다. 리안나는 입술을 깨물다 말을 이었다.

"……오늘 일을 들으시고 실망하시면 어떡해?"

"실컷 싸우실 때는 언제고, 이제 슬슬 걱정은 되시나 보네요?"

"그건……."

메리의 장난스러운 대답을 들으며, 리안나가 미간을 좁혔다. 아니, 솔직히 걱정이 안 될 리 없잖아!

그런데 그때, 메리가 쿡쿡 소리 내어 웃었다. 다정한 어조로 그녀를 안심시켜 준다.

"실망하지 않으실 거예요."

"정말?"

"그럼요."

힘을 주어서 고개를 끄덕여 보였던 메리가, 다시 돌아와 리안나의 뺨에 짧게 입을 맞추었다.

"그러니까 그런 걱정은 하지 마시고 주무세요, 알았죠?"

"으응……."

메리의 확답을 받으니 어쩐지 안심이 됐다. 조그맣게 웃은 리안나가 작게 꼼지락거렸다.

폭신한 베개에 파묻히듯 기대자 잠이 밀려왔다.

잠시 후, 리안나는 꿈도 없는 잠 속에 빠져들었다.

＊　　＊　　＊

자카리는 금일 조금 늦게 귀가했다. 기사단 일도 있었고, 행정관과도 시간을 보냈기 때문이다.

으레 하듯 집 안에서 무슨 일이 있었는지에 대하여 보고를 들었는데, 오늘은 특별한 사안이 있었다.

"……그래서 오늘, 소공작님과 공녀님 사이에 그런 다툼이 있었습니다."

"그게 정말인가?"

"예, 정말입니다."

단정한 표정의 메리를 앞에 두고, 자카리는 황당한 얼굴을 감추지 못했다.

리안나는 그렇다 치더라도, 언제나 완벽한 소공작으로서 단정한 얼굴을 하던 프란츠가 레몬 파이를 던지면서까지 싸웠다니.

물론, 프란츠가 여동생 리안나에게 유독 장난기가 넘치는 건 알고 있다. 하지만 예법, 공부, 글, 검술 등에서는 완벽한 아이가 레몬파이를 던지며 싸웠다니.

'왜 유독 리안나에게만 달라지는 걸까?'

게다가 두 꼬마는 소리까지 꽥꽥 질러 댔다고 했다. 크림 범벅으로 엉망이 되는 바람에 씻는 데 한참 시간이 걸렸다는 대목을 들으면서, 자카리는 제 귀를 의심해야만 했다.

'메리가 이야기하는 프란츠와, 내 아들 프란츠가 동일 인물인 건 맞는 건가?'

이런 생각마저 들 정도였다. 모든 이야기를 들은 자카리는 황망한 표정으로 메리를 물렸다.

"그래, 물러가게."

메리는 고개를 꾸벅 숙여 보이고는 자리를 떴다. 자카리는 아주 오랜만에 자식들에 대한 생각에 빠졌다.

프란츠와 리안나. 그 두 아이를 사랑하지 않는 것은 절대 아니었다. 오히려 무척이나 사랑했다, 그 아이들을 위해 목숨을 바치라면 바칠 수 있을 정도로.

다만 아버지의 온기를 받아 본 적 없던 자카리였기에, 아버지의 애정을 표현하는 것은 역시 어려웠다. 그래서 결국 무뚝뚝해질 수밖에 없었고, 아이들은 아버지를 사랑하면서도 약간은 어려워하게 되었다.

"그러고 보니…… 내가 아이들에게 평소, 너무 무뚝뚝했나."

아이들에게 자신이 잘못 행동하고 있다는 건 잘 알겠다.

하지만 이런 상황에서 어떻게 두 남매에게 다가가야 할지, 자카리는 방법을 잘 몰랐다.

이마를 짚은 자카리가 긴 한숨을 쉬었다. 아이들에 대한 고민에 빠진 자카리는, 밤이 깊어가는 것조차 알지 못했다.

*　　*　　*

어제의 다툼 이후, 리안나와 프란츠는 휴전 상태에 들어갔다.

둘 중 어느 누구도 먼저 사과할 생각은 없었기에, 휴전 상태는 아마 길게 이어질 것 같다. 리안나는 콧방귀를 뀌었다.

'뭐, 그러라지.'

프란츠 오빠가 화를 내든 말든 내가 알 게 뭐람?

애써 그렇게 생각했지만, 사실 조금 불편하긴 했다.

장난기가 많긴 하지만, 기본적으로 다정했던 오빠가 그렇게 정색한 것은 처음이었으니까.

그래도 먼저 사과하기는 싫은데. 리안나는 복잡한 심정이 되어서 정원으로 향했다.

"코스모스네. 진짜 가을 같다."

화단 앞에 쪼그려 앉은 리안나가 작게 중얼거렸다.

진분홍색과 눈처럼 하얀 색깔이 한데 어우러져 살랑거렸다. 온화한 가을날이었다.

리안나는 턱을 괸 채 흔들리는 꽃송이를 눈에 담았다.

"오빠랑은 어떻게 화해한담."

리안나는 푹 한숨을 내쉬었다. 사과하기는 싫은데, 그래도 화해는 하고 싶다.

이럴 때 엄마가 옆에 계셨더라면 좋은 생각을 말씀해 주셨을 텐데. 그렇게 생각하던 리안나는 하릴없이 똑똑 꽃송이를 따 모았다.

분홍색 꽃잎이 엄마랑 닮았네, 그렇게 생각하며 한숨을 푹푹 내쉬던 때.

"어라, 아버지?"

두 눈을 동그랗게 뜬 리안나가 자리에서 벌떡 일어났다.

저 멀리, 아버지가 복잡한 얼굴로 마차에서 내리는 모습이 보였다.

문득 어머니가 매번 리안나에게 해 주던 말이 떠올랐다.

'살가운 인사 하나만으로도 많은 것이 바뀌는 법이란다.'

리안나는 어머니의 말만큼은 잘 듣는 착한 어린이였다. 그녀는 냉큼 아버지에게 달려갔다.

"아버지, 안녕히 다녀오셨어요?"

그렇게 말한 리안나가 자카리의 허리를 답삭 끌어안았다. 아직 키가 작은 일곱 살짜리 딸아이였기에, 그 정도 포옹이 최선이었다.

그대로 고개를 들어올리며 리안나가 배시시 웃어 보이자, 두 눈을 휘둥그렇게 뜬 자카리가 손을 뻗어 조심스럽게 리안나의 머리를 쓰다듬었다.

"그래. 잘 있었니?"

"네, 보고 싶었어요!"

발랄한 딸아이의 목소리를 들으며 자카리가 어색하게 미소 지었다.

마음 같아서는 온갖 애정 표현을 다 해 주고 싶은데, 역시 아이를 대하는 건 어렵다. 그는 짧게 한숨을 내쉬었다.

'사실은 일이 잔뜩 밀려 있었지만.'

그럼에도 오늘 자카리가 일찍 귀가한 이유는, 어제 리안나와 프란츠가 파이를 던지며 싸웠던 일 때문이었다.

너무 강렬했기에, 오늘은 아이들의 얼굴이라도 볼까 하는 마음에서였다.

그런데 그때, 밝고 경쾌한 목소리가 들려온 것이다. 어린 딸아이가 허리를 끌어안으며 외쳤다.

"이건 선물이에요!"

그렇게 말한 딸아이가 불쑥 제 왼손을 내밀었다. 조그만 손안에는 분홍색과 하얀색이 어우러진 코스모스 꽃다발이 들려 있었다.

전혀 예상치 못한 선물에 그는 느리게 눈을 깜빡였다.

"……선물?"

"네!"

리안나는 필사의 노력을 기울여 천진한 척, 고개를 크게 끄덕였다. 눈매를 곱게 휘며 답한다.

"그, 아버지 서재의 꽃병에 꽂아 놓으면 예쁠 것 같아서요!"

그 말을 듣는 순간, 자카리는 과거의 편린을 떠올렸다.

아직 선대 공작이 살아 있던 시절, 이엘리는 언제나 정원의 꽃을 손수 꺾어 선대 공작과 자카리의 방을 장식해 주곤 했다.

자카리를 돌아보며 화사하게 미소 짓는 아내와, 무표정한 눈동자에 희미한 온기가 스치던 아버지.

"지금까지 계속 여기서 날 기다리고 있었니?"

"네, 그랬어요!"

아버지의 물음에 리안나는 냉큼 고개를 끄덕였다. 정확히는 아버지를 기다린 건 아니었고, 프란츠와의 일을 어떻게 할지 고민하느라 그런 거였지만. 좋은 게 좋은 거라고 하지 않나.

"앞으로는 그러지 말거라."

그 말에 리안나는 약간 기가 죽었다. 아버지께서는, 내가 아버지를 기다리는 게 별로 마음에 들지 않으시는 건가?

그런데 그때, 자카리가 그녀의 곁을 스쳐 지나가며 조그맣게 속삭였다.

"이제 가을이고, 계속 날씨가 차가워질 테니까."

"……네?"

"그리고 오늘처럼 일찍 귀가하는 경우는 드무니까 말이다."

아버지가 흘끗 리안나를 내려다보았다.

리안나를 응시하는 아버지의 눈빛은 드물게 따스했다.

"……감기라도 걸리면 어쩌려고 그러느냐."

"어, 네, 네?"

"몸이 상하면 안 되니, 앞으로는 나와 있지 말거라."

지금 내 귀가 이상해지기라도 한 건가? 아버지가 나에게 이렇게 다정하게 말씀하신다고?

실례란 것을 알면서도, 저도 모르게 그 자리에 멈춰 선 리안나가 멍하니 아버지를 바라보았다.

'그, 그렇다면.'

이제는 아버지를 부르는 호칭을 바꾸어도 되지 않을까. '아빠'라고 부르게 된다면, 아버지께서 많이 불편해하시려나?

리안나는 힐끔 눈치를 살폈다.

'하지만.'

지금이 아니면 평생 '아빠'라고 부를 용기를 내지 못할 것 같았다. 두 눈을 꼭 감은 리안나가, 모기만 한 소리로 자카리를 불렀다.

"아, 아빠."

"……."

순간 자카리는 물결처럼 밀려오는 감동을 느꼈다.

처음으로 들어 본 '아빠'라는 호칭이었다. 수줍어하면서도 또박또박 '아빠'라고 부르는 조그만 얼굴이 사랑스러웠다.

그런데 그런 딸을 두고 자신은 어떻게 행동했었는지를 떠올리자, 자카리는 희미한 죄책감을 느꼈다.

이전에도 딸아이의 인사를 듣는 둥 마는 둥 하면서, 휑하니 식당을 빠져나갔을 뿐이지 않나.

"리안나."

두어 걸음 앞서 걷던 자카리는 걸음을 늦추었다. 그대로 리안나를 슬쩍 돌아본다.

양 뺨을 발갛게 물들인 리안나가 조심스럽게 자카리를 치어다보았다. 자카리는 최대한 다정한 목소리를 내어 물었다.

"이리 오렴, 안으로 들어가자꾸나."

"네!"

자카리는 어린 딸을 향해 손짓을 해 보였다. 활짝 웃은 리안나가 아빠를 향해 힘껏 달려갔다.

*　　　*　　　*

프란츠는 저택 2층으로 올라가는 계단참에 주저앉은 채 턱을 괴고 앉아 있었다.

짙푸른 눈동자는 막 들어온 아버지와 리안나, 두 사람에게 꽂힌 채였다. 프란츠는 복잡한 얼굴을 했다.

"……리안나랑 화해하기는 해야 할 텐데."

하지만 프란츠에게도 자존심이 있었다. 모든 잘못을 프란츠에게 뒤집어씌우려 한 건, 아무리 어리다 해도 잘못하긴 한 것 아닌가.

프란츠는 입술을 당겨 물었다. 파이를 희생시킨 장렬한 전투 이후, 두 남매는 서로 말조차 제대로 섞지 않고 있었다.

프란츠는 조그맣게 중얼거렸다.

"됐어, 어떻게든 되겠지."

그렇게 중얼거린 프란츠가 몸을 일으켰다. 홱 뒤돌아서는 소년의 뒷모습에서 냉기가 흘렀다.

*   *   *

리안나와 자카리의 관계는 조금씩 가까워졌다. 자카리가 아이들을 바라보는 시선은 훨씬 부드러워졌고, 리안나는 그런 아빠의 변화를 기민하게 알아챘다.

리안나는 그런 아빠에게 더욱 자주 웃어 주었고, 공작저의 분위기는 점차 부드러워졌다.

그러나 그 분위기에 제대로 적응하지 못하는 사람이 있었으니, 그 소년은 바로 프란츠였다.

리안나와 다르게, 프란츠는 상대적으로 아버지를 어려워했다. 가문을 물려받을 부담감 때문일지도 몰랐다.

'도대체 내가 어떻게 해야 하는 걸까?'

생각에 골몰한 채, 프란츠는 목검을 횡횡 휘둘렀다. 자세를 봐 주던 포프 경이 한숨을 쉬었다.

"도련님, 자세가 무너지셨습니다."

"아, 미안."

프란츠가 짧은 한숨을 쉬었다. 숫제 자세까지 풀어 버리자, 포프 경이 눈을 가늘게 치켜떴다.

"작은 아가씨 때문에 그러십니까?"

"아, 아니거든!"

"……맞으시군요."

프란츠의 얼굴이 새빨갛게 달아올랐다. 포프 경은 작게 고개를 끄덕였다.

아무리 어른스러운 척해 봐야, 프란츠는 고작 열 살짜리 꼬마였다. 성인이 포프 경이 속내를 들여다보기에 그리 어려운 대상이 아니다.

잠시 후, 힐끔 도련님의 눈치를 살피던 포프 경이 씩 웃어 보였다.

"그건 그렇고, 검 휘두르기 50번 더 남았습니다."

"그래, 알고 있어."

할 테니까 걱정 마. 입 안으로 작게 투덜거린 프란츠가 목검을 고쳐 들었다.

근래 두 남매는 말조차 섞지 않고 있었다. 사실 사용인들에게도 이번 다툼은 다소 놀라운 일이긴 했다.

두 남매는 항상 다투었지만, 보통은 프란츠가 숙이고 들어갔기에 길어 봤자 하루를 넘기지 못했으니까.

그런데 벌써 두 사람이 싸운 지도 삼 일이 훌쩍 넘은 상황이었다.

"뭐, 도련님 마음도 이해를 못해드릴 건 아니지요."

"그, 그렇지?"

포프 경의 은근한 목소리에 프란츠가 반짝 고개를 들어 올렸다. 포프 경이 진지하게 말했다.

"그래도 그냥 사과하시는 게 어떻겠습니까?"

"그건 싫어."

프란츠는 단호하게 대답했다. 에휴, 어린아이들의 치기란.

포프 경은 딱 그런 표정을 지었고, 프란츠는 포프 경을 쏘아보았다.

그러나 포프 경은 제 어깨만을 으쓱거려 보일 뿐이었다.

결국 프란츠가 다시 한 번 목검을 쥐고 자세를 취하는데, 그런데 그때. 맑은 목소리가 들렸다.

"아빠!"

막 자세를 잡던 프란츠가 고개를 홱 돌렸다. 리안나였다.

저 멀리, 기울어 가는 햇빛을 한껏 머금어 반짝이는 분홍색 머리카락이 나풀거렸다. 막 퇴궁한 자카리가 리안나의 손을 맞잡았다.

"다녀왔다, 리안나."

"어서 오세요!"

쪼르르 달려온 리안나가 자카리 앞에서 잠시 머뭇거렸다. 안기고 싶은데, 안겨도 되느냐를 고민하는 눈빛으로 자카리를 올려다보았다.

그러자 자카리가 빙긋 웃으며 양팔을 활짝 벌린다.

"이리 와라."

"네!"

환하게 웃은 리안나가 자카리의 품에 답삭 안겼다.

자카리는 리안나를 반짝 들어서 한 바퀴를 빙그르르 돌았다. 프란츠는 입술을 당겨 물었다. 까르르 터지는 웃음소리가 경쾌하게 울린다.

'그래, 아버지께서 리안나를 예뻐하시면 좋은 일이지.'

하지만. 목검을 쥔 손에 힘이 들어갔다. 그는 아버지에게 단 한 번도 저렇게 먼저 다가가 본 적 없는데, 리안나는 아무렇지도 않아 하는 게 불편했다. 아니, 이 감정을 정확히 표현하자면.

'……질투인가.'

프란츠는 세 살 어린 여동생에게 이따위 감정을 느끼는 스스로에게 환멸감을 느끼고 말았다.

＊　　　＊　　　＊

자카리의 품에 안긴 채, 리안나는 힐끔 프란츠를 돌아보았다. 붉은 노을을 등진 채 고개를 빳빳이 치켜든 프란츠.

그의 얼굴은 정말로 상처받은 것만 같아서, 리안나는 내심 아차 싶었다.

"아빠, 오빠가 훈련하고 있어요."

그리하여 리안나는 자카리의 귀에 입술을 대고 작게 소곤거렸다. 자카리가 고개를 갸웃했다.

"이 시간에? 벌써 끝났어야 하지 않느냐."

"아…… 그게."

리안나는 난처한 얼굴이 되어 눈동자만을 굴렸다. 아빠의 관심을 프란츠에게 약간이나마 돌릴 생각이었는데, 어쩐지 쓸데없는 의심만을 사게 된 것 같다.

리안나는 초조함에 입술을 짓씹었다. 안 돼, 이러다간 아빠가 프란츠가 왜 지금 훈련을 하고 있는지 물어보실 것 같아!

'왜냐하면 오빠는 훈련을 하루 종일 미루다가 지금 시작한 거란 말이야!'

리안나는 잘 모르는 사실이었지만, 사실 리안나 못지않게 프란츠도 마음고생을 하는 중이었다.

그래서 오늘은 포프 경에게 양해를 구하고 훈련을 뒤로 미룬 상태였던 것이다.

한편, 자카리는 어리둥절한 낯이었다. 그도 그럴 것이, 원래 프란츠의 훈련 시간은 오전이었으니까.

'그런데, 아빠가 우리들의 일정을 모두 기억하고 있으실 줄 몰랐네……'

리안나는 상황에 맞지 않게 약간 감동하고 말았다. 아, 안 돼. 지금 딴생각할 때가 아닌데!

"오빠가 요새 훈련에 관심이 많아져서요."

에라, 모르겠다. 리안나는 눈을 질끈 감은 채, 거짓을 듬뿍 부어 프란츠를 변호하기 시작했다.

"그래서 저녁에도 훈련을 하고 있나 봐요."

"아, 그래?"

자카리의 얼굴에 번지는 미소를 보며, 리안나는 뒤를 흘끔 돌아보았다.

이제 프란츠는 리안나를 무시무시한 눈으로 쏘아보고 있었다. 등에 식은땀이 흐르는 것을 느끼며, 리안나가 말했다.

"아빠."

"응?"

"저, 무겁지 않으세요?"

리안나가 방긋방긋 웃으며 묻자, 자카리가 묘한 표정을 지었다. 제 딸아이가 안쓰러워서였다.

'내가 평소에 얼마나 엄격하게 굴었으면…….'

고작 아빠가 딸아이를 안아 드는 것에도 이런 식으로 눈치를 보는 건가. 그러고 보면 자카리는 리안나를 이렇게 안아 준 적 없었을 뿐더러, 딸아이도 그에게 어리광을 부린 적이 없었다.

"저 혼자 걸을 수 있어요, 내려 주셔도 돼요."

리안나가 얌전하게 말했다. 그러자 자카리는 리안나를 끌어안은 팔에 힘을 주며 웃어 보였다.

"괜찮아."

"네?"

"내가 널 안고 걷고 싶은 거란다."

리안나는 어색하게 입꼬리를 밀어 올린 채, 삐질 식은땀을 흘렸다.

등에 꽂히는 프란츠의 시선이 화살 같다.

아니, 아빠. 다정한 건 좋은데요, 지금 오빠가 뒤집어지기 일보 직전이에요!

"프란츠."

하지만 이럴 때만큼은 눈치라고는 단 하나도 없는 자카리는, 리안나를 안아 올린 채 프란츠에게로 다가섰다.

리안나는 그냥 프란츠를 마주보는 것을 포기하기로 했다.

그녀는 슬그머니 아빠의 목을 끌어안은 채 몸을 돌렸다. 한참 리안나를 노려보던 프란츠가 자카리를 응시했다.

"예, 아버지."

자카리는 흐뭇하게 웃었고, 프란츠는 그런 아버지를 멍하니 바라보았다. 처음이었다. 언제나 엄격했던 아버지가 저런 식으로 먼저 환하게 미소를 지어 준 건.

아버지는 다정하게 말했다.

"리안나가 말하기를, 요새 훈련을 열심히 하고 있다고 하더구나."

"예? 예……."

그 말에 프란츠와 포프 경은 동시에 어리둥절한 얼굴이 되고 말았다.

차마 오늘도 훈련을 저녁때로 미룬 것이라고는 말할 수는 없었기에, 프란츠는 입술만을 꾹 다물었다.

다행스럽게도 포프 경도 이번에는 눈치를 발휘하여, 프란츠가 훈련을 미루고 있었다는 것을 감추어 주었다.

"요새 도련님께서 훈련에 열과 성을 다하십니다."

"그래?"

"예. 아침 훈련도 모두 끝내셨는데, 저녁 훈련까지 자발적으로 참여하셨습니다."

고마워, 포프 경! 프란츠가 포프 경에게 감사의 눈빛을 보냈다.

포프 경이 씩 웃어 보였고, 자카리는 잠시 망설였다. 과연 제 아들에게도, 딸에게 하는 것처럼 다정한 접촉을 해도 멋쩍지 않을까 싶었다.

'하지만.'

스스로의 엄격함을 반성하고, 아이들을 좀 더 사랑하고 아껴 주기로 결심하지 않았나.

그와 동시에 자카리의 손이 아들의 머리를 도닥거렸다. 깜짝 놀란 프란츠가 그대로 얼어붙었다.

"고생하는구나, 프란츠."

"아, 아버지?"

"그러나 훈련을 너무 무리하게 하는 건, 안 하느니만 못하다."

평소 엄격하기만 했던 아버지께서 이런 말씀을 하시다니. 프란츠는 제 귀를 믿을 수 없었다.

"과한 훈련은 독이 될 뿐이야."

"그, 하지만……."

"몸이 축날지도 모르니, 오늘은 이만하도록 하자꾸나."

평소의 자카리답지 않은 다정한 말과 행동에, 프란츠는 멍하니 아버지를 바라보았다.

아들의 그런 시선을 바라보며 자카리는 약간의 죄책감을 느꼈다. 그리하여 더욱 상냥하게 제안했다.

"그보다, 저녁 식사라도 함께하지 않겠느냐?"

"……."

프란츠는 도무지 자신의 귀를 믿을 수 없었다. 그 무뚝뚝하던 아버지가 먼저 저녁 식사를 함께하자고 제안하다니.

그의 침묵에, 자카리는 약간 민망해졌는지 조심스럽게 덧붙여 물었다.

"싫으니?"

"아, 아니요!"

파드득 놀란 프란츠가 고개를 젓자, 자카리가 빙그레 미소를 지었다. 완벽한 안도의 미소였다.

"그럼 가자꾸나."

그의 말에 프란츠는 얼떨떨한 낯으로 목검을 정리하러 떠났다. 그 틈을 타, 자카리가 말했다.

"포프 경, 언제나 프란츠를 가르쳐 주느라 수고하네."

"아닙니다."

"그…… 프란츠는 요새 어떤가?"

그 물음을 듣자, 포프 경의 눈동자에 희미한 이채가 서렸다. 그 목소리는 아들을 귀애하고 아끼는 아버지의 목소리 그대로였던 것이다.

그리고 포프 경은 프란츠가 얼마나 아버지를 존경하고 사랑하는지 알고 있었다.

그리하여 그는, 양심의 가책을 누르고 프란츠를 포장해 주었다.

"훈련에 있어서는 꽤 충실하십니다."

놀랍게도 이건 사실에 가까운 발언이었다.

자카리의 품에 안긴 리안나도 작게 고개를 끄덕여 동의를 표했다.

프란츠는 소공작인 자신에 대해 책임감을 가지고 있는 소년이었기에, 모든 훈련에 진지하게 임했으니까.

그 대화를 듣던 리안나는 양심이 찔려 오는 것을 느꼈다.

'하긴, 오빠가 훈련에 제대로 집중하지 못할 때는 모두, 나와 연관이 있을 때뿐인가.'

정확히는 리안나와의 말다툼으로 인해, 부모님에 관련하여 마음이 어지러워졌을 때뿐이었다.

"평소에도 훈련 자체는 훌륭하게 소화하시는 분입니다."

"그래? 그것참 기쁜 일이군."

하지만 리안나의 불편한 마음과는 다르게 자카리와 포프 경은 내내 훈훈한 분위기를 연출하고 있었다.

포프 경의 웃음 섞인 목소리에, 아버지의 눈빛이 된 자카리는 부드럽게 미소를 지었다.

잠시 기다리고 있자니, 잽싸게 목검을 정리한 프란츠가 부랴부랴 아버지 곁으로 달려왔다.

"그럼 좋은 저녁 되십시오, 공작 각하."

"그래, 경도."

포프 경이 자카리에게 정중하게 허리를 숙여 인사했다. 그 이후 프란츠와 리안나를 바라본다.

"소공작님과 공녀께서도 좋은 저녁 되십시오."

"고마워, 경."

"경도 저녁 식사 꼭 챙기세요."

올망졸망한 꼬마들이 나란히 인사를 건네는 것을 보며, 포프 경은 저도 모르게 흐뭇한 표정을 지었다.

붉은 노을에 그림자가 길게 늘어졌다. 한 손으로는 리안나를 품에 받쳐 안은 채, 반대편 손으로는 프란츠의 손을 잡은 자카리.

세 가족의 뒷모습을 지켜보던 포프 경이 생각했다.

'어쩐지 공작 각하의 분위기가 좀 변하신 것 같은데.'

예전에는 어딘가 가파른 절벽에 떠밀려 있는 양 위태로운 분위기가 있었다면, 지금은 훨씬 더 분위기가 유해졌다.

그러고 보니 공작저의 분위기도 예전과는 다르게 좀 더 온화해졌지 않나.

'역시 가족이 생기셔서 그런 건가…….'

포프 경은 슬며시 빰을 긁적였다. 아름답고 상냥한 공작가의 안주인, 이엘리.

안주인 마님께서 낳으신 두 명의 아이들. 확실히 깨진 얼음 파편처럼 날카롭던 자카리의 모습은 사라졌다.

'……뭐, 좋으신 일이지. 이제야 사람 사는 온기가 좀 도는 것 같아.'

이번에 벌어졌던 파이 대 전쟁을 떠올리던 포프 경은 피식 웃었다. 커스터드 크림 범벅이 되어 서로에게 씩씩거리던 두 꼬마를 생각하니 저절로 웃음이 터져 나온 것이다.

"아, 나도 저녁이나 먹으러 갈까."

저 가족들을 보니 어쩐지 심장 한구석이 휑한 게, 이제 그도 참한 아가씨를 만나 가정을 꾸릴 때가 된 것 같다.

포프 경은 기사단원들에게 만남을 주선해 달라고 요청할 것을 다짐했다.

*　　　*　　　*

저녁 식사 자리에서도 자카리는 여전히 상냥했다. 비록 평소의 무뚝뚝함을 완전히 떨쳐 내지는 못했지만, 적어도 스스로의 잘못된 점을 알고 고치려 노력하는 그 모습이 눈에 훤히 보였다.

'설마 리안나 때문에 아버지께서 다정해지신 건가?'

그렇게 생각하던 프란츠는 힐끔 리안나를 바라보았다.

때마침 막 소금 통을 집기 위해, 리안나가 손을 내밀고 있었다. 프란츠는 미간을 좁히며 소금 통을 밀어 주었다.

리안나의 두 눈이 휘둥그레 해졌다. 오빠가 웬일? 딱 그렇게 생각하는 게 눈에 보여, 프란츠는 눈을 부라렸다.

'뭐, 내가 알 게 뭐야.'

그럼에도 이상하게 마음 한구석이 깃털로 문지르는 양 간지러워, 프란츠는 입술을 깨물었다.

*　　　*　　　*

그날 이후로도 두 남매의 긴 휴전 상태는 지속되었다. 두 남매는 서로를 한껏 의식하면서도 애써 의식하지 않는 척을 했다.

오늘만 해도 프란츠는 리안나를 외면하며 휑하니 지나가 버렸다. 소파에 널브러진 채, 프란츠가 훈련 가는 모습을 지켜보던 리안나가 입술을 삐죽거렸다.

"정말, 언제까지 저렇게 화를 내고 있을 건지."

오늘쯤은 '훈련 열심히 하네' 정도의 말을 걸어 볼 생각이었는데, 저렇게 찬바람이 쌩쌩 불면 도무지 말을 붙일 수가 없잖아.

하지만 요새의 아빠는 꽤나 상냥해지셨고, 그 덕에 공작가의 분위기가 예전보다 훨씬 더 평화로워진 것 또한 사실이었다.

사람들은 평화로움에 젖어 들었고, 그녀도 이런 분위기에 힘입어 프란츠와도 화해할 수 있지 않을까 막연히 생각했다.

'모두 착각이었지만.'

하아, 리안나는 기나긴 한숨을 내쉬었다.

현재, 그녀 앞에는 차마 말로 형용할 수 없는 처참한 광경이 펼쳐져 있었다.

리안나는 어째서 일이 이렇게 됐는지, 그 과정을 머릿속으로 떠올렸다.

*　　*　　*

평온한 오후였다. 오전 내내 뭔가를 고민하는 것 같던 자카리는 딸을 조용히 제 방에 불렀다.

"리안나, 잠시 이리 와 보겠니?"

"네? 무슨 일이세요?"

리안나가 두 눈을 동그랗게 뜨고 자카리의 곁에 총총 다가갔다.

자카리는 조그마한 목걸이를 손에 든 채, 부드러운 눈빛으로 그것을 내려다보고 있었다.

리안나의 동공이 격하게 진동했다.

'아니, 잠깐만. 저 물건…… 내가 아는 물건 같은데?'

섬세하게 세공하여 짙은 녹색 에메랄드로 장식한 금목걸이는 리안나가 모를 리 없는 물건이었다.

왜냐하면 저 물건은 이엘리가 평소 소중하게 다루며 사용하던 목걸이였기 때문이었다.

'아마 부모님의 세 번째 결혼기념일 때 물건이었지?'

결혼기념일을 맞이한 자카리는 제 아내에게 최고의 선물을 해 주려고 했다.

그리하여 그는 아내의 눈동자 색을 닮은 최고급 에메랄드를 구하기 위해, 경매에 참여하는 수고를 들였다.

가장 뛰어난 실력을 가진 세공사를 수배해 만든 에메랄드 목걸이는 가격 또한 엄청나다고 했다.

'그런데 이 물건이 왜 지금 여기에?'

리안나는 좀 어리둥절한 얼굴로 자카리를 마주보았다. 자카리는 리안나를 향해 빙긋 웃었다.

"네게 잘 어울릴 것 같아서, 네게 주려고 한다."

"……네에?!"

자카리의 여상한 목소리를 들으며 그녀의 입이 딱 벌어졌다. 기겁한 그녀가 고개를 내저었다.

"아, 아빠. 제가 받기에는 너무 귀한 물건……."

"괜찮다, 이제 곧 네 생일이지 않니. 이엔과는 모두 이야기가 끝난 일이야."

하지만 자카리는 단호하게 대답했다. 그의 손안에서 에메랄드 목걸이가 영롱하게 반짝였다.

"네가 평소에 이 목걸이를 무척 마음에 들어 했다고 하더구나."

그건 사실이긴 하지만. 리안나는 머쓱한 얼굴이 되었다. 평소 어머니께서 저 목걸이를 착용하실 때마다, 홀린 것처럼 쳐다보고 있기는 했다.

그때마다 어머니께서 '네가 좀 더 크면 물려줄게'라며 달래 주셨는데, 이 물건이 여기서 턱 튀어나올 줄은 미처 예상하지도 못했다.

"생일 파티는 이엘리가 함께 돌아와서 할 테지만, 선물은 조금 일찍 주고 싶었단다."

사실은 계속 무뚝뚝하게 굴었던 자신의 행동이 양심에 찔렸기에, 이제라도 좋은 아빠 노릇을 하고 싶은 자카리의 마음이었다.

자카리의 따스한 손이 리안나의 정수리를 슥슥 쓰다듬었다.

"예쁘게 걸고 다녔으면 좋겠구나."

예전에는 그저 아이들을 낳느라 이엘리가 많이 힘겨워했던 것만이 안타까웠다. 프란츠와 리안나, 두 아이 모두 쉽게 낳은 편이었음에도 그의 마음은 그랬다.

하지만 지금은 어린 딸아이가 아빠를 어려워하는 것이 신경 쓰였다.

일곱 살. 한창 부모님 품 아래에서 구김살 없이 자라야 할 나이이지 않나.

깜짝 놀란 딸아이를 바라보며, 자카리는 스스로에게 조소를 보냈다.

'이런 생각을 이제야 하게 되다니…… 나도 참 어리석군.'

이래서야 아버지와 내가 다를 바도 없다. 자카리는 한숨을 삼켰다.

조금만 생각을 깊이 했다면 알 수 있었을 일인데, 사려 깊지 못했다.

그는 손을 뻗어 딸의 목에 목걸이를 걸어 주었다.

"잘 어울리는구나."

자카리는 이엘리의 목걸이를 건 리안나를 물끄러미 바라보았다. 목걸이는 성인용이었고, 어린 딸은 아직 조그마한 아이였기에 목걸이는 다소 헐거웠다.

자카리는 눈웃음을 지었다.

"그리고 난 네가 이대로 쑥쑥 자라서……."

자카리가 리안나를 바라보는 눈빛은 따스하기만 했다. 그 눈빛에 리안나는 약간 울컥해졌다.

"그 목걸이가 잘 어울리는 레이디가 된 모습을 기대하고 있단다."

"……아빠."

"이엔도 아마 그런 생각을 하고 있을 거야."

아마 리안나가 저 목걸이가 잘 어울리는 레이디로 성장한다면, 가장 기뻐할 사람은 아마 이엘리이지 않을까.

가족을 지극히 사랑하는 자신의 아내를 생각하던 그의 입가에 미소가 서렸다.

"아무튼."

그렇게 생각하던 자카리는 표정을 가다듬었다. 딸을 앞에 둔 채,

혼자서 너무 감상에 빠져 있었던 것 같아서 조금 머쓱했다.

자카리는 리안나의 어깨를 가볍게 두드려 주며 말을 이었다.

"이만 나가 보아도 좋다, 리안나."

형용할 수 없는 기분이 되어, 뺨을 발그레하게 붉힌 리안나가 크게 고개를 끄덕였다.

"소, 소중하게 간직할게요."

"그래, 어머니가 돌아오면 목걸이를 착용한 모습을 제일 먼저 보여 주려무나."

자카리의 말을 들은 그녀가 활짝 미소 지었다. 그는 그런 딸을 눈이 부신 것처럼 바라보았다.

*   *   *

리안나는 하루 종일 굉장히 기분이 좋은 상태였다. 자카리가 선물로 준 어머니의 목걸이 때문이었다.

거울 앞에 앉은 그녀가 목걸이를 요리조리 살펴보았다.

햇빛을 한껏 머금은 에메랄드는 마치 여름의 신록처럼 푸르렀다. 에메랄드 위로 빛이 영글어 떨어지는 모습이 아름다웠다.

　　'네가 이대로 쑥쑥 자라서, 그 목걸이가 잘 어울리는 레이디가 된
　　모습을 기대하고 있단다.'

목걸이를 조심스레 만지작거리던 리안나는, 아빠의 다정한 목소

리를 문득 뇌리에 떠올렸다.

'그래, 어머니가 돌아오면 목걸이를 착용한 모습을 제일 먼저 보여 주려무나.'

리안나의 두 눈이 반짝반짝 빛났다. 그래야겠다, 엄마께 제일 먼저 보여드려야지. 에헤헤, 소리 내어 웃은 그녀가 침대로 폴짝 뛰어들었다.

그렇게 침대 속에서 데굴데굴 구르고 있을 때.

"그렇게 좋으세요?"

흐뭇하게 미소 지은 메리가 리안나에게 물었다. 리안나는 커다랗게 고개를 끄덕여 보였다.

"응! 엄청 좋아!"

"아가씨가 기뻐하시니 저도 좋네요."

진심이었다. 다양한 표정을 가진 리안나는, 마치 이엘리의 어린 시절을 보는 것처럼 무척 사랑스러웠으니까.

한참 목에 건 목걸이를 만지작거리던 리안나가 아쉬운 어조로 중얼거렸다.

"이제 목걸이를 풀긴 해야 하는데."

아무래도 성인을 기준으로 만들어 둔 목걸이라, 계속 착용하고 있는 건 좀 불편했다.

게다가 워낙 고가였기에 분실의 위험도 있었다. 그러면서도 내내 목걸이에 미련을 버리지 못하는 게, 저 목걸이를 받은 게 무척 기쁜 것 같다.

메리는 살포시 미소를 짓고는 리안나에게 물었다.

"아, 목걸이 벗는 것 도와드릴까요?"

"응, 그래……."

리안나는 아쉬움을 채 버리지 못하며 고개를 끄덕였다. 메리는 그녀가 목걸이를 벗는 것을 도와주었다. 홀린 듯 목걸이를 바라보던 그녀가 조심스럽게 보석함에 목걸이를 집어넣었다.

"내가 정말로… 저 목걸이가 어울리는 레이디가 될 수 있을까?"

"그럼요."

메리가 커다랗게 고개를 끄덕였다. 그녀는 작은 아가씨의 어깨를 토닥여 주며 말을 이었다.

"아가씨 이상으로 저 목걸이가 잘 어울리는 사람은 없을걸요."

그 말에 리안나는 수줍은 얼굴로 고개를 끄덕였다. 그저 빈말이라 해도 그렇게 말해 주는 게 기뻤다. 그녀는 뺨을 발그레하게 물들인 채, 하루 종일 보석함을 손에서 떼어놓지 못했다.

마치 다람쥐가 도토리를 숨긴 곳에 들락거리듯이 계속 방에 들어가 보석함을 열었다 닫곤 했다.

"아가씨께서 뭔가 기분 좋으신 일이 있으신가 봐요."

"그러게요. 하루 종일 웃고 계시네요."

그런 작은 아가씨의 모습을 보며 사람들이 작게 소곤거릴 정도다. 그렇게 후작저의 하루는 평화롭게 흘러가려는 것 같았다.

그러니까, 프란츠가 리안나의 방에 방문하기 전까지는 그랬다.

                    *   *   *

  프란츠는 곰곰이 생각에 빠져 있었다. 최근 리안나와 있었던 일
련의 사건들을 다시 되새겨 보고 있었기 때문이었다.

  인정하긴 싫었지만, 현재 어머니가 자리를 비우고 계셨음에도 공
작 성의 분위기는 상당히 부드러운 상태였다.

  이전에 어머니가 자리를 비우셨을 때를 생각하면 장족의 발전이
었다. 무엇보다도 아버지가 무척 온화해졌음을 프란츠도 피부로
느끼고 있었다.

  '……내가 요새 좀 심했나.'

  그리하려 프란츠는 자신의 행동을 되짚어 반성한다는, 성실한
소공작에 어울리는 행위를 하고 있었다.

  리안나와 벌였던 파이 대 전쟁 이후, 자신이 여동생을 일부러 외
면했다는 사실은 그 자신도 아주 잘 알았다.

  하지만 리안나는 오히려 그런 프란츠의 허물까지 감싸 주지 않
았나.

  '리안나가 말하기를, 요새 훈련을 열심히 하고 있다고 하더구나.'

  자카리의 흐뭇한 눈빛, 머리에 와 닿던 커다란 손의 온기, 그리고
프란츠를 바라보던 환한 미소.

  프란츠는 힘겹게 인정했다. 아버지의 그런 표정은 정말 처음이
었다.

'어머니가 자리를 비우셨음에도, 아버지께서 이렇게 우리와 함께 시간을 보내 주신 적도.'

나란히 저녁 식사를 하고 짧으나마 대화도 나누었다.

완벽한 공작이자 가주인 아버지를 존경하면서도 약간은 어려워하는 프란츠였기에, 아버지의 온기를 느끼자 가슴이 뭉클해졌다.

'……정말 오랜만이었지.'

그리고 이건 모두 리안나 덕이었다. 프란츠는 반쯤 충동적으로 몸을 일으켜 방을 나섰다.

'리안나의 얼굴이나 보러 갈까.'

비록 리안나가 얄미운 건 사실이었지만, 그녀 덕분에 아버지와의 관계가 회복된 것도 맞으니까.

프란츠는 오라버니다운 관대함을 발휘하여 제 여동생과 함께 시간을 보내기로 결정했다.

＊　　　＊　　　＊

리안나는 보석함을 열어, 고이 들어 있는 에메랄드 목걸이를 내려다보았다.

영롱하게 반짝이는 목걸이를 시야에 담는다.

흐뭇하게 웃고 있는 와중, 노크조차 없이 문이 불쑥 열렸다.

"숙녀 방에는 노크를 하고 들어와야 한다는 사실, 몰라?"

모습을 드러낸 프란츠를 보며, 리안나가 대번 곱지 않은 눈초리로 쏘아붙였다.

그러고는 아차, 하며 입술을 깨물었다. 나 분명히 화해하고 싶은데, 왜 자꾸 틱틱거리게 되는 거지?

"그래, 미안해."

미안하다고? 리안나의 표정이 괴상하게 일그러졌다. 내 오빠가 저렇게 순순한 사람이었던가?

"그렇게 리안나, 입이 귀 뒤에 걸렸네?"

"응?"

내가 그랬었나? 리안나가 두 눈을 깜빡였다. 프란츠는 어깨를 으쓱여 보이며 한 발 다가섰다.

"뭐 좋은 일이라도 있어?"

"아? 음, 그게……."

리안나는 눈동자를 굴렸다. 그렇지 않아도 요새 부녀 사이가 가까워진 것에 질투를 보이고 있는 프란츠였다.

만약 아빠가 그녀에게 어머니의 목걸이를 선물했다는 것을 알면, 좋은 반응이 나오진 않겠지.

그녀는 어색하게 눈웃음을 치며, 열어 둔 보석함의 뚜껑을 슬쩍 닫았다.

"그, 아무것도 아니야."

"아무것도 아닌 표정이 아닌데?"

프란츠의 얼굴이 의심스러워졌다. 그의 눈동자가 리안나가 소중하게 움켜쥔 보석함에 닿았다.

"그게 뭐기에 아까 전부터 보물단지처럼 끌어안고 있어?"

턱짓으로 리안나의 보석함을 가리키며 그가 물었다. 리안나는 식은땀이 흐르는 것을 느꼈다.

"아무것도 아니라니까?"

"그럼 보여 줘."

"응?"

"아무것도 아니라며, 보여 달라고."

프란츠의 뚱한 목소리에 리안나는 애써 표정을 관리했다.

불길한 예감이 등줄기를 타고 흘렀다. 안 돼, 여기서 들키면 오빠의 질투가 폭발하고 말 거야. 리안나는 태연한 척 대답했다.

"나, 나도 사생활이란 게 있거든?"

프란츠의 두 눈이 점차 가늘어지기 시작했다.

딱 보기에는 고작 보석함일 뿐인데, 사생활 운운까지 하며 숨기려 드는 모습이 너무 이상했다.

프란츠는 수상하다는 표정을 감추지 않았다.

"너, 뭔가 이상한 짓 하고 있는 거 아니야?"

"아니야!"

기가 막힌 리안나가 언성을 높였다. 아니, 저 인간이 날 뭘로 보고? 프란츠가 손을 내밀었다.

"그럼 보여 줘."

"아, 싫다고!"

"이상한 짓도 아니라면서 왜 자꾸 숨기는데?"

두 꼬마는 옥신각신거리기 시작했다. 리안나는 황급히 서랍 안에 보석함을 숨기려 했지만, 프란츠의 행동이 조금 더 빨랐다.

보석함을 낚아챈 프란츠가 말릴 새조차 없이 뚜껑을 열었다.

"도대체 어떤 것을 넣어 뒀기에 이렇게 끌어안고 있는 건지⋯⋯."

그렇게 중얼거리던 프란츠의 얼굴이 순간 굳어졌다.

보석함 안에 들어 있는 물건은 프란츠에게도 아주 익숙한 물건이었던 것이다.

섬세하게 세공되어 찰랑거리는 에메랄드 목걸이.

어머니의 짙은 녹색 눈동자 색깔을 꼭 닮은 목걸이는, 어머니의 목에 항상 걸려 있던 목걸이였다.

"⋯⋯."

침묵하던 프란츠가 천천히 시선을 들어 올렸다. 어둡게 가라앉은 새파란 시선이 그녀를 본다.

"⋯⋯이걸 왜 네가 가지고 있어?"

얼음장처럼 차가운 목소리를 들으면서, 리안나는 마른침을 꼴깍 삼켰다.

안 돼, 프란츠의 질투가 폭발한다! 프란츠의 이글거리는 눈동자를 바라보던 리안나가 애써 침착하게 입을 열었다.

"목걸이, 돌려줘."

"아니, 이걸 왜 네가 가지고 있냐고."

그러나 프란츠는 리안나가 목걸이를 소유하게 된 경위를 듣기 전까진, 절대 목걸이를 돌려주지 않을 것 같았다.

그녀는 미간을 좁혔다. 그녀도 그의 저런 태도가 기분이 좋지만은 않았다.

'난 잘못한 것도 없는데, 왜 이렇게 추궁당하는 위치가 되어야 하지?'

하지만 지금은 프란츠가 흥분한 것 같으니, 일단 맞춰 주자. 리안나는 포르르 한숨을 내쉬었다.

"아빠가 주셨어."

"뭐? 아버지께서 네게 이 목걸이를 주셨다고?"

"그래."

두 남매가 서로를 쏘아보았다. 프란츠의 얼굴은 이제 새하얗게 질려 있었다.

마치 믿고 있던 사람에게 철저하게 배신이라도 당한 것만 같은 표정이었다. 프란츠는 날카로운 어조로 따져 물었다.

"너, 이 목걸이가 어떤 물건인지는 알아?"

리안나는 입술을 깨물었다. 마치 죄인을 질책하는 것처럼 매서운 말투에 기분이 확 나빠졌다.

"알지. 어머니가 평소에 아끼시는 물건이잖아."

빠드득, 프란츠가 이를 갈아붙였다. 그는 치받는 분노를 애써 억누르며 리안나에게 되물었다.

"그런데 너 혼자만 저런 물건을 받는 거야?"

그 말에 리안나의 얼굴도 딱딱하게 굳어 버렸다.

프란츠의 목소리가 점차 높아지기 시작했다.

"아무리 아버지께서 네게 선물해 주셨다고 해도 그렇지! 어머니께서는 아시는 거야?"

왜 리안나만 예뻐해 주시는 거지? 나도 예쁨받고 싶은데. 치졸하지만 자꾸만 그런 생각이 들었다.

리안나가 그보다 훨씬 더 어리고, 오라비라면 마땅히 여동생을 아껴야 하는 건 알지만.

'그래도, 이건 너무하잖아.'

한편, 리안나는 잔뜩 열을 내는 프란츠를 바라보며 심호흡을 했다.

'내가 왜 이렇게 추궁당하고 있어야…… 아냐, 우선 내가 참자.'

프란츠에게 저지른 죄도 있었고, 프란츠가 질투를 하게 된 이유도 충분히 이해한다. 그러니까…….

"엄마도 아시는 일이니까, 오빠도 너무 화내지 말고……."

"……그러니까 네 말은, 어머니가 너만 챙겨 주셨다는 소리야?"

"그게 아니라, 조만간 내 생일이잖아? 그래서 그런 거야, 응?"

"아무리 그래도 그렇지, 왜 너만 이렇게 특별대우를 받는 건데?"

프란츠는 계속해서 사납게 캐물었다. 결국 리안나의 표정도 험악해지고 말았다.

이 정도까지 참아 줬으면 된 거 아냐? 오빠도 나에게 너무하잖아!

내가 아빠한테 목걸이를 달라고 조른 것도 아니고, 아빠가 먼저 주신 거잖아?

왜 내가 이렇게, 아무 말도 못 하고 가만히 있어야만 하지?

언제까지 나이 어린 내가 저 칭얼거림을 받아 줘야 하는데?

"그래서?"

리안나가 프란츠에게 되물었다. 순간 허를 찔린 얼굴을 했던 프란츠가 잔뜩 미간을 찌푸렸다.

"지금 뭐라고 했어?"

"그래서, 라고 했는데?"

리안나의 낯도 얼음으로 빚은 조각처럼 차가워진 상태였다. 그녀가 고개를 기울이며 말했다.

"그래서 나보고 뭐 어쩌라고."

"리안나!"

"아빠가 나한테 직접 준 거잖아."

리안나가 프란츠를 사납게 노려보았다. 뻐딱하게 그 자리에 선 채, 리안나가 그에게 반박했다.

"그게 잘못된 거라면, 내가 아니라 아빠한테 가서 따져야 하는 거 아냐?"

그 말에 프란츠는 지그시 입술을 깨물었다. 리안나의 말에는 틀린 구석이 하나도 없었기 때문이었다.

그럼에도 그는 여동생이 부모님의 애정을 독차지하는 것 같은 모습에 질투가 났다.

'나는 부모님이 쓰시던 물건 같은 건, 단 한 번도 받아 본 적 없는데!'

프란츠는 숨을 삼켰다. 자신이 지금 질투에 찌들어 있다는 것, 또한 어딘가 꼬여 있다는 것을 안다.

하지만 가끔 사람은 스스로가 이성적이지 않음을 알고 있어도 고집을 부리는 때가 있는 법이다.

그가 갖지 못했다면, 그녀가 갖는 것도 역시 싫었다. 프란츠는 보석함을 움켜쥐었다.

"아무튼, 이 목걸이는 내가 가져갈게."

그 말에 리안나도 더이상 참을 수 없어졌다. 리안나는 바짝 날을 세운 목소리로 쏘아붙였다.

"오빠가 뭔데 아빠가 준 목걸이를 빼앗아 가는데?"

그 외침에 말문이 막힌 프란츠가 도망치듯이 몸을 물렸다.

무어라 설명한다 한들 리안나를 설득할 수 없었고, 설명할 말도 없었다. 그 자신조차 지금의 제 행동을 납득하기 어려웠으니까.

"갈 거면 내 목걸이 돌려주고 가!"

그러나 리안나의 고함에, 프란츠도 순간 확 열이 올랐다. 보석함을 쥔 프란츠가 소리 질렀다.

"이게 왜 네 목걸이야? 어머니 목걸이지!"

"그걸 몰라서 물어? 아빠가 나한테 줬으니 이제 내 거지!"

하지만 리안나도 절대 물러나지 않았다. 그리하여 두 남매는 다시 보석함을 사이에 두고 사투를 벌이기 시작했다.

리안나가 보석함을 붙들고 늘어졌고, 프란츠는 어떻게든 제 여동생에게서 보석함을 빼앗으려 들었다.

두 남매는 두 눈에 한껏 날을 세운 채, 서로에게 으르렁거렸다.

"아, 이거 놔!"

"못 놔! 왜 내 물건을 오빠한테 빼앗겨야 하는데!"

프란츠에 맞서 리안나도 소리를 질렀다. 두 남매는 보석함을 사이에 둔 채 승강이를 벌였다.

"목걸이, 절대로 오빠에게 못 줘!"

"야!"

"아빠가 나한테 준 거야, 내가 간직할 거야!"

그렇게 외친 리안나가 프란츠가 쥐고 있는 보석함에 달려들었다.

보석함을 빼앗으려 들자, 반사적으로 프란츠도 보석함을 움켜쥐었다.

그 서슬에, 보석함의 뚜껑이 열리며 목걸이가 밖으로 튕겨져 나왔다. 바닥에 떨어진 에메랄드 목걸이가 영롱하게 빛났다. 리안나가 손을 뻗었다.

"내 거야!"

"누구 마음대로!"

프란츠도 질세라 목걸이를 움켜쥐려 했다.

두 남매는 목걸이의 끈을 각자 손에 그러쥐었고, 그 결과는 처참했다.

툭! 아주 작은 소리가 들렸다. 하지만 그들의 얼굴을 동시에 창백하게 만들기에는 충분한 소리이기도 했다. 티격태격하던 두 남매는 동시에 자리에 얼어붙고 말았다.

"……."

"……."

죽음과도 같은 침묵이 흘렀다. 두 사람은 멍하니 그들이 저지른 처참한 현장을 내려다보았다.

"오, 오빠 이게 무슨……?"

리안나의 떨리는 물음에 그제야 프란츠는 그들 남매가 무슨 일을 저질렀는지 알았다.

두 남매는 각자 목걸이를 손에 움켜쥐고 제 쪽으로 잡아당겼고, 그리하여 연약한 목걸이 끈이 끊어지고 만 것이다.

끊어진 목걸이 줄에 걸린 에메랄드 펜던트가 두 남매를 놀리는 양 반짝거렸다.

"이, 이거."

프란츠가 황급히 목걸이 줄과 펜던트를 집어 들었다. 어떻게든 해 보려 했지만, 이미 끊어진 금속 줄이 다시 붙을 리 없다.

줄과 펜던트를 양손에 든 채, 프란츠가 리안나를 돌아보았다.

"어떡하지……?"

그렇게 물어본들 리안나에게도 답이 있을 리 없었다. 리안나는 어쩔 줄 몰라 하며 고개를 절레절레 내저었다.

결국 두 사람은 허탈한 표정이 된 채로 그 자리에 나란히 주저앉고 말았다.

* * *

그날 밤, 느지막이 귀가한 자카리는 이엘리가 아끼던 에메랄드 목걸이의 처참한 결말에 대해 전해 들었다.

매도 먼저 맞는 편이 차라리 낫다고, 아버지에게 그들 입으로 직접 고백할 것을 남매는 서로 합의한 것이다.

그리하여 두 남매는 움츠러든 채 자카리에게 목걸이를 내밀었다.

"……그래서, 목걸이가 끊어졌다고?"

자카리는 속을 알 수 없는 얼굴로 보석함을 받아들었다. 그 안에는 끊어진 줄과 에메랄드 펜던트가 얌전히 담겨 있었다.

보석함을 들여다보던 자카리가 잠시 후, 남매를 가만히 응시했다.

"……."

프란츠와 리안나는 시무룩한 얼굴로 고개를 푹 숙이고 있었다. 어깨와 눈썹은 축 늘어뜨렸고, 입술은 꾹 다물었다. 그 모습을 보던 자카리는 상황에 맞지 않게 조금 웃음이 날 것 같았다.

'누가 남매 아니랄까 봐.'

각자 자카리와 이엘리를 닮아 외양이 좀 다르긴 하지만, 똑같은 표정을 지은 채 기가 죽어 있는 그 얼굴이 꼭 닮아 있었다.

안 되지, 지금 상황에서 웃으면. 그는 애써 낯빛을 가다듬었다.

"그래서 목걸이가 왜 끊어진 거지?"

자카리는 엄격한 목소리로 물었다. 그러자 눈치를 살살 보던 리안나가 조심스레 입을 열었다.

"아빠."

자카리의 시선이 리안나에게로 향했다. 그 시선에 흠칫 놀란 그녀의 목소리가 기어들어 갔다.

"제, 제가 잘못한 거예요."

리안나는 어깨를 옹송그리며 조그맣게 말했다. 프란츠가 눈이 휘둥그레 해진 채 그녀를 본다.

"제가 목걸이를 잘못 관리하는 바람에……."

리안나는 마른침을 삼켰다. 그녀는 현재 아까 자신의 행동을 후회하는 중이었다.

아까 낮부터 고민해 봤지만, 이번 일은 그냥 그녀가 뒤집어쓰는 편이 나을 것 같았다.

무엇보다도 그녀는 프란츠보다 어리고, 좀 더 철없이 굴어도 되는 입장이었으니까.

리안나의 오빠는 헤센바이츠의 차기 가주이자 소공작이었고, 리안나보다도 훨씬 더 많은 책임과 의무를 짊어지고 있는 사람이었다.

'뭐, 솔직히 프란츠 오빠의 마음을 이해하지 못하는 것도 아니니까.'

리안나는 터져 나오려는 한숨을 간신히 눌러 삼켰다. 만약 입장을 바꾼다면, 리안나도 불타오르는 질투를 이기지 못했을 것이다.

그녀를 빼놓은 채, 프란츠만 부모님이 쓰시던 물건을 물려받는 특혜를 누리게 된다면?

분명히 공작 성을 뒤집어엎어 놓았겠지.

기껏 지금까지 만들어 두었던 아빠의 호감을 몽땅 날려 먹는 건 속이 쓰리지만, 그렇다고 오빠가 혼나게 두는 건 좀 아닌 것 같았다.

'이럴 때 빚을 지워 둬야지, 역시.'

그렇게 자기합리화를 하며 리안나는 속으로 피눈물을 흘렸다. 그런데 그때.

"아니에요."

단호한 목소리가 들렸다. 깜짝 놀란 그녀가 곁을 돌아보았다. 목소리의 주인공은 프란츠였다.

"제가 고집을 부려서, 리안나에게 목걸이를 빼앗으려 하다가……그만."

"오, 오빠?"

오빠가 뭘 잘못 먹었나? 리안나는 진심으로 그렇게 생각했다. 그런 뜻을 담은 그녀의 시선을 느꼈는지, 프란츠가 제 여동생을 곁눈질로 노려본다.

그러면서도 소년의 말은 멈추지 않았다.

"그러니까 제가 잘못한 거예요."

도무지 믿을 수 없는 일이 일어나면 가끔 현실을 도피하게 된다.

이따 메리한테 가서, 오늘 태양이 서쪽에서 떴는지 물어봐야지.

프란츠가 제 잘못을 순순히 제 입으로 인정하는 감격적인 순간에, 리안나는 고작 그런 생각이나 하고 있었다.

프란츠는 두 눈을 질끈 감으며 말했다.

"그러니까 리안나는 혼내지 마세요."

"아, 아니에요!"

화들짝 놀란 그녀가 대화에 끼어들었다.

두 남매의 행동에, 자카리의 눈에 이채가 돌았다.

"그게 아니라, 오빠와 제가 어쩌다 보니……!"

리안나는 횡설수설 말을 이었다. 야, 왜 갑자기 착한 척 구는 거야? 너 때문에 내 양심이 심하게 아프잖아!

그러나 그런 여동생을 두고 볼 프란츠가 아니었다. 그는 잔뜩 인상을 구겼다.

"야, 끼어들지 말고 가만히 있어! 왜 괜히 나서서……!"

"오빠야말로 왜 혼자서 다 잘못했다고 해? 우리 둘 다 잘못한 거잖아!"

프란츠와 리안나는 아버지 앞이라는 것까지 까맣게 잊어버리고 아웅다웅 말다툼을 하기 시작했다.

그런 꼬마들을 바라보던 자카리의 입가에 슬며시 미소가 머물렀다. 마치 새끼 고양이들이 다투는 것 같은 광경이었다.

잠시 후, 자카리는 표정을 엄준하게 가다듬고는 입을 열었다.

"다들 이게 뭐 하는 짓이지?"

아차. 두 꼬마가 얌전히 입을 다물고 고개를 숙였다. 자카리는 두 눈을 가늘게 뜬 채 말했다.

"두 사람 모두 서로 잘못했다고 하니, 벌을 받아야겠군."

"……네에."

"네……."

시무룩한 대답이 뒤따랐다. 그러면서도 자기가 잘못하지 않았다고 항변하지 않는 걸 보니, 얌전히 벌을 받을 마음은 있는 것 같다.

자카리는 팔짱을 끼고 고개를 기울인 채 입을 열었다.

"리안나는 예법 교본 베껴 쓰기 스무 장."

잔뜩 우울한 얼굴을 하고 있던 그녀가 두 눈을 동그랗게 떴다. 어라, 생각보다 벌이 약하네?

"그리고 프란츠는 포프 경에게 일러둘 테니, 내일 훈련을 두 배로 추가한다."

"저, 정말요?"

다른 것도 아니고, 어머니께서 그렇게 소중하게 여기시던 목걸이를 망가뜨렸다.

기껏 선물로 주셨는데도 이런 결과를 내고 말았으니, 엄청나게 화를 내서도 할 수 없다 생각했다.

그런데도 정말, 이 정도 벌로 충분한 거야? 그런 의문을 담아서, 두 남매가 자카리를 올려다보았다.

'누가 남매 아니랄까 봐, 표정이 똑같군.'

접시처럼 커다란 눈으로 저를 바라보는 두 남매를 마주보면서, 자카리는 삐져나오려는 웃음을 억지로 참느라 애써야만 했다.

혀를 깨물어 웃음을 삼킨 자카리가 고갯짓으로 문을 가리켰다.

"그래, 두 사람 모두 나가 보거라."

혹시 아버지의 마음이 바뀔까 봐 두려웠던 두 꼬마는 화닥닥 방을 빠져나갔다.

방문이 달칵 닫히자, 자카리는 나지막이 웃음을 흘렸다. 그가 책상 위에 얌전히 올라간 목걸이를 응시했다.

'목걸이는 수선하면 되니까.'

무엇보다도 이엘리는, 자신의 목걸이가 망가졌다는 이유로 자카리가 아이들을 심하게 혼내는 것을 바라지 않을 것이다.

작게 고개를 끄덕이던 자카리는 문득, 제 아이들에 대해 생각했다.

'……그러고 보니, 두 녀석이 이렇게 서로를 감쌌던 적이 있었나?'

그렇지 않아도 프란츠가 리안나를 피하는 것 같아 걱정했었는데, 그 걱정은 잠시 접어 두어도 될 것 같다.

새끼 고양이처럼 아르릉거리던 두 꼬마를 생각하던 자카리는 다시 한 번 웃었다.

두 남매는 자카리의 서재에서 물러 나왔다. 잠시 머뭇거리던 프란츠가 제 여동생을 응시했다.

"너, 설마 네가 다 뒤집어쓰려고 한 거야?"

불쑥 튀어나온 질문에 리안나가 문득 프란츠를 마주보았다.

아빠의 서재에서 있었던 일들은 사실 리안나에게도 굉장히 의외였다.

프란츠가 그녀에게 토라져 있는 걸 뻔히 아는데, 프란츠가 제 입으로 자신의 잘못을 인정할 줄이야. 묘한 얼굴이 된 리안나가 프란츠에게 되물었다.

"오빠야말로 아까 전에 왜, 솔직하게 말했어?"

"뭘 그런 걸 물어봐?"

프란츠는 당연한 걸 묻는다는 양 두 눈을 가늘게 뜨고는, 팔짱을 낀 채로 리안나에게 말했다.

"그럼 거기서 어떻게 너 혼자 혼나는 모습을 보냐?"

"하지만."

"아무리 그래도 나도 양심이라는 게 있거든?"

정말? 당신도 양심이란 게 있는 사람이었어? 그런 의미를 담아 리안나는 프란츠를 빤히 바라봐 주었고, 프란츠는 험상궂은 표정이 되어 버렸다.

어색함이 내려앉았다. 두 남매는 서로 입을 꾹 다문 채 조용한 복도를 걸었다.

리안나는 곁눈질로 프란츠의 단정한 옆얼굴을 바라보았다.

'프란츠 오빠.'

아빠를 꼭 닮아 조각 같은 얼굴, 긴 속눈썹 그늘 아래에 감춰진 짙은 푸른색 눈동자. 요 근래 언제나 리안나를 외면하던 그 얼굴은, 지금만큼은 평소의 담담한 표정으로 돌아와 있었다.

'그래서, 기뻐.'

아까 전, 프란츠가 리안나를 모른 척해도 어쩔 수 없다고 생각하고 있었다.

오빠가 솔직하게 말해 줄 거라고는 예상조차 하지 못했기에, 리안나는 지금 사실 조금은 얼떨떨한 상태였다.

"……솔직히, 내가 잘못한 거 맞으니까."

그때 프란츠가 낮게 속삭였다. 리안나는 제 귀를 의심하며, 다시 한 번 프란츠에게 질문했다.

"응? 뭐라고?"

"내가 유치했어."

그렇게 말하는 그의 목소리는 착 가라앉아 있었다. 그를 보는 그녀의 눈이 동그랗게 뜨였다.

"네 말이 맞아, 아버지께서 네게 주신 물건인데."

"……오빠."

"나, 너한테 결국 화풀이를 한 거야."

그렇게 말하는 프란츠의 얼굴은 바람 없는 호수처럼 고요했다. 그녀는 말문이 막히고 말았다.

"나도 어머니의 물건을 갖고 싶었는데, 아버지께서 네게만 주신

게 질투가 나서."

자신의 솔직한 진심을 고백하는 프란츠라니, 내가 지금 꿈을 꾸고 있는 게 아닐까?

오빠가 자신에게 저런 내밀한 진심을 내보일 거라고는, 리안나는 단 한 번도 기대해 본 적조차 없었다.

"그냥 내가 어린애처럼 행동한 거지."

프란츠가 흘끗 리안나를 돌아보았다. 차분한 푸른색 눈동자가 리안나의 얼굴을 훑어 내렸다.

"그러니까 네가 나에게 화를 내도 할 수 없다고 생각해."

잠깐 머뭇거리던 프란츠가 말을 골랐다.

잠시 후, 그는 고개를 숙여 여동생의 시선을 피했다.

"내가 너보다 세 살이나 많은데, 오빠답지 못하게 행동했어."

그렇게 말을 잇는 프란츠의 얼굴은 조금은 괴로워 보였으나, 동시에 굉장히 홀가분해 보였다.

"이번 일은 내가 잘못한 게 맞아."

"……."

"미안해, 리안나."

리안나는 말문이 턱 막히는 것을 느꼈다. 프란츠의 사과가 진심이라는 걸 알아서 더 그랬다.

"그럼 나 안 미워하는 거야?"

"널 내가 왜 미워해?"

기가 막힌 프란츠가 여동생에게 되물었다.

처음부터 리안나를 미워한다는 생각은 해 보지도 않았다.

다만 리안나가 자신보다 좀 더 특별 취급을 받는 것 같아서, 그게 괜히 얄미웠을 뿐이다.

"쓸데없는 생각 하지 마, 넌 하나뿐인 내 동생인걸."

"지, 진짜?"

"진짜로."

그러자, 리안나의 푸른 눈동자가 순식간에 젖어 들었다.

사과처럼 발그레한 양 뺨 위로 주르륵 눈물이 흘러내리자, 프란츠는 그만 기겁하고 말았다. 내가 뭔가 기분 나쁜 말이라도 한 건가?!

"리, 리안나! 도대체 왜 우는 거야?!"

화들짝 놀란 프란츠가 몸을 굽혀 리안나와 시선을 맞췄다. 프란츠가 초조한 목소리로 물었다.

"내가 뭔가 실수라도 했어?"

"아냐, 그런 거."

작게 훌쩍거리던 리안나가 말을 이었다. 젖은 눈동자로 프란츠를 바라보며 입술을 달싹인다.

"그냥, 기뻐서……."

그 눈동자를 바라보던 프란츠는 문득 뭉클한 기분을 느꼈다.

단 하나뿐인 여동생, 소중한 아이. 리안나에게 너무 유치하게 굴었다. 손을 뻗었다. 한참 조그마한 여동생의 눈물을 닦아 주고, 그녀를 품에 끌어안았다.

어색한 손길로 리안나의 등을 토닥여 주자, 리안나가 눈물이 고인 눈으로 빙그레 웃었다.

그런 그녀를 말끄러미 바라보던 프란츠가 심술궂게 입술을 열었다.

"바보야, 울다가 웃으면 엉덩이에 털 난대."

"그, 그러면 계속 울라고?"

한껏 흐느끼는 와중에도 리안나는 새초롬한 얼굴이 되었다.

프란츠가 쿡쿡 웃으며 대답했다.

"아니, 그냥 네 마음대로 해."

여동생의 어리둥절한 눈동자가 프란츠를 빤히 바라보자, 프란츠는 어깨를 으쓱이면서 말했다.

"엉덩이에 털이 나면 내가 뽑아 주지 뭐."

"오빠아!"

리안나가 왈칵 언성을 높였고, 소리 내어 웃은 프란츠가 리안나를 다시 한 번 끌어안았다.

어린 오빠의 품에 고개를 기대던 리안나가 조심스럽게 손을 뻗었다.

프란츠의 등에 제 손을 얹자, 리안나를 끌어안은 프란츠의 손에 힘이 들어갔다.

리안나는 가쁘게 오르는 숨을 되삼켰다.

'따뜻해.'

그에게서 전해져 오는 온기가 따스하다.

다시 울음이 터질 것 같아, 그녀는 입술을 깨물었다.

* * *

며칠 후. 햇살이 환하게 내리쬐는 오후, 리안나의 방에 방문한 프란츠가 대뜸 그녀를 불렀다.

"야, 못난이."

"왜 불러, 이 불평쟁이야?"

한 마디도 지지 않는 여동생을 보며 프란츠가 피식 웃었다.

예전이라면 그런 리안나가 얄미워서 죽을 것 같았을 텐데, 지금의 리안나는 그냥 귀엽기만 하다. 하긴 고작 일곱 살이지 않나.

"선물이 있어."

"선물?"

리안나가 그를 향해 어리둥절한 눈빛을 보냈다.

프란츠가 등 뒤에 숨겼던 손을 쑥 내밀었다.

"쨘!"

"와아!"

리안나의 입술에서 탄성이 터져 나왔다.

말끔하게 수리된 에메랄드 목걸이가 보석함 안에 얌전히 놓여 있었던 것이다.

반짝거리는 여동생의 눈동자를 바라보던 프란츠가 당당히 말했다.

"아버지께서 수리해 주셨어."

마치 자신이 수리한 것처럼 콧대 높은 태도였음에도, 그저 행복한 리안나는 프란츠의 그런 뻔뻔함을 눈치채지조차 못했다.

목걸이를 집어 든 프란츠가 리안나를 손짓해 제 쪽으로 불렀다.

"자, 내가 걸어 줄게."

"응, 응!"

리안나가 냉큼 뒤돌아섰다. 고사리손으로 목걸이의 고리를 채워 준 프란츠가 입술을 열었다.

"뒤돌아봐."

빙글 뒤돌아서는 리안나의 목에 걸린 에메랄드 목걸이가 햇빛을 머금어 영롱하게 반짝거렸다.

"뭐, 잘 어울리네."

"진짜?"

"내가 뭐 하러 이런 걸로 거짓말을 하냐?"

프란츠가 눈을 가늘게 뜨며 대답했다.

리안나는 쪼르르 거울 앞으로 달려가 목걸이를 요모조모 보았다.

그때, 프란츠가 마치 엄청난 비밀을 이야기해 주는 양 목소리를 낮춰 소곤거린다.

"아 참, 그건 그렇고."

"응?"

"내가 엄청난 소식을 들었거든."

도대체 뭐가 그렇게 엄청나기에 저러지? 제 목에서 찰랑거리는 목걸이를 홀린 양 바라보던 리안나가, 미간을 찌푸리면서 프란츠를 돌아보았다.

빙그레 웃은 프란츠가 기세등등하게 말했다.

"오늘 주방에서 라즈베리 파이를 구웠다는데."

라즈베리 파이라고? 순간 리안나의 두 눈이 반짝 빛났다.

라즈베리 파이는 리안나가 가장 좋아하는 간식 중 하나였던 것이다.

턱짓으로 방 바깥을 가리키며, 프란츠가 나긋하게 속삭였다.

"같이 먹으러 갈래?"

"갈래!"

리안나가 커다랗게 고개를 끄덕였다. 두 남매는 마치 다람쥐처럼 날랜 동작으로 주방을 향해 뛰어가기 시작했다.

그 뒷모습을 바라보넌 사카리는, 옅은 미소를 입술에 걸었다.

*　*　*

마침내 다사다난했던 일주일이 모두 흐르고, 헤센바이츠 공작가의 최고 권력자인 안주인 마님이 공작 성에 귀환하는 날이 되었다.

공작가의 사람들은 모두 안주인 마님을 마중하기 위해 옹기종기 모였다.

맨 앞에는 공작과 두 아이가 서 있었다.

잠시 후, 저 멀리서 헤센바이츠의 문장을 단 마차가 달려왔다. 자카리는 환한 얼굴로 마차 앞에 서서 이엘리를 에스코트했다.

"수고했어, 이엔."

"고마워. 다들 별일 없었어?"

이엘리가 주변을 돌아보며 물었다. 자카리는 난처한 미소를 지었다.

이엘리가 자리를 비운 일주일 동안, 두 꼬마는 파이 대 전쟁을 벌였고 목걸이 하나를 끊어 먹었다.

이 사건들을 어떻게 설명해야 할지 고민하던 자카리는, 문득 미소 지었다. 어쨌든 모두 잘 끝난 일이지 않나.

"엄마!"

"엄마아!"

그때, 구르듯 달려온 프란츠와 리안나가 곧장 어머니의 품에 파고들었다.

허리를 숙여 두 아이를 끌어안으며 이엘리는 살짝 웃었다.

리안나는 이엘리의 품에 고개를 묻으며 칭얼거렸다.

"왜 이렇게 늦게 왔어요, 보고 싶었어요!"

"저, 저도요!"

평소 점잔을 빼는 프란츠마저 저렇게 말하는 것을 보니, 아무래도 그녀가 자리를 오래 비우긴 비운 것 같다.

이엘리는 아이들의 손을 한쪽씩 잡으며 몸을 일으켰다. 상냥하게 질문을 한다.

"다들 얌전히 있었어? 아빠 속 썩이지는 않았고?"

그 말에, 아이들은 순간 바짝 얼어 버렸다.

어라? 의아해진 이엘리가 고개를 갸웃거렸다. 서로를 마주보던 아이들이 구원요청을 하듯이 아버지를 바라본다.

자카리가 피식 웃음을 지었다.

"걱정 마, 이엔 네가 걱정할 만한 일은 없었어."

그 말에 눈치 빠른 이엘리는 약간 의심스러운 얼굴을 했지만, 자카리는 가볍게 어깨를 으쓱일 뿐이었다.

아무래도 무슨 일이 있긴 있었던 것 같은데? 이엘리는 아이들을 들여보낸 후, 자카리와 진지하게 대화를 해 볼 것을 다짐했다.

자리에서 폴짝폴짝 뛰며 리안나가 말했다.

"엄마, 이번 제 생일에는 밤으로 만든 크림을 올린 케이크를 먹고 싶어요!"

"마롱 케이크 말이니? 주방장에게 미리 말해 둬야겠구나."

이엘리가 흔쾌히 대답하자, 리안나의 얼굴이 활짝 밝아졌다.

자카리는 환하게 웃는 가족들의 모습을 지켜보았다.

하늘은 구름 한 점 없이 파랗고, 낙엽들이 화려하게 흩날리는 오후. 가장 사랑하는 사람들이 그의 곁에 있었다.

이런 행복이 영원히 지속될 수 있기를. 그는 기원했다.

외전 4.

혜센바이츠 공작 성이 오랜만에 시끌벅적해졌다.

혜센바이츠 공작 일가가 모두 여행을 떠나기로 했기 때문이었다.

그들의 목적지는, 안주인 마님의 부모님인 블랑쳇 자작 부부가 사는 제국 남부였다.

폐제와 날을 세웠을 무렵에는 블랑쳇 자작 부부를 북부에 모셨었지만, 황가와의 관계가 개선된 지금은 블랑쳇 자작 부부는 고향으로 돌아간 상태였다.

"장인어른과 장모님······ 오랜만에 뵙게 되는 거네."

여행 준비를 위해 공작 성의 사용인들은 바쁘게 움직였고, 공작은 간만에 뵙는 장인어른과 장모님을 생각하며 바짝 긴장한 상태였다.

이엘리는 그만 고개를 절레절레 내젓고 말았다.

"자카리, 그렇게까지 긴장하지 않아도 되는데."

하지만 자카리는 긴장을 풀지 못했다.

"하지만……."

"뭐가 하지만이야, 내가 괜찮다는데."

이엘리는 덩딩한 얼굴로 그렇게 말했다. 이엘리는 자카리의 어깨를 툭툭 치며 말을 이었다.

"이번에는 보고서 같은 거 안 써도 돼, 알았지?"

자카리는 그 말에 그만 찔끔하고 말았다.

블랑쳇 자작 부부에게 건넬 2차 보고서들은 이미 모조리 완성되어 있었기 때문이었다.

그 표정을 기민하게 살펴보던 이엘리가 조심스레 물었다.

"……설마, 이번에도 다 써 놓은 거야?"

"으응……."

이엘리는 그만 한숨을 푹 내쉬었다. 그래, 그게 네 마음이 편하다면 그렇게 하렴.

그 부분에 대한 설득은 그만둔 이엘리는, 정원에서 신나게 뛰어다니고 있는 아이들을 바라보았다.

"애들이 어려서 긴 여행이 괜찮을라나 몰라."

저번 전시회 때도 아이들의 건강이 걱정스러워서 떼어놓고 갔는데.

이엘리는 약간 걱정스러운 표정을 감추지 못했다.

겨울도 모두 지나고 이젠 초봄이긴 했지만, 북부의 날씨는 여전히 칼바람이 쌩쌩 불고 있었다.

그런 이엘리를 보다 못한 자카리가 부드럽게 미소 지었다.

"너무 걱정하지 마, 이엔."

"하지만."

"저번에는 네가 일할 때 방해가 될까 봐, 내가 데리고 있었던 거지만."

그럼에도 이엘리는 미심쩍은 표정을 감추지 못했다.

자카리는 이엘리를 달래듯 말을 이었다.

"이엔은 아이들을 지나치게 어리게 보는 것 같아."

그 말에 이엘리는 한숨을 삼키며 아이들을 바라보았다.

아이들은 비록 쑥쑥 자라고 있었지만, 그럼에도 이엘리에게는 아직 한참 어린 아이들 같았다.

그런 이엘리를 응시하던 자카리는, 제 아내를 가만히 끌어당겨 어깨를 토닥여 주었다.

푸른 눈동자가 아이들을 제 안에 담아낸다.

"저만하면 마차 여행 정도는 할 수 있어."

그러고 보면 그랬었지. 이엘리는 그의 어깨에 고개를 기대며 그를 올려다보았다.

자카리가 프란츠 나이였을 때쯤, 그는 이미 전투에 수없이 차출되지 않았었나. 그런 제 남편이 왠지 안쓰럽게 느껴져서, 이엘리는 그의 팔을 살며시 끌어안았다.

자카리의 미소가 조금 더 짙어졌다.

"게다가 제국 남부는 여기보다 날씨가 훨씬 포근할 테니까, 아이들에게도 좋겠지."

"그건 그렇지."

이엘리는 마지못해 그의 말에 동의했다.

제국 남부는 북부와 다르게, 지금쯤이면 봄이 무르익어 있을 것이다. 자카리가 그녀의 뺨에 부드럽게 입을 맞추며 소곤거렸다.

"그리고 고향, 가 보고 싶잖아. 그렇지?"

"……."

"꽤 오랫동안 방문하지 못했으니까. 그리고 장인어른과 장모님을 뵌 지도 오래되었고."

아니라고 할 수는 없어서, 이엘리는 작게 고개를 끄덕였다. 자카리의 미소가 좀 더 짙어졌다.

"오랜만에 휴가를 간다고 생각하자. 알았지?"

"고마워, 자카리."

이엘리는 살짝 눈웃음을 쳤다. 그들은 서로에게 몸을 기댄 채 아이들을 지켜보았다.

*   *   *

이엘리의 걱정이 무색하게도, 아이들은 처음 해 보는 마차 여행에 아주 잘 적응했다.

멀미 하나조차 하지 않고 저들끼리 깍깍거리며 노는 통에, 이엘리가 아이들을 조용히 시켜야 할 정도였다.

그리하여 도착한 블랑쳇 영지는 이엘리가 기억하는 모습 그대로, 무척 평화로웠다.

"외할머니, 외할아버지!"

"저희 왔어요!"

미리 나와 있던 블랑쳇 자작 부부를 향해, 쪼르르 달려간 아이들이 와락 안겼다.

자작 부부는 아이들을 보듬으며 머리를 쓰다듬어 주었다.

블랑쳇 자작이 리안나를 덥석 안아 들었다.

"아이고, 우리 강아지들. 잘 있었어?"

"네에! 할아버지는요?"

"잘 있었지, 그래도 우리 리안나가 보고 싶어서 힘들었단다."

그 대답에 리안나가 꺄꺄 소리를 내며 웃었다. 프란츠는 소공작인 제 입장을 생각했는지, 괜히 점잔을 빼며 서 있었다.

그럼에도 블랑쳇 자작 부인이 프란츠의 손을 꼭 잡자, 수줍은 얼굴로 헤헤 웃어 보인다.

한참 손주들을 어르고 달래던 자작 부부가 공작 부부를 응시했다.

"공작님, 어서 오세요."

다정한 인사는 블랑쳇 자작 부인의 목소리다. 그 뒤를 시큰둥한 자작의 목소리가 따라붙는다.

"이엔, 요 녀석아. 아빠에게 자주자주 편지하지 않고."

"엄마, 오랜만이에요."

자작 부인에게 인사를 건넨 이엘리가 밉지 않게 블랑쳇 자작을 흘겨보았다.

"아빠도 참, 그 정도 편지를 보냈으면 됐지. 뭘 더 보내요?"

"우리 딸, 이 아빠에게 너무 매정하다는 생각 안 드니?"

"일주일에 한 번이면 차고도 넘치죠!"

두 부녀가 아웅다웅 말다툼을 했다.

어이구, 누가 부녀 아니랄까 봐 저런 걸로 싸우고 있네. 그 부녀를 한심하게 바라보던 자작 부인이 잠시 후, 자카리를 향해 환하게 웃어 보였다.

"편히 쉬다 가세요, 공작님."

"감사합니다, 장모님."

살짝 뺨을 붉힌 자카리가 꾸벅 인사를 건넸다. 자작 부인은 고개를 끄덕이며 다시 한 번 눈웃음을 쳤다.

자카리는 약간 새삼스러워졌다. 과거에는 저 따스한 가족 사이에 자신이 들어가도 되는지 궁금했었다.

그는 저주받은 존재고, 겨울의 마법을 사역하는 괴물이었으니까.

하지만.

'이젠 괜찮아.'

그런 느낌이 들었다. 그는 인간이고, 그를 사랑하는 사람들도 곁에 있었으니까.

자카리는 한숨처럼 미소 지었다. 아이들은 외조부와 외조모에게 바짝 안겨 들었고, 이엘리는 당연하다는 듯이 자카리의 곁에서 그의 손을 마주 잡았다.

이제는 익숙해진, 그러나 기적 같은 평온함이었다.

*　　　*　　　*

그날 저녁, 자작가의 식탁에는 온갖 음식들이 바리바리 올라왔다.

딸아이와 사위, 그리고 손자 손녀에게 어떻게든 맛있는 것들을 먹이고 싶은 마음 때문이었다.

"이것도 드셔 보세요, 공작님."

자작 부인이 자카리 앞에, 달콤하게 졸인 과일소스를 위에 끼얹고, 배 속은 온갖 견과류로 채운 닭 요리를 밀어 주었다.

흐뭇하게 웃어 보이는 그녀 앞에서, 자카리는 차마 '너무 배불러서 더 이상 먹을 수 없다'라는 말을 할 수 없었다. 자카리는 애써 미소를 지어 보였다.

"감사합니다, 잘 먹겠습니다."

자카리는 전투적으로 음식을 먹기 시작했고, 보다 못한 이엘리가 그들 사이에 끼어들었다.

"엄마, 자카리의 위장은 한정적이라고요. 그걸 어떻게 다 먹어요?"

"하지만 공작님께서는 한참 성장기잖니."

"성장기라니, 엄마. 자카리는 이미 두 아이의 아빠예요."

그런가. 자작 부인은 약간 머쓱한 얼굴을 했다. 물론 머리로는 알고 있다. 자카리와 이엘리는 결혼 생활을 오래 한 부부고, 심지어는 아이까지 두 명이나 둔 사이라는 것까지도.

하지만 부모 된 입장에서 자카리와 이엘리, 두 사람 모두 한없이 어려 보이는 건 어쩔 수 없었다.

"앗, 내 푸딩! 치사하게 오빠만 다 먹어!?"

"늦게 먹는 네 잘못이지."

그 옆에서 아이들은 캐러멜 푸딩 쟁탈전을 벌이고 있었다. 도끼눈을 뜨던 이엘리는 간신히 잔소리를 밀어 넣었다.

평소라면 엄격하게 식탁 예절을 가르칠 이엘리였지만, 가끔은 편하게 식사하는 것도 나쁘지 않다는 생각이 들어서였다.

리안나는 외할아버지에게 구조 요청을 했다.

"할아버지, 오빠가 푸딩을 다 먹었어요!"

"원래 이런 건 일찍 먹는 사람이 승자가 되는 거거든?"

씩씩거리는 리안나 앞에서, 프란츠가 여유롭게 마지막 남은 푸딩 한 조각을 입 안에 쏙 집어넣었다.

사실 이번 싸움의 승패는 무승부였다.

비록 리안나는 푸딩을 모조리 빼앗기긴 했지만, 그 전에 프란츠 몫의 생크림 케이크 위를 장식한 딸기를 슬쩍했기 때문이었다.

"더 있으니 싸우지 말려무나."

성난 새끼 고양이처럼 서로에게 아르릉거리는 두 꼬마를 자작이 살살 달래기 시작했다.

"리안나 몫으로 푸딩을 더 갖다 달라고 하마. 프란츠도 케이크를 더 먹겠니?"

리안나가 환호를 내질렀고, 프란츠는 수줍은 얼굴로 고개를 끄덕였다.

이엘리는 점차 난장판이 되어 가는 식탁을 피곤한 시선으로 바라보다가, 자카리를 돌아보았다.

자카리는 온기 어린 눈으로 식탁에 둘러앉은 가족들을 바라보고 있었다. 이엘리는 그만 픽 웃어 버렸다.

'그래, 너만 행복하면 됐지 뭐.'

언제나 주변을 겉돌고 있던 자카리가 드디어, 이 풍경의 일부가 되어 녹아든 느낌이었다.

*　　　*　　　*

자작가의 식탁이 너무 풍성했기에, 과식을 하게 된 가족들을 정원을 한 바퀴 돌아보기로 결심했다.

자카리 또한 따라가고 싶은 마음이 만만이었지만, 아쉽게도 그는 해야 할 일이 있었다.

"나한텐 휴가라고 하더니, 너는 일이 산더미네."

이엘리는 한숨을 내쉬었다. 공작 가에서부터 싸들고 온 서류들을 확인하던 그가 빙긋 웃었다.

"난 네가 쉬는 모습을 보는 것만으로도 좋으니까, 괜찮아."

"무슨 말을 그렇게 해, 쉬려면 같이 쉬어야지."

이엘리는 자카리의 곁에 바짝 붙어 앉았다. 서류들을 넘겨보는 그 모습이 익숙했다.

"도와줄까?"

"아냐, 괜찮아. 장인어른과 장모님께 프란츠랑 리안나를 맡기기엔 죄송스러우니까."

하긴, 애들이 좀 망아지 같기는 하지. 이엘리는 어깨를 으쓱였다.

자카리가 다정하게 말했다.

"가서 아이들과 함께 한 바퀴 돌고 와. 난 신경 쓰지 말고."

"……일은 적당히 해, 몸 상하지 않게. 알았지?"

이엘리는 약간 불만스러운 얼굴이었지만, 몸을 일으켰다. 자카리는 고개를 끄덕여 보였다. 그때 똑똑 노크 소리가 들리더니, 두 아이가 고개를 쏙 들이밀었다.

자카리는 의아한 낯이 됐다.

"아빠, 나중에는 저희랑 꼭 같이 산책해 주셔야 해요. 알았죠?"

리안나가 또랑또랑하게 말했고, 프란츠가 뒷말을 덧붙였다.

"너무 무리하시지는 말고요."

"……그래."

행복이란 게 이런 걸까. 아이들을 데려가는 이엘리의 뒷모습을 보며, 자카리는 문득 생각했다.

*   *   *

잘 정돈된 정원은 그녀의 기억 속 그대로였다. 이엘리는 빙그레 미소 지었다.

문득 과거가 떠올랐다. 과거 자카리와 이별했을 때, 붉은 장미가 가득 피어 있는 정원에서 어머니의 품에 울며 안겼던 기억.

그 모든 순간은 아주 먼 과거 같았다. 나쁜 악몽, 다시는 돌아오지 않을.

"여기는 벌써 아샤 꽃이 다 폈네요."

이엘리는 정원을 바라보며 중얼거렸다. 아직 북부에서는 아샤 꽃이 피지 않았지만, 남부에서는 꽃이 만발해 있었다.

달빛을 머금은 꽃잎들이 새하얗게 흩날렸다. 그 아래로 아이들이 까르르 웃으며 뛰어논다. 그 모습을 지켜보던 이엘리의 미소가 조금 더 짙어졌다.

'올해도 아샤 축제를 하겠지.'

황가와의 모든 일들이 정리되고, 자카리와 함께 참석했던 아샤 축제가 문득 생각났다.

어렸을 때의 약속을 지켰던 그때. 그 순간부터 이엘리의 삶은 무척 충만해졌다.

눈에 넣어도 아프지 않을 아이들을 얻었고, 자카리는 더 이상 쓸쓸한 얼굴을 하지 않는다. 그때 자작이 말했다.

"이엔, 요새 무척 행복해 보이는구나."

"행복해요."

이엘리는 망설임 없이 그렇게 대답했다. 왜냐하면 사실이었으니까. 행복했다. 이 이상의 행복을 바라는 것이 죄스러울 정도로. 그 대답을 들은 자작이 고개를 작게 끄덕이며 웃었다.

"그래서, 우리도 공작 각하께 무척 감사하고 있단다."

이엘리는 의아한 얼굴로 아버지를 돌아보았다. 자작은 다정한 목소리로 이엘리에게 속삭였다.

"너는 우리보다도, 공작 각하 곁에 있을 때 훨씬 더 환하게 웃거든."

"……아."

이엘리의 얼굴이 살짝 붉어졌다. 자작이 이엘리의 어깨를 가볍게 두드려 주었다.

"자식이 행복한 모습을 보는 것만큼, 부모가 기쁜 일도 없단다."

"아빠."

"잊지 말렴, 이엔. 넌 우리들의 기쁨이고 자랑이야."

그 속삭임에 이엘리는 작게 고개를 끄덕였다. 그와 동시에 리안나가 쪼르르 달려왔다.

"엄마! 할아버지!"

"어이구, 우리 강아지 왔니?"

자작은 금세 함박웃음을 지으며 리안나를 품에 끌어안았다. 저 뒤로는 자작 부인과 프란츠가 조곤조곤 대화를 나누며 걸어오고 있었다.

이엘리는 문득 위를 올려다보았다. 어느새 커튼을 걷은 자카리가 이엘리를 내려다보고 있다.

리안나와 프란츠가 폴짝폴짝 뛰며 손을 흔들었다.

"아빠, 여기예요! 여기!"

"몸 상하지 않게 조심하세요!"

비록 아이들의 목소리는 들리지 않을 거리였지만, 적어도 아이들이 자신을 아끼는 건 모두 알아보았다.

자카리가 고개를 끄덕이며 미소를 지었다. 이엘리도 살며시 손을 흔들어 주었다.

"할머니, 그러고 보니 저택에 후원도 있어요?"

잠시 후, 아버지에게서 관심을 거둔 리안나가 자작 부인에게 호기심 가득한 얼굴로 물었다.

"그래, 후원도 있단다."

"후원엔 뭐가 있는데요?"

"작은 연못이 있지. 아샤 꽃나무도 많이 심어 뒀단다."

"우와!"

리안나가 두 눈을 반짝였다. 당장이라도 후원으로 달려가고 싶
어서, 엉덩이를 들썩거린다.

"오늘은 늦었으니, 내일 한번 가 보렴."

그런 리안나를 자작 부인이 다독였다. 부드러운 미소와 함께 설
명을 덧붙인다.

"아샤 꽃나무들은 네 엄마가 태어날 때 심은 건데, 지금은 꽤 튼
튼하게 자랐단다."

그 상냥한 목소리에는 이엘리를 향한 애정이 가득 차 있어, 이엘
리는 조금 부끄러운 한편 가슴이 따스해졌다.

사랑하는 사람들이 곁에 있는 것만큼 행복한 일도 없다고, 그녀
는 생각했다.

*　　　*　　　*

그리고 다음 날. 아침 일찍 일어난 프란츠와 리안나는 후원으로
향했다.

어제 할머니가 이야기했던, 아샤 꽃이 흐드러진 모습이 너무 궁
금했기 때문이었다.

잠시 후, 후원에 도착한 두 아이의 눈동자가 휘둥그레 하게 터졌다. 동시에 아이들의 입에서 탄성이 터졌다.

"우와!"

어제 할머니가 자랑스럽게 말했던 이유가 있었다. 아직 겨울이 채 가시지 않은 북부와는 다르게, 봄이 만개한 남부의 정원은 환상적인 풍경을 이루고 있었다.

초봄, 봄을 처음으로 알리는 아샤 꽃. 연분홍색 꽃잎들이 구름처럼 피어났고, 가지를 살랑이며 꽃잎을 떨어뜨린다.

"저기 봐, 리안나. 벤치도 있어!"

프란츠가 연못 근처를 가리켰다. 두 꼬마는 쪼르르 달려가서 연못 안을 내려다보았다.

투명한 연못 안쪽으로 빨간 비단잉어들이 헤엄친다.

성인 남성의 가슴께에 닿을 높이의 연못은, 어찌나 맑은지 그 안이 훤히 들여다보였다.

팔랑팔랑 떨어지는 꽃잎들이 연못 위로 스치며 파장을 이루었다.

연못 주변을 동그란 돌로 예쁘게 감싸 곳곳에 꽃을 심어 두었다.

"리안나, 마음에 들어? 집에 돌아가면 우리도 이런 정원을 하나 만들어 달라고 할까?"

"응! 진짜 예뻐!"

다정한 오빠의 물음에 리안나가 크게 고개를 끄덕였다. 두 남매는 연못을 한 바퀴 돌며 산책했다.

아직 바람은 쌀쌀했지만 그만큼 상쾌했다. 폐부가 깨끗하게 씻겨 나가는 기분이었다.

그런데 그때, 리안나의 배에서 꼬르륵 소리가 울렸다. 리안나의
얼굴이 새빨갛게 달아올랐다.

"리안나, 돼지도 아니고 맨날 배고파?"

"오빠, 정말!"

장난스러운 물음에, 리안나가 눈에 힘을 주고 프란츠를 노려보
았다. 쿡쿡 웃음을 터뜨린 프란츠가 리안나의 뺨을 살짝 튕겼다.

하긴, 아침도 먹지 않고 뛰어나왔으니 그럴 만도 하다.

"들어가서 아침 먹을래?"

"싫어, 좀 더 있고 싶단 말이야."

리안나가 살래살래 고개를 저었다. 그런 리안나를 바라보던 프
란츠가 한숨을 푹 내쉬었다.

"그럼 여기서 조금만 기다리고 있어, 내가 부엌에 좀 다녀올 테니
까."

"진짜?"

"샌드위치 정도면 되지?"

"그럼! 오빠 사랑해!"

이럴 때만 사랑한다니까. 그렇게 툴툴거리면서도 프란츠는 피식
웃었다.

귀여운 여동생의 머리카락을 쓰다듬는 척, 엉망으로 헝클어뜨려
놓자 리안나가 잔뜩 신경질을 낸다.

"오빠아!"

"도시락 대신 싸 오는 값이야."

"치사해, 정말!"

리안나가 뚱한 얼굴로 툴툴거렸다. 그러거나 말거나, 프란츠는 어깨를 으쓱여 보일 따름이다.

"얌전히 있어야 된다?"

한 마디 말을 덧붙이자, 볼을 잔뜩 부풀리면서도 알았어, 라는 대답이 돌아온다.

싱긋 웃은 프란츠가 성큼성큼 걸음을 옮겼다. 설마 이 짧은 시간 동안 무슨 사고가 터지려고, 생각하면서.

*   *   *

벤치에 오도카니 앉은 리안나는, 눈앞에 살랑거리며 흔들리는 아샤 나뭇가지를 빤히 올려다보았다.

분홍색 꽃잎이 화려하게 흐드러진 아샤 꽃가지는, 화병에 꽂아 두면 예쁠 것 같았다.

'엄마가 아샤 꽃을 참 좋아하는데.'

만약 아샤 꽃가지를 꺾어다가 엄마에게 갖다 주면, 엄마가 기뻐하며 칭찬을 해 주지 않을까?

'우리 리안나, 엄마를 위해 이 꽃가지를 꺾어 온 거니?'

엄마가 행복한 목소리로 저를 칭찬하는 모습을 떠올리던 리안나가 헤실헤실 웃었다.

그렇게만 된다면, 오후의 간식 시간에 타르트 한 조각이라도 더 얻어낼 수 있을지도!

즐거운 상상에 가득 찬 리안나가 벌떡 자리에서 일어났다.

벤치에 올라가 발뒤꿈치를 바짝 올리고, 작은 고사리손을 뻗는다. 하지만 리안나의 작은 키를 놀리기라도 하듯, 꽃가지는 닿을 듯 닿지 않았다.

'조, 조금만 더 손을 뻗으면 될 것 같은데……?'

연못 위에 분홍색 꽃그늘을 만들며 꽃가지가 가볍게 흔들렸다.

오기가 난 리안나가 낑낑거리며 손을 뻗었다. 그와 동시에 리안나의 몸이 휘청, 흔들린다. 그대로 균형을 잃어버렸다.

"꺄악!"

리안나가 비명을 질렀다.

풍덩! 작은 몸이 연못 속으로 미끄러지듯이 떨어지고, 차가운 물이 코와 입으로 밀려들었다.

물 자체는 깊지 않았기에 성인이라면 금방 빠져나올 수 있지만, 문제는 리안나는 아직 어린 소녀였던 것이다.

리안나가 콜록거리며 발버둥을 쳤다.

"사, 살려 주세요!"

콜록, 콜록! 기침을 내뱉자, 차가운 물이 계속해서 쏟아져 들어왔다.

깜짝 놀란 리안나가 더욱 거세게 몸부림을 쳤다.

무서워, 이러다 죽으면 어떡해?! 리안나가 공포에 질려 가던 때.

"리, 리안나!"

흐린 시선 너머로 새하얗게 질린 얼굴이 보였다. 그녀의 오빠, 프
란츠가 물에 뛰어들었다.

＊　　＊　　＊

부엌으로 직접 찾아간 프란츠는 샌드위치를 만들어 달라고 부탁
했다.

리안나는 채소보다는 고기를 좀 더 좋아했기에, 리안나가 좋아
하는 살라미소시지를 특별히 많이 넣어달라고 요청했다.

아이들을 귀여워하는 자작가의 하인들은 속을 꽉꽉 채워서 샌드
위치를 만들어 주었다.

직접 착즙한 오렌지주스까지 한 병 넣으니, 자연스레 양손이 묵
직해졌다.

"리안나 녀석, 오빠를 부려먹기나 하고."

그럼에도 리안나를 생각하는 프란츠의 입가에는 흐뭇한 미소가
걸려 있었다.

한시바삐 돌아가서 리안나의 입에 샌드위치를 물려 줘야지, 그런
생각으로 바쁘게 발을 움직이고 있던 때.

"리, 리안나!"

연못에 빠진 리안나가 허우적거리고 있었다. 프란츠는 들고 왔
던 바구니조차 내팽개치고 리안나를 구하러 달려갔다.

당장 물에 뛰어들자, 발버둥을 치던 리안나가 프란츠를 꽉 끌어
안았다.

"푸아!"

어떻게 리안나를 물 밖으로 끌어냈는지도 모르겠다. 어쨌거나 두 남매는 간신히 물 밖으로 기어 올라올 수 있었다.

리안나는 흠뻑 젖은 생쥐 꼴이 되어, 부들부들 떨고 있었다.

"너, 도대체 왜 물에는 들어가서……!"

여동생을 품 안에 단단히 끌어안은 채, 프란츠가 저도 모르게 언성을 높였다.

그러고는 빠득 이를 앙다물었다. 아직 물에 들어가기에는 날이 차가웠기에, 리안나의 몸이 실시간으로 차가워지고 있었다.

당장 옷을 갈아입혀야 하는 상황이다. 리안나가 바들바들 떨며 속삭였다.

"그, 그게. 엄마가…… 아샤 꽃을 좋아하니까……."

그 말을 듣자마자 프란츠는 모든 상황을 짐작할 수 있었다. 엄마가 제일 좋아하는 꽃은 아샤 꽃이니까, 아샤 꽃을 선물하면서 엄마에게 점수를 따 볼 요량이었을 것이다.

그 속내를 모르는 것이 아니었기에 프란츠는 더욱 화가 났다. 바짝 날이 선 프란츠가 리안나를 안아 들었다.

"바보도 아니고, 나한테 먼저 말해 줬으면 됐을 것…… 아냐, 아니다."

리안나를 혼자 두고 간 자신의 잘못이 훨씬 더 컸다.

리안나가 사고뭉치인 것을 알지 못하는 것도 아니었는데, 이럴 줄 알았으면 처음부터 단둘이 나오지 말 걸 그랬어.

여동생 하나조차 제대로 돌보지 못하다니, 오빠 실격이야. 뒤늦은 후회와 함께 프란츠가 빠르게 걸음을 옮겼다.

"오빠."

"……."

어떡해, 오빠가 화가 많이 났나 봐. 입술을 꽉 다물고 있는 프란츠의 얼굴은 그저 서늘하기만 했다.

추워서 이가 딱딱 부딪치는 외중에도 리안나는 걱정스러움을 감추지 못했다.

*　　*　　*

흠뻑 젖은 리안나를, 마찬가지로 흠뻑 젖은 프란츠가 달랑 들쳐 안은 채 자작저에 돌아왔다.

"세상에, 이게 무슨 일인가요!?"

"두 분 모두 괜찮으세요!?"

당연히 자작저는 난리가 났다. 뒤집어진 자작저와, 깜짝 놀라 내려온 외할머니와 외할아버지, 그리고 기절할 것 같은 얼굴이 된 부모님까지.

두 남매는 깊은 죄책감을 느꼈다. 그들이 사고를 치는 바람에 일이 이렇게 되어 버렸다. 급히 불러온 의사가 두 아이를 살펴보았다.

"다행히도 크게 다치신 곳은 없는 것 같습니다."

다만 찬물에 들어갔으니 체온이 많이 떨어졌을 거라는 말이 함께했다.

뜨거운 물에 아이들을 씻기고 따뜻한 음식을 먹이라는 처방에, 자작저는 다시 한 번 분주해졌다.

따끈한 물에 몸을 씻긴 후 담요에 둘둘 말려 뜨거운 초콜릿까지 한 잔 들려 준 후에, 이엘리와 자카리는 당장 두 남매 앞에 앉았다.

걱정스러움과 엄격함이 뒤섞인 그 얼굴을 보며 두 아이는 점점 작아졌다.

"두 사람 모두, 크게 다친 곳은 없어서 다행이구나."

먼저 포문을 연 쪽은 이엘리였다. 하지만 두 남매는 다년간의 경험상, 어머니는 다정한 말을 앞세운 후 온갖 질문을 퍼부어 정신을 혼미하게 만든다는 것을 잘 알고 있었다.

"이게 어떻게 된 일이니?"

"······그게."

리안나는 우물쭈물했다. 엄마는 그렇다 치고, 아빠는 지금 일로 바쁠 텐데. 모든 일을 놓아두고 날 보러 오신 건가.

민망하고 죄송스러운 마음에 리안나는 손끝만 꼼질거렸다. 프란츠 또한 마찬가지였다. 동생을 제대로 돌보지 못했다는 죄책감을 느끼던 프란츠는, 부모님과 눈조차 제대로 마주치지 못했다.

그때, 옆에서 걱정스러운 얼굴을 하고 있던 자작이 입을 열었다.

"안 되겠다, 당장 그 연못을 메워 버려야겠어!"

극단적인 외할아버지의 말에 프란츠와 리안나는 동시에 화들짝 놀라 버렸다.

"아, 아니에요! 엄청 예뻤어요!"

"맞아요, 다 같이 모여서 한 번 더 가고 싶었는걸요!"

두 남매가 입을 모아 외쳤고, 그 말에 부모님과 조부모님들의 표정이 조금 풀어졌다.

두 남매는 간신히 연못의 안전을 지킨 것에 안도했다. 그때, 침묵하고 있던 자카리가 입을 열었다.

"너희들, 어른들과 동행하지 않으면 연못 근처에는 가지 말라고 이미 말했을 텐데."

그랬었다. 어제 두 남매가 연못에 호기심을 보이자, 어른들은 위험하다며 아이들끼리는 후원에 가지 말라고 신신당부를 했었다.

근데 두 사람은 그 약속을 지키지 않고 먼저 가 버린 것이다.

두 아이는 어른들의 눈치만을 살폈다. 자카리는 가라앉은 얼굴로 말을 이었다.

"모처럼 외가에 내려왔는데, 이런 식으로 어른들 걱정을 시키다니. 실망이구나."

"……죄송해요."

두 아이는 그만 시무룩해지고 말았다.

특히 프란츠는 기가 죽었다. 언제나 최고의 공작으로서 완벽해 보이는 아버지에게 '실망했다'라는 말을 들은 것 자체가 서글펐기 때문이었다.

"너무 그러지 말고, 아이들도 잘못했다고 하니까."

보다 못한 자작 부부가 끼어들었다. 그와 동시에 아이들의 배에서 꼬르륵 소리가 울렸고, 아이들의 얼굴이 새빨갛게 달아올랐다.

특히 프란츠의 얼굴은 불타오르는 것처럼 뜨거워졌다.

'왜 하필이면 지금 이런 소리가 나는지!'

아버지에게 혼나는 와중에, 위장까지 눈치 없게 군다. 사실 아침은 굶은 상태였고, 하루 종일 먹은 게 뜨거운 초콜릿 한 잔밖에 없었기 때문에 어쩔 수 없는 일이긴 했다.

"다들 배고프지? 얼른 식사를 준비시킬 테니, 표정 좀 풀거라."

분위기를 바꾸기 위해 자작 부부는 호들갑스럽게 하녀를 불렀다.

잠시 후, 보드라운 흰 빵과 고기와 감자를 크게 썰어 넣은 뜨거운 크림 스튜가 올라왔다.

자작 부부는 아이들의 손에 숟가락을 쥐여 주었다.

하지만 아이들은 우울한 얼굴로 부모님의 눈치를 살피며 음식을 깨작거릴 따름이었다.

보다 못한 자작 부부가 이엘리와 자카리를 방 밖으로 몰아냈다.

"아이들은 우리가 달랠 테니, 이엔 너는 좀 나가 있어."

"하지만, 엄마."

"하지만은 무슨 하지만이야? 네가 잔뜩 인상을 쓰고 있으니 애들이 기를 못 펴잖아."

음, 그런가. 이엘리는 머쓱한 얼굴로 뺨을 매만졌다. 그 곁에서 블랑쳇 자작이 말을 덧붙였다.

"그리고 공작님께서도 잠깐 나가 계시는 게 좋을 것 같습니다."

"……아, 예."

자작 부부의 등쌀에 못 이겨, 이엘리와 자카리는 방 밖으로 밀려나갔다.

탁 소리와 함께 방문이 닫히고, 두 부부는 약간 민망한 표정이 되어 서로를 마주보았다. 자카리가 한숨을 쉬었다.

"내가 아이들에게 너무 엄격하게 굴었을까?"

아까 '실망했다'라는 말에 순식간에 기가 죽던 프란츠와 리안나가 떠올랐다.

처음부터 저렇게 기를 죽일 생각은 아니었는데. 자카리는 입술을 잘근거렸다.

아버지와 나르게 아이들을 다정하게 대해야 한다고 생각하는데, 자꾸 미숙한 모습을 보이고 만다. 하지만 이엘리는 단호했다.

"그렇지 않아."

"……이엔."

"난, 아이들의 잘못을 따끔하게 지적해 주는 사람은 필요하다고 생각해."

그렇지 않으면 자신의 잘못조차 제대로 알지 못한 채 자라게 될 테니까.

이엘리는 어깨를 으쓱했고, 자카리는 복잡한 눈동자를 했다. 이엘리는 자카리의 손등을 작게 토닥거렸다.

"이제 혼날 만큼 혼났으니까, 아이들도 뭔가 깨닫는 게 있겠지."

"그럴까?"

"그래, 그리고 아이들에게는 아이들 편이 되어 줄 외할머니와 외할아버지가 있잖아."

이엘리가 씩 눈웃음을 쳤고, 자카리는 그제야 약간 안도한 얼굴이 됐다. 그녀가 말을 이었다.

"달래는 건 내 부모님께 맡기도록 하자. 알았지?"

"그래도 될까, 역시 장인어른과 장모님께 폐를 끼치는 건 아닐지……."

"어머, 자카리. 아직도 그런 소리를 해?"

그렇게 말한 이엘리는 자카리의 목을 가볍게 끌어안았다.

순식간에 가까워지는 체온, 다정한 목소리, 당연하게 자신에게 기대 오는 무게까지.

왠지 울컥하는 기분이 된 자카리가 제 아내의 허리를 감싸안았다. 이엘리는 자카리의 가슴에 고개를 기대며 조그맣게 소곤거렸다.

"우리는 가족이잖아."

가족. 그 단어는 언제나 자카리의 가슴을 따스하게 물들인다.

새싹 같은 연녹색 눈동자가 자카리를 빤히 올려다보았다.

잠시 후, 이엘리는 코끝을 찡그리며 장난스럽게 미소 지었다.

"그리고 내 부모님께서도, 아이들에게 점수를 딸 기회를 마다할 생각은 없으실걸."

그 말에, 자카리가 이엘리를 따라 조그맣게 웃었다. 그녀는 상냥한 목소리로 말을 이었다.

"그러니까 너무 신경 쓰지 마."

"그래."

이엘리의 허리를 끌어안은 손에 지그시 힘이 들어갔다.

제 아내에게서 흘러나오는 달큼한 아샤 향기를 느끼며, 자카리는 문득 생각했다.

아이들도, 블랑쳇 자작 부부도 모두 소중하다. 그에게 새로 생긴 가족을 위해서라면 자카리는 제가 가진 모든 것을 희생할 수 있었다. 하지만.

'그래도 이엔, 네가 없으면 난 역시 안 돼.'

이엘리. 자카리에게 새로이 생긴 가족을 잇는 단 하나뿐인 연결고리.

그의 생명이자 삶의 이유, 유일하게 주어진 빛, 온기. 자카리를 살게 하고, 또한 죽게 하는 존재. 그는 숨을 삼켰다.

'내 아버지도 아마 이런 기분이었겠지.'

가끔씩 이런 식으로 돌아가신 아버지를 이해하게 될 때마다, 자카리는 기묘한 기분을 느끼고는 했다.

자신의 등을 토닥거리는 이엘리의 손길을 느끼던 자카리는 스르륵 눈을 감았다.

* * *

한편, 제 딸과 사위를 밖으로 밀어낸 블랑쳇 자작과 자작 부인은 아이들을 돌아보았다.

아이들은 어깨가 축 처진 채, 숟가락으로 스튜를 휘휘 젓고 있을 뿐이었다.

식욕이라고는 한 톨도 없어 보이는 모양새에, 자작 부인이 양손을 허리에 얹고 아이들을 응시했다.

"애들아, 기죽을 것 없단다."

당당한 목소리에 프란츠와 리안나가 슬쩍 고개를 들어 올렸다. 자작이 그 말에 맞장구를 쳤다.

"할머니의 말이 맞단다. 아이들은 가끔 사고도 치고, 그러면서

자라는 법이야."

"말이야 바른 말이지, 네 엄마도 얼마나 사고를 쳤는지 아니?"

그 말에 아이들의 눈이 동그래졌다. 과거를 떠올리던 자작은 그만 한숨을 푹푹 내쉬었다.

"지금은 엄격한 척하지만, 예전에 그 애도 얼마나 제멋대로였다고."

"정말요? 엄마가 제멋대로였어요?"

프란츠는 놀란 얼굴이 되어 되물었다. 그도 그럴 것이, 지금의 이엘리는 완벽한 자태를 가진 공작 부인이었기 때문이었다.

우아한 행동거지와 아랫사람들을 잘 살피는 사려 깊음까지, 남매의 어머니는 최고의 귀부인으로 칭송받고 있었다. 그런 어머니가 예전에는 제멋대로였다고?

"그래, 그 애가 쳤던 제일 큰 사고는 열세 살 때였는데……."

헤센바이츠 소공작과의 혼인을 강요하는 황제의 대리인 앞에서, 큰소리를 쳐 대던 이엘리의 모습이 눈에 선했다.

고작 열세 살밖에 되지 않았는데, 무슨 배짱으로 그렇게 행동했는지 모르겠다.

물론 그 이후의 일은 모두 잘 풀렸고, 두 부부는 제국 최고의 잉꼬부부로 소문이 나게 되었지…….

생각을 하던 자작은 흠흠, 헛기침을 했다. 대충 말을 얼버무린다.

"……뭐, 그런 일이 있었다."

호기심에 두 눈을 반짝이던 아이들은 대번 실망한 낯을 했다.

하지만 자작은 더 말하지는 않았다. 어린 손자 손녀들에게 '사실 너희 어머니와 아버지는 황제가 억지로 결혼을 시켜서 이루어진 인연이란다'라고 설명할 수는 없지 않은가.

다행히도 자작 부인이 주제를 전환시켰다.

"그건 그렇고 애들아, 어째서 물에 빠진 거니?"

상황 파악은 해야겠다는 생각에 꺼낸 질문이었다. 두 아이는 힐끔 서로 눈을 맞추었다.

누가 설명할 것인지 두 남매는 격렬한 눈치 싸움을 벌였다.

하지만 이번 싸움에서 패배한 쪽은 리안나였다. 바짝 긴장한 리안나는 할머니와 할아버지를 번갈아 바라보고는, 작게 입을 열었다.

"엄마가…… 아샤 꽃을 좋아하시니까요."

"……이엔 말이냐?"

"네. 그래서 아샤 꽃을 꺾어다가 화병에 장식해 드리고 싶었어요."

그 대답에 자작과 자작 부인은 서로를 마주보았다. 리안나가 한숨을 내쉬며 말을 잇는다.

"하지만 엄마 아빠의 말을 듣지 않은 건 사실이니, 두 분이 화내시는 것도 당연해요."

"그럼 프란츠는?"

"물에 빠진 저를 구해 주느라……."

리안나는 우물쭈물했다. 리안나도 희미한 자각은 있었다.

언제나 사고를 치는 것은 자신이었고, 오빠는 제가 저지르는 사고에 휘말린다.

자작 부인은 묘한 얼굴로 고개를 끄덕였다.

"그래, 알겠다."

"……부모님께서 많이 화나셨으면 어쩌죠?"

프란츠가 끼어들어 조심스럽게 물었다. 당연히 화가 나셨겠지만, 조금이라도 화를 풀어드리고 싶은 마음이었다.

부드럽게 웃은 자작이 손을 들어 프란츠의 머리를 쓰다듬었다.

"우리가 잘 말할 테니, 너희는 너무 걱정하지 말거라."

"그래도……."

"누구나 다 실수할 때도 있고, 사고를 칠 때도 있는 법이야."

그 말에 아이들은 미심쩍은 얼굴을 했다. 우리 엄마랑 아빠는 완벽한 사람들인데, 그런 생각이 얼굴이 훤히 드러나 있었다.

쿡쿡 웃음을 터뜨린 자작 부인이 아이들에게 말했다.

"그리고 너희도 잘 알겠지만, 네 엄마와 아빠는 너희를 무척 사랑한단다."

그 말에 표정이 환하게 밝아진 아이들이 고개를 크게 끄덕였다. 자작 부인이 말을 덧붙인다.

"고작 이런 걸로 너희들을 미워하거나 하지 않아, 알지?"

"네에."

"그러니까 마저 식사하고, 오늘은 놀랐을 테니 푹 쉬거라."

그 말에 아이들의 숟가락질이 드디어 빨라졌다. 설겅설겅 모래 씹는 맛만 나던 음식들이 이제야 맛있게 느껴진다.

블랑쳇 자작 부부는 아이들의 그러한 모습을 흐뭇하게 지켜보았다.

이엘리와 자카리는 자작 부부에게 사건의 전말에 대하여 모두 듣게 되었다.

모든 이야기를 전해 준 자작 부부는, 이엘리에게 '너도 옛날에 사고 많이 쳤으니 아이들을 너무 잡지는 마렴'이라는 말을 남겼다.

이엘리는 그만 약간 억울해지고 말았다. 난 아이들에게 상냥한 엄마인데!?

"……나를 위해서였구나."

그러나 아이들이 자신을 생각하여 그렇게 행동했다는 건 역시 감동이었다.

그리하여 이엘리와 자카리는, 자작가 사용인들의 도움을 받아 아이들을 위해 작은 이벤트를 기획했다.

그날 오후, 리안나와 프란츠는 두 부모님에게 깜짝 선물을 받게 되었다.

"이것 받으렴, 리안나. 선물이란다."

이엘리는 어린 딸에게, 활짝 핀 아샤 꽃이 가득 매달린 꽃가지를 내밀며 웃었다.

리안나의 두 눈이 휘둥그레 하게 커졌다. 이엘리가 딸아이를 답삭 안아 들자, 리안나가 놀란 음성을 냈다.

"어, 엄마?"

"엄마를 위해 꽃을 꺾느라 물에 빠진 거라며?"

그 말에 리안나는 가슴이 뭉클해지는 것을 느꼈다. 그렇구나, 할머니랑 할아버지께서 얘기해 주신 거구나. 아이는 푹 고개를 숙였다.

엄마가 안겨 준 꽃가지에서 달큼한 향기가 올라왔다.

"엄마가 그것도 모르고, 우리 리안나를 혼내기만 했네."

"……아니에요, 제가 잘못한 건 맞으니까……."

그렇게 중얼거리던 리안나가 흘끔 제 오빠를 바라보았다. 제 오빠는 얼떨떨한 얼굴로 아빠의 품에 안겨 있었다.

평소 그리 살갑지는 않은 아버지의 애정 표현에, 프란츠는 어찌할 바를 몰랐다.

기쁨과 당황스러움이 반반으로 뒤섞인 얼굴이 존경하는 아버지를 조심스레 올려다본다.

"여동생을 구하기 위해 물에 뛰어들다니, 대단하구나. 내 아들."

자카리는 약간 어색하지만 애정이 담뿍 담긴 목소리로 그렇게 말했다.

내 아들. 그 단어에 프란츠는 울컥하고 말았다.

프란츠를 무릎에 앉힌 채, 자카리는 아이의 곧은 등을 쓸어내렸다.

"고생했다, 프란츠."

"……아버지."

프란츠의 울먹거리는 시선이 자카리를 향했다.

그때, 이엘리가 분위기를 전환시켰다.

"자아, 그래서."

아이들의 시선이 이엘리에게로 쏠렸다. 이엘리는 빙그레 웃으며 말을 이었다.

"할머니와 할아버지까지 모두 모시고, 후원에서 다 같이 티타임을 가질까 하는데."

"……진짜요?"

두 남매는 두 눈을 동그랗게 떴다. 티타임은 어른들의 행사였기에, 아이들은 참여할 수 없는 행사라고 여겨졌던 것이다.

두 남매는 단 한 번도 정식 디다임에 초대받아 본 적이 없었기에, 당연히 티타임에 대한 환상도 컸다.

빙긋 눈웃음을 친 이엘리는 고개를 크게 끄덕여 주었다.

"그럼. 엄마가 이런 걸로 거짓말하는 것 봤니?"

"와아!"

먼저 탄성을 내지른 쪽은 리안나였다. 잔뜩 흥분한 리안나가 이엘리를 뚫어져라 바라보았다.

"지금 가는 거예요?"

"당연하지."

"와아아!"

다시 한 번 환성을 내지른 리안나가 이엘리의 품에서 폴짝 뛰어내렸다.

꽃가지가 상하지 않도록 소중하게 테이블 위에 내려놓은 아이가, 도도도 달려 화병을 움켜쥐었다.

이엘리와 자카리는 리안나가 어쩌는지 지켜보았다.

리안나는 야무진 손길로 화병에 찬물을 가득 채웠다. 꽃가지를 화병에 꽂은 리안나가, 당당한 얼굴로 제 부모님을 돌아보았다.

"준비 다 됐어요! 얼른 가요!"

"그래, 그러자."

소리 내어 웃음을 터뜨린 이엘리는 어린 딸에게 손을 내밀었다. 리안나는 엄마의 손을 꼭 맞잡았다.

프란츠의 어깨를 도닥여 준 자카리가 몸을 일으켰다. 네 가족은 곧 후원으로 향했다.

*　　*　　*

활짝 만개한 아샤 꽃잎이 팔랑팔랑 떨어져 내렸다. 하얗게 칠한 조그만 나무 테이블과 의자들이, 우아한 후원의 풍경과 어우러졌다.

장난감 세트처럼 사랑스러운 모습이었다. 그 위로는 티타임을 위한 다과 세트가 완벽하게 차려져 있었다.

오늘의 다과는 잘 구워진 스콘과 갖가지 잼, 그리고 클로티드 크림이었다.

프란츠는 괜히 점잔을 빼느라 얌전히 자리에 앉아 있었지만, 리안나는 스콘 위에 클로티드 크림과 라즈베리 잼을 범벅으로 발라서 입에 넣었다.

"그래, 티타임에 처음으로 참석해 본 기분은 어떠니?"

"……그냥 간식 먹는 시간이랑 똑같은 것 같아요."

이엘리의 장난스러운 물음에, 눈동자를 굴리던 리안나는 솔직하게 대답했다.

그 대답에 어른들이 큰 소리로 웃음을 터뜨렸다.

자카리는 아들의 앞에 스콘 접시를 밀어 주었고, 프란츠는 귀 뒤를 빨갛게 붉히며 스콘 하나를 집어 들었다.

이엘리는 손수건을 들어, 잼과 크림을 잔뜩 묻힌 리안나의 입을 닦아 준다.

자연스러운 가족의 모습을 자작 부부가 흐뭇하게 지켜보았다.

"오늘은 엄마 아빠 주변에서 멀리 떨어지면 안 돼."

바로 오늘 아침에 물에 빠지는 사고가 있었으니 이건 어쩔 수 없었다. 이엘리는 두 남매에게 단단히 일렀고, 아이들은 고개를 끄덕였다.

그리고 리안나는 엄마의 말을 편할 대로 해석했다.

'물에만 가까이 가지 않으면 되겠지?'

그런 생각을 한 리안나가 자리에서 폴짝 뛰었다.

하얀 나비 한 마리가 시야를 어지럽힌 탓이다.

나비를 잡기 위해 움직이다 보니, 리안나가 발을 재게 놀리게 되는 건 당연한 수순이었다.

"리안나, 그렇게 뛰면 안 돼! 넘어지잖니!"

팔랑팔랑 뛰어가는 리안나를 바라보던 이엘리는 그만 기겁하고 말았다.

프란츠는 곧장 여동생을 잡으러 달려갔다. 프란츠가 리안나의 손을 꼭 붙들고 있는 모습을 본 후에야 이엘리는 약간 안도했다.

그리고 그때, 자카리가 이엘리에게 꽃다발 하나를 불쑥 내밀었다.

"자, 이엔."

"고마워. 근데 이건 왜 주는 거야?"

이엘리는 어리둥절한 얼굴로 꽃다발을 응시했다.

활짝 핀 아샤 꽃가지를 중심으로 갖가지 봄꽃들을 모아 만들었다.

갓 꺾인 풀 특유의 싱그러운 냄새와 달콤한 꽃향기가 섞여, 머리가 어지러울 정도였다.

자카리는 이엘리의 품에 꽃다발을 안겨 주며 다정하게 말했다.

"아이들만 꽃을 챙겨 줬지, 넌 아무것도 안 받았잖아."

"아……."

얘기가 그렇게 되나. 두 눈을 깜빡이는 이엘리에게 자카리가 두 눈을 곱게 휘며 웃었다.

"나머지 꽃은, 글쎄… 내가 널 좋아하는 마음?"

결혼을 한 지도 꽤 시간이 흘렀는데, 아직도 제 남편은 낯간지러운 말을 아무렇지도 않게 해 준다.

꽃다발의 보드라운 꽃잎을 어루만지던 이엘리는 양 뺨을 붉혔다.

"솔직히, 저 아이들 말이에요."

그리고 두 사람의 달콤한 분위기를 바라보던 자작은, 불만스럽게 제 아내를 돌아보았다.

"결혼한 지가 언젠데, 아직까지도 신혼부부 행세예요?"

"그러게 말이에요. 다른 사람들까지 낯간지러울 정도인데, 우리 눈도 좀 생각해 주지."

자작 부인도 작게 투덜거렸다. 두 부부가 사이좋은 건 좋은데,

그 달콤한 분위기를 지켜보고 있는 다른 사람들은 어쩔 수 없이 민망해지고 마는 것이다.

두 눈을 어디에 둬야 할지 모르던 자작 부부를 구원한 것은, 어느새 양손에 토끼풀꽃을 가득 따 온 프란츠와 리안나 남매였다.

"할머니, 할아버지!"

쪼르르 달려온 아이들이 자작과 자작 부인의 양손을 붙들었다.

토끼풀을 엮은 아이들이, 능숙하게 넷째 손가락에 반지를 만들어 준다. 어리둥절해진 조부모님을 향해, 아이들이 헤헤 웃음을 지었다.

양 뺨을 발그레하게 물들인 리안나가, 활기찬 목소리로 입을 열었다.

"할머니랑 할아버지는 부부니까 결혼반지예요!"

"그런 거니?"

"네! 엄마랑 아빠한테도 만들어 주려고요!"

어느새 프란츠는 자카리와 이엘리에게 가 있었다.

리안나만큼 손끝이 야무지지 못한 프란츠가 쩔쩔매고 있자, 리안나가 '오빠는 그것도 못 해?'라며 핀잔을 준다. 프란츠는 약간 억울한 얼굴이 되어 버렸다.

잠시 후, 부모님의 손에도 반지를 만들어 준 리안나가 제 오빠의 손목에 토끼풀꽃을 엮어 주었다.

동그란 꽃이 앙증맞게 팔찌 모양을 이루자, 리안나가 씩 웃었다.

"오빠랑 나는 남매니까 팔찌야."

도대체 무슨 기준인지는 모르겠지만, 리안나가 그렇다니 그런 거겠지.

프란츠는 대충 고개를 끄덕여 주었다. 묘하게 뿌듯한 얼굴이 된 리안나가 당당하게 말을 이었다.

"우리는 가족이니까 똑같은 액세서리를 나눠 끼는 거야."

그 말에 자카리가 멈칫했다. 가족이니까. 그 단어가 그의 심장을 따스하게 만들었다.

자카리의 표정을 기민하게 살피던 이엘리가 그의 팔짱을 끼며 가볍게 미소를 지어 보였다.

"리안나의 말, 들었지?"

"······응."

고개를 끄덕이는 자카리의 목 뒷덜미가 붉었다. 배도 불렀겠다, 토끼풀꽃 액세서리를 하나씩 나눠 낀 여섯 가족은 연못을 따라 산책을 했다.

프란츠와 리안나는 어른들을 앞서 달려갔다. 오빠가 매의 눈으로 살펴봐서인지, 리안나는 아까 전보다는 덜 까불거렸다.

이엘리와 자카리는 느릿한 걸음으로 아이들을 따라 걸었고, 그 뒤를 자작 부부가 따라왔다.

"오빠, 저쪽에 그네 있는 거 봤어?"

"아까 보긴 했는데, 왜? 타고 싶어?"

"응, 나 밀어 줘!"

리안나와 프란츠의 대화를 듣던 이엘리는 문득 두 눈을 동그랗게 떴다.

그녀가 흘끗 뒤를 돌아보자, 자작이 어깨를 으쓱이며 제 딸과 시선을 맞췄다. 그녀가 질문을 던졌다.

"설마, 제가 어렸을 때 타던 그 그네…… 버리지 않은 거예요?"

"그걸 버리긴 왜 버리니?"

자작은 어리둥절한 얼굴이 되었다. 어깨를 으쓱해 보인 자작이 부드럽게 미소를 지었다.

"어렸을 적, 네가 그 그네를 얼마나 좋아했는데."

"네 아빠가 얼마나 주책인지 아니, 이엔?"

그때 자작 부인이 대화에 톡 끼어들었다. 자작 부인의 얼굴에는 장난기가 가득 실려 있었다.

"예전에, 네가 결혼해서 집을 떠난 지 얼마 안 됐을 때 말이야."

열세 살 무렵을 말씀하시는 건가? 고개를 갸웃거리는 이엘리에게 자작 부인이 말을 이었다.

"네가 보고 싶을 때마다, 혼자 밖에 나가서 그 그네를 흔들고 있지 뭐니."

"부인도 참, 무슨 그런 얘기를 해요?"

"뭐 어때요, 제가 없는 말이라도 했나요? 얘기할 수도 있지."

자작 부부는 서로 조그만 목소리로 아웅다웅했다. 이엘리는 잠시 침묵했다.

언제나 그녀를 사랑해 주는 부모님의 애정이 새삼스럽게 가슴에 와닿았기 때문이다.

물결처럼 밀려드는 그 애정이 다사로웠다.

잠시 후, 두 부모님은 빙그레 눈웃음을 치며 이엘리를 돌아보았다.

"이번에는 손주들이 온다기에, 일부러 그 그네를 꺼내 두었단다."

"이엔, 너는 이제 그네를 탈 나이는 지났지만."

그 다정함에 이엘리는 눈시울이 뜨거워지는 걸 느꼈다. 부모님의 목소리는 여전히 상냥하다.

"손주들의 그네를 밀어 줄 정도의 힘은 남아 있으니까."

"……엄마, 아빠."

"어머나, 우리가 뭔가 말실수라도 한 거니?"

느닷없이 딸의 눈에 눈물이 그렁그렁 고이자, 자작 부부는 그만 화들짝 놀라고 말았다.

이엘리는 고개를 가로저었다. 새삼스럽게 실감이 들었다.

자신은 프란츠와 리안나의 어머니였지만, 또한 어머니와 아버지의 딸이라는 것을.

자작 부부가 걱정스러운 표정으로 딸에게 다가섰다.

"이엔, 왜 울고 그래. 응?"

"아니요, 그냥……."

이엘리는 숨을 삼켰다. 잠시 후, 그녀가 부모님을 향해 환하게 웃어 보였다.

"모두에게 너무 고마워서요."

"새삼스럽게 무슨 그런 말을 하고 그러니."

자작 부부가 이엘리를 다독여 주는 모습을 자카리는 가만히 지켜보았다.

그리고 그때, 두 아이의 우렁찬 목소리가 울려 퍼졌다.

"엄마, 아빠!"

이엘리는 뒤를 돌아보았다. 막 그네에 매달린 두 아이가 커다랗게 손을 흔들고 있었다.

"그래, 곧 갈게!"

목소리를 높여 아이들에게 인사를 건네며, 이엘리는 눈물 고인 눈으로 다시 한 번 웃었다.

사랑하는 사람들이 곁에 있는 삶은 이토록 다사롭다. 행복해. 그녀는 진심으로 그렇게 생각했다.

외전 5.

헤센바이츠 공작 성에서 리안나가 가장 좋아하는 장소는 바로 부엌이었다.

큰 이유가 있는 건 아니고, 그냥 간식을 얻어먹기 위해 자주 가다 보니 그렇게 되었다.

리안나는 이미 부엌의 하녀들과 수없이 눈도장을 찍은 상태였고, 하녀들은 어린 공녀님이 들락날락거리며 간식을 요청하는 모습을 귀여워했다.

"오빠도 푸딩 먹고 싶지?"

프란츠는 당당한 얼굴로 푸딩을 떠먹는 여동생을 질린 시선으로 바라보았다.

오늘도 부엌에서 열정적인 애교를 펼친 리안나는, 그 대가로 푸딩을 얻어낸 상태였다.

프란츠는 고개를 저었다.

"아니, 안 먹고 싶은데."

"아닐걸? 오빠도 푸딩이 먹고 싶을걸?"

기세 좋게 말한 리안나가 두 눈을 반짝거리며 프란츠를 올려다보았다. 그대로 말을 잇는다.

"오늘 저녁에 나올 크렘브륄레를 양보한다면, 오빠한테도 푸딩을 좀 나눠 줄 수도 있는데."

"나 푸딩 안 먹고 싶다니까?"

"거짓말, 오빠는 푸딩이 먹고 싶을 거야!"

"……리안나, 그냥 내 몫의 크렘브륄레까지 네가 먹고 싶다고 해."

프란츠는 두 눈을 가늘게 뜨고는 여동생을 흘겨보았다. 리안나는 기대에 찬 표정을 지었다.

"그래서 나 줄 거야?"

"아니."

단호하게 대답하자, 리안나는 양 뺨을 부풀렸다. 한숨을 내쉰 프란츠가 리안나에게 말했다.

"저기, 리안나. 내가 오늘 널 찾아온 이유는 다름이 아니라……."

"아, 아빠다!"

그러나 프란츠의 목소리는 활기찬 리안나의 외침에 묻혀 버렸다.

때마침, 리안나가 정원에서 가신들과 함께 앉아 있는 아빠를 발견했고, 프란츠는 그만 기겁하고 말았다.

"사람이 말하면 좀 들어! 그리고 그쪽으로 가면 안 된다고!"

쪼르르 달려가 버리는 여동생을 따라서, 프란츠가 허겁지겁 그 뒤를 따랐다.

아버지의 태도가 예전과는 달리 상당히 부드러워졌기에, 아직 아버지를 어려워하는 프란츠와는 달리 리안나는 꽤나 아버지를 잘 따랐다.

하지만 그래도 그렇지, 지금 상황에서는 이러면 안 되는 거잖아!

"리안나?"

아, 망했다. 프란츠는 두 눈을 질끈 감았다. 리안나를 바라보던 자카리가 프란츠에게로 시선을 옮기고 만 것이다.

잠시 후, 자카리는 약간 의아한 얼굴이 되어 프란츠에게 물었다.

"프란츠까지, 여긴 어쩐 일이냐?"

"그게, 부엌에서 푸딩을 먹으려고 했는데, 아빠가 보여서……."

리안나는 자신이 어째서 이 자리에 있는지에 대해 구구절절 이야기했고, 자카리는 그런 딸아이를 온기 서린 눈동자로 내려다보았다.

프란츠는 간신히 안도의 한숨을 내쉬었다. 적어도 아버지께서 이번 일로 화가 나시지는 않은 것 같다.

그때, 가신들이 두 남매에게 인사를 건넸다.

"공녀님, 잘 계셨습니까?"

"오랜만에 뵙습니다, 소공작 각하."

가신들의 정중한 인사에, 방긋 미소 지은 리안나는 발랄한 목소리로 마주 인사를 건넸다.

"네, 안녕하세요!"

아직 나이가 어렸기에, 리안나는 가신들의 이름은 잘 기억하지 못했다.

하지만 프란츠는 꽤나 의젓한 얼굴로, 가신들의 이름을 일일이 이야기하며 인사를 건넸다.

"반갑습니다, 달튼 백작. 마린 자작도요."

소공작의 단정한 대답에, 가신들은 감탄 섞인 시선으로 서로를 마주보았다. 프란츠가 물었다.

"담소를 나누는 중이셨습니까?"

"예, 이번 안건에 대한 논의를 끝내고 잠시 쉬는 중이었습니다."

달튼 백작이 웃으며 대답했다. 정원을 응시하던 마린 자작이 한숨처럼 중얼거렸다.

"헤센바이츠 공작 성의 정원은 언제 봐도 아름답군요."

아샤 꽃잎이 비처럼 쏟아져 내린다. 그 모습을 사람들은 즐거운 얼굴로 바라보았다.

예전부터 공작가의 정원에는 가문의 상징인 아샤 꽃나무를 많이 심어 두었었는데, 최근 정원을 다시 단장하면서 아샤 꽃나무는 더욱 늘어났다. 공작 부인이 아샤 꽃을 좋아하기 때문이었다.

"공녀님, 과자 하나 드시겠습니까?"

"네!"

테이블에 놓여 있던 과자 접시를 밀어 주자, 신이 난 리안나가 다람쥐처럼 양볼이 볼록하도록 과자를 밀어 넣었다.

귀여운 공녀님의 모습에 가신들은 그만 흐물흐물 녹아내리고 말았다.

'귀여워!'

'나도 저런 딸이 한 명만 있었으면……!'

가신들이 너 나 할 것 없이 주전부리와 음료수를 내밀었다.

리안나는 거절하지 않고 냠냠 과자를 먹었다. 우유를 꿀꺽꿀꺽 마신 리안나가, 입에 우유 자국을 남긴 채 프란츠를 돌아보았다.

"오빠는 안 와?"

"리안나 너, 입에 우유 자국이 묻었잖아."

프란츠는 불퉁한 얼굴로 입을 열었다.

그때 자카리가 자연스럽게 리안나를 무릎 위에 앉히고, 손수건을 꺼내 딸아이의 입술을 닦아 준다. 그 모습에 가신들은 그만 화들짝 놀라고 말았다.

'그 냉정한 공작 각하께서 공녀님을 무릎에 앉힌다고?!'

가신들은 간신히 표정을 갈무리했다. 하긴, 안주인 마님을 그렇게나 사랑하시니까. 자식들에게는 유하실 수도 있겠다.

리안나의 손에 쿠키 하나를 쥐어 준 자카리가 프란츠를 돌아보았다.

"프란츠도 이리 오거라."

"아, 네."

두 눈을 휘둥그렇게 뜬 프란츠가 얌전히 자카리 곁에 주저앉았다.

자카리는 어른스러운 척하지만, 아직 앳된 티가 나는 아들을 가만히 지켜보았다.

그런데 그때, 리안나가 입을 열었다.

"아빠, 아."

과자 조각을 자카리의 입 앞에 들이댄 리안나가 생글 웃었다.

자카리는 '좋은 아빠'와 '공작의 위엄' 사이에서 고뇌하는 눈빛을 했으나, 결국 '좋은 아빠'를 택했다.

머쓱한 얼굴로 자카리가 과자를 입으로 받아먹자, 가엾은 가신들은 눈이 튀어나올 것처럼 놀라고 말았다.

'우리에게는 험악한 표정으로 협박까지 하시더니!'

하지만 그런 가신들의 속내 따위 전혀 모르는 리안나는, 이젠 오빠에게 과자를 내밀었다.

"오빠도 아 해."

사실 간식 욕심이 많은 리안나로서는 최대의 호의를 베푼 것이었다.

프란츠 또한 자카리와 마찬가지로, '좋은 오빠'와 '점잖은 소공작' 사이에서 고뇌하는 과정을 거쳐야 했다.

결국 '좋은 오빠'가 승리했기에, 프란츠는 입으로 과자를 받아먹었다. 가신들은 귀신에 홀린 낯을 했다.

'……사이좋은 가족이시군.'

그렇게 가신들은 간신히 현실을 받아들였다. 그 와중, 공작 일가만이 태연한 얼굴이었다.

　　　　*　　　*　　　*

　아빠와 가신들 사이에 끼어서 알차게 간식을 뜯어낸 리안나는, 생글생글 웃으면서 어른들과 헤어졌다.

　그리고 무언가 생각났는지 프란츠를 올려다보았다.

　"오빠, 그래서 나한테 할 말이 뭐였는데?"

　"……그걸 이제야 물어보니?"

　프란츠는 그만 피곤한 얼굴이 되어 버렸다. 리안나는 어깨만을 으쓱여 보일 따름이었다.

　"그게, 오빠가 하는 말은 항상 별거 아니더라고."

　"뭐라고?"

　"매번 잔소리만 하잖아. 얌전히 걸어라, 부엌에서 간식 달라고 떼 쓰지 마라……."

　리안나를 위해 했던 수많은 조언들이 그저 '잔소리'로 치부되는 순간이었다.

　프란츠는 한껏 억울한 표정을 지었다. 제 오빠를 빤히 올려다보던 리안나가 빙그레 눈웃음을 쳤다.

　"그래서 그 얘기가 뭔데?"

　"너, 부모님의 결혼기념일이 얼마 남지 않은 건 알아?"

　아, 이건 중요한 얘기 맞네. 리안나의 얼굴이 진지해졌다. 프란츠는 곧장 말을 이었다.

　"일주일도 남지 않았는데, 결혼기념일 때 무엇을 해 드릴지 생각해 봤어?"

"어, 음, 글쎄……."

"……안 해 봤구나?"

찔끔한 리안나가 애써 프란츠의 시선을 피했다. 프란츠가 승리
자의 미소를 지었다.

"근데, 난 결혼기념일 때 무엇을 해 드릴지 이미 결정했거든."

"뭐, 뭔데?"

"깜짝 파티."

헉, 대단해. 내 오빠가 이렇게 똑똑한 사람이었단 말이야?

리안나는 제 오빠와 함께 남매로서 살아왔던 시간들 중, 처음으
로 그렇게 생각했다.

프란츠는 비장한 얼굴로 말을 이었다.

"그러니까 리안나도 나를 도와줘야 해, 알았지?"

"으, 응. 알았어. 그래서 내가 뭘 해야 하는데?"

"너, 부엌 하녀들과 친하지? 매번 간식을 달라고 조르느라 찾아
가잖아."

"그렇기는 한데……."

도대체 무슨 생각을 하고 있는 거야? 그런 의미를 담아 리안나는
제 오빠를 올려다보았다.

"파티의 기본은 뭐겠어?"

"그야 당연히 음식…… 아, 그렇구나!"

리안나가 자리에서 팔짝 뛰어올랐다. 고개를 끄덕인 프란츠가
만족스러운 얼굴로 말했다.

"너도 아예 눈치가 없지는 않구나."

"뭐라고?!"

리안나가 발끈했다. 흠흠, 헛기침을 한 프란츠는 아무렇지도 않은 척 어깨를 으쓱여 보였다.

"아무튼, 하녀들에게 음식을 준비해 달라고 해야 해."

"좋아, 그건 내게 맡겨!"

리안나가 양 주먹을 앙증맞게 움켜쥐었다. 그래, 네가 있으니 음식 문제라도 해결되어서 다행이다.

아련한 눈빛으로 리안나를 바라보던 프란츠는 진지한 고민에 빠져들었다.

*   *   *

다음날, 리안나는 아침 일찍 눈을 뜨자마자 부엌으로 쪼르르 달려갔다.

"세상에, 공녀님. 이 시간에 여긴 어쩐 일이세요?"

"어쩌죠? 아직은 식사 준비에 바빠서, 공녀님께 챙겨 드릴 간식이 없는데."

한창 아침 식사 준비를 하고 있던 하녀들이 두 눈을 동그랗게 뜨고 리안나를 바라보았다.

"지금은 간식 먹으러 온 거 아냐."

"그럼요?"

고개를 가로저은 리안나가 위풍당당하게 부엌의 하녀들을 돌아본 후, 씩 웃었다.

"그게, 부탁할 게 있어서!"

분명 프란츠가 곁에 있었더라면, '부탁하는 사람은 그렇게 당당하게 말하는 거 아니야'라고 핀잔을 줬을 것이다.

하지만 이곳에 있는 사람들은 어린 공녀님을 귀엽게 여기는 부엌 하녀들뿐이었다.

그랬기에 리안나는 여전히 당당한 얼굴로 부엌 하녀들에게 말을 이었다.

"있잖아, 근데 이건 비밀이거든."

"비밀이요?"

"응. 다들 비밀 지켜 줄 거지?"

비밀 지켜 줄 수 있어? 도 아니고 비밀 지켜 줄 거지? 라니.

항상 리안나의 몸가짐을 살펴보던 프란츠가 보면, 제 노력이 모두 허사로 돌아갔다는 사실에 서글퍼할 언사였다.

하지만 부엌 하녀들은, 안주인 마님을 쏙 빼닮은 공녀님을 보며 그저 빙그레 웃을 뿐이었다.

"그럼요, 누구 말씀인데요."

"당연히 비밀은 지켜 드려야죠."

그 말에 리안나가 주변을 두리번거리며 살펴보았다. 아무도 없었다. 그런 확인 절차를 거친 후에야, 리안나는 하녀들에게 바짝 다가왔다.

하녀들은 공녀님을 위해 기꺼이 몸을 숙여 주었다.

"사실은 이제 조금 있으면 엄마 아빠가 처음 만난 날이 되는데, 축하해 주고 싶어서."

소곤거리는 목소리에 하녀들의 얼굴에 다시 한 번 미소가 번졌다.

어떡해, 너무 귀여워!

그런 탄성을 간신히 삼키며, 하녀들이 리안나를 마주보았다. 상냥한 목소리로 입을 연다.

"기특한 생각을 하셨네요."

"진짜? 엄마 아빠가 기뻐하실까?"

"그럼요. 공녀님은 가주님과 안주인 마님의 자랑인걸요."

그 말을 들은 리안나가 양 뺨을 발그레하게 물들이며 웃었다. 하녀들은 리안나의 뺨을 깨물어 주고 싶은 충동을 꾹꾹 억눌렀다.

잠시 후, 하녀 중 한 명이 리안나에게 물었다.

"그래서 저희가 무엇을 도와드리면 될까요?"

"원래 파티를 할 때는 음식을 준비해야 하는 거야, 그러니까……."

"아하, 그럼 우선 케이크가 필요하겠네요."

"난 마롱 케이크!"

케이크를 선정한 이유는 공작 부부의 취향이 아니라, 철저히 리안나의 취향이었다.

하지만 하녀들은 그저 꿀이 떨어질 것처럼 다정한 눈으로 리안나를 바라볼 뿐이었다.

"그리고 난 달콤한 소스를 끼얹은 닭고기 요리가 좋아. 초코 칩 쿠키랑, 그리고……."

"드시고 싶은 음식들을 모두 말씀해 주시면, 저희가 준비해 드릴게요."

뭐, 사실 가주님과 안주인 마님께서는 음식의 종류에는 크게 신경 쓰시지 않을 테니까.

하녀들은 서로 시선을 마주치며 고개를 끄덕여 보였다. 그러던 중, 하녀 하나가 질문을 던졌다.

"음식은 저희가 준비해 드리면 되는데, 연회장은 어떻게 하시겠어요?"

"아, 그거?"

갸웃 고개를 기울이던 리안나가 하녀들을 향해 생글생글 웃어 보였다.

"그건 오빠가 알아서 하기로 했어."

"아, 그렇군요."

뭐, 소공작께서 준비하시는 거라면 큰 문제 없이 진행되겠지. 하녀들은 고개를 끄덕였다.

*　　*　　*

그리고 그 시각. 프란츠는 집사의 방문을 노크하고 있었다. 잠시 후, 가벼운 대답이 돌아왔다.

"들어오십시오."

방에 들어서자, 반듯한 차림으로 서류를 검토하고 있던 집사가 시선을 들어 올렸다.

"소공작님?"

"아침 일찍부터 찾아오게 되어 미안합니다."

프란츠가 난처한 얼굴로 웃었다. 남의 방에 방문하기에는 아직 이른 시간이었다. 집사는 부드럽게 미소 지었다.

비록 그들의 가주인 자카리는 휘하의 사용인들을 가차 없이 굴렸지만, 아직 어린 소공작은 아버지인 가주보다는 훨씬 더 유한 성품을 지니고 있었다.

최소한 이른 시간에 들어왔을 때에 사과를 건넬 정도는 됐다. 집사가 고개를 작게 가로저었다.

"아닙니다, 가주님에 비하자면 소공작님이 훨씬 더 나으시죠."

"예?"

"이리 와서 앉으십시오."

어라, 방금 뭔가 대단한 발언이 지나간 것 같은데. 프란츠는 어리둥절한 얼굴로 고개를 갸웃거리다 말고, 우선 집사가 자리를 권하는 대로 자리에 앉았다.

집사가 프란츠에게 물었다.

"그건 그렇고, 무슨 일로 찾아오셨습니까?"

"그게, 이제 조금 있으면 제 부모님의 결혼기념일이지 않습니까."

프란츠는 어렵게 말문을 뗐고, 그 말을 듣자마자 집사는 프란츠가 무슨 말을 하려는지 알아차렸다.

부모님의 결혼기념일을 기념하여 무언가를 준비해 주고 싶은 것이리라.

"그래서 부모님 몰래 작은 파티를 준비해 드리고 싶은데……."

"소연회장이 있습니다."

"예?"

갑자기 뛰어넘는 대화의 흐름에 프란츠가 두 눈을 동그랗게 떴다. 난 아직 파티를 준비하고 싶다는 말밖에 안 했는데?

하지만 집사는 아무렇지도 않게 말을 이었다.

"그곳을 정돈하고 꾸며 드리겠습니다."

"예?"

"몇십 명 정도는 받을 수 있는 규모이니, 크게 걱정하실 필요는 없을 겁니다."

어라, 규모가 좀 커지는데? 프란츠는 멍하니 눈을 깜빡였다.

사실 프란츠가 생각한 건, 응접실을 정리하고 가족끼리 시간을 보내는 정도였다.

집사는 무표정한 얼굴로 말을 이었다.

"커튼을 새로 달고, 새로 테이블보도 마련하겠습니다. 또 어떤 것을 도와드릴까요?"

"그, 집사가 적당히 해 주시면 될 것 같습니다만……."

프란츠가 힐끔 집사의 눈치를 살폈다. 분명히 표정은 딱딱하기만 한데, 이상하게도 눈앞의 집사는 프란츠보다도 더욱 신이 난 것처럼 보였다.

하지만 뭐 도와준다니까, 고마운 일이다. 거절할 필요는 없겠지. 프란츠는 어색하게 웃었다.

그러자, 집사는 흠흠 헛기침을 했다.

"알겠습니다. 제게 맡겨 주시면, 최선을 다해 준비하겠습니다."

"하지만 바쁘시지 않겠습니까?"

프란츠는 약간 걱정스러운 얼굴이 되었다. 다른 사람도 아니고, 헤센바이츠 공작 성의 사용인들을 총괄하여 관리하는 집사였다. 당연히 이런 사소한 일 말고도 챙길 일은 무척 많을 텐데.

"괜찮습니다."

그러나 집사는 아무렇지도 않게 그렇게 대답할 뿐이었다. 프란츠는 눈동자를 굴렸다.

"그럼, 저와 리안나가 할 일은 뭔가 없을까요?"

연회장은 집사가 맡아서 해 주고, 요리는 부엌의 하녀들이 도맡기로 했다.

그렇다면 실질적으로 프란츠와 리안나는 하는 일이 없지 않나. 고민에 빠진 프란츠를 바라보던 집사가 말했다.

"정 그러시다면, 초대장을 만드시는 건 어떻겠습니까?"

"초대장이요?"

"예. 직접 서명까지 해서 드리면, 가주님과 안주인 마님께서도 무척 기뻐하실 겁니다."

그 말에 프란츠의 얼굴이 밝아졌다. 자리에서 일어난 프란츠가 살짝 목례를 해 보였다.

"그렇게 하겠습니다. 조언 감사합니다, 집사."

"아닙니다. 저도 예전에 경험해 봐서 그런 것뿐이니까요."

예전에 경험해 봤다고? 프란츠는 잠시 고개를 갸웃했으나, 더 캐묻기보다는 빨리 나가서 어떤 초대장을 만들지 고민하는 편이 훨씬 더 나을 것 같았다.

그렇게 짧은 인사를 남긴 프란츠가 방을 빠져나가고, 집사는 책상의 서랍을 살짝 열어 보았다. 그 안에서 종이를 끄집어낸다.

"……."

약간 색이 바랬지만, 아직도 빳빳한 하얀 종이 위로는 금박으로 문양이 박혀 있었다.

서명된 이름은 '이엘리 헤셴바이즈'. 예전 선대 공작이 살아 계실 적, 안주인 마님이 공작 성의 사용인들을 모두 초대하여 열었던 티파티의 초대장이었다.

집사의 입술에 희미한 미소가 어렸다.

"그래, 그랬었지."

작게 중얼거린 집사가 다시 초대장을 서랍 안에 집어넣었다. 그 동작이 굉장히 경쾌했다.

"그렇다면 오늘의 일을 해 볼까."

그렇게 속삭이며, 길게 기지개를 켜는 집사의 얼굴은 무척이나 상쾌해 보였다.

* * *

프란츠와 리안나는 머리를 맞댄 채, 거실의 테이블에 옹기종기 모여 앉아 있었다.

"리안나, 그래서 초대장을 만들려고 하는데."

"응, 응."

"어떤 모양으로 만드는 편이 좋을까?"

"난 초대장에 향기가 났으면 좋겠어. 그편이 더 기분이 좋잖아. 그리고 꽃무늬!"

……어쩐지 부모님의 결혼기념일 축하 파티가 아니라, 리안나의 취향을 맞추는 파티가 되어 버린 것 같다.

프란츠는 뚱한 얼굴로, 활기차게 목소리를 높이는 여동생을 보았다. 바로 그때.

"너희 여기서 뭐 하니?"

"어, 엄마?!"

불쑥 뒤에서 튀어나온 이엘리가 두 아이를 의심스러운 눈초리로 바라보았다.

화들짝 놀란 두 아이는 황급히, 초대장의 모양새를 끼적이던 종이와 연필 따위를 치워 버렸다.

'아무래도 이 사고뭉치들이 뭔가 속셈이 있는 것 같은데.'

그런 의심을 가득 담아, 이엘리는 팔짱을 낀 채 아이들을 응시했다. 그녀는 차분하게 말했다.

"뭔가 사고를 친 게 있다면, 지금 말하는 게 좋아."

"없어요!"

"진짜로?"

"진짜로요!"

아이들은 억울한 얼굴로 외쳤다. 흐응. 연한 녹색 눈동자가 아이들을 관찰하듯 뜯어보며 가늘어졌다.

하지만 리안나뿐 아니라 프란츠까지 억울해 하고 있는 것을 보니, 정말로 사고를 치지는 않은 것 같기도 하고.

하지만 그게 미래에까지 사고를 치지 않으리란 보장은 없었다.

"그래, 얘들아. 너희를 믿을게."

그녀의 화사한 미소에 아이들은 등골이 오싹해지는 것을 느꼈다.

상대적으로 엄격하신 아버지에 비하자면, 두 남매의 어머니는 언제나 온화한 분이셨다.

하지만 어머니는 그 다정함에도 불구하고, 공작 성의 최고 권력자로서 그 위치를 공고히 하고 있었다. 그 말은 즉.

'……화가 나면 제일 두려워지는 분이라는 거지.'

프란츠는 흘끔 어머니를 곁눈질로 바라보았다. 어머니는 화가 날 때도 절대로 언성을 높이지 않았다.

다만 싸늘한 목소리로 아이들의 잘못을 조곤조곤 짚어 말하는데, 그때마다 어찌나 두려운지 심장이 차가워질 정도였다.

그뿐만이 아니다. 어찌나 눈치가 빠른지, 마음만 먹으면 두 남매가 숨기려 하는 모든 일을 알아내곤 했다.

프란츠는 꿀꺽 마른침을 삼켰다.

"엄마, 저 동화책 읽어 주시면 안 돼요?"

그때 리안나가 이엘리의 치맛자락에 매달리며 입을 열었다.

이엘리는 가볍게 눈썹을 치켜 올렸지만, 별말 없이 리안나를 안아 들었다.

딸아이를 품에서 추스르던 그녀가 아들을 응시했다.

"그래, 그러자. 프란츠도 함께 가겠니?"

"네!"

어머니를 뒤따르던 프란츠는 휴우, 한숨을 내쉬었다.

가끔은 리안나의 눈치 없음이 그들 남매를 구원할 때도 있었다.

이번 일, 절대로 들키지 말아야지. 프란츠는 불끈 주먹을 쥐었다.

*   *   *

프란츠와 리안나는 마침내 부모님께 드릴 초대장을 완성했다.

상대적으로 단정한 글씨체를 가진 프란츠의 초대장과는 다르게, 리안나의 초대장은 아직 글자가 삐뚤빼뚤했다.

그나마도 제 글씨가 마음에 들지 않는다며, 리안나는 불만스러운 얼굴로 입술을 삐죽거렸다.

"이럴 줄 알았으면 글씨 연습 좀 미리 해 둘걸."

"내가 글씨 연습하라고 했지?"

프란츠가 얄밉게 한 마디를 덧붙였다.

리안나는 그만 잔뜩 약이 올랐지만, 글씨 연습을 하지 않은 건 자신이었기에 뭐라 더 할 말도 없었다.

프란츠는 그런 여동생에게 씩 웃어 보였다.

"엄마에게는 내가 전해 드릴게. 아빠한테는 네가 전해 드려."

"응, 그럴게."

아이들은 시선을 맞추며 결연하게 고개를 끄덕였다.

준비는 완벽했다. 하녀들은 아침부터 부지런히 음식을 만들었고, 집사에게는 소연회장을 모두 정리해 두었다는 소식이 날아들었다.

'이젠 부모님을 축하해 드리기만 하면 돼.'

특히 오늘 밤, 부모님이 오붓한 시간을 보내시기 위해 준비해 둔 것도 있고.

리안나와 프란츠는 각자 부모님에게로 향했다. 먼저 움직인 쪽은 프란츠였다.

똑똑, 노크 소리를 들은 이엘리는, 살펴보던 예산안을 내려놓으며 고개를 갸웃했다.

지금 시간에 날 찾아올 사람이 없는데?

"들어와요."

그 대답에, 드물게 자신만만한 눈빛을 한 프란츠가 방에 발걸음을 들였다.

"어머, 프란츠?"

애가 웬일로 이 시간에 내 방에 찾아왔지? 부드럽게 미소를 지은 이엘리가 아들을 응시했다.

"무슨 일이니, 이 시간에 엄마를 다 찾아오고."

"그게……."

잠시 우물쭈물하던 프란츠가 조심스럽게 초대장을 내밀었다. 이엘리는 눈을 동그랗게 떴다.

"이게 뭐니?"

"초대장이에요."

"초대장?"

그 말에 프란츠가 코끝을 찡그리며 씩 웃었다.

어린 아들의 미소는 무척이나 수줍었다.

"네. 오늘 엄마와 아빠, 결혼기념일이시잖아요?"

"그렇긴 하지만……."

그렇지 않아도 오늘 저녁, 아이들을 재운 이후에 오붓하게 시간을 보내기로 했었다.

이엘리는 약간 놀란 눈으로 초대장을 열어 보았다.

단정한 글씨체로 또박또박 쓰여 있는 내용은, 이엘리와 자카리를 위해 깜짝 축하 파티를 연다는 것이었다.

그녀의 입술에 옅은 미소가 어렸다.

"엄마와 아빠를 위해 파티를 준비했다고?"

"네. 물론 엄마가 주최하시는 것에는 모자라겠지만, 그래도 최선을 다했으니까……."

프란츠가 조그맣게 대답했다. 아들의 뺨에는 이제 희미한 홍조가 떠 있었다.

이엘리는 가슴이 뭉클해지는 것을 느꼈다. 자리에서 일어난 그녀가 아들을 품에 꼭 끌어안으며 소곤거렸다.

"고맙구나, 프란츠."

"……아니에요. 오히려 저희가 엄마와 아빠에게 감사해야죠."

의젓한 대답에 이엘리는 눈매를 곱게 접어 내렸다.

아들의 이마에 키스해 준 그녀가 물었다.

"그래서, 어디로 가면 되니?"

"소연회장으로 가시면 돼요. 거기에 다 준비해 뒀으니까요."

생각보다 본격적이네? 이엘리는 두 눈을 깜빡였다. 해 봤자 응접실이나 거실에 준비해 둔 게 아닐까 생각했는데, 아이들이 둘이서 준비할 만한 규모가 아니었다. 이엘리는 빙그레 웃었다.

"혼자 준비한 거니?"

"아니요, 집사와 부엌 하녀들의 도움을 받았어요."

프란츠는 순순히 대답했다. 이엘리는 아들의 머리를 작게 토닥이며, 상냥하게 대답했다.

"그래, 고맙구나. 집사와 부엌 하녀들에게도 고맙다는 인사를 전해야겠어."

다정한 어머니의 목소리에 프란츠는 뿌듯한 얼굴이 되었다. 이엘리는 나긋하게 말을 이었다.

"그럼 갈까?"

"네!"

그렇게, 프란츠와 이엘리는 곧장 소연회장으로 향했다.

프란츠는 내심, 오늘 파티가 성공적이리라 예상했다.

사고뭉치인 리안나가 새로운 사고를 치고 있다는 사실은 까맣게 모르는 채로.

* * *

리안나는 일이 이렇게 될 것을 전혀 예상하지 못했다.

그녀는 아빠의 품에 안긴 채, 어리둥절한 얼굴로 두 눈을 깜빡이고 있었다.

아닌데, 우리의 계획은 파티에 엄마와 아빠, 그리고 나랑 오빠만 참석하는 거였는데!?

하지만 그녀의 등 뒤로는 다섯 명의 가신이 뒤따르고 있었다.

'힝, 오빠가 엄청나게 잔소리하겠다…….'

리안나는 어깨를 축 늘어뜨렸다. 프란츠 오빠의 잔소리가 귀에 쟁쟁 울리는 것 같다.

일은 대충 이러했다. 오늘 자카리는 가신들과 만나서 산적해 있는 현안을 논의하기로 했다.

리안나는 아빠의 일이 끝나기를 기다려 초대장을 보여 줄 요량으로, 문 앞에서 앉아 있던 중이었다.

'아빠!'

방문이 열리자마자 리안나는 발딱 일어나 아빠에게 매달렸다.

예전의 무뚝뚝함과는 다르게, 아빠는 리안나를 보자마자 작게 고개를 끄덕였다. 푸른 시선이 리안나에게로 향했다.

'무슨 일이니, 리안나?'

이 정도면 장족의 발전이었다. 예전이라면 딱딱한 목소리로 '아빠가 회의를 하고 있을 때, 문 앞에 앉아 있는 건 실례되는 행동이다'라고 했을 테니까.

리안나는 생글생글 웃으며 아빠에게로 양손을 불쑥 내밀었다. 조그만 고사리손에는 그녀가 직접 만든 초대장이 들려 있었다.

'초대장이에요!'

'……초대장이라고?'

'네, 오늘은 엄마랑 아빠의 결혼기념일이잖아요!'

그 말이 가신들이 약간 술렁거렸다. 살짝 뺨을 붉힌 아빠에게, 리
안나는 활기차게 말했다.

'그러니까 엄마랑 아빠를 위해 깜짝 파티를 준비했어요!'

'그, 그러니?'

'네! 이런 날은 당연히 축하도 받고, 케이크도 먹어야 하는 거예
요!'

리안나의 발랄한 대답에 자카리는 저도 모르게 작게 웃어 버렸
다.

어린 딸아이의 진짜 속셈은, 부모님의 축하라기보다는 오히려
케이크 쪽에 가까워 보였으니까.

그럼에도 딸아이가 귀여운 것은 사실이었기에, 자카리는 딸아이
의 머리를 작게 쓰다듬었다.

그때 가신이 말했다.

'그, 그리고 보니 오늘 공작 각하의 결혼기념일이셨죠.'

'……그렇긴 하네만.'

내 결혼기념일이 가신들에게 무슨 의미가 있다고? 그런 의미를 담아 자카리는 가신들을 돌아보았다.

하지만 가신들은 이미, 리안나의 사랑스러움에 푹 빠져 이성을 잃은 상태였다.

'마땅히 저희도 축하해 드려야 하지 않겠습니까?'

'뭐?'

가신들이 왜 축하해 줘? 당황한 자카리가 눈을 깜빡였다.

동시에 가신 하나가 말을 덧붙였다.

'저희도 두 분이 결혼식을 올린 날을 축하해 드릴 수 있습니다.'

'아니, 굳이 그럴 필요 없네만.'

'아닙니다. 꼭 축하해 드리고 싶습니다.'

맞아요, 맞아. 가신들은 결연한 얼굴로 고개를 끄덕였다.

그러던 중, 한 명이 작게 속삭였다.

'저희도 공녀님께서 직접 만드신 초대장이 받고 싶은데……'

아차, 속내가 그대로 튀어나와 버렸다. 가신은 지그시 입술을 깨물며 리안나를 바라보았다.

하지만 말이지, 공녀님께서 직접 만드신 초대장이라고! 저런 딸,

우리한테도 한 명만 줘!

저 무뚝뚝한 공작 각하에게서 어떻게 저렇게 사랑스러운 공녀님이 태어날 수 있는지 놀라울 따름이었다.

아무래도 안주인 마님의 피가 지나치게 열심히 일을 하신 것 같다.

'어, 초대장은 없지만 그래도 오시겠어요······?'

그리고 마찬가지로 당황해 버린 리안나는 저도 모르게 그렇게 입을 열었다.

가신들의 얼굴이 활짝 펴졌고, 자카리의 미간에는 깊은 주름이 졌다. 자카리는 시큰둥하게 말을 뱉었다.

'내 딸이 나와 내 아내만 초대한다고 했는데, 왜 가신들이 참석하
는 거지?'

그리고 리안나는 그만 위기감을 느끼고 말았다.

앗, 나 때문에 아빠와 가신들이 싸우시면 안 되는데?

그리하여 리안나는 어머니가 평소 하시던 말씀을 아무렇게나 주워섬겼다.

'그, 기쁨이 나뉘면 더 커진다고 하잖아요······?'
'맞습니다! 역시 공녀님이세요!'

'아직 어리신데도 이렇게나 현명하시다니, 북부의 미래가 밝습니
다!'

가신들이 제각기 맞장구를 쳤고, 자카리의 얼굴은 더더욱 뚱해
졌다.

짧게 한숨을 내쉰 자카리가 리안나를 덥석 안아 들었고, 가신들
은 그런 공작님과 공녀님을 졸졸 따르기 시작했다.

마치 피리 부는 사나이를 따라가는 어린 아이들의 행렬을 보는
기분이라, 리안나는 그만 묘해졌다.

'그래서 파티는 어디에서 하기로 한 거지?'
'아, 소연회장이요!'

그리고 자카리 또한 이엘리와 똑같은 생각을 했다. 해 봤자 응접
실이나 거실에서 간소하게 할 줄 알았는데, 생각보다 거창한 파티
가 될 것 같다고.

리안나는 그저 난처하게 웃을 따름이었다.

*　　*　　*

그리고 현재. 프란츠와 이엘리는 우르르 몰려오는 사람들을 보
며 화들짝 놀라고 말았다.

"이, 이게 도대체 무슨 일이니?"

"저도 모르겠는데요……?"

당황한 이엘리의 물음에 프란츠가 황망한 목소리로 대답했다.

아버지와 리안나만 와야 하는데, 어째서 가신들까지 다들 따라온 거지?

그때, 자카리의 품에서 폴짝 뛰어내린 리안나가 어머니에게로 쪼르르 달려왔다.

이엘리는 얼떨결에 제게 달려드는 딸아이를 받아 안았다.

"리안나, 이게 무슨 일이니?"

"아, 그게."

어머니의 품에 폭 안긴 채, 리안나는 어색한 얼굴로 헤헤 웃었다.

옆얼굴이 따끔거리는 것을 보니, 아무래도 프란츠 오빠가 있는 힘껏 자신을 노려보고 있는 것 같다.

절대로 프란츠 쪽은 돌아보지 않으리라 생각하며, 리안나는 우선 혼란스러운 분위기를 정리하기로 결심했다.

"엄마, 아빠! 리안나는 엄마랑 아빠가 케이크 자르는 모습을 보고 싶은데요오."

평소에는 어린애 말투라며 질색하던 말투까지 사용하며, 리안나는 이엘리와 자카리를 올려다보았다.

프란츠는 그만 토하고 싶은 얼굴이 되었고, 부모님은 '얘가 무슨 속셈이지'라는 표정을 지었지만, 가신들은 달랐다.

가신들은 어린 공녀님의 귀여움에 가슴을 부여잡고 쓰러졌다.

"공녀님, 너무 귀여우셔……."

"나도 저런 딸이 한 명만 있었으면 소원이 없겠네."

그리고 분위기에 휩쓸린 이엘리와 자카리는 얼떨결에 같이 칼을 쥐고 케이크를 잘랐다.

리안나가 가장 좋아하는 밤 크림이 올라간 마롱 케이크였다.

공작 부부의 행동을 바라보던 가신들 사이에서, 와아 하는 환성과 함께 우렁찬 박수 소리가 터져 나왔다.

"케이크 받아 가세요!"

리안나가 활기차게 외쳤고, 프란츠는 세상일은 모를 일이라며 고개를 절레절레 저었다.

케이크는 가신들과 공작 가족들까지, 모자라지 않게 딱 떨어졌다. 리안나가 욕심을 부려 크게 구워 달라고 한 케이크가 이렇게 도움이 될 줄 몰랐다.

그때 리안나가 고개를 쏙 내밀었다.

"오빠."

"왜?"

"자, 이건 오빠 거."

리안나가 케이크 접시를 내밀었다. 별생각 없이 접시를 받아든 프란츠는 좀 의아해졌다.

"왜 밤 조림이 두 개나 있는데?"

"아, 그거."

커다랗게 잘린 케이크 조각 위에는 달콤하게 졸인 밤이 앙증맞게 두 조각 놓여 있었다.

보통은 한 조각에 하나가 돌아간다. 리안나는 밤 조림이 빠진 케이크를 보여 주며 씩 웃었다.

"솔직히 오빠가 맨날 잔소리하는 건 좀 별로이긴 한데."

이 녀석이? 프란츠가 도끼눈을 뜨고 리안나를 흘겨보았다.

리안나는 아무렇지도 않게 말했다.

"그래도 이번에는 오빠가 고생 많이 했으니까."

얘가 오늘 뭘 잘못 먹었나. 프란츠는 그만 당황한 얼굴이 되어 버렸다.

"그래서 오늘은 내가 밤 조림 양보했어."

"리안나."

"내가 오늘 크게 인심 썼다, 알았지?"

리안나가 어깨를 우쭐거리며 프란츠를 마주보았다.

그런 동생이 귀엽기도 하고 어이가 없기도 해서, 프란츠는 한숨을 푹 내쉬었다.

그러고는 밤 조림을 리안나의 입에 넣어 주었다.

"됐어, 네가 먹어."

"진짜 내가 먹어도 돼?"

"물론이지, 난 너처럼 간식 욕심 많은 사람이 아니거든."

치. 입술을 삐죽거리면서도 리안나는 프란츠의 제안을 거절하지는 않았다.

오물오물 입을 움직이는 여동생은 솔직히 얄미운 만큼 귀여웠기에, 프란츠는 고개를 내저으며 작게 웃었다.

"그런데, 리안나."

초대장을 꼼꼼히 읽어 보던 이엘리가 문득 장난스러운 얼굴로 제 딸아이를 바라보았다.

"초대장에 적혀 있는 식순에는, 편지 낭송과 피아노 연주도 있는데?"

"네? 아, 어, 그, 그게 말이에요……."

순간 리안나는 당황하고 말았다. 그랬다. 이번 파티를 기획하던 리안나는 패기가 넘쳤고, 부모님께 잊지 못할 기억을 남겨드리고 싶었다.

그래서 당당하게 초대장에 '편지 낭송'과 '피아노 연주'도 끼워 넣었는데…….

문제는 리안나의 낯이 아무리 두껍다 한들, 직접 쓴 편지를 이 많은 사람들 앞에서 읽을 용기는 없다는 것이다.

거기에 리안나가 가진 피아노 실력은…….

'나, 피아노 엄청 못 치는데.'

그랬다. 리안나가 지금 칠 수 있는 곡은, 아주 간단한 멜로디를 가진 생일 축하 노래 정도였다.

당연히 이 많은 사람들 앞에서 연주할 만한 곡이 못 된다. 리안나의 얼굴이 새빨개졌다.

"공녀님께서 피아노 연주와 편지 낭송도 하신다는데?"

하지만 분위기는 완전히 리안나의 연주와 낭송을 기대하는 쪽으로 뒤집어졌다.

부모님은 그렇다 치고, 기대에 가득 찬 가신들은 도대체 어쩔 거야.

어, 어쩌지? 리안나는 입술을 잘근잘근 깨물었다.

하지만 이대로 포기하기에는, 다들 엄청 기대하고 있는데.

그녀가 우물쭈물하던 때.

"어휴, 내가 못 살아."

한숨 섞인 다정한 목소리가 리안나의 귀를 스쳤다.

반짝 고개를 들어 올리자, 친애하는 오빠가 미간을 살짝 좁힌 채서 있었다.

리안나의 어깨를 살짝 두드리며 프란츠가 말했다.

"이리 와, 리안나. 피아노는 내가 대신 칠게."

"지, 진짜?"

리안나는 감동에 가득 찬 눈동자로 오빠를 올려다보았다.

평소에는 아르릉거리며 이를 드러내는 사이였지만, 지금 이때만큼은 오빠가 리안나를 구원해 주기 위해 하늘에서 내려 보내 준 천사 같았다.

여동생을 한심하게 바라보던 프란츠가 조그맣게 속삭였다.

"너 편지도 대충 마무리 지었잖아. 그 편지, 가신들 앞에서 다 읽을 거야?"

그, 그건 안 돼! 리안나가 파드득 놀라 고개를 내젓자, 프란츠가 한숨과 함께 말을 이었다.

"그러니까 내가 피아노 칠 동안, 가서 편지 마무리 지어. 알았지?"

"으, 응!"

리안나가 반쯤 울먹거리는 눈으로 고개를 끄덕였다.

여동생의 볼을 꾹 잡아당겨 꼬집은 프란츠가 앞으로 나섰다.

허리를 곧게 세우고 선 소공작에게, 사람들의 시선이 한순간에 쏟아진다.

"리안나가 너무 긴장하고 있으니, 피아노는 제가 대신 연주하겠습니다."

소공작님께서? 가신들의 시선이 순식간에 프란츠에게 쏠렸다. 약간은 의외라는 표정이다.

평소 애교 많고 친화력도 강한 공녀님과는 다르게, 소공작께서는 차기 공작가를 물려받을 후계로서 외부에 함부로 나서는 것을 삼가고는 했으니까.

프란츠는 단정하게 피아노 앞에 앉았다.

'오빠, 사랑해!'

리안나는 오늘만큼은 진심으로 오빠를 존경하기로 결심했다.

어렸을 적부터 검술을 배웠기에, 피아노 건반을 덮는 프란츠의 손은 어린아이의 손답지는 않았다.

아이 특유의 보드라움보다는 기사에 가까운 단단한 손이 피아노 건반을 누빈다.

자카리의 어깨에 고개를 기대고, 손을 맞잡은 채 프란츠의 연주를 듣던 이엘리의 입술에 가느다란 미소가 걸렸다.

"······엘펜느의 왈츠네. 꽤 박자가 빠른 곡인데, 프란츠가 열심히 연습했나 봐."

아내의 목소리에 자카리가 작게 고개를 끄덕여 보였다. 이엘리는 자카리를 힐끔 바라보았다.

"이따 연주가 끝나면 칭찬해 줘, 알았지?"

"이엔, 네가 해 줘도……."

"어머나, 어머니가 하는 칭찬과 아버지가 하는 칭찬은 다른 거야."

우아하게 울려 퍼지는 연주를 들으며, 이엘리는 그것도 모르냐는 것처럼 고개를 가로저었다.

"프란츠가 널 얼마나 좋아하는지, 몰라서 그래?"

"아니, 그건……."

"아들이 아버지를 존경하고 사랑하는 건 당연한 거야."

그 말에 자카리는 문득 자신의 아버지를 생각했다.

테론 헤센바이츠.

오랫동안 증오와 원망으로 자카리를 대했고, 끝내 자신의 방식으로 사랑을 표현한 아버지.

멋대로 삶을 끝낸 아버지와, 그런 아버지를 완벽하게 미워하지도 사랑하지도 못했던 자신.

이엘리는 나직하게 말했다.

"그리고 아버지에게 인정받고자 하는 마음도, 당연한 거고."

그래, 맞는 말이다. 자카리는 시선을 내리깔았다.

사실 자카리도 그랬었다. 괴물 취급을 받으면서도, 야만족들과 마수들을 어떻게든 처단하려 발버둥을 쳤던 그 이유.

아버지가 자신에게 웃어 주기를 바랐다. 수고했다고 말해 주기를 바랐다. 아버지가 웃어 주기를 원하고 또 원했다.

'그렇다면, 프란츠도 똑같은 마음일까.'

연주는 어느새 막바지로 치달아 있었다. 매끄러운 연주를 귀담아들으며 자카리는 문득 그런 생각을 했다.

잠시 후, 연주가 끝났다. 와아아, 우레 같은 박수가 터져 나왔다.

"소공작께서 피아노 연주에도 일가견을 이루신 줄은 몰랐습니다!"

"정말 대단하십니다!"

"감사합니다."

고개를 꾸벅 숙여 보이는 프란츠를 향해 가신들이 하나둘씩 칭찬을 건넸다.

프란츠는 발그레하게 뺨을 붉히면서 사람들의 칭찬을 받아들였다.

프란츠의 실력은 객관적으로 뛰어났으므로, 저런 칭찬들이 들어오는 것도 무리는 아니었다. 리안나가 짝짝 박수를 쳤다.

"오빠, 이번엔 좀 멋졌다?"

"리안나, 가신들 앞에서는 좀 얌전하게 굴면 안 되겠니?"

여동생을 타박하면서도 프란츠는 내내 부드러운 얼굴이었다.

그때 자카리가 프란츠를 가만히 응시했다.

희미한 온기가 서려 있는 눈동자를 보며, 프란츠가 약간 기대에 찬 표정을 했다.

"……아버지?"

프란츠가 자카리와 시선을 맞추며 고개를 갸웃 기울였다.

자신을 쏙 빼닮은 이목구비는 그러나, 자신과는 다르게 순수한 애정으로 가득 차 있었다.

자카리를 마주보는 아들의 눈동자를 바라보며, 자카리는 문득 가슴이 뭉클해지는 것을 느꼈다.

이엘리는 살짝 손등을 어루만졌다.

'아들이 아버지를 존경하고 사랑하며, 아버지에게 인정받고자 하는 건 당연해.'

이엘리의 말이 귀에 선했다. 잠시 망설이던 자카리가, 천천히 입을 열었다.

"무척 훌륭한 연주였다, 프란츠."

"……."

"열심히 정진하였구나. 무척 기쁘다."

어휴, 자카리. 좀 더 상냥하게 말해 주지, 그렇게밖에 말하지 못해?

이엘리는 제 남편에게 그렇게 핀잔을 주면서도 빙그레 웃었다.

자카리는 약간 머쓱해졌고, 리안나는 까르르 웃었다.

그리고 그런 자카리를 빤히 바라보던 프란츠의 얼굴은 어느새, 새빨갛게 물들어 버렸다.

"그, 감사합니다."

프란츠가 약간 더듬거렸다. 다시 한 번 꾸벅 고개를 숙여 보인 프란츠가 결연하게 말했다.

"앞으로 더…… 열심히 하겠습니다."

"그래."

자카리는 고개를 끄덕였다. 곁에 앉아 있던 이엘리가 자카리의 옆구리를 쿡쿡 찔러 댔다.

"프란츠 좀 안아 줘, 얼른."

그렇게까지 해야 하나? 그런 뜻을 담아 이엘리를 돌아보자, 이엘리는 빙그레 미소 지었다.

"아마 그러면 프란츠가 엄청나게 기뻐할걸."

"……."

그리고 제 아내가 하는 말이라면 비가 땅에서 하늘로 솟는대도 믿을 자카리는, 주춤주춤 자리에서 일어나 양팔을 벌렸다.

머뭇거리던 프란츠가 조심스럽게 아버지를 끌어안았다.

자카리의 커다란 손이 프란츠의 등을 느리게 쓸어내렸다.

어쩐지 울어 버릴 것 같은 기분이 들어서, 프란츠는 입술을 꾹 앙다물었다.

그리고 그런 모습을 리안나와 이엘리는 흐뭇하게 응시했다.

"그러고 보니 리안나, 편지 낭송은 언제 하니?"

장난스러운 어머니의 물음에 리안나는 애써 시선을 피했다. 이엘리는 쿡쿡 웃음을 터뜨렸다.

*　　*　　*

처음에는 짧게 끝날 거라고 생각했던 깜짝 파티는 저녁 늦게까지 이어졌다.

리안나는 더듬거리는 목소리로 편지를 읽었고, 깜짝 파티는 이제 재롱잔치 분위기로 변해 버렸다.

기분이 좋아진 자카리는 통 크게 공작 성의 사용인들에게 성과급을 지급하라고 했고, 그렇게 사용인들도 다 함께 행복해졌다.

그런 자카리를 빤히 바라보던 이엘리는 제 아들에게 작게 소곤거렸다.

"프란츠, 아버지가 하는 것 봤지? 고용주의 호의는 돈으로 표현해야 한단다."

"그, 그런 건가요?"

"그럼. 좋은 고용주란 그런 거야."

프란츠는 진지하게 고개를 끄덕였다. 그런 아들의 머리를 쓰다듬으며 이엘리는 말을 이었다.

"월급을 밀리지 않고, 사용인들에게 돈을 쓰는 것을 아까워하지 않는 사람."

"그리고요?"

"사용인들을 인격적으로 대해야 해. 그들이나 우리나 다 같은 사람이니까."

프란츠는 어머니의 말을 단단히 새겨들었다. 그런 아들을 사랑스럽게 보며 이엘리가 말했다.

"앞으로 넌 헤센바이츠의 공작이 될 몸이니, 저런 모습은 잘 봐 두렴. 알았지?"

"네, 어머니."

그때 리안나가 꼬물꼬물 어머니에게 달라붙었다. 입술을 뾰족하게 내밀고는 투덜거린다.

"다들 절 놀리는 걸 너무 좋아하는 것 같아요."

"그렇지 않아, 리안나."

이엘리는 리안나를 무릎에 앉히며 다정하게 대답했다. 리안나의 뺨을 통, 튕기며 말을 잇는다.

"우리 리안나가 사랑스러운 아이라서, 다른 사람들이 널 귀여워하는 거란다."

"진짜요?"

"그럼."

이엘리는 크게 고개를 끄덕여 주었다. 리안나는 그제야 헤헤 웃으며 어머니의 품속에 파고들었다.

그런 딸아이를 어루만지며, 이엘리는 제 곁에 바짝 붙어 앉는 아들을 애정 어린 눈으로 바라보았다.

그때, 저를 바라보는 시선이 느껴진다. 이엘리는 살짝 눈을 들어 올렸다. 자카리와 이엘리의 시선이 마주쳤다.

이엘리는 생긋 눈웃음을 쳤고, 자카리는 약간 수줍은 얼굴로 고개를 끄덕였다.

이엘리는 문득, 자카리와 프란츠의 수줍은 얼굴이 꼭 닮았다는 생각을 했다.

*   *   *

파티는 밤이 이슥해진 때에 끝났다. 아직 어린 프란츠와 리안나는 어느새 서로에게 기댄 채 꾸벅꾸벅 졸고 있었다.

이엘리는 작게 웃으며 그런 아이들을 내려다보았다.

리안나는 그렇다 치고, 언제나 어른스러운 척하던 프란츠도 이렇게 볼 때면 무척 앳되었다.

프란츠와 리안나를 각자 방에 올려보낸 이엘리와 자카리는, 그제야 단둘의 시간을 보낼 수 있었다.

"……이건, 도대체……."

하지만 방에 돌아간 두 사람의 얼굴에는 황당함이 가득 찼다. 그들의 침실은 이미, 붉은 장미들로 화려하게 장식되어 있었던 것이다.

그뿐이랴, 화려한 촛대 위로는 예쁜 초들이 꽂혀, 머리 위로 촛불을 매단 채 일렁거리고 있었다.

게다가 조그만 케이크와 치즈, 초콜릿, 와인까지.

"이건 참……."

주변을 둘러보던 이엘리는 어색한 얼굴로 미소 지었다.

아무리 보아도, 오붓한 두 사람의 시간을 응원하기 위한 준비이지 않나. 가끔 그들의 아이들은 지나치게 조숙한 구석이 있었다.

"옛날 생각난다, 그치?"

"그러게."

이엘리는 자카리를 돌아보았다. 제 아내와 시선을 맞추던 자카리의 얼굴에도 옅은 미소가 서렸다.

그러고 보면, 그들의 첫날밤이 이랬었다. 거의 남매처럼 살아왔던 두 사람이기에, 부부로서 한 발자국 더 내딛는 게 무척 어색했었는데.

그때, 자카리가 이엘리를 덥석 안아 들었다.

"자카리?"

자카리의 품에 안긴 채, 이엘리는 두 눈을 동그랗게 떴다.

갓 피어오른 새싹 같은 연녹색 눈동자가 그를 제 안에 담는다. 긴 속눈썹 그늘 아래, 짙푸른 눈동자가 이엘리를 잡아먹을 것처럼 응시한다. 숨소리가 들릴 것처럼 가까운 거리.

잠시 후, 자카리가 씩 눈웃음을 지었다.

"리안나의 동생이라도 낳아 달라는 뜻인가."

"뭐, 뭐라고?"

순간 이엘리의 얼굴이 새빨갛게 달아올랐다.

하지만 자카리는 대답 대신, 이엘리의 몸을 부드럽게 끌어당겼다. 입술과 입술이 포개진다.

말캉한 혀가 순식간에 그녀의 입술을 더듬고, 두드리며, 어루만진다. 입술 사이로 건네지는 숨이 다디달다.

이엘리가 하아, 긴 한숨을 쉬었다.

"저, 정말. 자카리, 이건……."

하지만 자카리의 손은 이미 그녀의 등줄기를 부드럽게 쓸어내리고 있었다.

이엘리는 기분 좋은 소름이 온몸을 스치는 걸 느꼈다.

그녀의 귓속에 쏟아지는 그의 목소리가 달짝지근하다.

"하지만, 이엔."

"으응……."

"이미."

자카리의 목소리가 좀 더 낮아졌다. 조도를 낮춘 방 안, 푸른 눈동자는 이제 새카맣게 가라앉아 있었다.

그녀의 이마에 살짝 입을 맞추며, 자카리는 나른한 어조로 소곤거렸다.

"날 밀어내기는 너무 늦었어."

그 말이 끝이었다. 이엘리의 몸이 털썩, 침대 위로 쓰러졌다.

분홍색 머리카락이 꽃잎처럼 흐트러지고, 그 위에 짐승처럼 도사린 자카리가 눈을 빛냈다.

그대로 이엘리의 이성이 끊어졌다.

＊　　＊　　＊

길고 긴 쾌락의 시간이 지나고, 어느새 시간은 새벽에 가까워졌다.

몇 번이고 쾌락의 끝까지 짓쳐 올라간 후, 기절하듯 잠들었던 이엘리는 느리게 눈꺼풀을 들어올렸다.

그녀의 몸을 감싼 온기가 느껴졌다.

익숙한 심장 소리, 그리고 그녀의 머리를 조심스레 받치고 있는 단단한 팔.

자카리는 이엘리를 꼭 끌어안은 채 깊은 잠에 빠져 있었다.

희미하게 들이치는 달빛이 자카리의 얼굴에 옅은 그림자를 드리웠다.

이엘리는 남편의 그늘진 얼굴을 물끄러미 바라보았다.

"자카리."

조그맣게 속삭여 남편의 이름을 불렀으나, 그는 규칙적인 숨소리만을 돌려줄 뿐이다.

이엘리는 조심스럽게 손을 뻗어 그의 뺨을 어루만졌다.

뺨을 스치고 이마를 지나 오뚝한 콧날을 따라 내려간다.

살짝 미간을 찌푸린 자카리는 짧게 잠투정을 하며 그녀를 다시 끌어안았다.

"……."

어쩐지 그런 그가 안쓰러워서, 이엘리는 손을 뻗어 그런 자카리를 꼭 끌어안아 주었다.

잠든 와중에서조차 자카리는 이엘리에게 손을 떼지 못하고 있었으니까.

그녀의 온기를 놓칠세라, 어쩔 줄 모르고 그녀를 붙들고 있는 단단한 팔.

이엘리는 자카리의 등을 작게 토닥여 주었다.

'이건.'

그러던 중, 연녹색 눈동자가 깊게 가라앉았다.

얇은 자리옷 너머에는 긴 상흔이 그어져 있을 것이다.

등 전체를 가로지르는 커다란 흉터, 자카리의 어머니인 아델라이데가 직접 만든 상처.

"……."

입술을 꾹 다문 이엘리가 자카리의 등을 어루만졌다.

세월이 오래 지났고, 부모님에 대한 미움도 많이 희석된 건 잘 알고 있다.

하지만 그럼에도, 자카리의 등에 남은 상흔을 볼 때마다 가슴이 아픈 건 어쩔 수 없었다.

어렸을 적 자카리가 어떤 삶을 살아왔었는지 알기에, 더더욱.

"……이엔?"

그때 가느다란 목소리가 들렸다. 눈꺼풀이 파르르 떨리는가 싶더니, 자카리는 졸음이 가득한 눈동자를 이엘리에게로 고정시켰다.

머쓱하게 미소 지은 그녀가 그의 등에서 손을 떼어 냈다.

"아, 깼어? 미안해, 깨우려던 건 아니었는데."

이엘리가 손을 저워 내며 사과의 말을 건넸다.

자카리는 잠에 취한 채, 제 아내의 얼굴을 물끄러미 바라보았다. 이엘리는 손을 뻗어 자카리의 뺨을 어루만졌다. 다정한 목소리가 들려왔다.

"좀 더 자."

"……아니."

고개를 가볍게 내저은 자카리가 이엘리의 손목을 가볍게 움켜쥐었다.

쪽, 소리와 함께 그녀의 손바닥 안에 키스를 남긴다. 살짝 볼을 붉히는 이엘리를 향해, 자카리가 나긋하게 속삭였다.

"깼어. 괜찮아."

"아직 새벽인걸."

"그래도 잠을 자는 것보다는, 이엔과 단둘이 시간을 보내는 게 더 좋으니까."

그렇게 말한 자카리가 그대로 이엘리의 허리를 끌어당겨 안았다. 가느다란 허리가 품에 양팔에 쏙 들어오고, 그녀 특유의 달콤한 체향이 밀려든다.

그녀의 날씬한 배에 고개를 묻자, 이엘리는 간지럽다며 작게 키득거렸다. 그녀의 품에 고개를 묻은 그가 나지막하게 중얼거렸다.

"그렇지 않아도 이엔은 바쁜데……."

아이들 앞에서는 엄격한 아버지의 얼굴을 한 자카리는, 이엘리 앞에서만큼은 가끔씩 어린아이처럼 칭얼거린다.

고개를 묻은 자카리의 목소리가 웅얼거리며 새어 나왔다.

"……아이들을 돌보느라 요샌 몸이 열 개여도 모자라잖아."

아쉬움이 가득한 그 목소리를 들으며, 이엘리는 대답 대신 자카리의 머리카락을 쓰다듬어 주었다.

결 고운 은발이 손가락 사이를 사락사락 스치는 감촉이 기분 좋았다.

잠시 후, 이엘리의 손가락이 자카리의 옷자락 아래를 파고들었다. 자카리가 살짝 고개를 들어 올렸다.

"이엔?"

옷자락이 걷혔다. 조밀하게 근육이 잡힌 등, 그 위를 가로지르는 검의 상흔.

이엘리는 손을 들어 그 위를 어루만졌다. 그녀의 나이 열세 살, 자카리를 처음으로 만났었다.

겨울에 홀로 갇힌 것처럼 서러운 눈동자를 했던 자카리, 그리고 그의 상처를 보듬으며 처음으로 보았던 흉터.

"흉터, 이제 많이 옅어졌네."

그녀의 손가락이 흉터 자국을 따라 느리게 미끄러졌다. 작은 속삭임에 그가 희미하게 웃었다.

"시간이 많이 지났으니까."

"그렇지…… 넌?"

넌? 짧은 물음이었지만, 수많은 질문이 압축되어 있는 물음이기도 했다.

시간이 많이 흘렀지만, 그리고 예전보다는 상처가 나아졌다고는 하지만. 그럼에도 '괜찮다'라는 말을 함부로 붙이기에는, 자카리가 겪어 왔던 시간은 너무 길고 아팠으니까. 자카리는 잠시 침묵했다.

'자카리는 과거에서 도망치지 않겠다고 했었어.'

이엘리는 느리게 눈을 깜빡였다. 그랬었다. 증오와 미움, 원망도 모두 받아들이고 인정하겠다고 했었다.

그렇게 살다 보면 언젠가는 괜찮아질 거라고. 그렇다면 지금의 자카리는, 어떤 마음을 가지고 있을까.

예전보다는 좀 나아진 걸까, 새로 생긴 가족이 그의 고통을 약간이나마 희석시켰을까.

수많은 질문들이 입 안을 뱅뱅 돌았으나, 어느 것도 쉬이 꺼내 놓을 수 없었다.

"괜찮아."

하지만 약간의 시간이 흐르고, 자카리는 그렇게 대답했다. 이엘리는 말없이 그를 마주보았다.

"네가, 그리고……."

그의 목소리 끝이 느려졌다. 약간 망설이는 것 같던 자카리가 잠시 후, 말을 이었다.

"······아이들이 곁에 있으니까."

그렇게 말한 자카리가 희미하게 웃었다. 이엘리는 가슴이 뭉클해지는 기분을 느꼈다.

아직 자카리의 얼굴에 드리워진 그림자는 채 거둬지지 않았다.

그럼에도 그는 이제, 부모님을 이야기하며 웃을 수 있다. '괜찮다'는 저 말을 꺼내기까지, 자카리가 얼마나 많은 고뇌와 고통을 견뎌 내야 했을지. 이엘리는 잘 알고 있었다. 그랬기에 그런 자카리가 더욱 더 사랑스러웠다.

"······오랜만에 아버님과 어머님을 찾아가 볼까?"

이엘리가 조심스럽게 물었다. 돌아가신 선대 공작과 공작 부인을 이야기하는 거였다.

짧게 침묵하던 자카리는 잠시 후, 작게 고개를 끄덕였다. 한숨 같은 목소리가 흘러나왔다.

"그래······ 그러자."

동시에 자카리가 이엘리를 끌어당겨 안았다.

이엘리는 그의 이마에 입술을 떨어뜨렸다. 따스한 입술의 감촉이 마치 자카리를 구원하는 것 같다. 그는 그대로 이엘리의 품을 파고들었다.

*   *   *

그리고 다음 날, 이엘리와 자카리는 아이들을 데리고 공작가의 가묘로 향했다.

대리석으로 깎아 낸 화려한 묘비 위로 이름과 생몰년이 적혀 있었다.

테론 헤센바이츠.

이엘리는 그 이름을 가만히 내려다보았다. 햇빛이 따사롭게 내리쬐는 선대 공작의 무덤은 무척 평화로워 보였다.

'……지금은 편안하신가요?'

대답이 돌아오지 않을 것을 알면서도 이엘리는 작게 물어보았다.

공작의 무뚝뚝한 미소가 눈앞에 선했다.

그때 리안나가 종종종 이엘리 곁에 다가왔다. 그녀의 손을 꼭 잡으며 묻는다.

"엄마, 할머니가 계신 무덤은 어디 있어요?"

"할머니께서는 멀리 바람을 타고 떠나셔서, 여기에 안 계셔."

"왜요?"

아이의 천진한 물음에 이엘리는 그저 미소 지을 따름이었다.

테론은 제 아내가 이 공작 성에서 얼마나 고통스러워했는지 알았고, 그랬기에 죽은 아내를 공작가의 가묘에 묻지 않았다.

아델라이데의 시체는 화장하여 바다에 뿌려 주었다고 했다. 테론에게 남은 것은 아델라이데의 잘라 낸 머리채 한 움큼뿐.

테론은 아델라이데의 머리채를 소중히 품고 무덤에 묻혔다.

"나중에 리안나가 조금 더 크면 알려 줄게. 알았지?"

"힝, 지금 알고 싶은데……."

"리안나, 어머니가 그렇게 말씀하시잖아."

프란츠가 어른스럽게 동생을 다독였다. 두 아이를 가만히 바라보던 이엘리는 손을 내밀었다.

"이리 오렴, 리안나. 프란츠도."

아이들의 손을 양손에 갈라 쥔 이엘리가 자카리에게 다가갔다.

자카리는 가만히 아버지의 묘비를 내려다보고 있었다.

그의 표정 없는 옆얼굴이 가슴이 아파, 이엘리는 한숨을 되삼켰다.

"자카리."

그녀가 조심스럽게 남편을 불렀다. 그러자 자카리가 슬쩍 시선을 기울여 그녀를 바라본다.

"걱정하지 마, 이엔."

하지만 자카리의 목소리는 이엘리가 걱정하던 것보다는 훨씬 더 평온했다.

"이렇게 아버지를 다시 뵙고 나서야, 내가 지금 어떤 상태인지를 알게 된 것 같아."

햇빛을 머금은 자카리의 눈동자는, 비 갠 뒤의 하늘처럼 맑고 푸르렀다.

"긴 시간이었지, 솔직히 괴롭지 않다고는 할 수 없었어. 하지만……."

잠시 말을 고르던 자카리가 그대로 말을 이었다.

"너를 만난 그때부터, 난 언제나 행복했어."

"자카리."

이엘리는 목멘 목소리로 그를 불렀다. 아이들은 어리둥절한 얼굴로 부모님의 눈치를 살피고 있었다.

자카리는 손을 뻗어 프란츠의 머리를 쓰다듬었다. 당황한 와중에도 프란츠는 아버지에게 매달렸다.

망설임 없이 제게 다가오는 아이를 보며, 자카리의 눈동자가 크게 일렁거렸다.

"그리고……."

프란츠를 안아 올린 자카리가 아이의 발그레한 뺨에 입을 맞췄다. 아버지의 드문 애정 표현에 프란츠는 두 눈을 휘둥그렇게 떴지만, 자카리는 평온한 어조로 말을 이었다.

"이런 나에게도 이제…… 날 사랑해 주는 가족이 있으니까."

그래, 이제 그는 괜찮았다. 자카리는 진심으로 그렇게 생각했다. 그는 더 이상 얼음과 눈으로 짜 올린 세계에 홀로 갇힌 어린아이가 아니었다.

영원한 봄이 곁에 있었고, 그 봄과 함께 이루어 낸 새로운 가족이 있었다. 울 것 같은 표정이 된 이엘리가 느리게 고개를 끄덕였다.

"그래, 네가 그렇게 생각한다면."

쪼르르 달려간 리안나가 아빠의 다리를 끌어안았다.

왠지는 모르겠지만, 그냥 지금의 아빠를 꼭 안아 주고 싶었다. 이엘리 또한, 울먹이며 그의 어깨를 감싸 안는다.

시시각각 그를 감싸는 가족들의 온기가 지나치게 다사로워서, 자카리는 어설프게 미소 지었다.

"고맙고…… 사랑해."

나직한 울림은 진심이 가득 담겨 있었다.

자카리는 양팔을 들어 가족들을 모조리 제 품 안에 끌어안았다.

오랜 겨울이 끝나고 도래한 봄을, 자카리는 기쁘게 맞아들였다.

〈외전, 끝〉